FRÉDÉRIC SOULIÉ

LE

PORT DE CRÉTEIL

Prix : 70 cent.

PARIS

MICHEL LÉVY FRÈRES, LIBRAIRES ÉDITEURS
RUE VIVIENNE, 2 BIS, ET BOULEVARD DES ITALIENS
À LA LIBRAIRIE NOUVELLE

1865

LE PORT DE CRETEIL

PAR

FRÉDÉRIC SOULIÉ

LA TRAPPISTINE

Ce serait une grave question à résoudre, que de rechercher et de décider si l'imagination des poëtes est allée au delà des actes de l'humanité, ou si l'humanité, dans ses crimes comme dans ses bizarreries, n'a pas laissé bien loin derrière elle les inventions les plus hardies. Pour ma part, je pense que, quand on est jeune, on se figure aisément qu'on dépasse dans ses rêves les bornes du vrai. La douleur ou les joies, les vertus ou les vices qu'on peint, le drame, quel qu'il soit, que l'on arrange, paraît toujours une création d'un accomplissement impossible. Quand on a un peu vieilli, et que la vie s'est montrée à nous sous la plupart de ses aspects, alors il me semble qu'on doit reconnaître que les plus sombres tragédies de la littérature et ses bouffonneries les plus comiques sont bien loin de la réalité. Il y a des crimes qu'on n'ose raconter; il se trouve des ridicules qu'on ne dit pas, tant ils sont inouïs. Ces réflexions, que je faisais hier, me sont venues après que j'eus achevé la lecture de l'histoire que je publie aujourd'hui. Ce n'est pas qu'elle soit aussi bizarre et aussi étrange que la plupart de celles que l'on met dans les livres à la mode; mais elle m'a paru si empreinte de vérité, elle a tant de ressemblance, dans beaucoup de ses détails, avec ce qui se passe tous les jours dans le secret des familles, que j'en ai été profondément saisi. D'ailleurs, la manière dont ce récit est tombé dans mes mains en peut, je suppose, garantir l'authenticité. Mes lecteurs en seront juges.

En 1823, j'occupais, en province, la plus modeste des places qui relèvent du ministère des finances; j'étais surnuméraire des contributions directes, c'est-à-dire que je travaillais beaucoup et ne gagnais rien. Je résidais dans la ville de ..., cité fort industrieuse et fort riche, que la restauration avait, en peu d'années, repeuplée de couvents. Ainsi nous avions, outre un grand collége de jésuites irlandais, une maison de filles repenties, deux établissements de Picpus, hommes et femmes, une Trappe masculine fort nombreuse et déjà célèbre, et un couvent de trappistines, retraite inaccessible même à la surveillance des gens du roi. On en racontait d'horribles choses : il s'agissait de pénitences atroces, d'emprisonnements au milieu d'effrayants emblèmes. On parlait aussi de jeunes imprudentes qui, malgré la loi, ne pouvaient s'arracher à leur esclavage. Le procureur du roi avait voulu informer sur cette clameur de haro qui s'adressait au couvent; mais les portes lui en avaient été formellement refusées; et, lorsqu'il avait voulu procéder avec rigueur, un avis du procureur général d'A..., magistrat assez rapproché des hautes puissances pour en connaître l'esprit, l'avait informé de la maladresse de son zèle. C'était donc un objet de vive curiosité que ce couvent, et le désir d'en savoir quelques secrets, ne fût-ce que d'en connaître l'ordre intérieur, préoccupait beaucoup de personnes. Pour ma part, je n'y pensais point.

A cette époque, il plut au ministre des finances d'ordonner une nouvelle répartition de l'impôt des portes et fenêtres. La loi qu'il obtint alors de ses députés, comme celle qu'on a votée et dévotée depuis à propos de la contribution mobilière, serait une dure satire de la centralisation, et pourrait fournir un exposé fâcheux de son ignorance et de sa suffisante sottise, s'il était permis à un homme de lettres d'avoir un autre avis, en fait d'administration, que celui des ministres et des sous-préfets. Mais ce n'est point de lois ou de sciences administratives qu'il s'agit; laissons donc chacun en repos dans son habit plus ou moins brodé. Ce qu'il faut dire, c'est que la loi fut exécutée, et que, pour ma part de surnuméraire, j'eus à relever le nombre des portes et fenêtres de la ville de... et des communes qui l'environnent. Il me fallut donc visiter presque tous les couvents dont j'ai parlé, et il pourrait ajouter ici, en forme d'observation pour servir à l'histoire du temps, qu'après avoir gagné la dévotion des bonnes âmes du pays des donations qui les faisaient riches chacun de quinze à vingt mille livres de rente, tous ces couvents obtinrent de la centrale administration du département, soumise à la centrale administration de Paris, la remise de leurs impôts, sous prétexte de pauvreté.

Après avoir éprouvé plus ou moins de difficultés pour pénétrer dans ces pieux établissements, j'arrivai, armé du maire de la commune, de son précepteur et de son garde champêtre, jusqu'au couvent des trappistines. Nous sonnâmes à la porte extérieure, et tout aussitôt nous s'ouvrit un petit judas grillé, derrière lequel était un morceau de calicot noir, derrière lequel une voix se fit entendre et nous demanda ce que nous voulions. La tourière comprit probablement assez mal l'explication que je lui donnai de nos opérations; mais elle entendit qu'il fallait obéir au gouvernement, et elle nous ferma le judas au nez. Le maire, qui n'avait pas pris son écharpe, l'envoya chercher au plus tôt par le garde champêtre, et dès qu'il fut ceint de son autorité, il se reprit à sonner avec une violence qui décelait son irritation, et peut-être un peu de libéralisme. Le judas se rouvrit, et le maire, toujours ceint, fit tonner la loi, réclama obéissance, et s'obstina avec tant d'énergie, que la tourière décida qu'elle devait en référer à la supérieure; puis le judas se referma, et nous demeurâmes encore à la porte. Une heure après, pendant laquelle le désir d'entrer dans le couvent s'était emparé de moi et s'était exalté au plus haut degré de curiosité; une heure après, dis-je, au lieu du judas nous vîmes tourner la porte du couvent, et l'on nous introduisit. Le maire me jeta un sourire de triomphe, et nous arrivâmes dans une petite salle basse. Ici, au lieu de la porte, nous trouvâmes une grille; au lieu du judas, un guichet; derrière ce guichet, encore un calicot noir. C'est alors que je reconnus que c'était le voile des religieuses de la Trappe. Ce calicot était impénétrable, et une voix grave et rude en sortit et nous demanda encore ce que nous désirions. Le maire s'avança, parla de l'autorité municipale, de l'obéissance due aux magistrats, et je vis l'instant où on allait nous mettre dehors; enfin je m'avançai : j'expliquai, le plus humblement que je pus, à la supérieure, qu'il ne s'agissait que d'un simple recensement des fenêtres et des portes de la sainte maison, et que cette opération serait bientôt terminée et pourrait se faire le plus souvent sans entrer dans les nombreux bâtiments qui composaient le couvent. Je lui fis observer que ses confrères picpus s'étaient soumis à cet examen; que les maisons des curés et le palais des évêques n'y avaient pas échappé; je l'appelai ma mère; j'assurai que nous n'avions aucune idée de violer la règle si pure de son ordre, mais que nous obéissions aux ordres formels du roi; je fus respectueux, humble, et si confus de ma mission, que la supérieure s'attendrit, et qu'après quelques débats elle consentit à ce que l'un de nous pénétrât dans le sanctuaire. Le choix ne pouvait être qu'entre le maire et moi. Il voulut faire valoir son écharpe, je lui opposai mon titre d'agent direct du gouvernement; il contesta, mais, la supérieure aidant, il fut décidé que ce serait moi qu'on admettrait. Immédiatement après cette décision, le maire et ses deux agrégés d'un côté furent reconduits à la porte, le guichet se ferma de l'autre, et je me trouvai seul entre une grille et un mur.

L'attente fut longue, et les précautions qu'on prit à l'intérieur furent sans doute nombreuses. J'entendis résonner les clochettes de tous les timbres. Je vis, aux fenêtres grillées de la salle où j'étais, passer des ombres rapides, et lorsque la cloche plus grave de la chapelle se fit entendre, je présumai qu'on y avait réuni toutes les recluses de la maison, rappelées sans doute de leurs occupations journalières. Pendant ce temps de solitude, mille pensées diverses vinrent m'assaillir. J'étais le seul homme qui eût pénétré dans cette maison depuis sa création; l'infirmerie même était séparée, et le médecin pouvait y entrer sans rien voir des autres parties du couvent. Je me rappelai alors toutes les histoires qu'on débitait au sujet des religieuses de la Trappe. Je me figurai une belle jeune fille s'élançant d'une cellule, et venant me demander secours; je compris tout l'embarras du rôle que j'aurais à jouer; j'y vis même quelque danger, et je me résolus à le braver, fût-ce celui d'une destitution; enfin j'en étais à un amour frénétique pour la victime de la superstition, lorsque la porte de la grille s'ouvrit, et le fisc entra où la justice n'avait pu pénétrer.

Deux femmes m'attendaient : l'une d'elles, en robe de bure blanche, l'autre en serge noire, toutes deux la tête enveloppée du voile épais de calicot noir, les mains cachées dans la longueur démesurée de leurs manches, et les pieds dissimulés par les plis de leurs robes. La vieille, car je devinai en les approchant qu'il y en avait une vieille et une jeune, la vieille portait une clochette; la plus jeune, celle qui était vêtue de blanc, avait un énorme trousseau de clefs. Je voulus leur adresser la parole. Un geste m'imposa silence, et nous mîmes en marche, la blanche près de moi, la noire en avant, et agitant sa sonnette pour épouvanter les imprudentes qui pourraient se trouver encore sur notre passage. Nous quittâmes le premier bâtiment où était le parloir, et nous entrâmes dans un terrain assez pauvrement cultivé.

— Ici, vous pouvez parler, me dit d'une voix fraîche ma blanche conductrice. La noire me confirma cette liberté d'un ton rauque. Je décidai que la première avait vingt-cinq ans, et la seconde soixante; que la blanche était une femme souffrante et jetée à ce repaire par un désespoir d'amour, et que la noire était une vieille cuisinière dévote, qui avait apporté au couvent ses cent écus de rente qu'elle avait volés, pendant quarante ans de service, à l'adjoint ou au curé de sa ville. Véritablement, je décidai cela sans voir ni visage, ni pieds, ni mains, ni taille. Quant à la démarche, il était difficile d'y trouver le moindre jour à éclairer mes conjectures, car la vieille était fort leste et la jeune se traînait péniblement; mais je jugeai que ce devait être la souffrance, et je maintins l'infaillibilité de ma décision. Aussi, sûr de l'effet que je m'adressai, et j'adoucis ma voix jusqu'à ses inflexions les plus pénétrantes pour lui parler et l'appeler ma sœur.

— Ma sœur, lui dis-je, il faut maintenant que vous me fassiez voir tous les bâtiments que vous occupez, soit comme habitation, soit pendant vos travaux; les seuls que je n'aie pas à visiter sont ceux qui sont consacrés au service divin.

Elle ne me répondit pas, et la vieille se remit en tête en faisant sonner sa sonnette. Je profitai du bruit pour essayer une conversation pendant que nous traversions le jardin; j'en pris texte pour commencer, et je lui dis :

— Ma sœur, votre jardin me paraît bien mal cultivé; votre jardinier est peut-être bien vieux pour un si vaste enclos?

— Hélas! me répondit-elle avec un soupir, c'est l'ouvrage de quelques faibles femmes; il n'est pas étonnant qu'elles s'en acquittent si mal.

— Quoi! repris-je, un si rude travail est imposé à des femmes?

— Silence! me dit-elle, nous voici au réfectoire.

Nous entrâmes dans une longue salle. Au bout, un grand crucifix; à droite et à gauche, un banc et une longue table; au milieu, une chaise plus élevée et une petite table, sans doute pour la supérieure ou la lectrice, je ne sais laquelle. Dès notre entrée, les deux religieuses s'étaient mises à genoux, et priaient; je pris non-seulement le temps de compter les fenêtres, j'examinai encore tous les recoins de cette salle; elle était d'une propreté irréprochable, et cependant elle exhalait une odeur aigre et rance à la fois. Je pris mes notes, et nous sortîmes. Je vis les cuisines : c'étaient de grands chaudrons sur de grands fourneaux; on y cuisait, sans sel ni beurre, des légumes mal venus, dans une partie desquels on ajoutait du pain pour faire la soupe. Tout cela était encore propre à l'œil, mais dégoûtant à l'odorat. Sur l'escalier que me fit prendre ma conductrice, elle me parla la première.

— Nous allons au dortoir, me dit-elle; il est permis d'y parler. Si vous avez des questions à me faire pour votre travail, faites-les-moi là, car je ne pourrais plus vous répondre que dans le jardin, où vous ne sauriez écrire.

Nous arrivâmes, et ma religieuse blanche prit ses clefs pour ouvrir la porte du dortoir. Sa main était enveloppée dans les plis de sa manche, comme à l'ordinaire; mais la serrure résista, et, pendant que mon héroïne faisait effort pour tourner la clef, la manche descendit sur l'avant-bras et me laissa voir une main d'une grâce et d'une pureté achevées. A cet aspect, j'oubliai le couvent et, prenant dans le mienne la petite main de la trappistine et la clef qu'elle tourmentait vainement, je fis jouer la serrure et j'ouvris au risque de lui briser les doigts. Elle poussa un cri bien faible et s'appuya vivement sur mon bras; à coup sûr, elle le pressa; je m'excusai sur mon empressement. Dans le mouvement de tête avec lequel on accueillit mes maladroites explications, je retrouvai toute la femme du monde, lorsqu'elle vous dit du geste : C'est assez. N'en parlons plus et qu'elle pense tout bas : Vous êtes un butor, ne soyez pas un sot. La vieille grogna quelque chose dans ses gencives et je crus vraiment à une aventure.

Le dortoir était une salle de quinze pieds de haut, partagée dans sa longueur par un corridor de quatre pieds de large. A droite à gauche, des cloisons qu'ils s'élevaient à six pieds tout au plus, divisaient cette vaste salle en cellules étroites et sans plafond particulier, de façon que quelqu'un qui se fût trouvé au haut de la salle eût facilement plongé dans toutes les cellules. Je le remarquai sur-le-champ, et une rosace fort bien travaillée, placée au centre du plafond commun et dont les arabesques pouvaient déguiser de petites percées, me sembla propre à cette invisible surveillance. Toutes les portes des cellules étaient ouvertes, sans doute pour leur donner de l'air car, dans le dortoir comme ailleurs, l'odeur fâcheuse dont j'ai parlé saisissait vivement l'odorat. J'examinai l'intérieur des cellules. Elles se composaient d'un lit en planches avec un seul matelas, point de couverture ni de draps. C'est là que j'appris que les trappistines devaient coucher dans leurs vêtements, sans qu'il leur fût permis de les changer que pour en prendre de nouveaux lorsqu'ils étaient usés. Outre le lit une planche clouée près du chevet, supportait un pot à eau de faïence et quelque objet particulier à la religieuse qui occupait la cellule. Le plus souvent c'était une estampe représentant un saint, prêtée quelquefois, des os, un sautoir dans une seule, je remarquai une tête de mort; dans celle-là, je remarquai aussi que les planches étaient sans matelas. Je m'arrêtai, et les tristes réflexions que l'aspect de cette rigueur envers soi m'avait inspirées me furent immobile à regarder.

— Quelle affreuse punition! m'écriai-je malgré moi.

— Ce n'est point une punition, me dit la notre religieuse; c'est une grâce. Sœur Rosalie a obtenu de notre saint-père le droit de coucher ainsi sur la dure; c'est la récompense de ses mortifications.

Je me crus au seizième siècle; je regardais ma trappistine à la jolie main; elle faisait signe à sa compagne de se taire; celle-ci continua.

— Je puis dire cela, reprit-elle, car c'est aussi glorifier le Seigneur que de vous glorifier aux yeux d'un étranger, puisque c'est Dieu qui vous donne, si jeune, la force de supporter ces combats.

Elle était donc jeune, elle devait être belle; c'était elle qui souffrait cet horrible traitement, et elle l'avait souhaité! Une pitié indicible et place aux sottes idées qui m'avaient occupé; je tournai les yeux vers sœur Rosalie. Il me sembla que je la voyais à travers son voile; elle me parut pâle, meurtrie, défigurée, et mes yeux se remplirent de larmes. Vit-elle ce mouvement, le comprit-elle? je ne sais; mais elle sortit vivement du dortoir et, par une assez longue file de corridors silencieux et où résonnait seule la sonnette de la vieille, elle me conduisit dans une petite cour carrée. Cette cour était environnée de petits bâtiments élevés seulement d'un rez-de-chaussée, et ne prenant jour que sur la cour. Je demandai ce que c'était.

— Ce sont nos cloîtres, me répondit sœur Rosalie.

— Vos cloîtres? lui dis-je en hésitant. J'avoue que je croyais que le couvent portait ce nom; mais il paraît que c'est à ce lieu qu'on l'applique seulement. A quel usage est-il employé?

Les religieuses hésitèrent encore plus que moi, et ne purent me donner d'explication. J'insistai, en leur rappelant que je devais savoir la destination de chaque bâtiment; enfin je demandai, comme moyen terme entre mon embarras et le leur, d'y être introduit.

— C'est impossible! s'écria la vieille, la règle est inflexible sur cet article.

— Peut-être, dit sœur Rosalie.

La religieuse répliqua sèchement qu'elle ne permettrait pas que j'entrasse; enfin, après un moment de discussion, sœur Rosalie lui dit :

— Eh bien! il faut consulter notre mère. Voulez-vous y aller?

La vieille accepta avec empressement, sûre, disait-elle, de la réponse de la supérieure, et elle s'éloigna. J'étais fort embarrassé et, sans y penser, je renouvelai mes questions et demandai à quoi servaient les cloîtres.

— C'est le lieu où s'accomplissent nos pénitences; vous n'y entrerez pas. Jamais on ne vous laissera voir, ni les corsets hérissés de fer, ni les disciplines ensanglantées qui s'y trouvent. Je le savais, mais je voulais rester seule avec vous un moment.

— Que puis-je pour vous? m'écriai-je.

— Me jurer sur Dieu, ou sur l'honneur, comme vous voudrez, de faire ce que je vais vous demander.

— Je vous le jure, lui répondis-je.

— Prenez ces papiers, répliqua-t-elle, faites-les parvenir à leur adresse. Peut-être celui à qui je les envoie n'est-il plus en France; cherchez-le, et trouvez-le pour qu'il ne me maudisse pas à son de mort, comme il l'a déjà fait.

A ces mots, elle tira de dessous son voile un petit paquet soigneusement enveloppé qu'elle me remit. Ce geste me laissa voir sa figure; elle me regarda avec un amer sourire, en voyant ma confuse admiration à l'aspect de son noble et beau visage. Oui, semblait-elle me dire, j'ai été belle, riche, élevée, et je suis sous le sale et grossier vêtement d'une recluse. J'étais si stupéfait, qu'elle m'arracha à mon étonnement en me disant :

— Et vous ferez tout ce que vous pourrez pour trouver celui à qui je fais cet envoi?

— Je le jure encore, lui répondis-je avec un accent où j'aurais voulu mettre l'affection d'un frère; mais, ajoutai-je, si mes recherches étaient infructueuses, que ferai-je de ces papiers?

— Eh bien! me dit-elle, gardez-les dix ans, et si, après ce temps écoulé, vous n'avez rien découvert, je vous en fais maître.

Aussitôt la vieille arrive. La supérieure avait décidé qu'on visitât les cloîtres; et quelques moments après je sortis du couvent. Je lus avec empressement la suscription du paquet; il était adressé à M. le baron de... Je tâchai de découvrir une personne de ce nom, et j'appris enfin qu'un Français ainsi appelé habitait la Martinique. Huit jours après, un bâtiment apporta la nouvelle de sa mort. Je pensai d'abord à rendre les papiers à sœur Rosalie; mais je savais trop que je pouvais l'exposer à des rigueurs inouïes, qu'ils enfermeraient la moindre plainte sur la retraite où elle était. Je me décidai à les garder. Hier, dix ans se sont accomplis depuis ma visite à la Trappe, et j'ai brisé le cachet du manuscrit qui m'avait été confié. Il est écrit très-fin, sur du papier fort soigné, et je n'en ai changé que les noms.

« MON PÈRE,

« En vous écrivant du fond de ma retraite, je manque aux nouveaux et saints devoirs qui me sont imposés. Ici, il ne m'est plus permis de penser au monde que j'ai quitté; ma vie ne peut être qu'une pénitence, et je ne dois avoir d'autre espoir que celui du pardon de Dieu. Mais, il m'absoudra, sans doute, d'avoir voulu celui de mon père, d'avoir gardé dans mon cœur l'effroi de sa colère et la douleur de sa malédiction, et d'avoir essayé de lui épargner envers moi une rigueur que je ne méritais pas : car la malédiction qui se lève entre un père et son enfant les déchire également, et les proscrit tous deux de l'amour sacré où ils devraient vivre l'un pour l'autre. Que mes paroles, mon père, soient pour vous sincères et vraies, quoi qu'elles puissent vous dire; que pour vous elles soient justes, quelque accusation qu'elles portent : car elles sont saintes comme celles d'une mourante, peut-être plus saintes encore. La mort, en effet, ne me séparerait pas plus des intérêts de cette vie, que les murs de ce us et qui s'élèvent entre elle et moi dans cette maison, où le corps se traîne encore, la vie est déjà morte, et l'existence de ceux qu'elle renferme n'a d'autre avenir que de changer un jour de tombeau.

« Maintenant, mon père, rappelez-vous ce que j'ai quitté : une position brillante, une famille qui m'entourait d'affections, un mari qui m'adorait, une longue habitude des plaisirs élégants, et pensez qu'à tout cela j'ai préféré une retraite absolue au sein d'une dévotion insensée, une existence idiote où les pratiques les plus cruelles et les plus absurdes viennent insulter au reste de raison que j'ai gardé. Imaginez-vous cette fille, que vous trouviez si frêle pour une vie heureuse, condamnée, pour la moindre faute, à marcher pieds nus sur des dalles glacées ou parmi des sentiers incultes; figurez-vous qu'au lieu d'entrer belle et parée dans quelque somptueux salon, elle passe des jours entiers à genoux sur la terre, pour en arracher avec ses ongles de longs bâtons qu'on y a enfoncés avec le marteau, et dites-vous que pour qu'elle ait déserté toutes ces séductions pour tant de misères, il a fallu qu'il y eût sous cette vie, apparente en félicités, un serpent bien acharné à lui dévorer le cœur.

« Ainsi, depuis que j'ai quitté votre maison pour celle de mon mari, vous n'avez pas passé un seul jour sans me voir, et cependant il faut que je vous raconte ma vie comme si vous m'étiez étranger. Écoutez-moi donc, et puissé-je, en creusant tant de cruels souvenirs, ne pas en faire passer l'amertume dans mon récit.

« En mil huit cent dix-sept j'épousai, de votre choix et avec amour, Émile Varni; il était un si jeune homme et moi une si jeune fille, que c'était un doux spectacle que de nous voir unis. Votre prudence ne conçut point d'alarmes de cette extrême jeunesse. Je n'y vis qu'un plus long avenir de bonheur. Émile, vous devez vous le rappeler, était déjà un de ces esprits froids pour les affaires, enthousiastes dans les affections, qui font les hommes supérieurs. Ce qui vous charmait en lui, c'était la régularité de sa conduite, ses principes sévères, et cette rigide probité qui l'avait, à son âge, placé si haut dans l'estime des hommes les plus influents du commerce. Ce qui m'avait portée à le distinguer, c'était son respect et son amour pour son père, son affection pour sa famille, son oubli de lui-même pour le bonheur de tout ce qui l'entourait. De cette distinction, il fit bien vite de l'amour. Vous connaissez sa conversation facile et pénétrante, sa franche gaieté, si prompte à s'attendrir, l'heureuse légèreté de son esprit, toujours prêt à aborder les plus graves intérêts; vous savez aussi ce que sa jeunesse avait de grâce, quel visage candide et quel sourire d'enfant promettait une âme toute de vérité. Je l'aimai, non pas avec le délire d'une femme passionnée, mais avec le respect d'un être faible. Je lui remis ma vie, comme vous lui eussiez confié votre fortune; je lui abdiquai ma volonté, mon jugement même. Était-ce lui qui m'avait ainsi fascinée, était-ce moi qui m'étais créé cette domination? Je ne sais, mais enfin je lui appartenais. Émile, de son côté, m'entourait de si nombreuses attentions, il prenait tant de soins de ma beauté, il était si fier de me voir brillante et parée, que je me sentis aimée comme j'aimais. Il n'y avait, dans notre tendresse, que cette différence, c'est que pour lui j'eusse pris, et que peut-être je prenais jusqu'aux soins de la servitude, tant son bonheur intime était ma seule pensée, pendant que lui s'inquiétait davantage de ma vie extérieure. Mes plaisirs l'occupaient beaucoup, mes succès le flattaient, et il y ajoutait pour moi l'hommage, hautement avoué, d'un amour dont il faisait le monde témoin. Moi, plus craintive, ce n'était qu'à lui que je montrais le mien. Aussi, à plusieurs fois, votre affection fut-elle obligée de me défendre, contre les étrangers, d'un reproche de froideur. Qu'importe! il se passa deux ans pendant lesquels aucun chagrin ne vint altérer ma confiance dans un éternel bonheur. Après ces deux ans passés, Émile était pour moi l'homme du premier jour de notre mariage. Rien n'avait démenti la constante douceur de son caractère; la considération dont il jouissait s'étendait chaque jour; j'étais fière de mon nom.

« Cependant Émile augmentait peu à peu le train de notre maison. Il voyait s'élever autour de lui tous ses anciens camarades de collège, et ne voulait pas demeurer en arrière, dans ce mouvement général qui, depuis 1816, a créé tant de vastes entreprises. Il étendait les relations de son commerce, et, bien jeune, se plaçait en première ligne. J'étais demeurée étrangère au secret de ses affaires; mais je lui connaissais tant d'activité et de prudence, que je ne m'inquiétais point des dépenses auxquelles il se livrait, surtout pour moi. C'étaient, à tout propos, de nouveaux bijoux, des meubles de mode, des profusions d'objets de toilette. Une fois que je lui dis combien toutes ces choses étaient inutiles à mon bonheur, il me répondit presque sèchement : — Je ne veux pas que ma femme soit moins brillante que celle de B... C'était l'un de ses amis qui avait acquis une fortune énorme en peu d'années, et qui la dépensait avec éclat. J'aurais voulu moins de vanité dans la réponse de mon mari, et peut-être plus de soin de ma satisfaction et moins de la sienne. Je ne sais pourquoi il me sembla qu'il m'eût paré comme moi la plus sotte créature, si elle eût porté mon nom. Pour si peu de chose, c'était trop de réflexions peut-être; mais ma raison se le dit vainement, je ne pus m'empêcher d'être triste. Ce fut la première alarme de mon cœur; elle s'adressa à l'amour d'Émile, et ne fit qu'augmenter le mien : car je pensai que si mon mari me chérissait moins que je l'adorais, c'est que je ne le méritais pas.

« Ce nuage passa; mais cet incident avait dirigé mes regards, une autre fois je me pris à ne pas vouloir être complice d'une vanité puérile; car je sentis trop vivement que le riche présent qui m'était offert était destiné à l'admiration des autres. Ce fut le premier caprice dont m'accusa, doucement, si doucement, que je me laissai fléchir, et que j'eus le tort d'aller, le soir même, éblouir d'un luxe inouï un salon où se trouvaient dix femmes plus riches que nous l'étions. Durant toute cette soirée, Émile s'enivra de mon triomphe; je fus prête un moment à en pleurer, car je comprenais les chu-

chotements que je n'entendais pas; je voyais les regards dénigrants qui s'arrêtaient sur mes yeux baissés et confus. Un ami étant venu se faire compliment sur ma parure pendant que mon mari était près de moi, Émile me regarda avec complaisance, et répondit d'un air dégagé :

« — C'est qu'il est rare que ce que choisit et achète ma femme ne soit pas de très-bon goût.

« L'observation me parut étrange après ce qui s'était passé.

« Lorsque nous quittâmes la réunion, notre rôle changea; je me sentis dégagée du poids de tout ce monde, mais Émile tomba de sa gaieté vaniteuse dans une morne préoccupation. Il ne m'adressa pas la parole jusqu'au moment où nous rentrâmes, et prit avidement des mains de son domestique une lettre que celui-ci dit avoir été apportée fort tard. Émile, qui gardait toujours dans ses moindres actions une froideur lente et digne, la lut avec anxiété, debout sur le palier de notre appartement, à la lueur du flambeau que tenait le domestique, qui me put m'éclairer jusque chez moi. Le froid me saisissait. Je gagnai ma chambre à tâtons. Un moment après, Émile y entra; il voulut être gai, et me trouva qué quelques médisances pour plaisanteries. Ce n'était pas son habitude. Il me dit que j'avais été belle à ravir, et me répéta souvent ce mot, comme une formule toute faite qui ne coûtait rien à sa pensée, et qui lui permettait de ne pas se distraire de ses réflexions. Je craignais un malheur. Je hasardai une question : il en parut surpris et presque irrité; puis il s'approcha, et me dit avec un doux sourire :

« — Allons, enfant, veux-tu que l'ennui des affaires vienne peser sur ton sommeil? Laisse à des têtes plus graves ce souci; la tienne ne doit se tourmenter que du soin de tes plaisirs.

« Il me sembla qu'il s'en occupait beaucoup plus que moi; il me sembla aussi qu'on pouvait croire le contraire, d'après la façon dont il avait répondu à son ami, Émile se retira pour écrire. Je fus mal satisfaite de ces adieux; je me couchai en pleurant. Une heure après, je me disais que j'étais une folle, quoique mon instinct du cœur murmurât sourdement en moi et malgré moi. O mon père! l'homme a trop de confiance en sa raison, et il oublie trop que Dieu ne l'a pas privé de ces avertissements indéfinissables qui lui annonce le malheur, comme l'orage aux animaux.

« Le matin, comme nous déjeunions, on annonça M. Dallois, agent de change.

« — Enfin vous vous décidez à comprendre les affaires en grand, dit mon mari dès qu'il m'eût saluée; voyons, achetons-nous? vendons-nous? Bien choisir, voilà tout le secret. Dans vos commerces industriels, vous pelotez sur des bénéfices de quelques sous : il n'y a qu'à la Bourse que se joue le grand jeu de la fortune.

« Mon mari fait donc des opérations à la Bourse? m'écriai-je vivement.

« — Il s'y met, me répondit M. Dallois avec un sourire que je trouvais assez sans signification alors, et qui depuis m'a semblé d'une atroce raillerie; et cela doit vous charmer, car on va vite chez nous, et quand on a tant de charmes à faire briller.

« — Mais, dis-je en interrompant les fadeurs de l'agent de change, si l'on y va vite, c'est sans doute en y risquant beaucoup.

« — Ah! ah! répliqua M. Dallois avec un geste significatif....

« — Allons, allons, dit vivement Émile, je crois que voilà ma femme, qui comprend tout au plus un livre de ménage, qui veut causer d'affaires, et Dallois n'est-il pas tout prêt à lui expliquer ce que c'est qu'un marché à terme ou un report. Venez, mon cher, passons dans mon cabinet, nous causerons.

« Puis, en se tournant vers moi, il ajouta avec cet air de confiance qu'il prenait si bien quand il voulait me persuader quelque chose :

« — Quant à toi, Fanny, habille-toi, car je veux que Dallois nous mène chez son carrossier.

« — Est-ce que vous changez votre cabriolet? reprit celui-ci en se levant.

« — Non, répondit Émile, je le garde pour mes affaires; mais ma femme ne sait comment sortir quand je ne suis pas là, et je veux lui donner une voiture qu'elle me demande.

« — Parbleu! c'est une idée, dit l'agent de change, et voilà ce que c'est que d'adorer sa femme. A propos, vous savez que Villon a disparu hier en laissant la saison sur le pavé. On parle de deux millions de faillite, c'est beau pour un commerçant. Est-ce que vous ne faisiez pas des affaires avec lui?

« — Autrefois, répondit mon mari en entraînant Dallois dans son cabinet; mais j'avais pressenti sa ruine, et nous n'avons plus de rapports.

« Je n'entendis pas le reste de la conversation. Tout ceci, mon père, semblerait, à d'autres yeux que les vôtres, d'inutiles souvenirs et des observations puériles ; mais vous, vous y devinerez ce que des indifférents ne pouvaient comprendre. Ce fut encore pour moi un étonnement et une douleur. J'avais voulu faire une observation sur le genre d'affaires qu'allait entreprendre mon mari, et il m'avait imposé silence comme à une enfant étourdie. Pour la première fois, je remarquai cette exclusion qu'il faisait de moi, lorsqu'il s'agissait de quelque grave entretien. Je me rappelai même que toujours il avait mis une sorte d'affectation à me reléguer aux yeux de tous dans un cercle d'idées misérables ; s'occupait-on devant moi de hautes questions de morale, de politique ou d'industrie ? Ah ! s'écriait Émile, Fanny n'entend rien à tout cela ; parlez-lui fêtes ou spectacles, ou vous ne serez pas de ses amis. — Et j'acceptais en riant ce rôle de frivolité, sans comprendre où il me conduirait. Le jour dont je vous parle, je fus blessée de ce mépris de mon intelligence. Alors je ne savais ce que c'était que la Bourse ; j'ignorais qu'il y avait à Paris soixante privilégiés, sous le titre d'agent de change, qui faisaient jouer à des dupes un jeu puni par la loi. J'ignorais qu'on achetât un million le droit de mériter tous les jours la prison ; mais le mot de Bourse m'épouvantait ; je l'avais entendu associer à tant de ruines et de déshonneurs, que je ne pus contenir mon effroi. Ce qui rendit mes réflexions encore plus douloureuses, ce fut le mot d'Émile à propos de ma prétendue demande d'une voiture, dont je ne lui avais jamais parlé. Suis-je donc, me demandai-je, l'excuse banale de toutes ces ruineuses superfluités ? — Voilà ce que c'est que d'adorer sa femme, avait dit Dallois. — L'amour qu'Émile affectait si publiquement n'était-il qu'une faiblesse jouée dont il revêtait aux yeux du monde ses volontés cachées ? Enfin cette assurance qu'il ne faisait plus d'affaires avec Villon, lorsque je le savais lié d'intérêts considérables avec lui, me parut un manque de vérité, au moins répréhensible, au moment où il allait entamer de nouvelles relations.

« Aujourd'hui, mon père, je vous fais voir le sens exact de mes réflexions, mais ce n'est pas ainsi qu'elles me vinrent. Ce fut un pénible tourment, une vague souffrance, une longue suite d'idées incohérentes, que je repoussais, lorsqu'elles se présentaient trop lucidement à moi. Si j'étais inquiète, j'étais bien loin d'être malheureuse ; mais, comme le sommeil qu'agite un rêve, je sentais mon bonheur tourmenté ; ce n'était plus la confiance, ce n'était pas encore le soupçon ; s'il m'avait fallu résumer ma pensée en ce peu de mots : Je doute de l'amour ou de la franchise de mon mari, j'eusse reculé avec épouvante ; vous comprendrez que ces jours de tristesse devaient s'effacer bien vite et puis le passé me rassurait si bien, qu'il eût fallu une âme plus forte que la mienne pour troubler, sur de si faibles indices, le repos heureux de ma vie. Nous prîmes voiture, vous devez vous le rappeler, et lorsque j'entendis partout que c'était une sûre marque de prospérité les affaires de M. Varni, je repoussai, comme coupable, toute alarme sur sa prudence, et je laissai aller aussi à la vanité d'une brillante position, et peut-être en aimai-je davantage mon mari, comme une réparation muette d'une injustice envers lui.

« Cependant un objet plus sérieux amena entre nous, ou plutôt amena de sa part, une douloureuse division dans la communauté de nos sentiments. Jusqu'à présent, mon père, je ne vous ai pas parlé de quelques chagrins de notre vie, parce que ceux que je partageais avec Émile me semblaient aisés à supporter ; il y en avait un surtout qui nous affligeait vivement tous deux, et qu'on jetait tout entier sur moi avec une cruauté que je ne méritais pas : nous n'avions point d'enfants. Bien souvent, lorsque j'allais dans notre nombreuse famille, je me prenais à pleurer en entendant le doux nom de mère bégayé près de moi ; Émile aussi était triste, mais il me consolait et me rendait l'espérance. Il me rassurait sur son amour qui n'avait pas besoin, disait-il, de nouveaux liens pour devenir indestructible. Ce fut ainsi durant deux ans. Mais à partir de ces premiers moments, où son affection envers moi ne me sembla pas aussi pure que jadis, à partir de ce temps, je m'aperçus qu'il gardait le silence quand j'étais triste de ce poignant chagrin. Si, dans le monde, un maladroit me jetait quelque lourde plaisanterie sur ce qu'il appelait gracieusement ma paresse, Émile ne répliquait plus pour moi par quelque incisive moquerie qui m'affranchissait de nouvelles attaques. Si moi-même je me plaignais de ce vide dans nos affections, il ne s'empressait plus à arrêter le cours de mes pensées ; il se taisait en soupirant amèrement. Un événement, dont le secret nous fut révélé par un ami, fit éclater ses sentiments à ce sujet.

« On venait d'apprendre la mort de M. A..., jeune homme plein de brillantes qualités, et qui, dans un voyage en Suisse,

avait péri misérablement dans un abîme qu'il avait voulu franchir ; un de nos amis, parent de M. A..., en nous racontant ce malheur laissa échapper cette phrase :

« — Du jour où il a été ruiné, j'avais prévu cet horrible suicide.

« — Ruiné ! suicide ! s'écria vivement Émile ; mais on dit qu'il laisse une fortune considérable à sa femme, et que sa mort est un accident.

« — Sans doute, on le dit, et cela est vrai pour tout le monde ; mais vous ignorez à quel prix sa femme et ses enfants sont riches. Il y a six mois environ, A... vint chez moi, et me confia sa ruine. « Écoute, me dit-il, je ne laisserai pas dans la misère la femme qui m'a apporté une dot immense ; je n'y veux pas laisser mes enfants ; il faut qu'après ma mort ils ne maudissent pas mon imprudence : je me suis fait assurer sur la vie, au profit de ma femme, pour une somme de cinq cent mille francs ; j'en ai fait autant pour mes enfants. — Eh bien ! lui dis-je, c'est excellent pour l'avenir, mais le présent ? — Le présent, me répondit-il avec un rire amer, je n'y ai pas encore pensé. » L'expression de son visage m'étonna ; je crus y deviner son projet, et le lui dis ; il ne le nia pas, je lui en fis douce avec une femme que j'aime, mais que j'aime mieux savoir triste que pauvre. On se console d'une perte ; le chagrin s'efface dans le temps, comme les objets dans l'éloignement, mais la misère est une douleur qui marche côte à côte de notre vie et qui ne nous abandonne jamais. » Il me quitta, et, bientôt après, il tenta quelques nouvelles opérations ; mais, par une fatalité inexplicable, elles échouèrent toutes ; soins, habileté, rien n'y manqua ; aussi le découragement d'A... fut-il complet. Je cherchais encore le moyen de l'en arracher, lorsqu'il y a un mois je reçus le billet suivant : « Je pars pour la Suisse, sous prétexte de santé ; tu verras que mon premier projet était le meilleur. » Trois semaines après, nous reçûmes la nouvelle de sa mort, et la Compagnie d'assurances, qui n'a pu voir, grâce aux précautions d'A..., qu'une imprudence dans sa mort et non pas un suicide prémédité, a dû bien payer à la veuve et aux enfants la somme énorme que mon pauvre ami leur lègue au prix de sa vie.

« Ce récit nous laissa pensifs, Émile et moi. Nous étions seuls, et je ne sais comment, obéissant à mes réflexions, je me pris à dire tout haut :

« — Quel dévouement pour sa femme ! quel dévouement inouï !

« — Pour sa femme ! reprit amèrement Émile, sans doute, pour sa femme ! cela se conçoit, elle était aussi la mère de ses enfants.

« Je regardai Émile avec un douloureux étonnement.

« — Ah ! s'écria-t-il, sans comprendre que chacune de ses paroles me saignait le cœur, ah ! c'est un titre sacré qui peut commander bien des sacrifices, qui peut obtenir bien des pardons. Mais moi, moi, continua-t-il en s'exaltant à mesure qu'il parlait, je n'ai point d'enfants, je n'en aurai jamais ; jamais d'enfants que je puisse aimer de cet amour qui n'a pas d'égal sur la terre.

« Je demeurai confondue, je n'eus ni la force de répondre, ni celle de pleurer. Émile me quitta froidement, comme si je ne l'eusse pas compris. Il avait raison, je ne l'avais pas compris. J'avais, à la vérité, senti son désespoir que j'avais tant de fois partagé ; j'avais subi cette révélation cruelle de son cœur qui mettait si bas le titre d'épouse pour rehausser celui de mère ; mais je n'avais pas compris que cette parole était le premier jalon de la route de douleurs que j'avais à parcourir. Ne pensez pas cependant, mon père, que parmi les premiers tourments j'aie jamais laissé échapper une plainte ; ils étaient alors si légers, ils semblaient si peu alarmants ! Aujourd'hui, je me les rappelle un à un, parce qu'ils me font voir par quel insensible détour on s'éloigne du bonheur.

« Cependant à cette époque la vie d'Émile changea complétement ; ses affaires se multipliaient ; à peine rentrait-il chez lui, où je ne le voyais que fatigué et toujours préoccupé. La maison était assiégée de gens de toutes sortes ; on n'y parlait plus que d'entreprises colossales. Je craignais que mon mari ne fût tombé parmi des intrigants ; il me présenta chez les plus considérables de ses nouvelles connaissances, et je me trouvai dans un monde que je ne connaissais pas et dont le faste m'étonna. J'y rencontrai quelques-uns des hommes les plus marquants dans les affaires publiques et des noms de la plus haute aristocratie, qui servaient de leur influence ou de leur fortune les vastes projets auxquels mon mari était associé. Les habitudes de cette société, toute de luxe, m'entraînèrent dans une vie bien différente de celle que j'avais menée jusque-là. Sur les vives excitations de mon mari j'abandon-

homme, je m'approchai de lui, et cherchant à lire dans ses yeux.

— Que vouliez-vous dire? repris-je, la voix tremblante; mon mari n'a pas reçu mes lettres, je le vois, et il ignore...

— Vous oubliez, interrompit M. de Nattière, qu'il y a répondu tous les jours.

— C'est vrai, répondis-je, effrayée de la pensée que cette observation faisait naître en moi, c'est vrai, et pourtant...

— Et pourtant il vous laisse ici, ajouta M. de Nattière, complétant par cette parole un soupçon que je n'eusse pas laissé se former dans mon esprit, si j'avais été seule.

Le mot m'altéra, mais l'idée qu'il éveillait eût été trop horrible à garder; je la rejetai avec force, et m'en prenant à M. de Nattière de la douleur que je venais d'en ressentir:

— Sortez! m'écriai-je; vous êtes un méchant homme, un homme indigne, un... Je ne pus achever, les larmes me suffoquèrent.

— Pauvre femme! dit-il en sortant.

Après cette expression de pitié, j'entendis ouvrir et fermer la porte, mais je ne vis pas sortir M. de Nattière, car j'avais caché ma tête dans mes mains avec désespoir. Je me trouvai seule avec mes premières pensées; mais chacune des paroles de M. de Nattière était comme un trait de feu qui les éclairait. Je me les répétai une à une. — Oui, me disais-je, Émile sait ma situation, et il me laisse ici!... Ah! c'est indifférence, oubli, dédain... C'est qu'il a des occupations plus agréables, m'a-t-on dit... Qui est donc?... un autre amour, une passion qui lui fait abandonner jusqu'au soin de ma protection? oh! c'est impossible. Et, malgré mes combats, je me trouvais sans cesse vaincue par l'accord de la conduite d'Émile et des paroles de M. de Nattière. Cependant, je ne restais là de mes souvenirs, je n'osais remonter au premier mot qui m'avait indignée. C'est un misérable! Un homme qui en appelle pas ainsi un autre pour un tort dont ils se rient entre eux, c'est donc... Et le même doute affreux qui m'avait épouvantée se représentait devant moi; mais encore cette fois je me fis un crime de l'avoir conçu; je finis de passer cette nuit dans les larmes, déchirée de mille terreurs, que je n'osais ni combattre, ni accueillir.

Le matin, dès que le jour fut venu, j'envoyai chercher des chevaux de poste, et, avant que personne pût se douter de ma résolution, je partis d'Alane et retournai à Paris. La satisfaction que j'éprouvai d'être hors de ce château mit un peu de calme dans mes idées, sans cependant les adoucir, seulement j'étudiai avec moins de désordre à prévoir le malheur qui m'attendait à Paris. Malgré moi, je le rattachai aux paroles de M. de Nattière, et je me bâtis toute une histoire, où je me représentai mon mari me préférant quelque brillante femme du monde nouveau où il vivait, la vie égaré par les séductions d'un esprit qui se joue de tous les devoirs; mais en pensant à sa jeunesse, je le trouvais pas sans excuses, et je me sentais, sinon coupable, du moins imprudente, de m'être si longtemps séparée de lui, oubliant qu'il m'avait obstinément voulu, mal interprétant sa volonté, comme un dévouement à mes plaisirs. Ce malheur, je le tournai dans tous les sens, je l'examinai à loisir durant la route, et je mis mon courage à portée de le soutenir. J'arrivai. Par un hasard inconcevable, je trouvai la porte de notre appartement ouverte; je le parcourus sans rencontrer personne; il régnait un désordre, et accusait l'absence de celle qui se devait à en surveiller la tenue; enfin j'arrive jusqu'à la chambre d'Émile; les persiennes en étaient encore fermées, et le demi-jour ne m'y laissa distinguer aucun objet. J'allais mettre la main sur l'espagnolette d'une croisée, lorsqu'une voix que je ne reconnus pas sur-le-champ dit tout près de moi, avec l'hésitation d'un sommeil interrompu:

— Est-ce toi, Émile?

Je me retournai vivement, et j'aperçus une femme dans le lit de mon mari. Elle me vit aussi, car elle se jeta hors de ce lit en poussant un cri et demeura droite et immobile devant moi. J'avais préparé mon âme à de bien vives attitudes, j'avais supposé l'infidélité et la trahison d'Émile; c'est tout ce que j'avais cru de plus affreux; mais je ne savais pas ce que les circonstances y venaient ajouter, d'horreurs à mon malheur. Je n'avais pas prévu que ce serait dans ma maison que je trouverais la maîtresse de mon mari; j'avais prévu que cette maîtresse serait ma femme-de-chambre, ma servante. Oh! qui peut peindre le coup terrible et sourd qui frappe au cœur à de telles révélations! Pour moi, je ne saurais vous le dire; il me sembla que je m'étais à la fois heurtée la tête et la poitrine contre l'angle dur et aigu d'un meuble. Je perdis un moment la vue et la respiration, le cœur me serra; un bourdonnement confus m'ébranla le cerveau. C'est ainsi qu'on doit devenir folle. Je l'ai sans doute été un moment, car sans cela je serais morte. Aussi, quand ma raison fut revenue, je voulus mourir.

Après ce premier moment d'anéantissement, je vis Émile à la porte de la chambre. Je le vis, mais je ne le regardai pas; un besoin indicible de doute m'empêcha de vouloir lire son crime dans son maintien; et, sans leur adresser la parole, je m'enfuis dans ma chambre. Je fermai la porte, j'ouvris un tiroir où étaient enfermés des grains d'opium et je les pris tous, puis je m'assis sur une chaise avec mon chapeau de voyage; j'avais gardé mes gants, on eût pu me croire prête à sortir. Tout cela n'avait eu que la durée d'un éclair. L'embarras de sa position occupa Émile assez longtemps pour qu'il me laissât seule deux heures entières. Pendant ces deux heures, je demeurai à la même place. Rien de ce qui occupa ne m'est resté dans la mémoire; seulement il me semble que j'attendais, incessamment, que ma tête éclatât en débris. Cependant des douleurs violentes se mêlèrent à cette apathie terrible; elles devinrent bientôt si cruelles, que je ne pus retenir quelques plaintes. Aussitôt j'entendis remuer à la porte de ma chambre. A ce bruit, je retrouvai le sens de mes douleurs, je me rappelai tout, et je craignis des secours. Enfin, le mal qui me déchirait devint plus fort que moi, j'étouffais difficilement mes cris; je pris un mouchoir, je le nouai sur ma bouche, et m'étendis sur mon lit. Alors tout devint confus autour de moi, et je n'entendis plus rien.

À mon réveil, vous étiez près de moi avec mon médecin et le vôtre; Émile y était aussi. Rien de bien lucide ne m'arriva d'abord à l'esprit; mais les questions qu'on me fit, le désespoir repentant que je lus sur le visage de mon mari me rendirent le souvenir. J'aimai à croire à ce désespoir, et je résolus de me taire. Ce fut ce jour-là, mon père, que vous m'accusiez d'ingratitude et d'insensibilité, quand j'opposais un silence obstiné à toutes vos consolations; ce fut ce jour-là aussi que votre douleur demanda aux médecins si ma raison n'était pas altérée. Vous rappelez-vous, mon père, ainsi se passa toute cette journée, où j'obéis à tout ce qu'on voulut de moi, si ce n'est que je ne prononçai pas une parole, quand l'instance qu'on me fit. Je ne voulais ni mentir, ni dire la vérité. Ce que je ne voulais pas surtout, c'était d'accuser Émile, à mes yeux, sans l'avoir entendu. Le soir vint, et nous restâmes seuls. Je n'osais commencer la conversation, et je ne voyais pas qu'il y fût disposé plus que moi. Que vous disiez-je, mon père? ceci n'est pas croyable, mais c'est la sincère vérité; durant toute cette nuit, il resta près de moi, me prodiguant les soins les plus tendres sans me parler. Respectait-il mon silence? je ne sais; toujours est-il que je me sentis pas la force de l'accuser au moment où sa vie semblait dépendre de la mienne. Pour comprendre qu'il ait pu en être ainsi, il faudrait savoir ce que c'est qu'une longue habitude de soumission; il faudrait avoir redouté comme moi une justification incomplète; il faudrait avoir éprouvé cet amour qui a besoin d'aveuglement, et qui plaide le premier, dans le cœur d'une femme, le pardon du coupable. Puis, ce qui est vrai pour tous ceux qui manquent de résolution puissante, c'est qu'ils n'ont pas le courage d'aborder une explication lorsque l'occasion impérative en est passée. Si en arrivant le matin, j'eusse éprouvé d'autres sentiments que le désir de mourir, sans doute mes reproches eussent été cruels et violents; si, à mon retour à la vie, Émile se fût présenté seul devant moi, je n'eusse pas hésité à l'accabler de mon désespoir; si même la première minute où nous restâmes seuls, j'avais prévu son silence, je me fusse levée devant lui pour lui demander compte de sa conduite; mais après une heure passée entre nous, sans autre langage que les regards attentifs dont il épiait mon visage, je ne trouvai plus la force d'entamer ce terrible entretien. Cependant je gardais au fond de l'âme la volonté de me plaindre et lui dire combien il avait brisé mon cœur, et que c'en était fait de ma confiance pour lui; mais en suivant en moi-même toute l'étendue des reproches que j'avais à lui faire, j'en tirai la conséquence naturelle qu'il me faudrait prendre une résolution à son égard. Je n'en trouvai aucune qui répondît à ma situation, ou qui ne me désespérât. La nuit s'acheva dans cette perplexité; le jour vint, et une circonstance dont vous ne comprendrez pas l'audace me rendit toute ma fermeté: Louise, cette misérable femme que j'avais surprise dans le lit de mon mari, entra dans ma chambre en m'apportant un gage. Émile, en la voyant entrer, lui adressa la parole, et lui dit:

— Je sors, Louise; soignez Madame pendant mon absence.

— Je me levai sur mon séant, et je les regardai fixement tous deux; Émile fit signe à Louise de se retirer, il prit son chapeau et s'approcha de moi.

— Vous sortez, lui dis-je, vous me laissez?

— Il le faut, me répondit-il tristement; j'ai fait à la Bourse une perte de cinq cent mille francs, et si je ne les paye dans trois jours, je suis un homme déshonoré.

« — Cinq cent mille francs! m'écriai-je anéantie par cette nouvelle, cinq cent mille francs! nous sommes ruinés!

« — C'est un échec terrible, reprit-il; mais tout le monde l'ignore, voilà l'essentiel. Je te le dis, ajouta-t-il en me tendant la main, parce que tu es ma seule amie, et que tu ne me trahiras pas; parce que mes chagrins sont les tiens, n'est-ce pas, Fanny? Et, en parlant ainsi, il s'approcha de moi; je ne lui répondis qu'en lui tendant les bras et en versant des larmes cruelles. Il se dégagea doucement, et me dit d'un ton profondément attendri:

« — Du courage, enfant, mon crédit est considérable: que je pare ce coup fâcheux, et ma position est plus assurée que jamais.

« A ce moment, Louise entra; mais je n'y fis plus attention; j'étais tout entière au malheur de mon mari: et le cruel avait bien deviné que je m'oublierais pour lui. A peine était-il sorti, que vous vîntes, mon père; notre famille vint aussi. Votre présence protégea le service de Louise qui exécutait à la lettre les prescriptions du médecin. Ce ne fut que longtemps après, que je me ressouvins de la manière dont on m'aborda durant cette journée: il semblait qu'on eût affaire à un enfant malade dont on ménage les caprices. Plus tard, je me rappelai les signes de pitié que mes amis échangeaient entre eux, lorsque je faisais une réponse distraite à leurs demandes; et je devinai qu'on avait cru ma raison près de me faillir.

« — Pauvre enfant! dites-vous à plusieurs fois, sa tête brûle.

« Oui, mon père, elle brûlait du choc des idées qui s'y froissaient en tous sens; mon départ d'Alane, l'injure de M. de Nattière, puis mon mari infidèle, puis ruiné et peut-être déshonoré; n'était-ce pas assez pour que ma tête brûlât, pour que mes paroles fussent incohérentes, et que je ne prêtasse pas d'attention au bourdonnement indifférent d'une conversation frivole? Enfin mon mari rentra; ses premières attentions furent pour moi, je le reçus froidement: quelqu'un murmura près de moi ces mots:

« — C'est d'un caprice inconcevable.

« Et je devins aussi la victime des suppositions banales et malveillantes de ceux qui disaient m'aimer. J'entendis ce mot, et je n'eus d'autre vengeance que de l'adresser d'un regard à Émile. C'est lui qui y répondit, et ce fut une nouvelle torture.

« — Ce n'est rien, dit-il, rien qu'une affection nerveuse dont le docteur répond; pourvu que nous abandonnions quelque temps la vie de Paris. Il faut de l'exercice et de l'air à Fanny; il lui faut la campagne, et nous irons ensemble bientôt.

« — Où donc? reprîtes-vous, mon père.

« — Mais, chez nous, répondit Émile le sourire sur les lèvres; je sors de chez mon notaire, et il a dans la vallée de l'Orge une petite maison ravissante à vendre tout de suite; j'en fais présent à Fanny.

« Ce fut une exclamation unanime d'admiration pour les soins inouïs dont mon mari m'entourait. A ce moment, vous dites d'un ton moitié riant, moitié sérieux:

« — Émile, Émile, vous la gâtez.

« — Moins que je ne l'aime, répondit-il.

« Vous dire que je fus indignée, surprise, étourdie, je ne sais: je ne compris plus rien, je doutai de tout, même de ce que j'avais vu et entendu; les deux nuits et le jour qui venaient de se passer me semblèrent un cauchemar effroyable dont le ressentiment seul m'agitait. Enfin nous demeurâmes encore seuls. Cette fois, j'allais peut-être avoir le courage de parler, cette fois encore il eut l'affreuse habileté d'étouffer ma douleur et ma plainte sous la sienne. A peine vous eut-il reconduit jusqu'à la porte de notre appartement, toujours riant et dégagé, qu'il rentra dans ma chambre soucieux et morne.

« — Je lui ai trouvé, me dit-il.

« — Rien, lui répondis-je; et ce crédit dont tu parlais?

« — Ce crédit me donnera cent ou cent cinquante mille francs, et l'on peut enfin raisonnablement me supposer de besoins dans un commerce comme le mien. Mais cinq cent mille francs! ce serait avouer ma ruine, que de les demander seulement.

« — Si j'en parlais à mon père?

« — A personne au monde, reprit-il violemment; dire que j'ai tenté le sort de la Bourse! non; je ne serais plus à leurs yeux qu'un misérable joueur, pour lequel ils n'auraient plus assez de reproches et de défiance. Puis, dans ma position commerciale, ce serait me fermer tout crédit; ce serait aller au-devant de la déconsidération. Crois-tu que, s'il en était autrement, je payerais cette énorme somme?

« — Ce serait donc une faillite? lui dis-je en pâlissant.

« — Une faillite! reprit-il; je me brûlerais la cervelle, s'il fallait en venir là; pourtant la loi qui proscrit le jeu de la Bourse ne donne pas d'action pour le payement des opérations qui y sont faites ainsi. On peut donc refuser de payer. Mais il n'y faut plus penser; car, en payant, c'est plus encore le silence que j'achète, que ma dette que j'acquitte.

« Cette distinction manquait de probité, ce me semble, et malgré tout l'effroi qui me remplissait le cœur, j'en fis en moi-même l'observation; peut-être Émile s'en aperçut; car aussitôt il s'approcha de moi.

« — Hélas! me dit-il, je voulais t'épargner tous ces chagrins, et voilà la cause qui m'a fait t'éloigner si longtemps, mais tu es plus forte et plus généreuse que je ne pensais.

« J'appliquai ce mot de généreuse à mon silence sur sa cruelle trahison; j'y crus voir comme l'imploration d'un pardon; j'allais lui assurer que j'avais tout oublié, mais il ne m'en laissa pas le temps.

« — Tu ne m'as reproché, dit-il, ni ma ruine ni la tienne, et je t'en remercie; tes plaintes m'eussent ôté le courage de lutter contre le malheur; mais tu peux encore plus pour moi, tu peux me sauver.

« — Te sauver! lui dis-je, trompée dans mon espoir de lui voir au moins regretter son abandon.

« — Tu le peux si tu le veux, me répondit-il en m'observant soucieusement.

« — Et je le voudrai, repris-je en voyant sa tristesse; je le voudrai, dussé-je y donner ma vie, car moi, je t'aime, Émile, et... les larmes me suffoquèrent.

« — Ah! s'écria-t-il en couvrant mes yeux de baisers ardents, tu pleures; malheureux que je suis! je ne puis te voir pleurer ainsi; c'est pour t'épargner une larme, un regret, que j'ai laissé la route facile où je marchais, car selon mon amour l'opulence ne t'y venait pas assez vite; c'est pour ne pas te voir pleurer que j'avais brisé mon cœur par notre séparation; et je n'ai pu t'éviter le malheur; tu souffres, Fanny, tu souffres, ah! pardonne-moi; ce n'est pas ce que je t'avais promis: c'était un bonheur pur et brillant que je t'avais juré, et maintenant tu pleures, tu souffres; oh! seul mon malheur, le seul véritable; car toi, tu es ma vie, c'est en toi que j'existe.

« Et lui-même pleurait; il me serrait convulsivement dans ses bras; il m'appuyait sur sa poitrine, que je sentais battre violemment; une espérance inouïe, une consolation puissante me pénétra, m'inonda le cœur.

« — N'est-ce pas, que tu m'aimes? m'écriai-je en lui rendant ses caresses; n'est-ce pas, Émile?

« — En as-tu douté? ajouta-t-il en me regardant fixement, la douleur peinte sur le visage...

« J'avais tant besoin de cet amour, ce désespoir d'Émile sur les craintes d'un doute de ma part, le choc de tant d'émotions, tout cela me fascina tellement, que, volontairement, je renonçai au témoignage de mes yeux. Ne pouvant tuer mes souvenirs, je m'en détournai pour ne pas les voir.

« — Non, je n'en ai pas douté. J'ai été folle un moment; mais je me suis trompée, je n'ai rien vu...

« — Quoi! serait-ce hier matin? s'écria Émile. Oh! pauvre enfant, que tu as dû souffrir! et cette horrible indisposition!.. Oh! je comprends, oui, je comprends tout maintenant.

« Et, comme si une idée soudaine luisait tout à coup devant lui, il ouvrit mon secrétaire, y chercha l'opium et n'y trouva plus. Il tomba renversé à mes pieds dans d'effroyables convulsions. J'appelai; Louise vint pour le soigner avec moi. A ce moment, je n'avais plus un soupçon; c'est moi qui m'étais coupable; enfin il revint à lui. Louise sortit. Le premier mot de mon mari fut pour me donner une explication: je n'en voulus pas...

« — Non, lui dis-je, pas une parole; oh! pas une, Émile, si ce n'est pour me dire comment je peux te sauver? ne m'as-tu pas dit que je pouvais te sauver?

« — Ah! tu ne m'aimes plus te le demander, reprit-il tristement.

« — Ah! tu me punis cruellement, lui répondis-je.

« — Mais si je te le demande, ajouta-t-il, le voudras-tu? surtout quand tu sauras ce qu'il faut faire.

« — Oui, je le voudrai, Émile; ne te l'ai-je pas dit? fallait-il y sacrifier ma vie?

« — Il faut peut-être plus que cela, répondit-il en souriant; il faut sacrifier une prévention, une répugnance...

Puis il s'arrêta pour attendre ma réponse.

« — Eh bien? lui dis-je en tremblant malgré moi.

« — Eh bien! reprit-il, il faut voir M. de Nattière...

« — M. de Nattière! m'écriai-je; retourner à Alane!

« — Non, dit Émile en m'attirant vers lui, nous ne nous séparerons plus, Fanny. M. de Nattière est à Saint-Cloud, près du roi; dans vingt-quatre heures il part pour la Bretagne, et lui seul peut te sauver.

« — A-t-il des fonds si considérables à sa disposition? repris-je, voulant faire naître des difficultés contre ce projet.

« Sa signature me suffirait pour en trouver, me dit Émile; sa signature est ma seule ressource; oui, continua-t-il en paraissant réfléchir profondément et en parlant par mots entrecoupés, la seule! il me la faut aujourd'hui, ou après-demain la ruine, le déshonneur, la mort...

« Je poussai un cri.

« Ah! ta douleur m'a fait tout oublier, dit Émile en se levant et en parcourant la chambre à grands pas; oui, quand je t'ai vue pleurer, je n'ai plus pensé à ma fortune et à mon honneur perdus, perdus pour jamais, ajouta-t-il en se jetant dans un fauteuil; car, je le vois bien, tu ne veux pas aller chez M. de Nattière.

« J'irai! j'irai! lui répondis-je entraînée par cette succession si rapide d'idées que je n'avais pas le temps de leur dresser un obstacle; j'irai, Émile, pour te sauver; pour toi, entends-tu! j'en aurai le courage.

« Ah! tu es un ange, reprit-il; mais il faut que ce soit à l'instant même; car pour me servir de cette signature, je n'ai plus que demain.

« Si tôt, lui dis-je; mais tu m'accompagneras? je pense...

« Eh! le puis-je? enfant... Écoute, reprit-il, voulant rompre les objections que je pourrais lui faire... Si j'y allais moi-même, comme pour traiter d'une affaire, il faudrait la lui expliquer nettement, et j'avoue que je ne saurais que lui dire; car, à lui moins qu'un autre, je voudrais avouer ma position; mais comprends bien ceci: dans l'immense opération où il m'a intéressé, il y a beaucoup d'acquisitions de terrains à faire; pour qu'on ne soupçonne pas à quoi elles doivent servir, les capitalistes qui mènent l'entreprise les font faire par des personnes qui ne semblent pas y avoir intérêt; je suis une de ces personnes. Tu diras à M. de Nattière que j'ai trouvé une occasion admirable, mais qu'on veut de l'argent; il sait que j'en trouverai avec le papier qu'il te confiera. Si j'allais à Saint-Cloud, il faudrait dire exactement le lieu, la situation, donner des détails impossibles; mais toi, tu peux les avoir oubliés; tu comprends, les affaires te fatiguent, tu n'y entends rien... Seulement tu sais que c'est pressé, enfin il te croira...

« Mais dans quelque temps, m'écriai-je, il apprendra!...

« Il n'apprendra rien, car je lui remettrai son titre. Ce que j'ai oublié de te dire, c'est que je périssais du port, au moment de vendre ma part de mon intérêt dans l'affaire de M. de Nattière; ce qui me rentrera est triple de ce que je pourrai lui devoir, et nous serons sauvés; car sans toi, c'en était fait!... Va, va t'apprêter, n'est-ce que? je vais écrire un mot, faire mettre les chevaux. Il ne me faut pas deux heures. Dépêche-toi...

« Et, sans me laisser le temps de répondre, il sortit. Me laissai habiller par Louise; j'étais étourdie de tout ce qui se passait depuis quarante-huit heures; je vivais dans un tourbillon de pensées et d'émotions où la réflexion n'avait pu trouver place... Quand je fus prête, j'attendis Émile. Le domestique vint m'apporter un billet :

« Ma chère amie, Dallois est dans mon cabinet, il vient arrêter notre compte; je ne puis le quitter; voici tout ce qu'il te faut. N'oublie pas ce que je t'ai dit.

« A ce billet étaient joints un reçu de cinq cent mille francs, d'échéance à six mois, et une petite lettre cachetée pour M. de Nattière. J'aurais voulu voir Émile une seconde; mais, en passant devant la porte de son cabinet, je l'entendis parler très-vivement. La présence de Dallois me rappela tous les dangers de mon mari, et dans la rapidité qu'on lui avait recommandée, sans doute, afin que le temps me manquât même dans la solitude; et, je dois l'avouer, j'arrivai à Saint-Cloud aussi troublée que quand j'étais partie de Paris. Je fis demander au château M. de Nattière. On me conduisit dans l'appartement qu'il y occupait, et je me trouvai face à face avec cet homme que j'avais compté ne plus revoir. Il sourit en m'approchant; je lui prêtai un sourire; mais ce n'était plus de moi seule qu'il s'agissait, et j'acceptai, sans répondre, le fauteuil que M. de Nattière m'offrit d'une manière respectueuse.

« Vous êtes indisposée? me dit-il; serait-ce à un chagrin que je devrais votre présence?

« Non, lui dis-je vivement, se trompant sur l'intention de ses paroles, et craignant qu'il ne lût le secret d'Émile dans mon trouble; non, c'est la fatigue, ce n'est rien...

« Vous avez vu votre mari? reprit M. de Nattière en me regardant avec attention.

« Oui, certes, me hâtai-je de répondre; c'est de sa part que je viens.

« La surprise que ce mot causa à M. de Nattière me fit voir qu'il supposait que j'avais parlé. A ce moment, l'inculpation terrible que M. de Nattière avait élevée contre mon mari me revint à l'esprit. L'idée qu'il pouvait penser qu'Émile désertait ma défense m'humilia si profondément, que je ne pus m'empêcher d'ajouter : Mon mari ne sait rien, Monsieur.

« M. de Nattière me considéra un moment, et me dit à voix basse et en plongeant ses regards dans mes yeux :

« Ni vous ni moi plus, dites-moi?

« Je détournai la vue pour cacher une larme. M. de Nattière me prit la main; je la retirai vivement.

« Je vous savais belle, aimable et parfaite, me dit-il tendrement, mais non pas si résignée. Un pareil abandon...

« Monsieur, lui dis-je froidement, voici une lettre de mon mari.

« M. de Nattière la lut rapidement et la jeta sur la table qui était près de nous.

« Enfin, dit-il, votre mari daigne vous confier le secret de ses affaires! il a longtemps qu'il aurait dû le faire : car je vous crois plus raisonnable que lui. Voyons, Madame, de quoi s'agit-il?

« Ma position particulière vis-à-vis de M. de Nattière était si fausse, que, par un inexplicable oubli de tout honneur, je me sentis à l'aise en abordant le mensonge que je devais lui débiter... Il m'écouta attentivement, et je lui répétai, plus clairement que je ne l'eusse fait à un indifférent, la leçon que m'avait faite Émile.

« C'est bien, me dit M. de Nattière en se levant qu'il s'occupe de nos affaires : cela vaut mieux que de courir les agents de change. Je vais préparer ce qu'il vous faut.

« Il sortit, et je vis qu'il connaissait au moins la nécessité de mon mari, s'il en ignorait les affreux résultats. Le remords me prit alors; mais il n'était plus temps. Une invincible curiosité me poussa à lire la lettre d'Émile que M. de Nattière avait laissée sur la table; elle était d'une honteuse adresse. La voici :

« Mon cher Monsieur,

« Je tiens une superbe affaire aux cheveux; ma femme vous l'expliquera... Nous acquérons à cinquante pour cent au-dessous de la valeur réelle. Le vendeur est dans mon cabinet; je ne le laisserai pas sortir; je le garde à dîner; je ne veux pas qu'il voie personne avant la conclusion. Sans cela, je serais chez vous. J'attends avec impatience le retour de Fanny. L'aspect de vos effets négociables à l'instant même terminera tout. J'attends.

« M. de Nattière rentra et me présenta des traites pour cinq cent mille francs. Je tremblais comme une criminelle en lui en remettant le reçu. Il prit encore ma main, que, cette fois, je n'eus pas la force de lui retirer; il la pressa sur ses lèvres et me dit doucement :

« Ne serez-vous généreuse que pour Émile, et me pardonnerez-vous rien?

« Il venait de sauver mon mari, grâce à une tromperie dont j'étais complice. Hélas! pouvais-je lui montrer qu'il m'était odieux; pouvais-je, moi, lui marquer le mépris que j'avais eu de lui; je ne m'en sentis plus le pouvoir, et, tremblant sous cette impression, je lui répondis tristement :

« Je n'ai pas le droit de vous en vouloir, Monsieur.

« Il me serra la main en la portant encore à ses lèvres; je vis bien qu'il m'avait mal comprise; mais il eût fallu une trop longue explication pour le détromper; je préférai me retirer, laissant le soin de ma défense; il me reconduisit avec le respect affectueux d'un homme qui prend pitié du trouble qu'il inspire, et je retournai à Paris, aussi vite que j'en étais venue. Émile reçut avec une joie qui me fit mal des traites que je lui apportais; à peine s'il eut un remerciement pour moi. Le lendemain il s'échappa pour en faire usage, et je ne le vis plus de la journée. Les inquiétudes qu'il avait répandues dans notre famille, à propos de ma santé, me valurent un si grand nombre de visites, que j'en fus comme assiégée. Cependant Louise était toujours là, et je m'établis pendant plusieurs jours dans une position d'où il ne me fut pas possible de sortir; car chasser cette fille après ce qui s'était passé entre Émile et moi, c'était témoigner un soupçon que j'avais effacé. C'est alors, mon père, que commença dans ma vie ce singulier mélange de tristesse profonde et de gaîté folle qui vous surprit si étrangement; c'est alors qu'incapable de garder une juste mesure dans mes sentiments, je me livrais au désespoir, lorsqu'un mot, un regard, une réflexion ravivaient dans mon souvenir des preuves de la trahison d'Émile; alors, aussi, je poussais ma joie jusqu'au délire, lorsque j'étais parvenue à étouffer les ressentiments de mon cœur, essayant d'étourdir ma vie dans le mouvement et le bruit, jusqu'au moment où la douleur revenait triomphante. Ce fut une lutte de plusieurs mois, où je perdis tout repos, jusqu'à ce que l'espérance fut enfin tout à fait vaincue. A cette époque, l'affection de ceux qui m'aimaient se détacha peu à peu de moi; l'envie de quelques femmes qui m'avaient toujours détestée en profita habilement, et je devins, pour le monde et peut-être aussi pour ma famille, un être bizarre et déraisonnable, une tête fantasque, une femme d'une exigence que rien ne pouvait satisfaire. Je comprenais, sans qu'on me l'exprimât, cette fâcheuse opinion qu'on prenait de moi, et par une disposition de l'âme que vous comprendrez, mon père, je me plaisais à la braver. Fière de ne pas mériter mon malheur, il y a des instants où j'aurais voulu le subir tous pour avoir le droit de maudire tout le monde, quand je ne pouvais plus bénir celui que j'avais tant aimé. Hélas! je l'aimais encore, et lui seul garda, jusqu'au dernier jour, le pouvoir de me consoler.

« Cependant vous ne voyiez que ma conduite extérieure et celle d'Émile, et c'est sur moi que tombaient les accusations; car mon mari ne perdit pas un moment cette apparence de soins empressés qui me rendaient si injuste à vos yeux. C'étaient toujours le même luxe pour ma toilette, les mêmes présents attentifs, tandis que je calculais, sous la crainte de notre ruine, combien de jours d'existence il y avait dans chacune de ces frivolités! Mais enfin, à travers ces jours semés de douleurs internes, se leva un jour de terrible malheur.

« Malgré mes pressantes représentations, mon mari avait acheté cette campagne dont je vous avais parlé. Cette acquisition, m'avait-il dit, faite à la même époque que le payement de son énorme perte à la Bourse, devait établir son crédit plus haut que jamais. Se restreindre en pareille circonstance, eût annoncé ses embarras, et lui eût enlevé cette confiance publique qui était sa seule ressource pour établir sa fortune. J'avais cédé sans être convaincue, et quelques amis, plus prudents, blâmant cette acquisition, ne trouvèrent rien de mieux que d'accuser mes caprices des folles dépenses de mon mari. Quoi qu'il en soit, nous étions établis dans la vallée de l'Orge. Louise m'avait suivie, et j'avoue que mes soupçons s'étaient presque effacés. Émile partait tous les matins, vers cinq heures; il revenait dîner tous les soirs, et ne quittait pas un moment depuis son arrivée, jusqu'à son départ. A cette époque, ma santé était faible, et je me levais fort tard. Émile m'éveillait le matin pour me dire adieu, et je ne me rendormais que lorsque j'avais entendu son cabriolet sortir de la cour.

« Un matin pourtant, après une nuit où la fièvre m'avait cruellement tourmentée, avait attristé mon sommeil de rêves affreux, je ne pus me rendormir, et j'espérai trouver dans la fraîcheur de l'air quelque soulagement à cette agitation. Je descendis dans le jardin, et après une promenade de plus de deux heures, je m'assis sous un berceau épais, à l'extrémité d'un petit bois qui devait le mur de clôture. Tout à coup j'entends marcher dans l'allée qui était à côté de moi. Le bruit de ce pas, que je connaissais si bien, me frappe; je regarde, et je vois Émile passer, et arriver à une petite porte qui ouvrait un sentier qui coupait à travers les champs et conduisait à quelque distance sur la grande route. Quoique un vif sentiment de surprise m'eût empêchée d'adresser la parole à Émile, je n'avais cependant conçu aucune crainte, et je m'expliquais sa présence par l'oubli qu'il avait fait de quelque objet important. Je rentrais à la maison, rêveuse et préoccupée, lorsqu'au détour d'une allée je trouve Louise devant moi, cueillant les fleurs dont elle ornait ma chambre tous les jours. Cette rencontre fut pour moi comme une révélation terrible; tous mes soupçons revinrent, et je demeurai convaincue que j'étais toujours trompée. Oh! cette fois, mon père, il n'y eut plus de faiblesse dans mon cœur. Tout mon orgueil se révolta; les soins de cette misérable fille me parurent une insultante dérision, et je me résolus d'éclater; mais je voulais une preuve, irrécusable, invincible; une preuve que je saisirais moi-même, et dont je pourrais m'armer froidement, sans que le hasard me la jetât à l'improviste, et que mon trouble là, laissât échapper comme la première fois. J'attendis donc, et je trouvai dans mon indignation la force de mentir à tous les yeux. Le soir, Émile vint; le matin, il me quitta comme d'habitude. A peine était-il sorti de ma chambre, que je me levai. De mon cabinet, qui donnait sur la cour, je le vis faire partir son cabriolet et rentrer dans la maison. J'attendis un quart d'heure, et je marchai droit à la chambre de Louise. Dans ce moment, et dans la journée qui la précéda, je sentis ce que c'est que jouir bienfait d'une puissante volonté. Pour la première fois, la résolution que j'avais prise me tint au cœur, sans faiblesse ni combats, et quoiqu'elle dût amener de terribles résultats, et que je m'en fusse dissimulé aucun, je ne ressentis ni les douleurs, ni le désespoir qui avaient accompagné mes incertitudes. J'entrai donc calme et résolue; ils étaient dans les bras l'un de l'autre.

« — Enfin! m'écriai-je en entrant et en me posant en face d'eux, enfin!...

« Cette livide et basse contraction que j'avais déjà vue sur les traits d'Émile s'y montra encore, mais plus hideuse peut-être. Il me fit l'effet d'un homme qui eût voulu me battre, mais qui n'eût osé me poignarder. S'il lut dans mon regard aussi avant que moi dans le sien, il dut y trouver un bien cruel mépris. Tous deux étaient muets; je repris la parole:

« — Cette maison, dis-je à mon mari, n'aura bientôt d'autre maître que vous; mais tant que j'y suis, je puis aussi y commander. Ne craignez rien, je n'y resterai que le temps nécessaire pour en chasser cette créature.

« — Il n'y a ici, s'écria Émile avec une fureur ignoble, il n'y a d'autres ordres ici que les miens. Et vous êtes la mère qui deviez y obéir. Suivez-moi, Fanny, sortez de cette chambre.

« — Pas avant d'en avoir chassé votre maîtresse, lui répondis-je aussi exalté que lui; qu'elle sorte, qu'elle parle à l'instant même.

« — Sortez! Fanny, me répéta Émile en s'avançant vers moi avec une colère qui m'eût glacée d'effroi en toute autre circonstance, sortez! sortez!..., et, à chacun de ces mots, il contractait ses bras comme un homme qui se roidit contre lui-même. Mais moi, j'avais tant souffert au cœur, que ses brutalités ne m'épouvantaient pas; aussi, au mouvement qu'il fit vers moi, je me jetai au-devant de lui, ma poitrine contre la sienne, mon visage à la hauteur du sien, le mépris sur les lèvres, le regard insultant. Je lui fis baisser les yeux; je le méprisai tout à fait.

« — Que cette fille sorte! lui dis-je; qu'elle sorte à l'instant! à la minute! C'est ma servante, je la chasse...

« — Fanny! Fanny! s'écria Émile en changeant subitement de ton. Louise s'en va, mais épargne son état; ta violence peut la tuer, elle peut tuer son enfant.

« — Son enfant! repris-je anéantie de cette nouvelle découverte, son enfant et le vôtre! n'est-ce pas? Et, un souvenir fatal se réveillant aussitôt en moi, j'ajoutai en baissant la tête: Ah! ce sera donc elle qui sera la mère de vos enfants? C'est juste! c'est à moi de sortir.

« Je m'éloignai machinalement, je descendis au jardin, je le parcourus lentement sans projet arrêté; toute mon exaltation s'était affaissée; je ne pensais à rien, je n'éprouvais qu'une douleur sourde et confuse: ma résolution s'était évanouie devant une circonstance que je n'avais pas prévue, et répétais à chaque pas, sans y attacher de sens, ce mot fatal: La mère de son enfant! Cet état dura peu; au bout d'une allée, j'aperçus Émile, qui m'avait suivie. A cette vue, poussée par un instinct d'horreur impossible à décrire, je me pris à fuir de toute ma vitesse; j'atteignis la porte du jardin, je vis devant moi le sentier qui conduisait à la grande route; je m'y élançai. Bientôt j'entendis la voix d'Émile, qui me poursuivait: il me suppliait de m'arrêter. A chaque son de sa voix, je me hâtais davantage, comme pressée par un éperon sanglant: Émile gagnait du terrain, et j'entendais déjà près de moi sa voix haletante et suffoquée, lorsque j'aperçus le cabriolet qui attendait sur la route. Jusque-là, j'avais fui, emportée par un effroi insurmontable; j'avais fui sans but ni dessein, sans espoir même d'échapper à la poursuite d'Émile. A la vue de ce cabriolet, l'idée de fuir pour jamais, de ne plus revoir cette détestable maison s'empara de moi, et me donna de nouvelles forces. Je précipitai ma course; je gagnai de l'avantage à mon tour; et j'arrivai échevelée et pantelante sur la route.

« — Joseph! Joseph! m'écriai-je en m'élançant dans la voiture; à Paris! à Paris! vite! vite!

« — Ah! Madame, reprit le domestique épouvanté, je l'aurais parié. Hélas! Madame, je n'y suis pour rien, je le savais, quand on me disait d'attendre.

« — Joseph! à Paris! répétai-je hors de moi, vite! vite! à Paris!...

« — C'est impossible, Madame, dans votre état. En effet, j'étais presque nue, je vis Émile près de moi attendre; je me mis à pousser des cris en disant sans cesse:

« — A Paris! à Paris! Joseph! et je me jetai à genoux devant lui au fond du cabriolet. Cet homme me vit pleurer et se décida à partir malgré la voix d'Émile qui lui criait d'arrêter. Le cheval fit quelques pas; mon mari tenta un dernier effort, et se jeta à la bride; nous restâmes en place.

« Soudainement, et comme si une eau glacée m'eût inondée, je devins froide; la peur me prit, je fus épouvantée de tout ce que j'avais fait. Un enfant devant son maître n'est pas plus tremblant que je le devins quand je me vis au pouvoir d'Émile. Je lui aurais demandé grâce, si j'avais eu la force de parler. Déjà la route se peuplait de paysans, et l'on nous examinait; Joseph dit à mon mari:

« — Faut-il que je ramène Madame?

« — Traverser ainsi le village devant tout le monde, c'est impossible, répondit Émile; faites entrer le cabriolet dans le petit chemin, et allez chercher un chapeau et un manteau pour Madame...

Joseph descendit de voiture et courut à la maison; mon mari demeura près du cabriolet où j'étais restée sans mouvement. Joseph revint, et il m'affubla comme il put; mon mari se plaça près de moi, et nous conduisit avec une rapidité effrayante. Quand nous arrivâmes dans la cour, la cuisinière, le jardinier et sa femme, quelques servantes s'y trouvaient. Mon mari descendit rapidement et m'ordonna de le suivre; j'obéis; mais tout à coup un cri d'effroi s'échappa de la bouche de nos domestiques qui entouraient la voiture. En me levant, j'avais mis mes pieds nus dans mes pantoufles; en fuyant, elles s'étaient échappées de mes pieds, et ils étaient sanglants et déchirés. Émile, qui le vit, renvoya ces bonnes gens avec un emportement terrible, et me répéta l'ordre brutal de le suivre; je marquai de mon sang chaque marche du perron qui était devant la maison; j'en marquai chaque marche de l'escalier qui conduisit à ma chambre. Émile se mit à la parcourir à grands pas; je restai immobile, debout devant lui, les pieds nus sur le parquet. Il eut la barbarie de s'approcher de moi, de me saisir le bras et de me dire:

— Vous devez être contente, nous avons tous nos domestiques pour confidents.

Je ne compris rien alors à ce mot, mais il disait toute l'âme d'Émile; j'ai éprouvé depuis qu'il eût bu ce sang qui coulait de mes pieds, s'il eût été sûr qu'on l'eût éternellement ignoré. Mais au moment où il m'adressait la parole, je ne vivais plus ni de sensations, ni d'intelligence; il parut surpris de mon immobilité.

— Eh bien! me dit-il brutalement, que faites-vous là? Il faut vous coucher, vous êtes blessée.

Je ne répondis pas davantage; il défit mon manteau et mon chapeau, et me porta dans mon lit. J'y demeurai huit jours dans le délire de la fièvre. Je faillis y mourir; mais j'avais encore à souffrir, on me sauva.

Enfin j'étais entrée dans une voie de malheurs bien certains; ce n'étaient plus ces sinistres mais vagues avertissements que j'avais eu longtemps, ces révélations intimes de l'âme aux yeux; l'approche du crime et du vice. Ce qui les rendit plus complètes, c'est que vous étiez absent, et que je demeurai livrée aux soins de mon mari. Ce qui me perdit encore, c'est la nature, qui refusa la force d'exécuter une résolution soudaine; c'est que, lorsque je revins à la vie et au souvenir, il me fallut voir et entendre Émile; c'est qu'il ne quitta pas le chevet de mon lit, ni durant la nuit, ni pendant le jour. Écoutez, mon père, comment se passa le temps qui précéda votre retour; prenez si cela se peut, pour me comprendre, l'âme d'une malheureuse femme qui se voit condamnée à vivre sans foi, sans religion, sans amour, et à qui l'on ôte encore une espérance, c'est que lit Émile. Il ne mit point de tromperie entre nous. Il aborda ses forts franchise.

— Écoute, me dit-il un jour que je m'étais trouvé la force de t'acquérir, écoute, Fanny; tu peux aller vers ton père, lorsqu'il sera de retour, tu dois ce que tu as vu, me perdre à ses yeux, à ceux de ta famille et de la mienne, m'offrir au monde comme un débauché de bas étage, dégradé jusqu'à l'amour d'une servante, et tu paraîtras peut-être avoir raison.

— Je paraîtrai avoir raison, repris-je amèrement.

— Oui, continua-t-il d'un ton calme, ce ne sera qu'une vaine apparence; le vice a des suites toujours avec des mauvaises actions; me pardonne-t-on rien à un entraînement?

— Oh! m'écriai-je avec indignation, un entraînement qui dure des mois entiers; un entraînement qui m'a peu respecté ou qui n'a pas compris le pardon qu'il y avait dans mon silence; car je n'ai pas cessé, trompée le jour où vous m'avez offert une misérable explication, quand je l'ai refusée, c'est que j'ai voulu ne pas vous entendre mentir; je vous aimais trop, pour ne pas craindre un tort de plus.

— Alors, ajouta tristement Émile, je n'ai plus rien à vous dire.

— Parlez, parlez, lui dis-je, déjà effrayée de lui avoir fermé une voie de justification.

— Pourquoi vous parler, Fanny, reprit-il, si tout ce que je peux vous dire est déjà flétri de mensonge dans votre esprit? Je vous croirai, si vous dites la vérité, lui répondis-je.

— Non, c'est impossible, répliqua-t-il tristement. D'un indifférent, vous comprendriez peut-être tout ce qui m'a conduit, ou je suis innocent; mais de moi, que vous détestez, rien ne vous paraît pardonnable.

— Je ne vous déteste pas, Émile, m'écriai-je vivement; je ne vous déteste pas; le mot de haine ne peut être prononcé entre nous.

— Mais tu ne m'aimes plus, ajouta-t-il avec douleur, et si je te disais que je t'aime, moi, comme mon seul bien, tu

ne me croirais plus; tu ne me croirais pas, ajouta-t-il en prenant ma réponse, tu ne croirais pas qu'un sentiment que je ne puis trouver odieux, même en présence de ton désespoir, m'a conduit à t'outrager à ce point. Et puis, je ne t'ai pas dit tout ce que j'ai souffert et tout ce que je t'ai caché; tu ne sais pas qu'en présence du bonheur de mes amis, entourés d'enfants joyeux, ma félicité ne me semblait qu'une dérision; que plus je valais à mes yeux, plus je pleurais d'être sans espoir de voir revivre tant de beauté et de vertus dans mes enfants. Enfin que te dirai-je? cette douleur, ou plutôt, ce désir de sentir mon sang couler dans les veines d'un être à moi, d'un enfant à moi, ce désir m'a égaré, perdu; car si j'eût été amour, est-ce si bas que je l'eusse placé? Si je t'avais trahi que les propos du monde m'eussent fait le cœur, j'aurais-je caché mon crime dans notre domesticité? Que veux-tu que je te dise? Le plus honteux de mes torts, je le dois à la crainte de déchirer ta vie, et j'ai doublé ma faute en voulant te la soustraire à tes yeux.

Et, comme je l'écoutais, stupéfaite et épouvantée du bien que j'éprouvais à l'écouter, et comme je détournais violemment la tête pour m'arracher à la tentation qui me prenait de le croire, Émile ajouta avec désespoir:

— Ah! si je te parle ainsi, c'est que tout cela est dans mon cœur et en déborde malgré moi. Ce n'est pas une justification, Fanny; il n'y en a pas contre la haine; car si tu m'aimais encore, vois-tu, je t'expliquerais rien, j'accepterais mon crime tout entier, et je te demanderais pardon, sûr de l'obtenir de toi. Mais une chose doit rester encore entre nous; c'est quelque justice, et c'est à la tienne que je m'adresse. Non, continua-t-il avec une folle exaltation, je ne sens pas en moi que je sois aussi coupable que je le te parais; ce que je sens par-dessus tout, c'est le désespoir d'avoir perdu ton amour; ce que je sens, c'est que je t'aime comme on adore Dieu, que ton abandon me damne, que j'ai tout perdu.

En parlant ainsi, il pressait son front avec désespoir, je pleurais avec des sanglots. Émile se jeta à mes genoux, il mit sa tête sur mes genoux, avec des larmes et des cris:

— Fanny, disait-il, me quitteras-tu? Ne te reverrai-je plus? Pitié! pitié...

J'appuyai ma main sur sa tête, comme pour le calmer; il s'en empara, il la mouilla de larmes et la couvrit de baisers; ce geste de ma part était un premier mot de pardon; je tombai sans force dans ses bras, et il était assuré que j'avais tout excusé avant que j'eusse prononcé une parole.

Bientôt je fus capable de me lever. Nous revînmes à Paris. Je ne vis plus Louise. Joseph aussi avait été renvoyé et je tâchai de croire au changement de mon mari. C'était une situation affreuse que celle de mon cœur; où je devais me fier à ces premiers mouvements de passion; pendant lesquels j'avais frémi de deviner l'âme d'Émile, accepter comme infaillibles ces avertissements qui me l'avaient montré si différent de ce que je l'avais cru; et alors, c'était, vouer mon existence au malheur; c'était reconnaître que ma vie innocente était liée à une vie d'hypocrisie et de scélératesse; ou bien, il fallait croire à cette conduite extérieure, qui me le ramenait si empressé et si tendre. J'accueillir comme résultat de son amour, et non d'un calcul adroit, rejeter sur la puissance d'un désir à peine blâmable toutes les fautes d'Émile, et lui redevoir mon avenir et l'espérance d'un bonheur prochain. J'étais seule, sans appui, sans conseil; je ne fis un à moi-même de ma propre sévérité; je me rappelai vos douces leçons sur les bienfaits de l'indulgence, et je me donnai à Émile, comme il semble, qu'une mère doit pardonner à son enfant qui revient. J'acceptai avec reconnaissance, notre réconciliation me fit heureuse; il me semble que j'avais acquis tous les droits d'une femme, à l'amour de son époux.

Avec ces dispositions dans le cœur, Émile m'eût tenu encore bien longtemps sous l'empire de sa fascination; ses torts ne se fussent adressés qu'à moi et il en eut été répréhensible qu'à mon égard; mais sa conduite, pour laquelle toute excuse me paraissait bonne vis-à-vis de moi, restait une fausse défense quand elle touchait à d'autres intérêts. Pour ce qui est d'honneur et de loyauté, il y a pour l'intérieur une balance rigoureuse où rien ne pèse que la vérité. Aussi l'emploi des fonds de M. de Nattière m'avait paru toujours une action coupable. Émile avait mis fin à mes remontrances, en me disant qu'il avait vendu sa part de son intérêt dans l'acquisition des terrains, qu'ainsi tout était remboursé, et j'avais presque oublié cette affaire à travers tous mes chagrins. Une lettre foudroyante de M. de Nattière vint m'éveiller dans ma sécurité. Cette lettre m'était adressée. Quoique je n'aie jamais pu la retrouver, les expressions m'en sont restées gravées dans l'esprit, tant je la relus de fois, pour comprendre tout ce qu'elle disait.

« MADAME,

« Après dix lettres écrites vainement à M. de Varni, je me
« décide à m'adresser à vous. Des informations prises à Paris
« m'ont révélé que les cinq cent mille francs que je vous ai
« remis n'ont point servi à l'usage auquel ils étaient destinés.
« Est-ce moi qui vous l'apprends, ou le saviez-vous lorsque
« vous êtes venue chez moi? Me suis-je trompé, lorsque j'ai
« cru à votre douleur, à votre vertu, ou M. de Varni avait-il
« raison lorsqu'il me confiait tout bas que sa faiblesse ne
« pouvait résister à vos exigences, et que le luxe que vous
« aimiez à étaler le gênait cruellement? Ma raison et mon
« cœur se refusent à cette pensée. Je crois avoir deviné M. de
« Varni : c'est un habile hypocrite qui vous a dévouée à servir
« de manteau à ses fourberies. Il est ruiné, et c'est vous qu'il
« en accuse; et s'il doit arriver qu'on découvre sa basse in-
« trigue avec votre servante, pour s'excuser, il vous inventera
« des torts, il vous imputera peut-être à crime mon amour,
« qu'il a excité, je dirai qu'il a servi aussi lâchement qu'il l'a
« pu. Mais cet amour était digne de vous, car il vous a res-
« pectée. Peut-être même, pour ne pas salir le nom que vous
« êtes forcée de porter, j'eusse pardonné à votre mari sa hon-
« teuse escroquerie, si le silence qu'il garde vis-à-vis de moi,
« lorsqu'il devrait implorer mon indulgence, me laissait en-
« core le choix de ma conduite. Je gémis de vous entraîner
« dans ma perte; mais je me révolte à la pensée qu'il pour-
« rait me faire servir à tromper plus longtemps le monde
« sur sa bassesse et sa lâcheté : je le démasquerai donc. Ce-
« pendant si vous pouvez trouver un moyen de me sauver
« bientôt, faites-le. Dans huit jours je serai à Paris, et alors
« il me faudra une *satisfaction réelle*, ou les tribunaux reten-
« tiront de mes plaintes. Pardonnez-moi, Madame; pour moi,
« je ne puis que vous plaindre. »

« L'effet que cette lettre produisit sur moi ne fut point un
étonnement tel que vous pourriez vous l'imaginer. Le sentiment que j'éprouvai fut un effroi comme doit être celui du
voyageur qui s'inquiète longtemps d'un bruit qu'il ne comprend pas, et qui découvre tout à coup qu'il est produit par
un serpent à sonnettes. C'étaient mes doutes, mes soupçons
mes vagues terreurs nettement et subitement formulés à mes
yeux ; c'était le mot d'une énigme qui avait souvent tourmenté ma veille et mon sommeil : mot terrible qui s'appli-
quait merveilleusement à chacun des événements de ma vie,
et qui me les éclairait de leur vrai jour. Le mensonge de la
vie d'Émile, comme un voile déchiré à un coin et que le
moindre effort achève, ce mensonge entamé dans des relations de probité, s'écroula tout entier devant ma première réflexion, et ses repentirs d'amour prirent place à côté de ses
engagements d'honneur ; tout était faux et joué. Bien certaine, à ce moment, que je n'avais d'autre espoir que le malheur, je voulus au moins confondre Émile, et m'affranchir
hautement du rôle de dupe que j'avais subi jusque-là. Mais,
hélas! cette résolution ne dura que le temps de la concevoir ;
je m'épouvantai d'un si terrible avantage, je ne pus me figurer sans pitié Émile placé devant moi et écoutant la lecture
de cette lettre; et cette fois encore, je reculai devant la position qu'il me faudrait prendre. Sais-je même, si jamais il eût
eu connaissance de ce billet, s'il n'eût contenu que des accusations? Mais les menaces qu'il renfermait étaient si pressantes, qu'il fallait bien l'en avertir ; et je dois dire, à la
louange ou au blâme de son cœur, qu'avec tant de droits de
plaintes et de reproches, ce fut le soin seul du salut d'Émile
qui me détermina à lui communiquer la lettre de M. de Nattière.

« Pour arriver à ce but sans être témoin de la honte d'É-
mile, et sans vouloir néanmoins perdre le droit d'une explication, je posai cette lettre sur son bureau pendant qu'il avait
les yeux tournés vers un autre endroit ; il l'aperçut et je sortis.
Je lui laissai le temps de la lire, trop de temps, peut-être, si
ce fut alors qu'il conçut les projets que je découvris ensuite.
Enfin je rentrai.

« — Je viens de lire cette infamie, me dit Émile aussitôt.
Cet homme payera de son sang chaque mot qu'il vous a écrit.

« — Mais tu le menaces, et va arriver, lui répondis-je.

« — Oui, sans doute, reprit mon mari avec amertume;
comme on ne se bat pas avec ses débiteurs, il faut que je le
paye avant d'en avoir à le punir de ses noirceurs.

« Quoique à coup sûr Émile fût coupable envers M. de Nattière, je lui sus gré de l'indignation qu'il montra contre ses
accusations, et m'approchant de lui plus amicalement que je
n'eusse pensé pouvoir le faire :

« — Mais comment le payer? lui dis-je tristement.

« — Oh! répondit Émile avec assurance, il me reste des
ressources; mais je n'ai que peu de temps pour les réunir. Il
faut donc que je parte dès aujourd'hui, que je voie moi-même

quelques-uns de mes correspondants de province : huit jours
me suffiront à peine, mais ils me suffiront. Quant à toi,
Fanny, écris seulement à M. de Nattière ce billet que tu feras
remettre à son hôtel la veille de son arrivée. Émile me fit le
brouillon suivant :

« — Madame de Varni attendra ce soir M. de Nattière, et lui
« donnera la *satisfaction réelle* qu'il demande. »

« — A neuf heures je serai ici, et tu auras les fonds nécessaires, continua-t-il vivement.

« — Mais si tes espérances te manquaient? lui fis-je observer avec inquiétude.

« — J'y serai également, et alors j'emploierai l'autre
moyen, reprit-il avec un affreux regard.

« — Quel moyen? m'écriai-je...

« — Rien, rien, répondit Émile en se détournant; je suis
sûr de mes correspondants : cela vaut mieux.

« Il partit en effet, et durant les huit jours qui suivirent
son départ, je ne reçus pas une seule fois de ses nouvelles. Le
jour de l'arrivée de M. de Nattière venu, je m'apprêtai à recevoir sa visite; car j'avais fait remettre chez lui le billet que
m'avait dicté Émile. Pendant ces huit jours, j'avais eu le
temps de me préparer à voir M. de Nattière; cependant je frémissais du résultat de cette entrevue. Quoique je n'eusse pas
voulu accabler mon mari de la preuve de son mensonge vis-
à-vis de moi, à qui il avait dit que tout était remboursé, cependant j'avais perdu toute foi dans ses promesses. Mon silence
vint en aide à mes défiances, et plusieurs fois je m'imaginai
que, par une fuite cachée, il avait voulu se soustraire au sort
qui le menaçait. Toutefois je mettais mes soins les plus attentifs à expliquer son voyage, sans m'apercevoir que je pouvais,
par cette sollicitude, faire naître des soupçons sur une absence
si naturelle pour un négociant. Mais le voile qui entourait le
secret de notre vie intime avait été habilement tendu, et personne n'eût osé y porter la main, tandis que moi, qui voyais
de près de si indignes secrets, je me figurais que tous les regards devaient y pénétrer. Le jour fatal vint enfin. A peine
huit heures avaient sonné, qu'on m'annonça M. de Nattière.
Malgré mon embarras, j'allai au-devant de lui, en lui disant :

« — Vous m'attendiez pas si tôt, Monsieur, mon mari ne
sera de retour à Paris qu'à neuf heures.

« M. de Nattière jeta autour de lui des regards soupçonneux, et me répondit en m'interrogeant du regard :

« — Ah! M. de Varni n'est pas à Paris?...

« — Non, lui dis-je; il a été auprès de quelques-uns de ses
correspondants de province, pour en rapporter la somme
qu'il vous doit.

« — Vous en êtes sûre! reprit M. de Nattière, toujours armé
d'un air de défiance singulier. Sa façon d'être me fit craindre
encore un malheur, et je ne pus m'empêcher de lui répliquer,
en me mettant à pleurer :

« — Il me l'a dit, du moins, Monsieur; m'aurait-il encore
trompée?...

« M. de Nattière m'examina quelque temps en silence, et
tout à coup sa figure changea d'expression; lui-même parut
attendri, et il me dit avec effusion :

« — Oui, il vous a trompée encore; oui, mes soupçons
étaient injustes, et vous n'êtes pas complice de ses nombreux
mensonges.

« — Ah! expliquez-vous, m'écriai-je ; a-t-il fui? est-il parti?
où est-il?

« — A Paris, me répondit M. de Nattière.

« — A Paris! lui dis-je, interdite à cette nouvelle; à Paris!...

« — Oui, reprit-il, à Paris : caché, tout le jour, dans l'appartement qu'il a donné à votre femme de chambre, et la
nuit, assis à une table de jeu, parmi tous les rebuts du monde,
avec tous les escrocs de la ville.

« Chaque mot de M. de Nattière tombait sur mon cœur
comme un coup de massue; il secouait la torpeur dont ils en-
gourdissaient mon esprit, et je m'écriai après un silence :

« — Ah! c'est impossible! vous me trompez... Quelle est
donc son espérance? quels sont ses projets?

« — Son espérance, me dit M. de Nattière avec sévérité, la
voici : après avoir ébranlé son commerce par un luxe vani-
teux, il a cherché une ressource dans le jeu glissant de la
Bourse; après s'être ruiné à la Bourse, il a soutenu son crédit
par un infâme abus de confiance; et lorsque cet abus de confiance est prêt à le déshonorer, il cherche dans la boue des
tripots si un hasard ne viendra pas à son aide pour le sauver
encore.

« — Et d'où savez-vous tous ces détails? dis-je à M. de Nattière, en le dévorant de mes regards; comme si j'eusse voulu
lire sa réponse avant qu'il pût me la faire.

« — D'après ce que j'avais appris, me répondit-il, j'avais
trop d'intérêt à savoir ce que deviendrait M. de Varni. Depuis

quinze jours, il est entouré d'espions qui ne le quittent pas...

« — Ainsi, il est perdu, car cette honteuse ressource lui a manqué sans doute? m'écriai-je en tombant sur un siége.

« — Jusqu'à présent, répliqua M. de Nattière, elle n'a fait qu'ajouter à sa ruine.

« — Il est perdu? répétai-je sourdement.

« — Oh! répliqua M. de Nattière avec une expression de mépris profond, M. de Varni est un homme à expédients : il connaît l'art. 324 du Code pénal, et a grand soin de faire donner ses rendez-vous d'affaires par sa femme.

« J'allais demander l'explication de ces paroles singulières, lorsque la porte de ma chambre s'ouvrit, et Emile parut. Il était joyeux et assuré. Je n'eus plus que la force de regarder. Il salua fièrement M. de Nattière, qui ne daigna pas s'incliner.

« — Je vous ai fait attendre, dit Emile; je vous prie de m'excuser; voici votre argent...

« Et il jeta sur la table des paquets de billets de banque et des rouleaux d'or. M. de Nattière les prit, les compta lentement, et, après en avoir visité quelques-uns, il dit à mon mari avec un regard qu'il lui fit baisser les yeux:

« — Ils sont attachés par douze; c'est la somme la plus forte qu'on puisse jouer d'un seul coup, ce me semble?

« — Il suffit, répondit Emile d'un ton sombre; comptez votre argent...

« M. de Nattière continua avec la même froideur, et dit, après un moment de silence :

« — Il est inutile de vérifier ces rouleaux d'or; ils portent une marque, sinon respectable, du moins certaine; mais il manque dix mille francs encore.

« Emile fouilla vivement dans la poche de côté de son habit, et jeta un nouveau paquet sur la table, en disant :

« — Les voilà!

« Mais avec le paquet était tombé quelque chose de pesant; je regardai, c'était un poignard. M. de Nattière le prit, l'examina avec un sourire moqueur, le tira, l'essaya sur son doigt, et reprit, toujours avec cette froideur glacée qui semblait confondre Emile :

« — C'est un excellent commentaire de l'art. 324 du Code pénal...

« — Mon reçu! s'écria Emile avec une rage indicible.

« — Le voici, répondit M. de Nattière; et, avec le papier qu'il lui avait remis, il tira de sa poche et posa devant lui une paire de pistolets : vous voyez, continua-t-il, que je m'occupe aussi de consultations judiciaires. Notre célèbre ami B..., l'avocat, m'a raconté en riant l'entretien que vous aviez eu avec lui, à propos de l'art. 324. En vérité, c'est une ressource entre les mains d'un mari habile, et vous pourriez réclamer le mérite de l'invention. Voulez-vous que je vous en fasse honneur?

« Emile se tut, mais, emporté par un mouvement de terreur inouï, il leva sur M. de Nattière un regard bassement suppliant.

« — Rassurez-vous, continua celui-ci, avec un air de dégoût : il y a un bouclier entre vous et moi, c'est madame de Varni; et je lui jure sur l'honneur que pas un mot de ce qui s'est passé entre nous ne sera prononcé.

« Le plus misérable des hommes devant son juge n'eût pas été plus confondu, qu'Emile en face de M. de Nattière. Quant à moi, j'étais demeurée stupéfaite et sans comprendre le sens des paroles que j'entendais prononcer. M. de Nattière me salua profondément, et sortit. Mon mari, demeuré avec moi, ne m'adressa pas une parole; mais jamais je ne vis tant de féroces passions se combattre sur le visage d'un homme. Presque aussitôt un billet arriva à Emile : il le parcourut, prit son chapeau, et s'élança hors de la chambre. Je demeurai seule; le billet était par terre, je le ramassai, et je le lus. Voici ce qu'il contenait :

« Accourez; Louise est dans les douleurs de l'enfantement,
« elle se désespère; depuis huit jours vous l'avez quittée si
« souvent, qu'elle se défie de votre fidélité. Frascati est peuplé
« de jolies femmes comme les billets de banque, et elle croit
« que c'est pour elles que vous y allez. Venez...
« Le docteur B... »

« Ainsi M. de Nattière m'avait dit vrai. Joueur et toujours infidèle, descendu aux plus basses habitudes et au plus honteux mensonges, voilà ce qu'était mon mari. Cependant un voile me couvrait encore la scène d'Emile et de M. de Nattière. — Il a d'autres expédients, m'avait dit celui-ci; il connaît l'art. 324 du Code pénal, et a soin de faire donner ses rendez-vous d'affaires par sa femme. — Je voulus une lumière complète, et je cherchai dans la bibliothèque un Code, et dans ce Code cet art 324... Le voici :

« Néanmoins, dans le cas d'adultère, le meurtre commis par
« l'époux sur son épouse, ainsi que sur le complice, à l'ins-
« tant où il les surprend en flagrant délit dans la maison con-
« jugale, est excusable. »

« Je crus deviner; je n'en frémis pas. Je poursuivis ma pensée.

« A ce texte, j'ajoutai les paroles équivoques de M. de Nattière, l'accusation qu'enfermaient ses lettres et les souvenirs d'Alane ; je me rappelai le poignard tombé de la poche d'Emile, et je compris le crime dans toute son horreur.

« Ce fut une heure après que je quittai la maison de mon mari, et que je partis pour me cacher dans cet asile de mort, où des murs infranchissables s'élèvent entre ma faiblesse et lui, où je n'ai plus entendu parler d'Emile, où je me suis rendu le pardon impossible, où je ne cours plus le risque de m'engager dans une existence de tortures; car si j'étais restée, mon père, si j'étais restée..... peut-être j'eusse cru..... je ne sais, mais je l'aime encore; et comme je le sentais, je suis partie. »

. . . .

NOTE

M. de Varni est aujourd'hui un des plus brillants fashionables de Paris. Quelquefois on parle bien bas, pour ne pas alarmer sa sensibilité, de sa femme, qui, après l'avoir ruiné, s'est enfuie et a disparu avec quelque misérable de son espèce ; toutes les mères de famille regrettent qu'il ne soit pas veuf ; et il est question de le nommer préfet.

LA LAMPE DE SAINT-JUST

Il n'y a pas un siècle que, dans l'église de Saint-Just de Narbonne, au milieu de la chapelle qui se trouve à droite du tombeau de Philippe le Hardi, brûlait, nuit et jour, une magnifique lampe d'argent. Cette lampe était constamment alimentée d'huile odorante, et qui devait être de pure olive. Le soin de cette lampe n'était pas confié aux mains grossières des bedeaux et de leurs valets : un jeune abbé était ordinairement commis au soin de sa propreté et de son éclat. Cette lampe magnifique fut volée vers l'an 1734, et fut remplacée par un cierge qu'on devait également entretenir allumé sans interruption; mais le cierge n'excita plus l'admiration des fidèles comme faisait la lampe précieuse, et il disparut complétement vers l'an 1750. Il existe cependant encore quelques vieillards qui se rappellent l'avoir vue, et qui m'en ont parlé. Voici ce que j'ai pu découvrir de plus certain sur l'origine et la fondation de cette lampe :

Le 12 février 1347, vers minuit, un jeune chevalier de dix-neuf ans à peine, suivi de quatre glaives ou hommes d'armes à cheval, s'arrêta devant la porte de Lubiano Marrechi, Italien-Lombard, commerçant établi dans la ville de Narbonne. Comme la porte ne s'ouvrit pas dès le premier appel, les hommes d'armes se mirent en devoir de la briser; mais aussitôt la clef tourna dans la serrure, et le chevalier, et ses hommes entrèrent dans une salle pauvrement éclairée. Celui qui leur avait ouvert était un petit vieillard d'un aspect assez commun, ayant, comme tous ceux de sa profession, l'œil alerte et inquiet. Il semblait vouloir regarder à la fois tous les visages et toutes les mains, pour pénétrer les uns et surveiller les autres. Au moment où les glaives entrèrent par la porte de la rue, une jeune fille à demi vêtue s'élança de la porte opposée, et, courant vers le chevalier, elle se jeta à son cou avec un cri de joie, en disant :

— C'est donc toi, mon Joëz! ah! je t'attendais, et j'ai reconnu de loin ton cheval et celui de tes mules.

Elle avait à peine dit ces mots, qu'elle se recula avec effroi, car l'acier poli de la cuirasse du chevalier avait glacé sa jeune et tiède poitrine, et meurtri sa peau blanche et délicate. Elle considéra l'étranger, et se laissa tomber sur un siège étroit de cuir noir, en disant avec stupéfaction :

— Ah! ce n'est pas Joëz!

— Non, répondit le chevalier, je ne suis pas Joëz de Cordoue, le beau marchand de laines pourpres, qui ne t'apporte point de magnifiques présents à ma fiancée Diana Marrechi. Je suis Jean de Lille-Jourdain, et je viens exécuter les ordres du roi de France.

— C'est bien! reprit le vieux marchand; rentrez dans votre chambre, Diana : je suffirai, je pense, à faire les honneurs de notre maison au sir de Lille-Jourdain.

— C'est inutile, reprit celui-ci, car à partir de ce moment, ni toi, ni aucun de tes biens n'avez plus ni chambre ni maison. Toutes vos personnes sont saisies et tous vos biens sont confisqués.

— Tu délires, s'écria Marrechi en portant sa lampe au visage de Joan, ou plutôt tu n'es qu'un enfant qui joues à un mauvais jeu. Prends garde, nous sommes sous la protection des consuls de la ville, et leurs sergents d'armes ont puni plus d'un chevalier banneret d'avoir méconnu leur sceau. Le voici au pied de la permission qui, moyennant dix écus d'or, m'est concédée de vendre et d'acheter toutes sortes d'objets à mon plaisir. Retire-toi donc, si tu ne veux que j'appelle les bourgeois, et te fasse un mauvais parti.

— Sus, mes fils, dit le jeune homme à ses soldats, faites comprendre à ce Lombard qu'il plaît au roi Philippe de s'emparer de tous ses biens pour s'indemniser des aides que lui ont refusées les états de la langue d'oc.

Les soldats obéirent, garrottèrent le vieillard. Il ne pouvait s'imaginer que ce qui se passait fût une réalité, tant le secret de cette mesure avait été gardé; et tant elle arrivait foudroyante et imprévue. Diana, aussi immobile que son père, le corps à peine couvert d'une légère toile de lin, ne sentait ni le vent piquant qui collait son vêtement sur ses formes pures et sveltes, ni le froid des dalles qui glaçait ses pieds; elle ne pensait pas qu'elle était exposée, presque nue, aux regards d'un étranger; elle regardait Jean d'un œil fixe et presque insensé, et, pendant ce temps, son père s'écriait avec désespoir:

— Ah! miséricorde divine! qu'allons-nous devenir?

— Le voici, répondit le chevalier; toi, comme chef de la famille, tu seras enfermé, avec tous les Lombards du pays, dans un cachot bien obscur, où tu pourriras jusqu'à ce qu'il plaise au roi de t'en faire sortir.

— Et ma maison! dit le vieillard, que deviendra ma maison? Mes trésors, mes marchandises, privés de mes soins, que deviendront-ils?

— Ta maison! repartit le chevalier, nous allons en prendre les clefs, nous la fermerons, et je réponds que les commissaires du roi ne laisseront rien perdre de ce qui s'y trouve.

— Juste ciel! s'écria le vieillard, pour qui les malheurs se succédaient si rapidement qu'il n'avait pas le temps d'en mesurer l'horreur, et ma fille! mon enfant!

— Ta fille sera chassée de la ville avec les autres.

— Chassée! répéta le vieillard en se tordant dans ses liens.

— Chassée à l'instant même, reprit Jean sans s'émouvoir.

Diana, arrachée à son immobilité par cette terrible parole, se leva soudainement, et, prenant le chevalier par le bras avec un mouvement convulsif, en le regardant en face, elle lui dit:

— Et où veux-tu donc que Joez me trouve, si tu me chasses d'ici?

Jean de Lille-Jourdain ne put s'empêcher de regarder Diana avec une sorte d'intérêt. En effet, elle était belle de toute la beauté du sang italien; ses cheveux noirs ruisselaient sur ses épaules; sa poitrine haletait; ses yeux respiraient une superbe résolution.

— Ma foi, Joez la trouvera où il pourra, dit un des hommes d'armes, mais n'oubliez pas, sire Jean, que nous avons treize expéditions pareilles à celle-ci à faire pour cette nuit, et que nous n'en finirons pas, si nous nous arrêtons aux larmes de tous les Lombards que nous avons à chasser.

— Tu as raison, dit le chevalier pensif. Allons, jeune fille, apprêtez-vous; on va vous conduire à la porte de la ville.

— Par la saint Lubiano, c'est tuer cette enfant. Miséricorde pour elle! miséricorde, Monseigneur! ne la chassez pas de la ville!

— Oh! ne me chasse pas! s'écria Diana à genoux, laisse-moi cette nuit dans Narbonne; je la passerai sur la pierre de notre seuil; muette et couchée comme une morte, je ne dirai rien. Sur le salut de mon âme, j'attendrai Joez, voilà tout; je l'attendrai toute la nuit; et s'il n'est pas venu au jour, comme je serai sans doute tout à fait, morte de douleur et de froid, l'on ne pourra vous accuser, en voyant mon cadavre, de ne pas avoir rempli votre devoir et d'avoir eu pitié de moi.

Jean était prêt à s'attendrir. Tout à coup un bruit de chevaux se fit entendre. Diana s'élança vers la porte, mais la lueur des torches la fit rentrer; et la voix insolente du Galois de La Baume jeta de la rue ces paroles au jeune chevalier:

— Ah! l'on voit bien que nous sommes au quartier du sire de Lille-Jourdain, rien ne le presse d'obéir, et il suit l'exemple de son père dans l'exécution des ordres du roi. Que Dieu prenne les traîtres en pitié!

Et il repartit au trot de ses chevaux.

Jean comprit que le Galois de La Baume, qui avait dénoncé son père pour lui ravir sa lieutenance générale du comté de Narbonne, ne manquerait pas d'appuyer cette accusation à toutes celles qu'il avait inventées. Il détourna donc ses regards de la jeune fille, et cria à ses hommes d'armes d'en finir.

Diana, s'attachant à lui, poussait de vifs sanglots, et lui de-

mandait à genoux de la tuer et de ne pas la chasser ainsi; mais il la repoussa rudement. Elle tomba presque évanouie sur le sol. Les soldats l'emportèrent hors de la maison, ainsi que le vieux Lubiano.

— Adieu, ma fille! adieu! criait le vieillard; devais-tu mourir avant moi!

À ce mot, la jeune fille se releva, et, mesurant Jean d'un œil de mépris, répondit à son père d'un ton calme et assuré:

— Mon père, tu veux donc me voir mourir!

Jean ne comprit pas le sens de ces paroles, et le vieux marchand n'y vit qu'une vaine menace. On les sépara.

A quinze mois de ce jour, Jean de Lille-Jourdain était assis sur un coussin aux pieds de la belle Rasselinde de La Baume. Elle écoutait avec amour les récits qu'il lui faisait de ses premières courses aventureuses; et la mère de Jean, la superbe Isabelle de Levis, les considérait tous deux en souriant. C'était un groupe charmant que cette jeune fille, blonde et frêle, couchée dans un large fauteuil d'ébène, où sa robe blanche et souple la dessinait mollement, et ce beau jeune homme, presque à genoux devant une sainte image, elle, les yeux inclinés sur lui; lui, les yeux levés sur elle; Rasselinde, souriante et heureuse d'être aimée, l'écoutant par ce qu'il parlait, et non par ce qu'il disait, l'écoutant par sa voix, et non par ses paroles; Jean, heureux de la voir, et dont le regard pensait plus loin qu'à l'heure présente, car le lendemain ils devaient se marier; et à côté d'eux, comme un ange gardien, la dame de Lille-Jourdain se contemplant dans son ouvrage, car c'était elle dont les soins finissaient, par cette union, les vieilles querelles des sires de Lille-Jourdain et des seigneurs de La Baume.

Le jour commençait à baisser. C'est l'heure où les fleurs donnent tous leurs parfums, où les fades chaleurs du printemps vibrent à l'horizon en rayons et pâles éclairs; c'est le temps où la nature est si abondante en enivrements qu'on se plaît au repos et au silence, de crainte de la troubler; aussi Jean et Rasselinde étaient-ils devenus silencieux. Jean, la tête appuyée sur les genoux de Rasselinde; elle, la main dans les cheveux de Jean; tous deux ivres de la même âme, ainsi que du même air et de la même lumière; tous deux oublieux de toute autre vie que la leur, ne pensant même plus aux dévorantes dévastations de la peste qui, depuis quelques mois, abattait comme un ardent faucheur les tremblantes populations de la langue d'oc. C'était un de ces moments inévitables qui font de la plus folle et de la plus pauvre jeunesse un meilleur temps que de la vieillesse la plus riche et la plus prudente.

A ce moment, la porte de la salle gothique s'ouvrit, et une femme voilée s'y présenta. Jean se leva vivement, et, désagréablement interrompu dans ses longues pensées, demanda rudement à cette inconnue ce qu'elle voulait.

— Jean de Lille-Jourdain, dit-elle presque solennellement, cette belle enfant n'est-elle pas Rasselinde, ta fiancée?

A cette voix, la jeune fille tressaillit, et d'un œil inquiet, parcourut le visage troublé de Jean. Prévoyant quelque triste confidence d'un amour délaissé, elle se prit de peur pour son bonheur, et des larmes lui vinrent aux yeux. Jean répondit brièvement:

— Oui, elle est ma fiancée.

— Bien, dit la femme voilée avec quelque chose d'un vœu satisfait. Et aussitôt elle retourna vers la porte, et, l'ayant refermée soigneusement, revint se placer devant Rasselinde. Elle parut la considérer attentivement à travers son voile; puis laissant tomber ses paroles une à une, comme si elle réfléchissait tout haut:

— Oh! certes, elle est belle, plus belle que je n'avais espéré.

— Que vous importe? s'écria l'impatient jeune homme.

— Ce qu'il m'importe? l'inconnue avec un léger tressaillement, c'est que je suis assurée, en la voyant si belle, que l'amour qu'elle t'inspire n'est pas une de ces affections frivoles qui se brisent sans déchirements. Ce qu'il m'importe? continua cette femme, en élevant la voix et en se tournant vers Jean, c'est que ce sera un effroyable supplice pour toi que la pensée de la quitter.

— La quitter! s'écria violemment le sire de Lille-Jourdain. Que nous veut cette femme, et qui l'a laissée entrer au château?

— Ce que je te veux? reprit-elle, je veux t'avertir d'un danger qui vous menace, toi et ta belle fiancée, d'un projet de vous séparer, qui a été conçu par un implacable ennemi.

— Il n'est pas d'ennemis qui puissent m'atteindre ou que je craigne, répondit fièrement le chevalier, à l'abri de mes remparts et de mon épée; fût-ce le comte de Foix, fût-ce Armagnac, fût-ce le roi de France lui-même.

— Cet ennemi, reprit l'inconnue, n'est cependant qu'une pauvre femme, et, malgré tes remparts et ton épée, elle tient en ses mains sa vengeance aussi inévitable, aussi sûre que celle de Dieu.

En disant ces mots, elle s'avança vers Rasselinde, et Jean de Lille-Jourdain se jeta entre elles, la main sur son poignard. Un effroi singulier se glissa dans son cœur; et, bien qu'il ne parût pas raisonnable de craindre une femme seule et sans doute insensée, cependant un triste pressentiment l'agitait et sa voix tremblait lorsqu'il s'écria:

— Enfin, qui es-tu? que veux-tu?

— Qui je suis? répondit-elle gravement, je suis Diana Marrechi; ce que je veux? c'est ta vie.

Rasselinde, à ces paroles, poussa un cri d'effroi, et Jean, tout à fait rassuré et honteux du mouvement de crainte qui l'avait agité, la mesura avec un sourire dédaigneux; mais elle, continuant, s'écria avec un amer enthousiasme:

— Oui, je suis Diana Marrechi, qui s'est traînée à tes genoux en te demandant de lui laisser attendre son fiancé, nue sous la pluie et le vent, nue sur une pierre; je suis Diana Marrechi que tu as repoussée du pied du moi-même.

— Assez, assez! reprit le sire de Lille-Jourdain; sortez, ou je vais vous faire jeter hors de ce château par mes valets.

— Ils n'oseraient, répondit amèrement Diana.

— C'est donc moi qui le ferai! s'écria le chevalier; et aussitôt il s'avança vers Diana, et, la saisissant par le bras, il voulut l'entraîner hors de la salle; mais elle, à son tour, prenant la main de Jean, la serra avec une rage convulsive, et, la froissant entre les siennes, sembla s'attacher à lui. Cependant Jean était près de la faire sortir, lorsqu'elle s'arrêta soudainement.

— Eh bien! je sortirai, dit-elle, je sortirai; mais accorde-moi une grâce: laisse-moi revoir la fiancée; pour tout le mal que tu m'as fait, cette dernière faveur! Oh! tu peux tenir ma main; je te jure sur mon âme que je ne l'approcherai pas: seulement que je la voie une dernière fois.

Aussitôt Diana et Jean s'avancèrent vers Rasselinde, qui s'était réfugiée, tremblante, dans les bras de la dame de Lille-Jourdain. La jeune fille considérait Diana avec un effroi insurmontable; Jean lui-même, tout en la retenant violemment par le bras, lui obéissait par une sorte de repentir vague. A ce moment, et lorsqu'un silence profond s'était établi entre toutes ces personnes, Diana, arrivée en face de Rasselinde, leva son voile, et, poussant Jean vers la jeune fille, elle lui cria:

— Rasselinde de La Baume, voici Jean de Lille-Jourdain, votre fiancé, que vous présente Diana Marrechi!

A ces paroles, à ce mouvement, la foudre sembla avoir éclaté sur la tête de ces infortunés. Jean quitta convulsivement la main qu'il tenait; Rasselinde tomba à genoux, et la dame de Lille-Jourdain resta immobile et glacée. Diana se prit à rire.

— Eh bien! sire de Lille-Jourdain, s'écria-t-elle, où sont tes remparts et ton épée, contre la vengeance d'une pauvre femme? Misérable! qui me regardes avec des yeux stupides! oui, c'est vrai! je suis pestiférée; et tu portes en toi les germes de la mort. Oh! vois donc maintenant comme ta fiancée est belle! Non, elle n'était pas si beau, sur mon âme!

Rasselinde, égarée, voulut se jeter dans les bras de Jean; mais lui, l'évitant avec terreur, s'écria:

— Oh! ne m'approche pas! je ne suis plus ton fiancé. Va-t'en! va-t'en!

— C'est mon fiancé à moi! dit Diana en s'élançant vers lui; regarde, Rasselinde, comme je l'aime!

Et aussitôt s'attachant à lui comme un serpent, elle l'enlaça de ses bras, couvrait son front et ses lèvres de baisers hideux, hurlant comme une hyène qui déchire sa proie; et pendant cette horrible lutte, ni la mère ni la maîtresse de Jean n'osèrent lui porter secours. Elles le voyaient se débattre sous ces affreux embrassements, et ne savaient que pleurer et crier. Des valets accoururent, qui, à l'aspect de Diana, restèrent immobiles sur les portes, n'osant pas s'approcher de leur misérable maître. Enfin, Jean termina cet épouvantable combat d'un coup de poignard qu'il adressa droit au cœur de Diana.

Pendant la lutte, la dame de Lille-Jourdain avait fait vœu d'une lampe au bienheureux saint Just, si son fils échappait à ce danger. La donation de six pièces de vignes faite aux chanoines de l'église pour l'entretien de cette lampe rapporte en effet que Jean fut sauvé par l'intercession de ce saint; toutefois elle ajoute qu'il perdit l'usage de la main gauche, que Diana lui avait mordue avec fureur. C'est sans doute cette circonstance qui valut à ce seigneur le nom de sire de La Main-Morte, sous lequel il est plusieurs fois désigné dans le récit des guerres des peuples de la langue d'oc contre les Anglais.

ÉTRENNES DE BONS MÉNAGES
CE QUE FEMME VEUT,
LE VEUT.

PROVERBE EN TROIS ÉTAGES,

Joué avec succès le 1er janvier 1851, et jours suivants.

PERSONNAGES.

DUPLANTIS. — Ancien tailleur du régiment, qui parle avec majesté et fait sonner les lettres finales, et particulièrement les z; légèrement boiteux.

M. DUHAMEL. — Conseiller à la Cour royale; digne d'être à la Cour de cassation; inamovible parfait.

M. GRUMELOT. — Mari, ex-épicier, garde national, pommis à la loterie, poudré, bas chinés, un parapluie rouge; belle écriture, lunettes sans branches, et la queue.

MADAME DUPLANTIS. — 36 ans, grosse brune, accorte, leste, usant de la voix et du geste avec prodigalité ou discrétion, suivant les circonstances.

MADAME DUHAMEL. — 28 ans, pâle, blonde, délicate, perdue dans les mousselines et les dentelles; voix douce, regard changeant, les pieds et les mains d'une distinction rare.

MADAME GRUMELOT. — 26 ans, danseuse enrichie, belles formes, bête, voix canaille qu'elle adoucit quand elle ne parle pas à son mari, mal sot fils, ni à sa cuisinière; ni à un jour de théâtre.

LOLO. — 10 ans, gamin destiné à vendre des contre-marques.

ANATOLE. — 8 ans, déjà intelligent du mensonge et des bonnes manières.

GUGUSTE. — 9 ans, petit être étiolé, rongé par le rouge; brisé par les battements et les plis; insolent, et qui a déjà vu des coulisses.

PIERRE. ⎫
FERNAND. ⎬ Trois forts gaillards convenables à l'étage où ils se
LÉON. ⎭ trouvent.

URSULE. — Femme de chambre.

MARIANNE. — Cuisinière.

LE REZ-DE-CHAUSSÉE,
La loge du portier.

Tous les meubles d'une loge; une pendule, une commode, un lit, une table, une fontaine, une soupente et un poêle.

SCÈNE PREMIÈRE.

MADAME DUPLANTIS, LOLO.

MADAME DUPLANTIS, dans sa loge, occupée à ranger. Lolo, as-tu ciré les bottes à ton père?

LOLO, en dehors. Ah! c'est embêtant. Tenez! à la une heure que je trotte; ça n'a rien de commun de travailler. (Il entre.)

MADAME DUPLANTIS. Veux-tu pas renifler, méchant gamin! Tiens, v'là ton tablier de la semaine, mouche-toi! Dieu de Dieu! peut-on avoir un nez dans cet état? la un jour de l'an? LOLO, sans prendre le tablier. Ah! ouah! le tablier! C'est fait.

MADAME DUPLANTIS. Sur ta manche, affreux enfant! sur ta manche!

LOLO. Est-elle vieille!

MADAME DUPLANTIS. Une veste d'un an, que tu ne mets que depuis six mois! tous les jours, malpropre!... Tu ricanes! Lolo, une ricane pas!

LOLO. Ehû!... (Madame Duplantis lui donne un soufflet, et Lolo se met à pleurer en reniflant.)

MADAME DUPLANTIS. Pleure, pleure, monstre d'ingratitude! tu ne mourras jamais que sur l'échafaud.

SCÈNE II.

MADAME DUPLANTIS, LOLO, M. DUPLANTIS, un balai, une brosse, de la cire à la main, et suant à grosses gouttes.

DUPLANTIS. Ne pourriez-vous battre cet enfant de la sorte qu'il criât moins fort?

MADAME DUPLANTIS. C'est ça. Et qu'est-ce qui le battra, ce garnement? Une fois que tu as fait ton escalier, tu ne t'occupes plus à rien. C'est bien! il prospérerait joliment dans le vice avec des leçons comme ça!

DUPLANTIS. Je ne suis point injuste; je dénie pas qu'il faille le battre; mais je serais pour qu'il ne criât pas! D'ailleurs, pourquoi frapper cet enfant sur la joue? Dans sa petite intelligence, il peut prendre cela pour un soufflet, et se sentir humilié. A son âge, je me serais récalcitré.

MADAME DUPLANTIS. C'est ça, poussez-le à sa perte...

LOLO, rentrant. V'là les boîtes à papa...

DUPLANTIS. Ne pleure pas, Lolo, je te donnerai un fusil, un briquet et une giberne; fils d'un brave, tu y as des droits...

MADAME DUPLANTIS. Achète-lui un dé et des aiguilles, et qu'il se mette à l'ouvrage.

LOLO. C'est régalant l'ouvrage.

MADAME DUPLANTIS. Feignant! (Fifi qui est dans le berceau se met à pousser des cris aigus.) Pauvre cher petit! Attends, Fifi, attends. Cher ami! il a des coliques.

DUPLANTIS. Si monsieur Fifi se donne les gants de crier aussi, bonjour, adieu...

MADAME DUPLANTIS. Tu le haïs donc bien cet enfant? Pauvre Loulou! il demande à teter à sa pauvre mère. (L'enfant redouble ses cris.)

LOLO. Ah! maman, comme ça pue!

MADAME DUPLANTIS, à Fifi. Tu es t'indisposé, cher ami.

DUPLANTIS, prenant une prise. Amour d'enfant, va!

MADAME DUPLANTIS. Vous ne pouvez pas le sentir, ce malheureux! Ta mère t'aimera, va, Fifi, si l'on te haït ici.

DUPLANTIS. Je ne l'haïs point, mais je vais chez le marchand de vin du coin attendre un instant que monsieur Fifi...

MADAME DUPLANTIS. De quoi! chez le marchand de vin! et qu'est-ce qui va faire les boîtes pour les cartes de visites, et écrire les noms dessus?

DUPLANTIS. Qui? qui les a faites l'an dernière? ce n'est pas moi.

MADAME DUPLANTIS. Au fait! c'est pas moi.

DUPLANTIS. Ce n'est pas toi, Lolo; ton éducation ne te le permettait pas.

LOLO. Je crois bien, puisque, depuis deux ans, je suis toujours aux bâtons; nous ne commencerons les jambages qu'après Pâques. Eh! papa, c'est le grand Pierre qu'a fait les boîtes et les noms l'an dernière.

MADAME DUPLANTIS, avec émotion. Pierre?

DUPLANTIS, avec dignité. Monsieur Pierre.

MADAME DUPLANTIS. C'est vrai, ce garçon faisait tout votre ouvrage.

DUPLANTIS. Tout mon ouvrage, madame Duplantis.

MADAME DUPLANTIS, avec résignation. Tiens, Duplantis, ne parlons pas de ça! oui! ça m'a fait assez de peine quand il est parti. Un bon sujet!

DUPLANTIS. En seriez-vous regrettante?

MADAME DUPLANTIS, remettant Fifi dans son berceau, et d'un ton digne. Regrettante de quoi? d'un homme dont on a dit qu'il me faisait la cour! je préférerais le reprendre! Travailler toute la journée à laver les escaliers, les cirer moi-même, passer les nuits à attendre les locataires, je le préférerais que de le reprendre. Un homme dont on a pu dire!... Ah! (Elle pleure et essuie ses yeux.) Tiens, Lolo, va balayer la cour, je vais faire les boîtes.

DUPLANTIS. Allons, madame Duplantis, je sais que tu en es incapable... Lolo est trop petit pour balayer, et tu ne sais pas écrire!

MADAME DUPLANTIS. C'est pourtant pas Pierre qui le fera: et comme tu vas chez le marchand de vin...

DUPLANTIS, après un moment de silence. Tiens! c'est la vieille madame Quinquelot, du n° 12, qui a cancanné tout ça.

MADAME DUPLANTIS. Voilà! voilà l'honneur! d'être sacrifiée comme tu me l'as fait à la langue d'une Quinquelot!

LOLO, pleurant. Maman, je lui tortillerai son angola.

MADAME DUPLANTIS. Embrasse ta mère, Lolo; tu sens son chagrin, toi... Monsieur Duplantis, cet enfant-là une âme... Berce ton frère, Lolo, berce-le. Pauvre Fifi, innocente créature! on l'a soupçonné aussi.

DUPLANTIS, attendri. Allons, ne pleure pas, ce n'est pas une affaire sans remède.

MADAME DUPLANTIS, pleurant tout bas. Je ne me plains pas; je ne demande rien.

SCÈNE III.

DUPLANTIS, MADAME DUPLANTIS, LOLO, PIERRE.

PIERRE, ouvrant la porte. Un paquet pour madame Duhamel.

LOLO, courant au-devant de Pierre. Ah! c'est Pierre! Bonjour; as-tu mes étrennes? Je te souhaite la bonne année. (Pierre embrasse Lolo.)

MADAME DUPLANTIS, bas à son mari. Il a bon cœur, lui; il ne méprise pas Lolo; il l'aime autant que Fifi. Au lieu que toi!...

DUPLANTIS, avec accent. Bonjour, Pierre; nous parlions de vous avec mon épouse.

PIERRE. Vous êtes bien bon, monsieur Duplantis. Comme j'avais une commission dans la maison, je me suis permis de venir vous voir.

DUPLANTIS. Vous avez bien fait, Pierre.

PIERRE. Et de venir vous présenter la bonne année, et, si je l'osais, un petit cadeau d'étrennes... Bonjour, mame Duplantis.

MADAME DUPLANTIS, d'un ton affectueux, sans se déranger de son ouvrage. Bonjour, monsieur Pierre; bonjour.

LOLO. Y en a-t-il pour moi, dis donc? eh!

PIERRE. Monsieur Duplantis, voulez-vous accepter cette tabatière de peu de chose, mais c'est le cœur qui l'offre.

DUPLANTIS, prenant Pierre, c'est trop juste.

PIERRE. Je ne dois pas oublier que je vous ai servi deux ans; vous ne me refuserez pas de vous en récompenser.

DUPLANTIS. Quel est ce mode de tabatière?

PIERRE. Une révolution des 27, 28 et 29, avec les noms des héros morts pour la liberté.

DUPLANTIS, regardant. C'est vrai! c'est cocasse... (Il met ses lunettes, et lit.)

MADAME DUPLANTIS. A propos, comment va votre blessure?

PIERRE. C'est fini, mame Duplantis, c'est fini... Tiens, Lolo, voilà la famille royale en pain d'épice.

LOLO. Oh! comme il y en a!

MADAME DUPLANTIS. Lolo, ne mange pas tout; donne-moi ces huit-là, je vais les mettre dans la commode.

LOLO, épelant. P, h i, Phi, l i p, lip, p e, pe. Ohé! Philippe premier; je vais manger mon Philippe premier.

PIERRE. Mame Duplantis, j'ai osé espérer qu'une simple boîte à ouvrage...

MADAME DUPLANTIS, embarrassée. Monsieur Pierre, je ne sais pas si...

DUPLANTIS, sans cesser de lire. Tiens, tiens, accepte; de notre ancien domestique, c'est trop juste.

MADAME DUPLANTIS, prenant la boîte. Merci, monsieur Pierre...

PIERRE, bas. Il y a un double fond.

DUPLANTIS, ôtant ses lunettes et s'approchant. Quand je pense, Pierre, que j'aurais pu lire mon nom écrit sur cette tabatière; car enfin, je pouvais être tué dans les trois jours.

PIERRE. Au fait, ça doit être agréable, quand on s'est battu.

MADAME DUPLANTIS, à part, après avoir visité le double fond de la boîte. Ah! deux cœurs enflammés percés d'une flèche, c'est délicat! (Elle sourit à Pierre et referme la boîte.) Lolo, vois-tu cette boîte!... si tu as le malheur d'y toucher, je te fourre le fouet.

PIERRE, tendrement. Le petit va bien?

MADAME DUPLANTIS. Fifi? voyez comme il est gentil! Pauvre chéri! il a déjà cinq dents! Comme il vous regarde!... Il a déjà une connaissance!... Sit... sit... faites une risette à Pierre, monsieur Fifi.

PIERRE, attendri. C'est un bel enfant.

DUPLANTIS. Je le crois bien.

PIERRE. Maintenant, je vais au premier, remettre ça à madame Duhamel; et puis, nous irons avec M. Duplantis, s'il le veut permettre, boire un litre.

MADAME DUPLANTIS. Qu'est-ce que c'est donc qu'ça pour madame Duhamel?... Quel petit paquet! c'est tout léger. On dirait des papiers... Ça n'est pas un cadeau bien conséquent.

PIERRE. Il faut pourtant que ça soit bien précieux, puisque M. Fernand d'Artelles m'a recommandé de ne le remettre qu'à elle seule.

MADAME DUPLANTIS. C'est drôle! c'est pourtant pas une lettre... Mais, monsieur Pierre, il est trop matin pour parler à madame Duhamel.

PIERRE. Oh! il paraît qu'elle attend ça avec impatience; et puis, il y a un bon pourboire, et si M. Duplantis veut, en redescendant...

MADAME DUPLANTIS. Je suis sûre, Pierre, que vous n'entrerez pas; il faudra donner ça à une femme de chambre, parce que Madame n'est pas levée... au lieu que moi, une femme!

DUPLANTIS. Ma femme a raison.

MADAME DUPLANTIS. Attendez-moi ici avec Duplantis. Je vais vous avoir votre réponse. Duplantis, fais les boîtes...

PIERRE. Merci, mame Duplantis, je vais aider votre mari...

SCÈNE IV.

M. DUPLANTIS, PIERRE, LOLO.

DUPLANTIS, coupant du papier pour les boîtes. C'est, au fond, une femme bien serviable que ma femme.

PIERRE, de même. A qui le dites-vous?

DUPLANTIS, à Lolo. Qu'est-ce que tu farfouilles dans la commode, Lolo?

LOLO. Je cherche un prince.

DUPLANTIS. T'as fini ton roi déjà?

PIERRE. Que voulez-vous, s'il n'a pas déjeuné, cet enfant?

LOLO, épelant. En v'là un... D u c, duc; d' O r, d'Or; l é a n s. Oh! le duc d'Orléans! Est-il gentil!... Gobé! gobé!

DUPLANTIS. Ne prends ces cuisses, Lolo; allons donc, ne sois donc pas ainsi sur ta bouche dès le matin.

PIERRE. Vous accepterez de venir tout à l'heure chez le marchand de vin...

DUPLANTIS. Avec plaisir.

SCÈNE V.

DUPLANTIS, PIERRE, LOLO, MADAME DUPLANTIS.

MADAME DUPLANTIS, furieuse. Quelle horreur! quelle abomination! Un jour de jour de l'an laisser des escaliers dans des états pareils!.. Duplantis, tu mériterais qu'on nous mette à la porte. Nous n'aurons pas d'étrennes, c'est sûr, nous n'en aurons pas.

DUPLANTIS. Traiter d'abomination un homme qui a frotté cent dix-sept marches!

MADAME DUPLANTIS. Frotté! t'appelles ça frotté!.. parce que t'es t'allé hier à la Gaîté avec quelque... Oh!.. tu n'as pas la force de frotter tes escaliers aujourd'hui, vieux soûl!

PIERRE, s'interposant. Mame Duplantis, c'est rien!.. Monsieur Duplantis.

MADAME DUPLANTIS, pleurant. Ah! monsieur Pierre, je suis le malheur même avec cet homme-là!

DUPLANTIS. Allons donc, on m'a médit à ton égard... J'ai été seul et unique à la Gaîté, et tant qu'aux escaliers, j'y ai sué le meilleur de mon sang.

MADAME DUPLANTIS. Ta rampe n'est pas essuyée!.. Donnemoi le torchon; donne donc, puisqu'il faut que je fasse tout! Lolo, veille au cordon; ton père est insuffisant! Mon garçon, faut penser à gagner notre vie.

PIERRE. Allons, mame Duplantis, ne vous fâchez pas. Monsieur Duplantis était un peu fatigué. Tenez... j'ai ma journée...

DUPLANTIS. Est-ce que tu n'es pas en maison?

PIERRE. Mon Dieu, non; je suis resté frotteur au mois, et si vous avez votre brosse, je vais vous donner un petit coup de main.

DUPLANTIS, avec grâce. Ou plutôt un petit coup de pied.

MADAME DUPLANTIS, minaudant. Allons, allons, monsieur Duplantis, on sait que vous avez de l'esprit. Eh bien! soit, Pierre, soit... Je monte chez madame Duhamel.

PIERRE, prenant les brosses, etc. C'est ça, service pour service.

DUPLANTIS, bas. Dépêche-toi, nous ferons un chassé chez le marchand de vin.

MADAME DUPLANTIS, bas. Je vais parler pour toi à madame Duhamel... Tu rentreras.

LOLO, étouffant. Papa... c'est embêtant, rien que du pain d'épice.

UNE VOIX, en dehors. Si on vient demander ma femme, vous direz que je n'y suis pas.

PIERRE. Qui donc ça, monsieur Duplantis?

DUPLANTIS. Hé! c'est M. Grumelot, le mari de la danseuse de l'Opéra, du second, donc on dit que M. Duhamel...

MADAME DUPLANTIS, du haut de l'escalier. As-tu fini de bavarder là-bas? Pierre, allons donc; vous êtes aussi cancanier que lui.

PREMIER ÉTAGE

Le salon.

SCÈNE PREMIÈRE

MADAME DUHAMEL, URSULE.

MADAME DUHAMEL, un calepin à la main. Tout ce que j'ai demandé est-il arrivé?

URSULE. Oui, Madame.

MADAME DUHAMEL, lisant sur son calepin. Voyons si rien n'y manque... C'est bien, très-bien! A propos, je n'ai rien pour ce jeune musicien qui vient accompagner chez moi, et que m'a procuré M. d'Artelles.

URSULE. Ah! M. Léon?.. qui donne aussi des leçons de chant à madame Grumelot?

MADAME DUHAMEL. Vous êtes folle... une danseuse...

URSULE. C'est tout de même; il roucoule avec madame Silvia, comme elle s'appelle sur l'affiche.

MADAME DUHAMEL, étonnée. Silvia! dites-vous? Cette madame Grumelot n'est autre que la danseuse de l'Opéra Silvia?.. que M. Du... (Elle se contient.)

URSULE. Oui, Madame.

MADAME DUHAMEL, à part. C'est une indignité! (Haut.) Qu'on ne prononce jamais le nom de cette femme devant moi... (A part.) Ah! quelle insulte, Monsieur! quelle insulte!

SCÈNE II.

MADAME DUHAMEL, URSULE, ANATOLE.

ANATOLE. Bonjour, maman, bonjour.

MADAME DUHAMEL. Tu arrives seulement de chez ta marraine?

ANATOLE. Non, maman; je ne te croyais pas levée, et je suis entré chez papa qui m'a donné mes étrennes...

MADAME DUHAMEL. Voyons, mon ami.

ANATOLE. C'est dans ma chambre : un La Harpe et un Anacharsis.

MADAME DUHAMEL. Ton papa a raison; tu vas avoir bientôt huit ans, il est temps de t'occuper de choses utiles.

ANATOLE. Oui, maman.

MADAME DUHAMEL. J'ai aussi mes petites étrennes pour toi... Regarde!

ANATOLE. Ah! un cheval à bascule!.. Il est plus grand que celui d'Alfred. Ah! maman, je te remercie bien. (Il grimpe sur le cheval.)

MADAME DUHAMEL. Prends garde de te blesser.

ANATOLE, à cheval. Ah! maman... Oh! oh! petit... Maman, j'ai rencontré dans la salle à manger... Au galop! hai!.. Madame Duplantis qui... En avant! (Il contrefait la trompette.) Pux pu pu tux tu pu tu... Elle vous attend depuis une heure. Mort! tux tux tux rux tu tux tu.

MADAME DUHAMEL, assise au coin du feu. Ursule, vous ne m'aviez point dit cela.

URSULE. Madame, les portiers sont si insoutenables... les jours comme celui-ci...

MADAME DUHAMEL. Ce n'est pas votre affaire... Faites entrer. (Ursule sort.)

ANATOLE, descendant de cheval. Maman, ah! je suis bien fatigué! Fais-moi voir tes étrennes.

MADAME DUHAMEL. Regarde, mon ami, mais ne touche pas à cet album qui est sur mon piano.

ANATOLE. Tiens! il est tout pareil à celui que M. d'Artelles avait l'autre jour.

MADAME DUHAMEL. Comment, Anatole, d'où savez-vous?..

ANATOLE. Maman, j'ai rencontré l'autre semaine M. d'Artelles chez M. Gavarni, et il y avait un album tout pareil où M. Gavarni faisait une peinture.

MADAME DUHAMEL. Anatole, il est inutile de dire ces choses-là... Vous êtes trop discret... (Elle l'embrasse.) Tiens, prend ce sac de bonbons sur l'étagère; prends, mon ami.

ANATOLE. Oui, maman.

SCÈNE III.

MADAME DUPLANTIS, MADAME DUHAMEL, ANATOLE.

MADAME DUPLANTIS. Je me suis permise, Madame, de venir vous offrir mes respects et mes souhaits...

MADAME DUHAMEL. C'est bien. Je suis bien aise de vous voir, pour vous dire que je suis fort contente de la manière dont vous tenez la maison.

2

MADAME DUPLANTIS. Dame, Madame, ce n'est pas si bien que ce pourrait être, parce que, voyez-vous, Madame, une femme a beau faire, elle n'a pas la force d'un homme... dame! mais je fais tout ce que je peux.

MADAME DUHAMEL. Votre mari ne travaille donc pas?

MADAME DUPLANTIS. Dame, Madame, je ne suis pas ici pour accuser mon mari; mais il se fait vieux beaucoup...

MADAME DUHAMEL. N'aviez-vous pas, l'année dernière, un garçon de service?

MADAME DUPLANTIS. Oui, Madame... pour les gros ouvrages... où mon mari ne pouvait pas suffire.

MADAME DUHAMEL. Pourquoi l'avoir renvoyé? Vos gages et vos profits sont assez considérables.

MADAME DUPLANTIS, hésitant. Ah! voyez-vous, c'est une histoire... On a fait des cancans dessus lui, parce que Pierre, voyez-vous, Madame, Pierre n'a que vingt-cinq ans, et, voyez-vous, Madame, mon mari l'a renvoyé.

MADAME DUHAMEL, sévèrement. Ah! je comprends; c'est trop juste... et j'espère que depuis ce temps vous n'avez plus revu ce jeune homme?

MADAME DUPLANTIS. Pardon, Madame, je l'ai revu.

MADAME DUHAMEL, plus sévèrement. Comment! vous avez osé?..

MADAME DUPLANTIS, tirant un paquet de sa poche. Hélas! tout à l'heure, où il m'a remis pour vous ce petit paquet, de la part de M. d'Artelles.

MADAME DUHAMEL, d'un ton très-radouci. Ah! pour moi? C'est bien, c'est très-bien... Donnez. (Elle défait le paquet.) Enfin, les lettres! . (Elle les parcourt avec des signes d'indignation, pendant qu'Anatole montre à madame Duplantis ses jouets.)

ANATOLE. Vous donnerez ces bonbons-là à Lolo, de ma part.

MADAME DUPLANTIS. Oui, monsieur Anatole. Vous êtes bien gentil.

MADAME DUHAMEL, à part. Ah! une lettre de Fernand...

« Voici les lettres de votre mari à Silvia, que Léon a obtenues d'elle, et que j'ai su lui arracher. N'oubliez pas que j'ai juré d'être discret, et que je les ai demandées seulement pour en rire avec quelques amis à un déjeuner de garçons. Soyez sage et prudente, et souvenez-vous que notre avenir est dans vos mains. Ma vie est à vous. A bientôt. (Elle jette la lettre au feu, se retourne et voit madame Duplantis.) Ah! madame Duplantis, vous êtes encore ici? . Qu'attendez-vous donc?

MADAME DUPLANTIS. La réponse pour le commissionnaire.

MADAME DUHAMEL. Quel commissionnaire?

MADAME DUPLANTIS. Pierre, celui qui était l'an dernier chez nous, et qui vient d'apporter le petit paquet... de la part de M. d'Artelles.

MADAME DUHAMEL. Bien... je me rappelle... Dites-lui que je m'engage à le faire rentrer chez vous; j'en parlerai à votre mari... assurément.

MADAME DUPLANTIS. Merci, Madame.

MADAME DUHAMEL. A propos, quel est ce M. Grumelot qui a pris le petit appartement du second?

MADAME DUPLANTIS, souriant. Ah! Madame... sa femme est danseuse... je le sais, parce qu'elle m'a donné des billets; car, quand ils sont venus louer, Monsieur ne nous a pas envoyés aux renseignements comme d'ordinaire... D'ailleurs, ils ont payé six mois d'avance.

MADAME DUHAMEL. A vous?

MADAME DUPLANTIS. Non, Madame... Tout ce que je sais, c'est qu'ils ont quittance de Monsieur... ils me l'ont montrée.

MADAME DUHAMEL. C'est bien... Je n'oublierai pas votre protégé.. J'entends M. Duhamel!.. Anatole, laisse-moi... va jouer dans la bibliothèque. (Madame Duplantis et Anatole sortent.)

SCÈNE IV.

MADAME DUHAMEL, puis M. DUHAMEL.

(Madame Duhamel cache son visage dans son mouchoir, la tête appuyée sur une main; de l'autre, elle tient les lettres, qu'elle cache avec précaution dès qu'elle entend la voix de son mari.)

M. DUHAMEL. Bonjour, ma chère amie... Déjà levée!

MADAME DUHAMEL, sortant soudainement de sa rêverie, et s'essuyant les yeux. Pardon, Madame, pardon; je ne vous avais pas entendu. (M. Duhamel veut l'embrasser; elle détourne la tête avec un soupir.)

M. DUHAMEL. Eh bien, Blanche! c'est ainsi que vous me recevez aujourd'hui? Ah! ce n'est pas bien... Vous me haïssez donc beaucoup!

MADAME DUHAMEL, avec une voix douce et douloureuse. Moi, Monsieur! vraiment non... mais j'ai mal dormi... je souffre beaucoup depuis quelque temps.

M. DUHAMEL, avec empressement. Mais, mon Dieu! ma chère amie, qui peut vous affecter à ce point?

MADAME DUHAMEL, avec une légère impatience. Non, non, Monsieur, ne parlons pas de moi... Laissons ce sujet.. je ne me plains pas... parlons de vous, mon ami... Vous avez été faire des visites? vous êtes sorti?

M. DUHAMEL. Pour vous seule... les étrennes sont d'un difficile cette année... on ne sait que donner... Leblanc n'a rien... Susse n'a que des vieilleries... le gothique date de quatre ans, et puis cela sent la cour de Charles X en diable... revenir aux antiques de la république, c'est aller un peu vite... enfin je ne savais que choisir, lorsque la loi sur la liste civile m'a décidé. Dix-huit millions! sans maison militaire ni train de chasse, et un roi économe! on peut encore avoir une fort belle cour avec cela, et j'ai pensé qu'une parure ne serait pas sans à-propos.

MADAME DUHAMEL, distraite. Oui vraiment... tout cela est beau... trop beau... merci, Monsieur. N'allez-vous pas chez le roi avec vos collègues?..

M. DUHAMEL. Oui vraiment, ma chère, et même j'ai donné à M. le premier président quelques idées. Ah! vous n'avez peut-être pas remarqué que jusqu'à ce jour on a appelé le roi seulement : SIRE; il me semble que ce serait fort adroit d'être les premiers à lui dire : VOTRE MAJESTÉ.

MADAME DUHAMEL, soupirant et sans écouter son mari. Ah! quel jour! quelle différence!

M. DUHAMEL. Vous ne m'écoutez pas, ma chère amie, vous êtes souffrante?

MADAME DUHAMEL, avec un commencement d'impatience. Non, Monsieur; ne me forcez pas à parler.

M. DUHAMEL. Certes, je ne prétends pas, Madame...

MADAME DUHAMEL, s'animant. Vous m'y forcerez, Monsieur, et bien malgré moi!

M. DUHAMEL. Je respecte vos secrets, à coup sûr.

MADAME DUHAMEL, se levant. Vous le voulez, Monsieur, vous l'exigez, je parlerai donc! d'ailleurs, il y a assez longtemps que je souffre de vos indignités.

M. DUHAMEL. Mes indignités, Madame! cette expression...

MADAME DUHAMEL. On n'outrage pas une femme comme vous le faites! Quelle est cette fille que vous logez dans votre maison?

M. DUHAMEL, troublé. Quelle fille, Madame? je ne comprends pas.

MADAME DUHAMEL. Quelle fille! une madame... ah! son nom est sale à prononcer! une fille de l'Opéra!.. une maîtresse, enfin.

M. DUHAMEL. Blanche! quelle folie! peux-tu croire que mon cœur ..

MADAME DUHAMEL. Votre cœur, Monsieur? Ah! vous en aviez un digne de comprendre le mien, quand vous me disiez : Si jamais je te trahis, venge-toi, je ne saurais t'en vouloir! vous m'aimiez alors.

M. DUHAMEL. Mais, ma chère amie, vous écoutez les calomnies, des bruits absurdes qui ne devraient pas même vous arriver.

MADAME DUHAMEL. Non, Monsieur, je ne suis pas comme vous, le propos d'un sot ou d'une rivale ne me suffit pas pour vous soupçonner, il me faut des preuves.... et.... malheureusement... Ah! Monsieur... elles ne vous honorent pas!..

M. DUHAMEL. Que dites-vous, Madame? je veux savoir...

MADAME DUHAMEL. Je les ai attendues bien longtemps sans me plaindre, et vous, pendant ce temps, comment m'avez-vous traitée? me laissant dans la solitude, et n'occupant les instants que vous passiez près de moi... qu'à déplaire aux gens que je recevais... enfin je suis seule.

M. DUHAMEL. Voici ceci est d'une injustice, ma chère amie!..

MADAME DUHAMEL. Comment, Monsieur, d'une injustice! Et M. d'Artelles, ne lui avez-vous pas interdit votre maison?

M. DUHAMEL, vivement. Pour M. d'Artelles, Madame, vous trouverez bon que je ne le reçoive pas; il était près de vous d'une assiduité!.. Madame, tout le monde en parlait... C'est de votre faute... Il n'y a pas jusqu'à un député qui s'en est aperçu, et qui me l'a dit.

MADAME DUHAMEL. Une sottise à ajouter aux autres; en quoi voient-ils clair, ces messieurs? Mais enfin, il est vrai que votre tyrannie m'a privée de la présence d'une personne qui me convenait.

M. DUHAMEL. Vous l'aimiez, Madame!

MADAME DUHAMEL. Que je l'aimasse ou non, il vous déplaisait, Monsieur, et c'était déjà quelque chose; il excitait votre jalousie, c'était beaucoup! Enfin, c'était une distraction.

M. DUHAMEL. Je vous donnerai toutes celles que vous pourrez désirer.

MADAME DUHAMEL. Je n'en veux pas, Monsieur, et ce que je veux, c'est la considération que vous devez à votre femme. En éloignant M. d'Artelles, vous avez fait naître des soupçons, tenir des propos qui me compromettent à jamais. On nous dit brouillés... on dit qu'il m'abandonne. Ah! comment pouvez-vous entendre tout cela sans rougir?

M. DUHAMEL. Mais, Madame, vous voyez M. d'Artelles dans le monde ; il vous parle ; que faut-il de plus ? Et même il vous parle beaucoup trop.

MADAME DUHAMEL. C'est juste, Monsieur, il me parle beaucoup trop ; puisqu'il n'est pas reçu chez moi, que voulez-vous qu'on en pense ? tandis que s'il venait ici comme autrefois, s'il était admis dans notre intimité, eh bien ! c'est un ami, dirait-on, dont la causerie nous plaît... c'est une compagnie qu'on préfère... Ce serait beaucoup plus décent, Monsieur... oui, beaucoup plus décent !

M. DUHAMEL. Vous n'espérez pas sans doute que je ferai...

MADAME DUHAMEL. Monsieur, je pourrais l'inviter chez moi, sans votre consentement ; mais, comme je ne veux pas suivre votre exemple, comme je ne veux pas manquer d'égards envers vous, j'exige absolument que vous me permettiez de le recevoir.

M. DUHAMEL. Ah ! Madame ! voilà une exigence d'une nature...

MADAME DUHAMEL. Faut-il que je prie madame Silvia de vous en prier ?

M. DUHAMEL. Mais, Madame...

MADAME DUHAMEL. Monsieur, puisque vous persistez dans l'odieux système de tyrannie que vous avez adopté, je saurai prendre mon parti. Aujourd'hui même, une demande en séparation adressée à M. le procureur du roi...

M. DUHAMEL. Qu'est-ce à dire, Madame ? un scandale affreux ! moi, conseiller à la Cour royale, vous n'y pensez pas !

MADAME DUHAMEL, montrant une lettre. M. le conseiller à la Cour royale y pensait-il, lorsqu'il écrivait... (Lisant l'adresse.) « A madame Grumelot... » (Elle ouvre la lettre.) Cher poulet, je t'envoie le compte acquitté de ta marchande de modes... »

M. DUHAMEL. Grand Dieu ! Madame, ces lettres... Qui a pu ?.. D'où tenez-vous ?..

MADAME DUHAMEL. Et pour tout ce que j'ai souffert, pour vous rendre ces lettres qui vous perdraient à jamais, je vous demande le droit de recevoir chez moi quelques amis, et vous me le refusez !

M. DUHAMEL. Ah ! mon Dieu ! recevez qui vous voudrez, chère Blanche ; suis-je jaloux ? en ai-je le droit ? N'avez-vous pas un thé ce soir ?.. Eh bien ! je verrai avec plaisir cesser tous les propos sur M. d'Artelles... écrivez-lui.

MADAME DUHAMEL. Je ne le puis... C'est vous, Monsieur, qui devez réparer une impolitesse dont j'aurais été incapable. Une lettre de moi ne peut suffire à M. d'Artelles ; il a trop le sentiment des convenances pour s'y rendre.

M. DUHAMEL. C'est me réduire à une extrémité !..

MADAME DUHAMEL. Une lettre d'invitation seulement... Tenez, voici la clef de mon secrétaire. (M. Duhamel s'assied et écrit.)

M. DUHAMEL, après avoir écrit. Voici, chère Blanche... Que désirez-vous encore ?

MADAME DUHAMEL, très-affectueusement. Votre estime, votre amitié, Monsieur... Je mettrai l'adresse... adieu... Tenez... (Elle lui donne le paquet de lettres.) je vous pardonne.

M. DUHAMEL. Je ne le mérite pas... A ce soir. (Il lui baise la main. — Madame Duhamel sonne, son mari sort, et Ursule entre.)

MADAME DUHAMEL. A ce soir. (A Ursule.) Envoyez cette lettre.

URSULE. Par Joseph ? il sait l'adresse.

MADAME DUHAMEL, se reprenant et souriant. Non, remettez-la un commissionnaire qui est chez madame Duplantis. Dites-lui que c'est la réponse à son paquet.

SECOND ÉTAGE.

La chambre à coucher.

SCÈNE PREMIÈRE.

GUGUSTE, MARIANNE.

GUGUSTE. Je veux mon pantalon neuf et mes souliers de bal.

MARIANNE. Par la boue qui fait, monsieur Gugus, c'est pas raisonnable.

GUGUSTE. Que vous êtes bête, Marianne ! comme si j'allais à pied quand je vais chez Hector !

MARIANNE. Qu'est-ce que vous dites là, Monsieur ?

GUGUSTE. Dans le faubourg Saint-Germain, un hôtel superbe ; comme si on entrait là avec des souliers crottés !

MARIANNE. Mais c'est M. Grumelot qui est votre papa.

GUGUSTE. Ah ! oui, mon second ! Ah ! le vieux jobard ! Je le hais-ti.

MARIANNE. On sonne, c'est peut-être lui qui rentre.

GUGUSTE. Ou bien maman, qui est sortie après lui. (Marianne

va ouvrir. Guguste s'habille, et, en se regardant dans la glace, il recule et marche sur les pieds de M. Grumelot, qui entre.)

SCÈNE II.

GRUMELOT, GUGUSTE.

GRUMELOT, vivement. Tu ne peux pas faire attention, petit imbécile ?

GUGUSTE. Est-ce que je vous voyais, moi ? Fallait regarder.

GRUMELOT. Où est ta mère ?

GUGUSTE. Est-ce que je sais, moi ? Fallait lui demander, vous le sauriez.

GRUMELOT. Elle est sortie, ta mère ?

GUGUSTE. Qu'est-ce que ça me fait, moi ? Fallait rester, vous l'auriez vu.

GRUMELOT. Guguste, sur quelle étoile as-tu marché en te levant ? Tâche d'être poli un peu, et réponds, méchant drôle.

GUGUSTE. Qu'est-ce que vous voulez que je vous dise ? Maman est sortie, voilà tout, et elle va revenir pour m'emmener.

GRUMELOT. Où ça, Monsieur ? où ça ?

GUGUSTE. Ah ! vous m'embêtez joliment ! Où je veux, donc !

GRUMELOT. Ah ! c'est ainsi que tu réponds, polisson !

GUGUSTE, le menaçant. Ne m'appelez pas polisson ! Encore... Peut-être...

GRUMELOT. Ah ! polisson, tu me menaces, polisson... polisson .. polisson !

GUGUSTE. Ah ! vieille carcasse !

GRUMELOT. Comment dis-tu ?

GUGUSTE. Vieille carcasse !.. vieux co...

GRUMELOT, lui donnant un soufflet. Tiens, voilà pour toi, petit insolent.

GUGUSTE, criant et pleurant. A l'assassin ! à la garde ! à l'assassin !

SCÈNE III.

GUGUSTE, GRUMELOT, SILVIA.

SILVIA, accourant. Ah ! quelle horreur ! monsieur Grumelot ; quelle infamie ! Un homme de votre classe battre un enfant comme celui-là !

GRUMELOT, furieux. Votre fils est horrible en paroles.

GUGUSTE, criant. Il m'a cassé une jambe !.. ah ! ah ! ah !

SILVIA. Monstre de brutal ! allez... Viens ici... pauvre ami !.. C'est à peine s'il peut marcher, cet enfant.

GUGUSTE, sanglotant. Ah ! ah !... Maman..... c'est parce que je voulais vous défendre.

GRUMELOT. Ah ! par exemple, celui-là est un peu fort... Il m'a appelé vieux co...

SILVIA. Taisez-vous... Il a raison cet enfant... Un homme comme vous, battre le fils d'un duc et pair !.. Ne pas mieux se connaître ! Si vous aviez pour deux sous de cœur, vous lui demanderiez pardon.

GRUMELOT. Par exemple, j'aimerais mieux... voyez-vous... Ah ! mais... Oh ...

SILVIA. Quoi ! vous aimeriez mieux !.. Monsieur Grumelot, vous allez demander excuse à cet enfant tout de suite.

GRUMELOT. Madame Grumelot.

SILVIA. C'est comme ça... Vous vous passez bien les vôtres, vous.

GRUMELOT. Moi, des caprices ! quelle bêtise !

SILVIA. Pas si bêtise, vous vous êtes bien passé celui de m'épouser ! Il faut que je me venge à mon tour.

GRUMELOT. Qu'est-ce à dire, madame Grumelot ?

SILVIA. Que m'avez-vous promis en m'épousant ? Que vous ne seriez point jaloux ni tyran, que vous aimeriez cet enfant comme s'il était le vôtre ; que je ferais ce que je voudrais.

GRUMELOT, s'emportant. Et vous, que ne deviez-vous pas faire, jour de Dieu ! Que, par votre protection, je pourrais quitter mon bureau de loterie et entrer à l'Opéra en qualité de haute-contre dans les chœurs. Ce n'est pas la voix qui me manque, écoutez plutôt... (Il chante.) Do, mi, sol, do ; ce n'est pas la méthode... voici... (Il chante.)

> Le fils des dieux, le successeur d'Alcide,
> Thésée, etc.

C'est attaqué ; et pourtant voilà trois ans que je suis dans les surnuméraires ! Je n'ai pas manqué un concours ; où en suis-je ? A m'entendre dicter des ambes et des quaternes, tandis que vous passez des ronds de jambes. Non, madame Grumelot, c'est insupportable, je ne peux pas vivre comme ça ; il faut que ça finisse.

SILVIA, calme. Eh ! comment ça doit-il finir, monsieur Grumelot ?

GRUMELOT, embarrassé. Ça doit finir... ça doit finir, enfin...

SILVIA. Que vous allez vous taire. Voici M. Duhamel, je l'entends. Mais je vous repincerai plus tard, mon cher ami. Guguste, va à la cuisine, et ne tache pas tes effets.

SCÈNE IV.

GRUMELÔT, SILVIA, DUHAMEL.

DUHAMEL. Eh! monsieur Grumelot ici! Vous êtes paresseux, voisin ; vous n'avez pas encore fait vos visites... Bonjour, belle dame.

GRUMELOT. Pardon, monsieur le conseiller ; je suis même rentré...

DUHAMEL. Diable! vous êtes d'une activité... (Bas à Silvia.) Il faut que je vous parle...

SILVIA. Ah! mon ami, tu ne nous persuaderas pas que tu as été partout.

GRUMELOT, comptant. Partout... Chez madame Debuis... M. et madame Daligne, M. et madame...

SILVIA. Tu n'as pas été chez M. Maze, remettre ma carte?

GRUMELOT. En sortant d'ici.

SILVIA. Chez M. Lubbert?

GRUMELOT. Ah! diable, j'ai oublié.

DUHAMEL. C'est important, le directeur!

GRUMELOT. Mais on dit qu'il s'en va...

DUHAMEL. Mais il peut rester... D'ailleurs, on connaît les noms de ceux qui demandent sa place...

GRUMELOT. Oui, oui, je sais : monsieur...

DUHAMEL, l'interrompant. Vous feriez bien d'aller remettre une carte chez chacun d'eux.

GRUMELOT. Mais ils sont trente au moins.

DUHAMEL. C'est bien peu pour une place !.... D'ailleurs, ma voiture est à vos ordres, usez-en librement.

GRUMELOT. Ah! merci, monsieur le conseiller.

SILVIA. Oui, mon ami... Va... Songe que j'attends la voiture pour aller faire une visite avec Guguste.

GRUMELOT. Oui, chère amie... (Il sort.)

SCÈNE V.

SILVIA, DUHAMEL.

DUHAMEL. Quelle est cette visite, Silvia?

SILVIA. Vous le savez bien... C'est Guguste que cela regarde... Son père désire le voir dans ces jours solennels.

DUHAMEL. C'est bon... Parlons d'autre chose, ma chère... Voyez ces lettres.

SILVIA. Grand Dieu ! qui vous les a remises?.... Ne croyez pas, Monsieur... Ah! l'on vous a trompé. (A part.) Perfide Léon! c'est pour ça qu'il me les demandait.

DUHAMEL. Non, je ne crois pas que vous en ayez abusé; mais enfin, comment sont-elles sorties de vos mains?

SILVIA. Ah! mon Dieu ! un hasard bien inouï... Dans un premier mouvement de trouble... surprise par mon mari... (A part.) Léon, tu me le payeras!

DUHAMEL. Enfin?..

SILVIA. C'est une imprudence, que je n'ai pas osé vous avouer...

DUHAMEL. Expliquez-vous!

SILVIA. Un jour, je les relisais, car c'est mon seul bonheur quand vous n'êtes pas là, mon ami...Je les relisais, vos lettres; elles sont si spirituelles ! c'est ma lecture favorite !.. lorsque mon mari entra furtivement et voulut me les arracher. Je les défendis... c'est mon bien le plus cher!.. Enfin, il voulut savoir de qui étaient ces lettres, et, plutôt que d'avouer mon secret, je dis, sans y réfléchir, qu'elles étaient de M. Léon...

DUHAMEL. Ce jeune musicien qui vous donnait des leçons de chant? Un aimable jeune homme.

SILVIA. Je m'en croyais quitte... mais voilà Léon qui entre au moment même; M. Grumelot lui fait une scène affreuse, et me commande de lui rendre ses lettres. J'avais tellement perdu la tête, que je les lui donne, et...

DUHAMEL. M. Léon n'est-il pas l'ami de M. d'Artelles?

SILVIA. Oui... oui... certainement.

DUHAMEL. Ah! je commence à comprendre...d'où ma femme les tenait.

SILVIA, à part. Je commence à comprendre aussi...

DUHAMEL. Enfin, qu'est-il arrivé?

SILVIA. Que je n'ai pas pu ravoir mes lettres. M. Grumelot n'a plus voulu permettre à Léon de me continuer ses leçons. Je ne l'ai pas revu. Pourtant, voilà M. Léon qui va faire jouer un ballet. Je n'aurai pas de rôle ! Et puis, ma santé se délabre ; il faudra que je quitte bientôt la danse pour le chant. Voyez, mon ami, si je vous aime ! c'est la peur de vous compromettre qui me fait manquer ma carrière... Voilà.

DUHAMEL. D'ailleurs, ce jeune homme peut parler... Il serait prudent de le voir pour le faire taire.

SILVIA. Vous ne le pouvez pas... Et moi, je ne sais comment...

DUHAMEL. Mais il faudra qu'il revienne ici... Il faut que vous repreniez vos leçons de chant...

SILVIA, avec âme. J'aurai un talent de plus pour vous plaire.

DUHAMEL, l'embrassant. Ah! tu as le plus grand de tous, ange! c'est que je t'aime.

SILVIA. Chut! mon mari...

SCÈNE VI.

DUHAMEL, SILVIA, GRUMELOT.

GRUMELOT. Je n'ai pas été long, j'espère?

DUHAMEL. C'est que j'ai d'excellents chevaux, n'est-ce pas, monsieur Grumelot?

SILVIA. Je vais profiter de ce qu'ils sont échauffés... Je vous laisse, Messieurs... (Elle sort et appelle.) Guguste!..

SCÈNE VII.

DUHAMEL, GRUMELOT.

DUHAMEL. Eh bien! monsieur Grumelot, les étrennes... Que donnez-vous à Madame, cette année?..

GRUMELOT. Ma foi, monsieur le conseiller, j'ai acheté une douzaine de couteaux à bascule, qui lui feront, je l'espère, grand plaisir.

DUHAMEL. Sans doute, mais, à votre place, je voudrais lui faire une galanterie plus utile et d'autant plus agréable, que ce ne sera pas l'affaire d'un jour.

GRUMELOT. Je suis à vos ordres, monsieur le conseiller, que puis-je faire pour ma femme?

DUHAMEL. Votre femme est une charmante danseuse. Mais c'est un état fatigant... Elle a une jolie voix... elle a l'habitude de la scène, et, avec quelques leçons, vous en feriez une artiste fort distinguée; je lui donnerais un maître de musique.

GRUMELOT. C'est ce que je me suis toujours dit ; mais c'est si cher, les maîtres de chant...

DUHAMEL. Ce n'est pas la une difficulté, entre bons voisins! Mais n'aviez-vous pas, il y a quelques mois, un certain musicien?

GRUMELOT. Ah! oui, M. Léon...

DUHAMEL. Il ne devrait pas être cher, un débutant!

GRUMELOT. A trois heures de tête-à-tête le cachet... merci, le débutant !

DUHAMEL. Allons, monsieur Grumelot, n'allez-vous pas être jaloux?..

GRUMELOT. C'est qu'un soir, je les ai surpris...

DUHAMEL. Oui, des lettres...

GRUMELOT. Sans lettres, je n'ai pas vu les lettres.

DUHAMEL. Je sais que vous avez eu la délicatesse de ne pas les lire. C'est bien, monsieur Grumelot. Mais vous, de la jalousie !.. c'est un enfantillage!

GRUMELOT. Cependant, là, sur le piano... j'ai vu...

DUHAMEL. Du trouble, de l'émotion! Que voulez-vous? une femme surprise... une scène... votre colère.. Vous vous êtes trompé.

GRUMELOT. C'est possible... Pourtant, il me semble...

DUHAMEL, lui frappant sur le ventre. Bon! Voisin, c'est une affaire arrangée... et si vous aviez besoin de quelque argent, je suis là. (Il lui frappe sur le front.) Pauvre tête ! ce jeune homme a une passion bien loin d'ici... gros jaloux!

GRUMELOT. Vous en êtes sûr?

DUHAMEL. Certain! Ma femme reçoit ce soir; il y viendra sans doute, car on fera un peu de musique. Je vous l'enverrai.

GRUMELOT. Que de complaisance!

DUHAMEL. Mais ne me nommez pas en tout ceci... Il faut que ceci ait l'air de venir de vous, vis-à-vis de votre femme.

GRUMELOT, avec importance. Certainement! ça lui sera bien plus agréable.

DUHAMEL. Ce brave monsieur Grumelot, qui s'avise d'être jaloux ! (Riant.) Ah! ah! ah! ah! Quelle folie pour un mari !

GRUMELOT, riant. Quelle bêtise! monsieur le conseiller.

SCÈNE VIII.

DUHAMEL, SILVIA, GRUMELOT.

SILVIA. Encore ensemble, Messieurs ! Quelle gaieté!

GRUMELOT, bas à Silvia. Je te promets une surprise.

DUHAMEL, de même. C'est arrangé.

GRUMELOT, bas, serrant la main à sa femme. M. Duhamel est un bien digne homme.

DUHAMEL, avec une fatuité de conseiller, bas et serrant la main à Silvia. Ton mari n'est pas fort! ah! ah! ah! (Ils rient tous les trois avec extase.)

RÉCAPITULATION

REZ-DE-CHAUSSÉE. — LA LOGE.

DUPLANTIS, au haut de la soupente. Tirez donc le cordon, vous autres; voilà trois fois qu'on frappe.

PIERRE. Dormez, monsieur Duplantis... C'est que le cordon manque quelquefois.

MADAME DUPLANTIS, à voix basse et émue. C'est que tu n'es pas sage... Pierre. . . . .
(Deux jeunes gens passent.)

PREMIER ÉTAGE. — LE SALON.

(Il y a cercle chez M. Duhamel.)

UN DOMESTIQUE, annonçant. Monsieur Fernand d'Artelles!

SECOND ÉTAGE. — LA CHAMBRE A COUCHER.

SILVIA. Demain, à deux heures, n'est-ce pas, monsieur Léon, notre troisième leçon? (A M. Grumelot.) Ça ne vous ennuiera pas?...

GRUMELOT. C'est juste l'heure où je serai à mon bureau.

SILVIA. C'est fâcheux.

TRIO NOCTURNE.

TROIS VOIX, sur le même diapason, à trois étages différents. Enfin, je me suis donné mes étrennes.

MORALE.

Ce que femme veut
Son mari le veut.

Pardonnez les fautes de l'auteur.

NUIT DU 28 AU 29 JUILLET

Nous étions tous dans le salon de Victor. — Les mandats d'arrêt sont expédiés, nous dit-il, j'en suis sûr. Mais, comme il faut se battre au point du jour, nous ne pouvons pas nous laisser arrêter cette nuit. J'ai un asile; je puis le faire partager à l'un d'entre vous. — J'ai le mien, répondirent aussitôt tous nos camarades. — Et toi? reprit-il en m'adressant la parole. — Je chercherai, lui répondis-je. Il insista pour m'emmener avec lui; j'hésitai un moment; enfin je refusai. Je n'avais pas vu mon père de la journée; je pensai qu'il demeurait à deux pas de la porte Saint-Denis, qu'il avait dû entendre la longue fusillade et le canon qui avaient ébranlé le quartier durant tout le jour, et je quittai mes amis. A l'Hôtel-de-Ville, à quatre heures, leur portait mes pistolets et mon poignard, j'examinai les capsules de mon fusil, et je partis.

J'avais besoin d'une retraite. Je ne pouvais rester chez mon père; on savait que mon appartement communiquait avec le sien : ce n'était pas un lieu de sûreté. Lorsque j'avais dit à Victor que je chercherais j'avais déjà pensé confusément à un asile.

Je marchais vite dans ces rues désertes dont le silence laissait vivement retentir quelques coups de fusil épars, et je me disais : Je l'ai si souvent trompée! me recevra-t-elle? Que de fois, le soir, tendre et suppliante, elle a vainement attaché sur moi un regard qui me priait de rester! La nuit est avancée et froide, me disait-elle; on ne vous attend plus chez vous; vous rentrerez seul, glacé; tandis qu'ici... Je n'écoutais ni son regard, ni ses paroles, et je la laissais. Pauvre fille! elle se prenait à pleurer dès que je ne pouvais plus la voir ou l'entendre; elle voulait m'épargner les remords de ses larmes : enfant! qui croyait qu'il y a un grain de pitié dans le cœur d'un homme qui n'aime plus. En faisant ces réflexions, j'arrivai à sa porte, je frappe, on m'ouvre, je dis son nom : l'heure était indue, et le portier me laissa passer comme s'il m'avait reconnu. M'avait-il pris pour un autre, ou laissait-il entrer ainsi le premier venu? Je ne pus me l'expliquer. Cela me fit penser que Jenny n'était peut-être plus la jeune fille tendre et gaie que j'avais abandonnée. Il y avait six mois que je ne l'avais vue; six mois de vice! et c'est une femme perdue que je vais retrouver. J'avais honte de ce que j'allais faire : demander protection à celle que j'avais jetée dans une vie de déshonneur! attendre pitié d'un cœur qui devrait me détester avec rage! Eh bien! c'est un coin de l'âme à visiter, c'est une épreuve à faire. Après mon abandon, si elle me reçoit, elle gagnera la cause des femmes. Allons, Je me dis cela, et je sonnai.

C'est elle qui m'ouvrit. Mon aspect l'effraya : mes armes, mes vêtements en désordre, le visage noirci de poudre, je devais beaucoup ressembler à un coupe-jarret. — C'est moi, lui dis-je en entrant rapidement comme un homme qui sait où il va... Elle poussa un cri dont l'expression m'arrêta. C'était un effroi, un étonnement, une pitié indéfinissables. Croyait-elle que, coupable envers elle, je l'étais déjà devenu envers le monde, et que ce premier pas m'avait poussé dans l'abîme? Supposait-elle que séduire et trahir une jeune fille, cela compte pour quelque chose dans la vie et la réputation d'un homme? Et ne savait-elle pas encore qu'entre nous le mépris et la chance du vice n'étaient que pour elle?

Nous étions dans la salle à manger : un seul couvert, mis à la hâte, incomplet, rétabli pour un convive attardé; une chaise en face du couvert pour lui, une autre à côté pour Jenny. J'ai été si jaloux que d'un regard je vis tout cela, et lui dis : Il y a un homme ici. Elle tremblait comme je l'avais quittée le matin. Le premier amant d'une femme est une puissance qui domine toute sa vie.

— Calmez-vous, Jenny, lui dis-je alors; cela ne me regarde pas. Une larme qui brilla dans ses yeux m'apprit la brutalité de mes consolations. Qu'était devenu le temps où cela me regardait? Je m'approchai d'elle, et lui prenant la main, j'ajoutai : Bonne Jenny, je viens, je l'espère, t'apporter un plaisir : je viens te demander un service; j'ai besoin de me cacher cette nuit. — Vous aussi! s'écria-t-elle... Cette exclamation me surprit. Elle continua avec embarras : Oui, il y a quelqu'un ici, mais ce n'est pas une personne comme vous pouvez le supposer : c'est quelqu'un que je connais, qui se cache comme vous. La tournure de cette phrase m'en apprit beaucoup sur l'état de Jenny : elle ne disait plus les choses avec le mot propre; le style et l'âme s'étaient corrompus.

Nous pénétrâmes dans le salon; elle allait ouvrir sa chambre à coucher, lorsqu'elle s'arrêta soudainement; elle me regarda avec un effroi scrutateur, et un travail extraordinaire se fit dans sa tête. Pauvre et belle, élevée, m'avait-elle dit, par une vieille mère qui ne lui avait appris le danger de croire aux serments des hommes, sans penser à la défendre des séductions de son âme ardente et faible, Jenny était une fille ignorante du monde, de ses intérêts et de ses divisions. Cependant tout ce jour de combats, ce peuple en armes contre les soldats armés, le canon qui tonne si haut dans les rues d'une ville, les morts qu'on avait passés sous ses fenêtres, les emblèmes royaux arrachés : elle rassembla toutes ces choses dans sa jeune tête, et la politique se fit jour dans ses pensées. Elle ne chercha ni pourquoi, ni comment cela était venu; mais arrivant tout droit au résultat, elle jugea que le pouvoir voulait ce que le peuple ne voulait pas; elle comprit qu'il y avait des hommes qui demandaient le sang l'un de l'autre, et elle s'arrêta sur le seuil de sa chambre, la main sur la clef de sa porte. — Vous ne pouvez entrer, me dit-elle; la personne qui se cache ne veut pas être connue. — Pourquoi? lui dis-je; si c'est un ami, nous partirons ensemble, nous nous entendrons, et... C'est un militaire! m'écria-t-elle avec un cri de rage. Je venais de voir un chapeau d'uniforme jeté sur un fauteuil. A peine j'avais achevé, que j'entendis armer un pistolet. La porte s'ouvrit, et je vis entrer un homme. Je levai mon fusil et le mis en joue. Un mouvement soudain, un de ces mouvements que l'âme imprime au corps avec tant de violence, jeta Jenny entre nous deux. — Il l'aime! s'écria-t-elle avec désespoir, en tombant à mes pieds et embrassant mes genoux. C'était un bel enfant de dix-sept ans; des cheveux blonds et riches, un visage admirable et un regard calme et fier comme un homme. Il m'aime! avait crié Jenny; ce mot retentissait, malgré moi, dans mon cœur. La malheureuse était par terre, haletante à mes pieds. Pauvre fille abandonnée! quelle prière et quel reproche elle venait de me faire! Je posai la crosse de mon fusil sur le tapis, je m'appuyai sur le canon, j'arrêtai mon regard sur cette infortunée suppliante; elle s'empara de ma main que j'avais laissée tomber, et nous restâmes un moment immobiles tous les trois.

Ce moment suffit à beaucoup de réflexions, il suffit à toute une histoire qui se passa dans ma tête. Pour moi, elle avait quitté sa mère qui en était morte de désespoir. Je l'avais aimée avec fureur et délaissée comme un jouet inutile dont le goût est passé. Quel long et douloureux étonnement pour elle, de voir finir dans quelques mois l'amour auquel elle avait destiné sa vie! Je comptai ses jours et ses nuits de désespoir, à l'affreuse révélation de cette misère humaine; puis je vis dans la lassitude de la douleur un nouvel amour jeune et vierge, l'appeler, la secourir, la consoler. Celui-ci elle y croyait encore, elle y puisait la vie et le bonheur; il était là, c'était ce beau jeune homme. Et je la rejetterais encore dans le vide d'une existence que rien ne suit et ne protège! Je compris alors toute la force de ce mot: Il m'aime! Ce n'était pas la grâce de son amant qu'elle demandait, c'était la sienne.—Non, non... lui dis-je, avec un sourd gémissement, je ne serai pas deux fois le bourreau de ton âme: qu'il vive et qu'il t'aime, je te dois bien cette consolation.

Je sortis du salon sans regarder le jeune militaire. J'avais seulement remarqué qu'il cachait son uniforme sous une redingote bleue. Jenny me suivit; je la quittai rapidement, et je gagnai, le plus vite possible, la maison de mon père.

Mon père est malade et goutteux; je le trouvai qui se promenait avec action dans son appartement. — Eh bien? me dit-il. — Nous verrons demain, lui répondis-je. Il se remit dans son lit, et je m'assis près de lui. — Parle-moi de ce que vous avez fait, reprit-il; ici, la fusillade n'a pas cessé, on a tué bien du monde; la maison a été assiégée par le peuple, parce qu'un officier blessé y avait été transporté: on l'a fait évader... Je murmurai entre mes dents: On les épargne partout. Mon père continua: — Que ferez-vous demain? Je me levai avec agitation; Jenny, le beau militaire, tout était oublié: la pensée de tout le jour, distraite un moment, avait repris son empire. Je marchais violemment dans la chambre. Mon père répéta sa question: — Que ferez-vous demain? Je me calmai, et lui répondis froidement: — Nous nous battrons. — Bien, bien! ajouta-t-il avec un sourire amer d'incrédulité; et si vous êtes vaincus, alors? — Alors, m'écriai-je en sentant mon cœur bondir dans ma poitrine comme un tigre dans sa cage, alors nous incendirons Paris. Il se leva sur son séant et me regarda fixement... Oui, oui, lui dis-je, l'incendie vomira les populations sur les places publiques. Quand les maisons s'écrouleront, il faudra bien que les habitants descendent dans les rues; quand les rues seront flambantes de débris, il faudra bien que ces multitudes marchent et s'échappent. Que le torrent se mette à courir, et il écrasera en passant les armées de Charles X, ses palais, son trône et sa dynastie. Mon père ne me répondit pas. Un long silence succéda à notre conversation. Puis, comme un homme qui s'apprête à dormir, il se recoucha en me disant tranquillement: — Tu ne sortiras pas ce soir, n'est-ce pas? c'est bien assez des inquiétudes du jour. — Non, lui dis-je en souriant, ce n'est pas pour cette nuit. Il me tendit la main en s'écriant: — Ah! quel crime! quel crime! Parlait-il des ordonnances des ministres, ou de ce que je venais de dire, je ne m'en occupai guère? A quoi bon chercher des raisons contre une nécessité? et c'était une nécessité pour moi.

Je rentrai dans mon appartement. Depuis vingt heures je ne m'étais pas assis; j'avais supporté un soleil ardent; à peine si j'avais mangé au hasard, et pourtant je n'avais ressenti aucune fatigue jusqu'à ce moment. Quand je fus seul, dans la nuit, éloigné de tout tumulte, l'agitation qui m'avait dominé tomba soudainement, la lassitude m'envahit tout d'un coup, et je me jetai à moitié vêtu sur mon lit. La pensée des mandats d'arrêt traversa mon esprit sans l'occuper. Je compris alors que le sommeil est le premier des besoins, et qu'on peut le préférer à la vie et à la liberté.

Je ne demeurai pas longtemps dans ce repos; un bruit léger qui se mêla d'abord aux rêves fantastiques qui me poursuivaient, s'accrut assez vivement pour m'éveiller. Enfin un coup de sonnette bien décidé m'apprit qu'il y avait quelqu'un à la porte extérieure de mon appartement. J'entr'ouvris ma fenêtre; la cour était déserte, la loge du portier silencieuse: rien n'annonçait la venue d'étrangers ou de gens du dehors. Un second coup de sonnette se fit entendre; je pris mes pistolets, et j'allai ouvrir. Comme j'arrivais près de ma porte, j'entendis une voix qui me disait à travers la serrure: — C'est moi, je suis le docteur T....; venez, venez, j'ai besoin de vous. — Qu'y a-t-il de nouveau? dis-je en ouvrant. — Suivez-moi vite, me dit-il.

Le docteur T... est un jeune chirurgien qui demeure à côté de moi. Poli, soigneux, sans pitié pour les douleurs physiques, très-petit, avec une tête carrée et un front proéminent où il y

a à coup sûr du génie ou de l'entêtement: la cranologie et la morale confondent souvent ces deux qualités.

Comme j'entrais chez le docteur, il m'arrêta dans son antichambre et me dit tout bas: — Vous savez peut-être qu'un officier de la garde s'est réfugié dans notre maison? — Oui, sans doute, lui répondis-je; mais je sais aussi qu'on l'a fait évader. — Il est là, reprit le docteur, à deux minutes de la mort; il faut que je constate l'heure où elle arrivera; vous signerez avec moi. — N'y a-t-il aucun espoir? lui dis-je en entrant dans le salon. Il n'eut pas le temps de me répondre, car j'étais près du moribond. Il était étendu sur un matelas, le corps nu jusqu'à la ceinture, sans chemise et avec son pantalon blanc ensanglanté. Une balle lui avait traversé la poitrine d'un côté à l'autre, et lui avait cassé un bras. C'était un homme de quarante-cinq ans, d'un visage noble, sévère. En voyant mes pistolets que j'avais conservés par distraction, il sourit dédaigneusement. Je les jetai avec confusion sur une table, et je vis alors le plus remarquable et le plus curieux acteur de cette scène de mort; c'était le bon jeune docteur. Un corps plié en deux et difforme, des mains et des bras d'une longueur et d'une maigreur à lutter avec le squelette d'un Écossais, une figure âcre, des yeux de feu, des lèvres minces et moqueuses, des rides partout, une voix douce et harmonieuse comme celle d'une jeune fille, une légèreté de mouvements remarquable, un empressement distingué dans les soins qu'elle rend à son maître, une expression élégante et triste de ce qu'elle pense: telle est Magdelaine. Elle n'a point de famille; on ne lui connaît pas un parent. Magdelaine a cinquante ans, ou elle en a quatre-vingts; elle m'a prié un jour de lui prêter Kant et Lamartine.

Au moment où j'étais entré, le blessé avait fait signe au docteur, qui m'appela. — Avez-vous des nouvelles de la cour? me dit-il. — La cour est à Saint-Cloud. — Et la maison du roi? — Je crois qu'elle est avec lui. Il ne répondit rien, mais il sembla que je venais de lui donner une bonne nouvelle. La mort s'approchait visiblement. La respiration devenait de plus en plus gênée. Je me penchai sur le malade pour en suivre les progrès, et mes regards s'arrêtèrent involontairement sur le corps déjà livide. J'étais immobile de surprise. — Que regardez-vous ainsi? me dit-il avec effort. Je m'écriai, sans lui répondre: Mon Dieu! Mon Dieu! que de nobles cicatrices près de cette blessure honteuse! — Aussi, vous voyez qu'elle me tue, répondit le malheureux. Puis continuant, comme s'il se parlait à lui-même, il laissa tomber par phrases entrecoupées: — Certes, à Austerlitz, ce coup de lance était profond... Après Wagram, on parla de me couper les deux jambes... A Leipsick, on m'a retiré du chariot des morts... A Waterloo, quatre balles ont troué ma poitrine et m'ont laissé debout; cela valait la peine d'y passer. Pauvre France! Vieux drapeau! Je l'ai revu; il était devant moi. J'ai tiré sur lui... c'est juste.

Je ne sais s'il s'aperçut de la pitié profonde qui me prit en voyant deux grosses larmes qui tombèrent de ses yeux, mais il s'écria avec un mouvement convulsif: — Docteur! docteur! recevez ma déclaration.

— Posez-le sur son séant, dit-il T..., il parlera plus facilement. Je m'agenouillai à la tête du malade; je passai mon bras sous son corps, et je le soulevai. Le docteur s'assit sur une chaise, à côté du lit; Magdelaine lui apporta une plume et du papier pour qu'il écrivît sur ses genoux, et resta debout près de lui, tenant une écritoire d'une main, et de l'autre une bougie, qui éclairait faiblement ce triste tableau. — Je m'appelle L. C...., dit alors le mourant; le docteur écrivait; je suis capitaine au 3e régiment de la garde; je suis né à Bergerac; mon fils... Un hoquet violent interrompit le malheureux. Je cherchai son pouls. — J'ai soif, dit-il. — De l'eau, vite, de l'eau! dis-je à Magdelaine. Elle resta immobile. Magdelaine, de l'eau! m'écriai-je. — Il n'y en a plus, me dit-elle avec sa voix douce et mélancolique. — Il n'y en a plus, car ils ont tué le porteur d'eau. — Il s'est donc battu? — Lui, Pierre!... non, non, reprit-elle en domptant son émotion; il passait sur le boulevard, seul et tranquille; il nous portait de l'eau, car nous en avons beaucoup usé à laver les blessures des soldats; l'un d'eux l'a aperçu, et s'est écrié: «J'en aurai un!» et il a tiré sur lui à dix pas. J'étais sur la porte, j'ai vu le coup. Pierre a chancelé comme s'il trébuchait, puis il est tombé dans la poussière. J'ai couru à lui; mais les seaux s'étaient renversés, et avaient fait de la boue; j'ai glissé, je suis tombée aussi; mais moi je me suis relevée... — Et Pierre était sans armes! m'écriai-je; ils l'ont tué sans armes! Ah! c'est un assassinat! — Oui, oui, dit Magdelaine en laissant couler ses larmes, oui, oui, ils ont assassiné mon enfant!... Magdelaine avait dit le secret de sa vie.

L'horreur de cette situation nous rendit tout immobiles. Les sanglots de Magdelaine et le râle affreux du mourant se mêlaient dans ma tête comme un bruit douloureux. Le docteur me regardait avec des yeux effarés. Je sentais sur mon bras les dernières convulsions du capitaine, je voyais couler des pleurs bien cruels sur le visage de cette malheureuse mère. Mes idées m'échappaient; je ne pouvais ni parler, ni remuer. Bientôt cependant les symptômes de ces douleurs atroces s'affaiblirent; les mouvements du malade devinrent moins violents et plus rares; l'âme forte de la vieille femme rappela les larmes à elle, et cinq minutes n'étaient pas écoulées, que le capitaine était mort, et que Magdelaine avait repris son air calme et triste.

— Qu'allons-nous faire? me dit le docteur; je ne puis garder ce corps chez moi: demain, après-demain, tous les jours, le combat peut recommencer à notre porte, et je n'ai que la nuit pour me débarrasser de ce cadavre. D'ailleurs, est-il prudent qu'on sache que cet officier est mort ici? Le peuple est exaspéré. — C'est juste, répondis-je, aidez-moi; et j'ouvris la fenêtre qui donne sur la rue. Magdelaine me saisit violemment le bras, et dit avec effroi: — Non, non, pas ainsi; si vous saviez ce que c'est qu'un corps humain qui tombe sur le pavé! c'est un choc sourd qui retentirait longtemps à votre oreille. Descendez-le: j'irai ouvrir la porte de la rue, je vous en prie! — Allez donc, nous vous attendons, dit le docteur.

Elle sortit, et nous entendîmes tirer le cordon. Pendant ce temps, le docteur avait détaché l'appareil qu'il avait posé sur les blessures du capitaine. Magdelaine reparut, portant une petite lanterne. Nous prîmes le cadavre; le docteur portait les jambes, comme un homme attelé à une brouette, et je soulevai avec effort le haut du corps, et je sentis rouler sur ma poitrine cette tête qui pensait une heure avant. La vieille femme marchait devant nous, et nous éclairait attentivement en descendant l'escalier. Comme nous entrions dans la longue cour qui conduit à la rue, on ouvrit une fenêtre: c'était mon père, qui m'avait entendu sortir de chez moi et qui s'alarmait de mes projets; il se pencha, et nous vit marcher lentement et avec effort sous le poids du cadavre; il devina la vérité, car il resta immobile et ne m'adressa pas la parole. Magdelaine nous précédait toujours. La nuit était éclatante de majesté, le silence profond, je me sentis froid.

Nous étions dans la rue, et nous continuâmes à marcher. Quel fut le sentiment qui nous guida? je ne sais; mais moi, qui me croyais arrivé à l'irréligion par le raisonnement, et le docteur à l'athéisme par l'anatomie, nous prîmes, par un mouvement machinal, le chemin de la prochaine église; et ce ne fut que sur les marches du temple que nous déposâmes le corps du capitaine.

En rentrant dans la maison, je m'approchai de Magdelaine.
— Pierre était donc votre fils? lui dis-je. — Oui, mon bon fils, un honnête homme. — C'était votre unique enfant?... J'avais été trop loin, car Magdelaine me regarda d'un air étonné; puis, s'armant de courage, elle me répondit: — Non, non, ce n'était pas mon seul enfant: j'avais une fille, la malheureuse! — Elle est morte? — Morte? reprit la vieille mère, non. Et me quittant brusquement, elle me devança dans la maison.

Beaucoup de personnes doivent se rappeler avoir vu le jeudi matin un cadavre étendu près d'une barricade sur le boulevard Bonne-Nouvelle. Je le reconnus en passant pour celui du capitaine L. C. que le peuple avait porté. Il avait déjà les yeux vides et ses blessures étaient violettes. Je m'éloignai rapidement.

Je me rendis à l'Hôtel-de-Ville. . . . .

Nous arrivions aux Tuileries, et j'étais parvenu à me loger derrière l'une de ces énormes statues qui en soutiennent les grilles. J'étais assez à l'abri du feu de la garde pour pouvoir observer ce qui se passait. J'admirais l'intrépidité de ce peuple qui, comme le flot de la mer qui bat et brise le pied des falaises, venait sans cesse mourir en avançant toujours, se retirait encore, lorsque mes regards furent attirés par un jeune homme en habit de page, au milieu de la cour des Tuileries, armé d'un fusil et seul, recevait sans bouger la vive fusillade des nôtres.

Quelle surprise! ces cheveux blonds, ce visage parfait, ce regard devenu terrible, c'était le beau jeune homme de Jenny. Par un mouvement soudain, je l'ajustai; dès le premier transport, il me sembla que c'était une proie échappée que je retrouvais. J'attendis cependant. Je comptais voir dans cette frêle jeunesse un moment de crainte et de peur. Tant d'hommes fuyaient autour de lui que je lui laissai la chance de n'être qu'un homme. Pendant le peu d'instants que dura ma pitié, je suivis avec curiosité tous ses mouvements. Il demeura calme et debout, chargeant avec rapidité son fusil, puis choisissant avec froideur ses victimes. Cinq fois il tira, et cinq des plus braves qui s'avançaient contre lui tombèrent

frappés au cœur, sans remuer, morts et tués par une main sûre et un coup d'œil impassible.

Dans ce moment un enfant, un de ces héroïques enfants qui ont tant fourni de gloire à leurs aînés dans l'histoire de ces sublimes journées, s'élança du côté du jeune page. Mais celui-ci avait eu le temps de recharger son fusil, l'enfant n'était pas à trente pas de lui, la crosse était déjà contre l'épaule; alors le page chancela, son arme, et s'abattit lui-même sur le visage comme un jeune arbre coupé dans sa racine. Je l'avais tué avec ma dernière cartouche.

La cour fut bientôt envahie; une curiosité horrible m'entraîna vers ce malheureux. Il respirait encore, je le relevai, il était appuyé sur mes bras, le visage tourné vers lui, le sang sortait à bouillons de sa bouche, il essaya de parler et parvint à prononcer ces mots: — « Dites que je suis mort... Henri L. C. Mon père, le capitaine L. C. » Je ne sais ce qui me saisit au cœur, mais je poussai un cri de désespoir, le corps m'échappa, et la tête alla rebondir sur le pavé: ces adieux d'un père et d'un fils qui se cherchaient à leur dernier soupir, ces deux morts qui se réunissaient sous mes yeux, et puis une idée atroce qui me passa par la tête: j'unis dans une même pensée la vieille Magdelaine et la pauvre Jenny!.. Je m'enfuis épouvanté, égaré, insensible à tous ces cris de victoire qui se confondaient autour de moi. Je courus, je courus comme un insensé... j'étais dans la salle du trône...

. . . .

UN MONTMORENCY

LE COURRIER.

Le 21 juillet 1632, avant le lever du soleil, deux hommes sortirent de la ville de Pézenas dont les portes étaient encore fermées pour tout le monde; ils étaient à cheval et marchaient rapidement. Le plus âgé des deux était un homme de trente-cinq ans et d'une gracieuse tournure. Sous le simple habillement d'un cavalier ordinaire, il portait en lui un air de hauteur qui décelait l'habitude du commandement. Il était silencieux, et sans doute son esprit était occupé de graves réflexions sur quelque important sujet, car son visage changeait d'expression à tous moments comme celui d'un homme qui discute en lui-même. Monté sur un magnifique cheval qui ne pouvait appartenir qu'à un maître fort riche, on l'eût dit cloué sur la selle tant il y semblait immobile. Son compagnon paraissait avoir une dizaine d'années de moins que lui. Il existait entre eux une grande ressemblance, bien que le visage du plus jeune eût une physionomie tout à fait différente de celle du cavalier dont nous avons parlé d'abord, et rien de grave ni de triste ne semblait pouvoir altérer le calme insouciant de ses traits. Sa tenue n'avait pas non plus la raideur qu'on remarquait dans l'autre, il se dandinait sur son cheval tout en lui adressant quelques paroles, regardait de temps en temps son voisin en clignant les yeux d'une façon particulièrement curieuse; puis, le voyant profondément absorbé par ses réflexions, détournait ses regards avec ennui, et se mettait à chanter quelque air à la mode. Il avait commencé une chanson de Bertaud, lorsqu'il fut interrompu brusquement. Il en était à ce couplet:

Quelque jour peut-être toi-même,
De cet heur qui te semble extrême
Tu te verras déposséder,
Car la dame est comme une ville:
Quand à prendre elle est si facile,
Elle est difficile à garder.

Tout à coup le premier cavalier quitte son air sombre, et adressant la parole à son compagnon, il lui dit en souriant:
— Je ferai mentir ton poète, Duclier; dans trois jours, je serai maître de Nîmes, de Beaucaire, de Montpellier, de Narbonne, de toutes les places de la province enfin, et cela sans coup férir; et une fois la prise faite, je te jure, foi de Montmorency, que Richelieu n'y rentrera qu'un laisser-passer de ma main.
— Ainsi soit-il, Monseigneur, répondit celui que le duc de Montmorency avait appelé Duclier; je crois que si le digne cardinal vient nous attaquer de front, la dague au poing, mèche allumée et l'étendard déployé, nous lui ferons faire pied de grue aux portes de nos bonnes murailles du Langue-

doc; mais, de par Dieu! je dois l'avouer, j'ai peur de la guerre à l'espion, au poignard, au jésuite, au poison, au bourreau, manières de vaincre que le tonsuré rouge entend à merveille.

— Hé! Duellier, reprit le duc Henri, tu ne rêves que trahison; avec ton air de confiance et d'abandon, tu es le plus soupçonneux gentilhomme que je connaisse.

— Monseigneur, répliqua Duellier, Desportes a dit dans une villanelle :

Il est aisé de tromper qui se fie.

— Desportes parlait d'amour, dit le duc.

— Et j'applique le précepte à la politique, répondit Duellier.

— Ainsi, reprit Henri, à ton avis, d'Hemeri...

— D'Hemeri est un traître qui amuse les états du Languedoc sous prétexte de finances, et qui vous dénonce au cardinal qui ne demande qu'un prétexte pour abattre la seule fortune qui maintenant, en France, puisse porter ombrage à la sienne.

— La sienne! la fortune d'un Richelieu! répliqua Montmorency avec dédain, je la renverserai ; il faut que le roi soit le maître enfin; il faut qu'il ouvre les yeux, et cesse d'être l'instrument de l'ambition de son ministre.

— Prenez le cardinal, c'est possible, dit Duellier; pendez-le court et haut, pour qu'il ne se ragrippe pas à la terre, c'est bien; mais ouvrir les yeux de Louis XIII, c'est un miracle que Jésus en personne ne parviendrait pas à faire. Ce n'est pas faute d'avis qu'il est aveugle, et ce doit être sorcellerie, à coup sûr, car dernièrement il a trouvé sur son chevet le joli quatrain que voici :

Richelieu règne en France,
Vive le roi!
Il mange sa finance,
Vive le roi!
Il occit qui le gêne,
Vive le roi!
Il couche avec la reine,
Vive le roi!

— Et qu'a dit Louis? ajouta le duc.

— Il a montré le billet au cardinal, en le plaignant d'avoir de si cruels ennemis; et comme on n'a pu trouver l'auteur du couplet, on a envoyé à la rame de Brest les trois valets de service qui font le lit du roi.

— C'est une honte qu'un tel gouvernement, répondit le duc; si Gaston tient parole, nous en délivrerons la France.

— Si... dit Duellier en levant les yeux au ciel.

— Doutes-tu de la foi du duc d'Orléans? répondit le duc.

— De sa foi, non... de sa constance, oui. J'aimerais mieux garantir celle de Mariette Sillot, dont je suis le trentième amant, que celle de Monsieur. Le pauvre Gaston, il croit tout ce qu'il dit, mais il n'en tient pas un mot.

— Tu veux donc me détourner de mon projet? dit le duc pensif.

— Moi, s'écria Duellier, je ne veux rien; faites ce qu'il vous plaira. Rappelez-vous le jour où Soudeilles, votre capitaine des gardes, m'amena tout jeune près de vous : « Voici un parent éloigné que votre père mourant vous confie, vous dit-il; prenez-en soin. — Ah! répondîtes-vous en me tendant la main, c'est Duellier, c'est mon frère, et je le traiterai comme tel! » Et vous ne prîtes pas garde à la barre de mes armes pour reconnaître votre sang. Alors, mon frère, je vous remerciai de mon cœur, et je jurai que vous aviez attaché une vie à la vôtre, deux bras à vos bras, et une lame fidèle à votre épée. Faites donc ce que vous voudrez, j'obéirai; mais je vous répéterai le refrain de ma villanelle :

Il est aisé de tromper qui se fie.

— Merci, Duellier, répondit Montmorency avec un regard plein d'amitié; au reste, nous saurons bientôt à quoi nous en tenir sur tes soupçons; car le soleil se lève déjà, les portes de Pézenas vont s'ouvrir, et voici un endroit propre à notre entreprise.

En disant cela, ils entrèrent tous deux dans un petit bois qui bordait la route, et descendirent de cheval. Ils détachèrent chacun de l'arçon de leur selle une longue paire de pistolets, et s'assirent sur l'herbe. Ils reprirent ainsi leur entretien :

— Assurément, dit Montmorency, Monsieur m'a surpris en arrivant si tôt. Rien n'est préparé, et sans le grand coup que je veux frapper demain, son entreprise serait une folie, comme tout ce qu'il tente.

— Vous êtes donc décidé? répondit Duellier.

— Voici ma décision qui vient, reprit le duc; n'entends-tu pas le trot d'un cheval?

— Oui vraiment, mais il ne vient pas de Pézenas; il y va, tout au contraire, et d'un train qui annonce que celui qu'il porte est pressé d'arriver. C'est un courrier de Richelieu à sire Praticelle d'Hemeri, je le parierais. C'est bon, nous ferons d'une pierre deux coups. Nous aurons la demande et la réponse tout à la fois. Allons, je vais le prendre pour faquin *, et voir si l'humidité de la nuit n'a pas pénétré la poudre de mes pistolets.

— Non pas, ajouta Henri de Montmorency; il faut d'abord savoir qui c'est : peut-être est-il des nôtres.

— Et voilà l'ennui des entreprises comme celle-ci, dit Duellier. À la guerre, à la bonne guerre, s'entend, l'un est rouge et l'autre blanc, Anglais ou Français, cela se voit du premier coup; au lieu que, lorsque nous bataillons les uns contre les autres, c'est du diable si on sait sur qui frapper! Et vous-même, à Beaucaire, n'avez-vous pas été obligé de faire battre vos troupes les chemises hors de chausses pour les reconnaître de celles du duc de La Force?

— Il y a des amis qu'on reconnaît tout de suite; regarde celui dont tu voulais faire un faquin, dit le duc.

— Hé! Dieu soit béni! c'est Soudeilles, votre capitaine! Il va nous dire des nouvelles de la cour. Et Duellier se prit à chanter en criant :

— Mon cavalier, par ici,
Vous trouverez un ami.

— Hé! Soudeilles! Soudeilles!

Celui qu'on appelait ainsi s'arrêta dans sa course rapide; il reconnut le frère naturel de Henri de Montmorency, et s'avança vers le petit bois. Il fut étrangement surpris d'y trouver le duc lui-même; mais avant que Duellier eût pu expliquer à Soudeilles pourquoi ils étaient sortis de Pézenas si matin et en pareil équipage, celui-ci fut accablé de questions par Montmorency.

— Que dit-on à la cour?

— On ne dit rien à la cour, répondit Soudeilles; mais, entre soi, on désapprouve la tutelle où se laisse mettre le roi; l'on plaint la reine mère d'être sacrifiée par son fils aux exigences d'un ministre, et l'on fait des vœux pour le succès de l'entreprise de Monsieur.

— Tu vois, Duellier, dit vivement Montmorency, la France entière veut son exil. Puis, se tournant vers Soudeilles, il lui dit :—Et le cardinal, comment le traite-t-on? il doit pressentir sa ruine dans cet universel mécontentement.

— Ou il l'ignore, ou il le brave, répliqua le capitaine, car il m'a paru parfaitement tranquille; cependant on ne peut guère supposer qu'il ne sache pas ce qui se dit près de lui, lorsqu'il connaît si bien tout ce qui se fait en Languedoc.

— Il t'a donc parlé de moi? dit le duc.

— Quatre heures durant, répondit Soudeilles. Il m'a raconté votre entrevue avec le comte de Moret **, que son frère Gaston vous a expédié; il m'a dit les menées de messieurs de La Pauze, de Perault, de Fleyres et de Saint-Bonnet pour attirer leurs diocèses dans la révolte. Il m'a surtout beaucoup parlé de monseigneur Alphonse Delbenne, évêque d'Albi, et de vos nombreuses entrevues.

— Vraiment! dit le duc. Donc je ne pourrai désormais converser avec un ami, sans être coupable de haute trahison! Il ne m'a rien dit sur la tenue des états?

— Rien, sinon qu'il triplerait les taxes de la province, si elle n'accordait de bonne volonté ce qu'on exige d'elle.

— Justice divine! reprit le duc, après avoir extorqué au Languedoc le plus clair de ses revenus, faire de pareilles menaces, parce que les états présentent leurs doléances au roi! C'est donc un crime que de souffrir?

— Non, reprit Soudeilles, mais de se plaindre.

— Enfin, ajouta Montmorency, que a-t-il dit le roi?

— Qu'il lirait le mémoire des états...

— C'est-à-dire, dit le duc, qu'il le remettra à Richelieu, et que celui-ci sera juge des plaintes qu'on élève contre lui. Mais le cardinal, enfin, quel est son dernier mot?

— Le voici, dit Soudeilles : «Dites au duc de Montmorency de ne point se mêler des petites intrigues de la reine mère et de son fils Gaston. Assurez-le que ceux qui lui ont dit que j'étais son ennemi l'ont indignement trompé; que je ne le suis d'aucun des hommes qui veulent le bien de la France, mais seulement des brouillons ou des ambitieux ; qu'il ne se fie ni à son grand nom, ni à sa grande fortune, s'il trame quelque trahison; qu'il se garantisse surtout des mauvais conseils, et particulièrement de ceux de la duchesse, sa femme, qu'égare son aveugle attachement pour la reine mère. Dites-lui, que,

---

* Mannequin pour s'exercer au tir.

** Fils naturel d'Henri IV, frère de Louis XIII et de Gaston d'Orléans.

jusqu'à présent, je le crois innocent, quoique sa conduite soit au moins équivoque; mais que les circonstances deviennent pressantes, et qu'il faut qu'il se prononce hautement. Je n'entreprendrai rien contre lui, mais qu'il n'entreprenne rien contre moi. »

Le duc s'arrêta au moment de répondre, et écouta avec attention un bruit qui semblait approcher. Bientôt on distingua le galop d'un cheval, et Duellier dit à voix basse :

— Voici notre homme, sans doute ?

Et tout aussitôt il prépara ses pistolets, et s'avança d'arbre en arbre jusqu'au bord de la route, tandis que le duc expliquait à Soudeilles le but de leur expédition. Au moment où le courrier qui venait de Pézenas passa devant le bois, un coup de pistolet retentit, et le cheval, frappé à l'épaule, roula sur la route avec son cavalier. Avant que celui-ci eût pu se relever, Duellier lui mit son second pistolet sous la gorge, et le força le suivre dans le bouquet d'arbres où se trouvait le duc. Le malheureux que l'on venait ainsi d'arrêter se jeta d'abord à genoux, en criant grâce et en offrant son argent à ses agresseurs; mais reconnaissant bientôt en quelles mains il était tombé, il se rassura, et répondit aux questions que le duc lui adressa. Il avoua qu'il appartenait au sieur Praticelle d'Hemeri, intendant des finances, et qu'il allait porter des papiers d'une haute importance au cardinal de Richelieu, à Paris. On lui demanda ces papiers, qu'il remit sans difficulté; et le duc, aidé de Soudeilles et de Duellier, les visita exactement; mais il n'y trouva aucun indice de ce qu'il cherchait. La plupart étaient des procès-verbaux des séances des états; ceux des députés qui s'opposaient aux ordonnances royales et à l'établissement du droit y étaient nommés à la vérité, mais plutôt sous la forme d'une relation fidèle que d'une délation.

— Duellier, dit Mohtmorency après cet examen, tu vois bien que d'Hemeri ne sait rien, ou ne dit rien.

— Cependant on sait tout à Paris, il faut bien que quelqu'un parle. D'ailleurs, nous n'avons pas fouillé cet homme : et s'il a quelque message secret, sans doute il le tient soigneusement caché.

Le courrier eut beau protester qu'il avait remis tout ce dont il était chargé, Duellier le força de se dépouiller entièrement, tâta ses habits l'un après l'autre, pour voir s'il n'y avait rien de cousu dans les doublures, et ne parvint à rien découvrir. A ce moment, Soudeilles, qui s'était éloigné un moment, revint chargé de la selle du cheval blessé.

— Si d'Hemeri, dit-il, écrit au cardinal des choses que nul autre que lui ne doit voir, certes il n'a pas pris un tel homme pour garder ses secrets. Voici un confident qu'on n'interroge pas, qu'on n'arrête pas, qu'on achète pas; cherchons-y, et nous trouverons le secret, si secret il y a. Et il jeta son fardeau par terre.

Duellier, avec la pointe de son épée, mit la selle en lambeaux, et, sous le double cuir dont elle était revêtue, trouva enfin des papiers. Le courrier fut seul surpris de cette découverte. Montmorency prit rapidement les dépêches secrètes des mains de Duellier, et lut ce qui suit :

« MONSEIGNEUR,

« Ainsi que je vous l'ai dit dans ma dernière lettre, le temps presse. La province est travaillée plus que jamais en faveur de Monsieur. Le duc a eu jusqu'à ce jour l'habileté de ne faire que des démarches qui, selon les circonstances, paraîtront sous un jour différent. Ainsi, il a déjà fait lever et mettre au complet les régiments de Berri, de Languedoc, de Rieux, de Pradelles, qui lui sont dévoués, tout prêt à s'en servir selon le côté où il croira devoir se ranger. D'après vos ordres, j'ai voulu le faire enlever par un parti de gentilshommes que je conduisais moi-même, lors de son dernier voyage à Montpellier, mais il était si bien accompagné, qu'il a fallu se résigner à le laisser passer après force compliments. »

— Le lâche coquin! s'écria Duellier en interrompant la lecture de la dépêche : nous étions, je crois, une douzaine à cheval sans autres armes que nos pistolets et nos épées, et nous les avons rencontrés au nombre de plus de cent, l'arquebuse allumée et le pot en tête.

Soudeilles lui fit signe de se taire, et le duc continua :

« Je ne perds pas cependant l'espoir de m'emparer du duc; mes espions ne le quittent pas, et s'il a l'imprudence de s'éloigner de Pézenas sans escorte, il sera dans vos mains avant que la province ne se doute de sa disparition. Ce grand coup frappé, toute la machine de Monsieur tombe aussitôt; il ne recueille quelques partisans qu'en leur promettant que le duc se rangera du son parti, et lui amènera tout le Languedoc. Abattre Montmorency, c'est abattre le parti de la reine mère et de Monsieur. C'est donc là qu'il faut viser. Mais, pour y

parvenir, il faudrait gagner la confiance du duc, l'attirer dans quelque faux semblant de conciliation, loin de Pézenas, et alors, avec quelques hommes dévoués, je réponds du reste; mais vous seul pouvez lui faire faire des ouvertures à ce sujet : il ne les accueillerait de moi, ni à cause de sa défiance, ni à cause de la disproportion des rangs. Commencez donc, j'achèverai. Si vous pouvez le déterminer à aller à Lectoure, c'est partie gagnée, la ville est des nôtres. Je crois qu'il aurait grande confiance dans le maréchal de Châtillon; chargez donc celui-ci de l'entrevue, sans l'avertir de car il serait homme à trahir l'embuscade. Pour moi, je serai prêt; et puis, l'affaire faite, on laissera crier le vieux maréchal, qui en sera pour ses plaintes. »

Le duc regarda Soudeilles et Duellier qui ne put s'empêcher de s'écrier :

— Ah! maître Praticelle, sieur d'Hemeri, il n'y a pas dans Pézenas un bout de corde, ou tu seras pendu ce soir de ma main à la porte du château!

— Ce n'est pas lui, s'écria le duc, ce n'est pas lui qui mérite la corde! c'est ce damné cardinal; et, sur mon âme, Duellier, si tu te charges du valet, je suis homme à serrer le cou du maître... Ah! Richelieu! que je te tienne à la pointe de mon épée, et je le mettrai, foi de Montmorency, rouge sur rouge, sang sur pourpre, ou ma lame cassera sur tes os!

— Silence, dit Soudeilles, ces paroles peuvent être un arrêt de mort.

— Pour moi peut-être qui les prononce, n'est-ce pas, Soudeilles? dit le duc avec dédain.

— Non, répondit le capitaine en montrant le courrier, mais pour celui qui les entend.

— Tu as raison, reprit Duellier, nous avons trop causé.

Et, sans rien dire de plus, il déchargea son second pistolet dans la tête du malheureux messager; puis tous trois reprirent au grand trot le chemin de Pézenas.

LE JÉSUITE.

Le soir même de ce jour, il se tenait une assemblée nombreuse dans la maison d'Alphonse Delbenne, évêque d'Albi; un grand nombre de députés aux états s'y trouvaient; parmi eux on remarquait, à son air effaré, messire Guillemin ou Guilleminet, comme l'appelaient les enfants, à cause de l'exiguité de sa taille. Chacune des personnes présentes avait été appelée par un message secret et pour affaire urgente, de façon que beaucoup de groupes s'étaient formés dans tous les coins de la salle, et l'on s'y entretenait activement de l'état de la province et de l'arrivée de Monsieur; on y cherchait aussi à deviner la cause de la réunion, lorsque le maître de la maison parut, accompagné de trois personnes, toutes attachées au service de Montmorency. Nous en connaissons déjà deux, Soudeilles, et Duellier; la troisième était un prêtre d'une joyeuse apparence : c'était le père Arnoux, de l'ordre de Jésus, confesseur du duc, et son serviteur dévoué. A peine furent-ils entrés, qu'un grand silence se fit, et qu'Alphonse Delbenne prit place sur un fauteuil placé sur une estrade. Ses premières paroles furent pour remercier les députés sur leur empressement à se rendre à son appel; ensuite de quoi il leur raconta comment un courrier, adressé au cardinal, avait été attaqué par des brigands qui l'avaient dépouillé de tout ce qu'il portait; comment ces bandits avaient dédaigné de prendre les papiers, qui avaient été trouvés par des paysans; et comment ces paysans les avaient remis à monseigneur de Montmorency, qui venait de les lui transmettre.

Le père Arnoux, qui avait écouté tout ce récit avec une attention profonde, se tourna alors vers Duellier avec un sourire équivoque, lui dit à voix basse :

— C'est bien imaginé...

— C'est la pure vérité, répliqua Duellier en le toisant dédaigneusement de ses yeux à demi fermés.

— Précisément, repartit le jésuite; mais cela n'empêche pas que ce soit fort bien imaginé à ces paysans d'avoir remis ces papiers à Monseigneur. De qui viennent-ils?

— D'un traître que je pendrai de ma propre main, si Henri veut me le permettre, répliqua Duellier en regardant le père Arnoux en face.

— C'est fort bien imaginé, dit celui-ci d'une voix caressante; mais écoutons monseigneur Delbenne.

— Si ce jésuite tremble ou pâlit à un seul des mots de cette lettre, je le poignarde à l'instant, dit tout bas Duellier à Soudeilles.

On ne peut assurer que le père Arnoux eût entendu ce mot, car son visage resta immobile et épanoui comme de coutume;

seulement il s'appuya le dos à la muraille, et bâillant d'une manière peu courtoise, il dit assez haut :

— Ah! j'ai trop mangé à souper...

Puis il étendit nonchalamment ses jambes, essaya de poser sa tête d'abord à droite, puis à gauche, et enfin, l'appuyant dans un juste équilibre sur sa poitrine, il se laissa aller à un doux sommeil. Ses voisins, qui avaient suivi ses mouvements, en souriaient entre eux, lorsque la voix d'Alphonse se fit de nouveau entendre. Il commença la lecture de la lettre qui avait été surprise par Montmorency. A chaque phrase, elle était interrompue par les exclamations des députés et surtout par celles du greffier Guillemin, qui ne trouvait pas de supplice assez fort pour le traître qui avait ainsi dénoncé le duc, le bienfaiteur de la province, le défenseur zélé de ses franchises et libertés. Pendant toute cette lecture, Duellier ne quitta pas de l'œil le visage endormi du père Arnoux; il redoubla d'attention lorsque la lettre d'Hémeri, dont on n'a lu qu'une partie dans le premier chapitre, parla des moyens d'espionnage qu'il employait pour connaître le secret des conciliabules des députés. A ce moment, comme si le révérend jésuite était éprouvé par les exclamations qui l'empêchaient de dormir, il laissa échapper un long soupir saccadé. Duellier le dévora du regard; mais le visage resta calme, le soupir se perdit dans un léger ronflement, et le bon prêtre murmura entre ses lèvres vermeilles :

— Ouf! j'ai trop mangé à souper...

— Et c'est vrai, dit Soudeilles à Duellier; je ne sais d'où lui vient l'idée de soupçonner ce goinfre. Jamais je ne l'ai vu que manger et dormir, et ce ne sont pas là les qualités d'un bon espion.

— Je crois que tu as raison, dit Duellier en considérant la figure béate du jésuite.

A ce moment, l'évêque d'Albi continua sa lecture. On découvrit dans la lettre par quelles ruses on se jouait des états et de leurs réclamations, en les promenant d'atermoiement en atermoiement, jusqu'à ce qu'ils se rendissent de guerre lasse, ou jusqu'à ce qu'on eût le temps de réunir assez de troupes pour les forcer à obéir. Enfin, au milieu de la stupéfaction générale, Alphonse arriva à cette phrase terrible : « Quant à tout ce qui peut se tramer de secret entre les députés des états, fiez-vous à moi : j'ai dans leurs plus intimes conseils un drôle expert en cette matière, toujours l'œil ouvert et l'oreille au guet, et qui ne laisse échapper ni la moindre parole ni le geste le moins significatif. » Alphonse Delbenne s'arrêta après ces mots, et chacun, dans un profond silence, regardant avec inquiétude son voisin, semblait vouloir deviner le traître à côté de lui, lorsqu'un grognement bien prononcé appela tous les yeux du côté du père Arnoux; on le vit alors assis sur son banc, les jambes étendues, les bras pendants, la tête penchée, et soufflant de tout le pouvoir de ses poumons. Aussitôt les députés, oubliant leur première terreur, se prirent à rire, et le sire de Guillemin, qui ne manquait aucune occasion de se récrier et de tapager, se mit à dire avec une terrible gaieté gasconne :

— Eh! de par le diable! je tiens le traître; il faut que je lui serre le cou... Et il le serra véritablement de toute sa force. Le père Arnoux, se réveillant en sursaut, à moitié étouffé par la plaisanterie du greffier, passa deux ou trois fois la main sur son cou, comme pour y rétablir la libre circulation de l'air; puis, promenant sur l'assemblée un regard encore endormi et presque hébété, il dit, après un effort :

— Décidément, j'ai trop mangé à souper.

Cette réflexion fut le signal d'un rire universel. Alphonse Delbenne laissa un accès de gaieté le temps de se calmer, satisfait en lui-même de cet incident, qui n'avait pas laissé aux députés le loisir de se livrer à leurs craintes; puis, profitant du premier moment de calme, il leur parla ainsi :

— Sans doute, Messieurs, il y a des traîtres parmi nous; mais je sais un moyen assuré de déjouer leurs sales délations : c'est de prendre toutes nos résolutions au grand jour; c'est, armés que nous sommes de cette lettre, de refuser hautement l'octroi des taxes aux commissaires du traître cardinal, et d'en remettre l'emploi à monseigneur de Montmorency, gouverneur de la province, jusqu'à ce qu'il soit fait droit à nos réclamations.

— Oui! oui! s'écria-t-on de toutes parts...

— Et il faut recevoir Monsieur dans la province, ajouta Guillemin, pour qu'il rétablisse l'État en ordre et bonne marche...

— Non! non! s'écrièrent quelques députés : ceci serait rébellion et crime de lèse-majesté.

— Mais le duc acceptera-t-il l'octroi en son nom?

— Il l'acceptera au nom du roi, répondit Soudeilles, et pour l'intérêt de sa cause compromise par la méchante administration et l'exaction de son ministre Richelieu.

— Et nous sommes tous trois ici pour vous assurer de sa

parole : Soudeilles, son capitaine des gardes; le révérend père ici présent, son confesseur; et moi Duellier, son frère naturel.

Après cette déclaration, les députés chargèrent Alphonse et Jean de Saint-Bonnet, évêque de Nîmes, de rédiger les déclarations de concert avec les envoyés de Montmorency. Immédiatement après l'assemblée se sépara, et la plupart des députés, au lieu de rentrer chez eux, se répandirent par la ville, afin d'aller visiter leurs collègues, de réchauffer les indolents, d'encourager les timides, et d'effrayer ceux qui tenaient pour le cardinal. A l'instant où la salle allait être vide, le père Arnoux se leva et s'apprêta à sortir.

— Où allez-vous donc? lui cria Duellier.

— Je vais me coucher, répondit naïvement le jésuite; j'ai l'estomac lourd; j'ai trop mangé à souper.

— Laissez ce ventre aller dormir, dit l'évêque d'Albi avec mépris; à quoi peut-il nous être bon? Puis il ajouta, au moment où le père Arnoux se retirait après une humble salutation : Comment le duc peut-il avoir un pareil butor à son service?

— Le duc n'aime pas que le confessionnal soit rude, répondit Soudeilles.

— Je sais, je sais, dit Delbenne, le jésuite lui passe une jolie fille pour chaque bon morceau qu'il avale : c'est leur affaire. Pensons à la nôtre.

Aussitôt ils se mirent à l'œuvre. Pendant ce temps, le père Arnoux descendait l'escalier de la maison avec lenteur et mesure; mais à peine fut-il dans la rue, que sa marche devint d'une telle rapidité, qu'on avait eu peine à le suivre. L'idée qui le poussait le dominait tellement, qu'à plusieurs fois il laissa percer sa préoccupation en paroles entrecoupées.

— Oh! monseigneur Delbenne, disait-il, en roche, en rochet, gendarme en soutane, Dieu te garde du ventre! Où je suis pas jésuite, ou le ventre mangera ta tête, monseigneur. Mais ce d'Hemeri, autre traître... Ah! sire d'Hemeri, le drôle vous vendra cher les drôleries. Ce pied-plat dont je fais la fortune, qui s'avise de parler comme il le fait!

A cet instant, il se trouva au coin d'une haute maison où brillait encore une lumière. Il frappa à une porte basse, et un valet, qui semblait posté à cet endroit pour l'attendre, lui ouvrit immédiatement. Le jésuite le suivit, et il fut introduit dans une chambre somptueuse. Un homme en robe de chambre de velours, les pieds perdus dans une longue et épaisse fourrure, malgré la chaleur de la nuit, y était assis devant une table où il écrivait. Il fit signe au père Arnoux de s'asseoir, et finit une addition commencée.

— Ce qui fera, dit-il, un bénéfice net de 3,885,000 livres pour la suppression des élus et de leurs charges.

— Quoi! dit le jésuite, la province gagnerait un si gros intérêt à la suppression de ces administrateurs?

— Non, répondit d'Hemeri, ce n'est point cela; je calculais qu'on pouvait faire droit aux plaintes des états en détruisant les charges des élus; mais comme le traitant des taxes du Languedoc les a pris à son compte, et leur doit la paye de leurs offices, il est juste que la province lui rembourse ce payement.

— Mais assurément, dit le prêtre, si on abolit les charges, le traitant ne payera plus ceux dont il ne tirera aucun service.

— Et c'est pour cela que je calculais, répliqua d'Hemeri, que le traitant trouvera un bénéfice net de 3,885,000 livres à cet arrangement. C'est une idée qui m'est venue aujourd'hui, et que je vais transmettre au cardinal, qui peut en tirer bon parti.

— Et vous aussi, sans doute? dit le jésuite...

— Moi, dit l'intendant des finances en souriant financièrement, je donne mes idées pour ce qu'elles valent.

— Et vous ne me les donnez pas pour ça, dit le père Arnoux; le traitant le sait, je suppose?

— Eh! et! répondit l'intendant des finances, puisque je vous dis que j'écris au cardinal demain.

— A propos, ajouta le jésuite, ne lui avez-vous pas envoyé un messager ce matin?

— Assurément, dit d'Hemeri.

— Vous n'avez pas oublié votre promesse, j'espère, continua le prêtre avec un aimable sourire de confiance, et vous lui avez parlé de mon dévouement à sa cause?

— Comment donc! s'écria d'Hemeri, je lui parle de vous dans les termes les plus pressants.

— Et vous lui avez ainsi inspiré l'idée... vous savez?... l'idée... dit en souriant toujours le bénin jésuite.

— Assurément : Alphonse Delbenne ne peut garder son siège, et je vous ai désigné comme le seul capable de le remplir dignement.

— Et vous m'avez nommé à Son Éminence, n'est-ce pas? continua le père Arnoux, l'œil quêteur comme un homme qui craint qu'on n'ait oublié quelqu'une de ses prétentions.

— Eh! le cardinal ne voit que votre nom dans mes lettres, dit le sieur Praticelle, je l'y mets à toutes les lignes.

— Merci, dit le jésuite; car si vous l'aviez écrit à une seule page, il y a quelque chose à parier que je ne pourrais pas vous dire à l'heure qu'il est que vous en avez menti.

— Que voulez-vous dire? reprit l'intendant d'un air de hauteur.

— Je veux dire, répliqua le jésuite, que vous avez trouvé bon de me sucer mes secrets jusqu'à la moelle, pour vous en parer auprès du cardinal, tandis que moi je n'étais qu'un drôle, expert à voir et à avertir, auquel vous deviez, sans doute, donner quelques écus pour la peine.

— Je ne vous comprends pas, s'écria le financier, stupéfait du mot drôle qu'il avait employé dans sa lettre, et qui lui annonçait suffisamment qu'elle était connue.

— Vous me comprendrez mieux quand je vous dirai, dit le prêtre d'un ton mielleux, qu'il me faut immédiatement une lettre de vous pour le cardinal, dans laquelle vous lui rendrez un compte fidèle de tous mes services.

— Mais je vous dis que c'est chose faite, répondit le financier.

— Alors, dit le jésuite en se levant pour sortir, ne vous étonnez pas si vous êtes pendu demain matin.

— Pendu! s'écria d'Hemeri en sautant de son fauteuil sur le père Arnoux, et en s'accrochant à lui de toutes ses forces... pendu! mais comment cela?

— Parbleu! dit celui-ci avec sa face épanouie, comme on pend, avec une corde et une potence.

— Mais pourquoi, mon Dieu, pourquoi?..

— Ah! voilà mon secret! et celui-ci, donnant donnant, répliqua le prêtre.

— Parlez, dit d'Hemeri, et à l'instant même vous aurez cette lettre.

— Donnez la lettre, et je parlerai: tant pis pour vous, messire Praticelle, mais vous m'avez appris à passer les marchés. Je ne donne mes secrets que pour ce qu'ils valent.

— Eh bien! reprit le financier, si je vous donne cette lettre, me sauverez-vous?..

— Non; ceci est une autre affaire: d'abord la lettre, pour savoir pourquoi on veut vous pendre; ensuite nous traiterons pour le salut.

— Pendu! pendu!.. répéta plusieurs fois d'Hemeri... Mais, misérable, parleras-tu?..

— C'est aussi difficile que d'écrire, dit le jésuite; c'est à vous à m'encourager.

D'Hemeri se promena quelque temps dans sa chambre dans une cruelle agitation, puis il s'assit devant sa table, et dit tout à coup avec colère:

— Eh bien! voyons, que faut-il que j'écrive?

— Vous le savez bien, dit le père Arnoux d'un ton insinuant; ce sont des choses que je ne puis dicter: ma modestie ne me permet pas de le faire. Cependant vous m'avez dit souvent que vous promettriez les plus belles récompenses à celui qui vous livrerait les secrets de Montmorency. Quelquefois vous m'avez complimenté sur mes talents, et vous leur avez prédit une haute fortune. Dernièrement, vous avez eu une peine infinie à faire taire les scrupules de ma conscience, et vous n'y êtes parvenu qu'en me montrant la place où je pourrais maintenant, par mon autorité, les sujets du roi dans son obéissance. Un jour, vous m'avez assuré que le diocèse d'Albi, infecté de religionnaires comme il l'est, avait besoin d'une main ferme pour prévenir la révolte... Que sais-je? vous parliez si bien! Rappelez-vous tout cela.

— C'est bon, c'est bon, dit d'Hemeri en écrivant; voilà qui est fait, il remit sa lettre au jésuite, qui, après lui avoir indiqué quelques corrections, la plia et la mit dans sa poche.

— Et maintenant? dit d'Hemeri.

— Maintenant, dit le jésuite, voici pourquoi vous serez pendu.

Et alors il lui raconta l'arrestation du courrier, et l'assemblée tenue chez l'évêque d'Albi.

— Je suis perdu si le financier après ce récit; le duc va me faire arrêter: il peut me faire pendre... me faire pendre!

— C'est ce que je vous disais, répondit le jésuite.

— Qui me sauvera? s'écriait le financier en parcourant sa chambre à grands pas. Ah! misérable fourbe! si tu m'avais dit cette nuit équipée du duc, je l'eusse fait enlever ce matin, et tout serait fini, et je serais surintendant.

— Et moi? dit le prêtre doucement.

— Ah! que ne t'ai-je nommé dans cette maudite dépêche! tu serais pendu, misérable espion!

— Pendu avec vous, tandis que vous le serez tout seul. Dieu punit la trahison, messire Praticelle, tant pis pour vous.

— Mais que faire! mon Dieu, que faire!.. reprit le financier en se laissant tomber sur sa chaise avec désespoir.

— Bonne nuit, lui dit le jésuite en le saluant et en sortant...

— Père Arnoux! s'écria d'Hemeri; par grâce, mon bon père, mon ami, ne me laissez pas ainsi... Sauvez-moi, sauvez-moi! Et il se jeta sur le jésuite, et s'attacha de nouveau à ses habits... en criant: Que voulez-vous? qu'exigez-vous?...

— Rien, moins que rien, dit le père en revenant; une seconde lettre...

— Pour qui? dit d'Hemeri.

— Pour le traitant.. Deux mots, un ordre de me compter le quart de ce que vous avez évalué votre idée sur la suppression des élus: le quart d'une petite affaire pour un intendant des finances doit être une fortune pour un jésuite.

— A l'instant, à l'instant, répondit d'Hemeri. Et il remit aussitôt un bon de deux cent mille livres au révérend... Et maintenant, mon ami, que dois-je faire?..

— Dormir en paix, répondit le jésuite. Et, sans attendre la réponse du financier, sans s'arrêter à ses cris, il sortit de la chambre et regagna la maison du duc.

LA DÉFAITE.

Un mois après ces diverses scènes que nous venons de rapporter, à une petite lieue, tout au plus, de Castelnaudary, au bord du Fresquel, étaient assemblés une douzaine de gentilshommes, tous en habit de combat, le casque en tête, la cuirasse sur le dos. La discussion semblait animée; mais trois seulement des personnes présentes semblaient y prendre part: c'étaient Gaston, frère de Louis XIII, Montmorency, et Metternich. Celui-ci était un chanoine de Liége qui commandait deux mille chevaux que Monsieur avait pris à son service dans les Pays-Bas, des Polaques, cavaliers polonais qui s'étaient engagés pour la garde de sa personne et la défense de l'artillerie. C'est Gaston qui parlait.

— Je ne vous comprends pas, Montmorency, disait-il; ou vous avez mal examiné les troupes de Schomberg, ou c'est un coup de fortune qu'il ne faut pas échapper. Je ne compte; dites-vous, que douze cents chevaux, six compagnies d'infanterie de cinquante hommes chacune, et quatre cents mousquetaires des gardes, méchantes troupes qui, pour avoir la prétention de se battre à pied et à cheval, ne se battent bien ni à cheval ni à pied; et vous hésitez à les attaquer quand nous avons avec nous deux mille hommes de pied, trois mille chevaux, plus de cinq cents volontaires, et trois canons! Quelles sont vos raisons, Monsieur? Ne puis-je plus compter sur vous?

— Monseigneur, reprit Montmorency avec un air d'humeur, je vous en ai donné de suffisantes, si vous vouliez vous-même les comprendre. Je vous dirai que pour le comte, malheureusement, j'ai dû vous recevoir en Languedoc avant que mes mesures ne fussent entièrement prises: il en est résulté que beaucoup de villes, où j'aurais eu des garnisons lorsqu'elles ne soupçonnaient rien de notre intelligence, nous ont fermé leurs portes quand elles ont vu, par votre arrivée, qu'il s'agissait d'une rébellion ouverte. Je vous ai dit que nous manquions d'appui dans le pays, et qu'à l'exception d'Albi que tient le comte de Moret et de Béziers, nous n'avons aucune place importante dans nos mains. Je vous rappellerai que, dans cette situation, le moindre échec nous perd entièrement. Déjà les cinq mille Napolitains qui devaient débarquer en Roussillon ont rompu leur marché à l'annonce de l'approche du roi. Marsiac, qui vous avez donné douze cents écus pour s'emparer du château de Saint-Félix, vient de le rendre à Schomberg moyennant dix mille livres. Alphouse Delbenne s'est fait battre par le maréchal de La Force, et monseigneur de Saint-Bonnet n'a pu tenir à Nîmes. Vous avez pu juger par vous-même combien ces revers ont refroidi l'ardeur de vos meilleurs partisans; jugez de ce que ferait aujourd'hui une défaite...

— Mais c'est une victoire que nous perdons, répliqua Monsieur impatiemment...

— Peut-être, reprit le duc en toisant avec mépris le gros chanoine de Liége. Du reste, quoique je sois prêt à obéir aux ordres de Votre Altesse, je n'en penserai pas moins à dire qu'il est plus sage de laisser ici un millier de chevaux pour amuser Schomberg, et de nous porter sur Castelnaudary qui n'est qu'à une heure de marche, de nous en emparer et de le fortifier convenablement: nous verrons ensuite.

— Je comprends les desseins de monsieur de Montmorency, dit le sieur de Metternich avec une grosse hauteur d'Allemand; il lui sera plus facile de négocier la paix avec Richelieu derrière les murs d'une place forte, qu'en rase campagne.

— Monsieur, lui dit le duc en le regardant fixement, si j'avais voulu faire cette lâcheté, et traiter pour moi seul, vous ne seriez pas ici pour me le dire, et monseigneur d'Orléans n'y serait pas non plus pour entendre ainsi parler d'un gentilhomme français par un soldat à gages, sans lui imposer silence.

— Sans doute, sans doute, Montmorency, nous vous devons l'entrée du Languedoc, je le sais, dit Gaston; mais, encore une fois, pourquoi refuser cette bataille? Si la perte de quelques-unes de nos espérances a ralenti l'ardeur des nôtres, une victoire nous les ramènera.

— Monseigneur, ajouta Montmorency, je vous le dis encore une fois, une défaite vous anéantit, et une victoire ne vous sert à rien. Supposez que vous battiez Schomberg aujourd'hui : dans trois jours, il faudra battre le maréchal de La Force. Je consens qu'il soit vaincu : voici venir le roi avec plus de trente mille soldats, auxquels vous n'aurez à opposer qu'une poignée d'hommes affaiblis par vos deux premières victoires. Au lieu qu'en vous jetant dans Castelnaudary, puis dans Narbonne et dans toutes les villes environnantes, vous avez chance d'insurger tout ce pays. En résultat, vous pouvez, en évitant un combat décisif, vous établir dans une bonne place, y soutenir un siège, et traiter alors, à votre volonté, des conditions du renvoi de Richelieu; car n'oubliez pas, Monseigneur, que nous ne faisons pas la guerre au roi, mais à son ministre.

— Mauvais moyen! s'écria Gaston. N'avons-nous pas proposé un accommodement au cardinal, il y a quinze jours? et n'a-t-il pas renvoyé Candiac sans daigner même l'écouter?

— Et voilà notre première faute; et c'est vous, Monseigneur, qui l'avez voulu, répliqua Montmorency. Vous m'avez forcé à m'adresser à Richelieu, lorsque c'est Richelieu que nous voulons chasser; vous avez compté sur son influence pour faire rapporter la déclaration du roi qui vous exile du royaume, et c'est cette influence que vous voulez renverser. Qu'avons-nous gagné? Que Richelieu, qui jusqu'à ce jour avait eu assez de prudence pour ne pas irriter la province, s'est encouragé par la faiblesse de nos démarches, et a fait déclarer nul le vote des états, traitant comme coupable de lèse-majesté tout évêque, baron ou député qui ne désavouerait pas ce qu'il a fait dans les quinze jours, et me jugeant, moi, duc et pair de France, traître et infâme, avec déchéance de mes titres et confiscation de mes biens. Cette mesure, qui nous a valu tant de défections, c'est votre hésitation qui l'a dictée : craignez que votre opiniâtreté ne vous perde aujourd'hui tout à fait.

— Et c'est là, dit Metternich avec un dédain brutal, ce vaillant Montmorency qui devait nous assurer la conquête de tout le Languedoc! Je veux qu'on me coupe les oreilles, si dans huit jours il vous y laisse de quoi faire enterrer les braves gens qui vous ont suivi.

— Je vous réponds qu'il y aura toujours place pour vous, répliqua Montmorency ne pouvant plus se contenir.

— Et pour tout autre qui voudra vous servir de second, dit Duellier en s'avançant.

— Messieurs, Messieurs, s'écria Gaston, la paix, s'il vous plaît. Monsieur de Metternich, vous oubliez le rang du duc de Montmorency, et vous, Henri, vous oubliez le mien. Laissons là ces dissentiments, et songeons plutôt à voir ce que c'est que ce gros nuage de poussière qui s'élève là-bas, au bout de la route. Voyez, il scintille des traits de feu comme des étoiles dans un brouillard ; ce sont des casques et des lances, Messieurs : aux armes! aux armes! Vous voyez, Montmorency, que Schomberg se charge de fixer nos irrésolutions.

Aussitôt quelques cavaliers s'avancèrent sur la route pour reconnaître ce détachement ; mais au lieu de se replier pour donner avis de ce qu'ils avaient vu, ils s'en approchèrent tout à fait, et l'un des chefs de cette troupe, se détachant des siens au galop, arriva bientôt à l'endroit où étaient encore Gaston et ses généraux.

— Ventre-saint-gris! comme disait monsieur notre père, que faites-vous là, monsieur mon frère, tandis que monsieur de Schomberg passe le Fresquel sur un vieux pont démoli et s'avance sur Castelnaudary, et lorsque vous avez là, sous le nez, un pont tout neuf pour y arriver avant lui? Attendez-vous qu'il s'y soit fortifié pour l'attaquer?

En disant ces mots, le comte de Moret se jeta à bas de son cheval, en saluant Gaston et en tendant la main à Montmorency; puis il continua sans attendre de réponse :

— On m'a appris, à Albi, qu'il y avait chance de dégaîner par ici, et j'arrive avec huit cornettes de cavalerie pour prendre un peu d'exercice et m'assouplir les membres, attendu que ce damné Alphonse Delbenne m'a gardé deux heures à la messe dans son église de Sainte-Cécile, où j'ai gagné des douleurs qui me font tenir raide comme un piquet. Il est vrai

qu'en guise de sermon il nous a récité une belle satire en vers français contre le cardinal, et que l'assistance a eu de quoi rire pour huit jours, tant il y a mis de bonnes plaisanteries.

— Je la connais, dit Duellier, Alphonse m'en a conté des passages à Pézenas ; c'est celle où il dit :

> Entre l'enfer et l'empirée
> La paix est, dit-on, assurée :
> Comme cardinal, Richelieu
> A son service a le bon Dieu,
> Et, pour plus d'un projet sinistre,
> Satan le sert comme ministre.

— Eh! c'est toi, mon bon ami Duellier, dit le comte de Moret; nos pères étaient en train d'encorner leurs femmes quand ils nous firent tous deux : c'est à nous à prouver aujourd'hui que le bon sang vient des hommes, et que tu es Montmorency comme je suis Bourbon.

— Cela n'empêche pas qu'il n'y ait une barre à vos armes, reprit le gros chanoine Metternich, le noble le plus invétéré des Pays-Bas.

— Ma barre, répondit Moret, je la cacherai sous mon épée, et malheur à qui voudra regarder dessous!

Le Liégeois se mordit les lèvres, et l'on parla des dispositions du combat, que les nouvelles manœuvres de Schomberg rendaient inévitable. On se décida à passer le Fresquel, et Montmorency et Duellier allèrent de leur personne reconnaître la position de l'armée royale. Ils virent que Schomberg s'était établi dans une grande pièce de terre labourée, communément nommée la Tite, située à gauche du chemin qui menait du pont à Castelnaudary. Ce champ, qui était entouré de larges fossés qui en rendaient l'approche fort difficile, dominait la route de façon à écraser ceux qui tenteraient d'y passer. Il était donc nécessaire de l'en déloger si l'ennemi, si l'on voulait gagner Castelnaudary. Pour y parvenir, Monsieur fit placer, en tête de Schomberg et parallèlement au Fresquel, le centre de son armée, dont il garda le commandement. Il était composé de ses volontaires, d'une partie des Liégeois et d'un régiment d'infanterie. Sa gauche s'étendit de même le long de la rivière, sous le commandement du comte de Moret, qui avait avec lui ses huit cornettes de cavalerie, les Polaques de Metternich et un bataillon d'infanterie. Le duc de Montmorency prit la droite, et s'avança le long du grand chemin, avec deux cents gentilshommes qui lui appartenaient et un bataillon de pied. De cette manière, l'armée de Monsieur était disposée en forme de potence, ce qui lui donnait l'avantage de pouvoir attaquer M. de Schomberg de front et sur le flanc gauche à la fois.

Montmorency, en se mettant à la tête de sa troupe, avait dit à Duellier de rester auprès du comte de Moret, et de surveiller les mouvements des chefs étrangers, dont il ne se croyait pas très-assuré. Aussitôt quelques mousquetaires de l'armée royale s'avancèrent à pied pour escarmoucher; mais ils furent repoussés dès l'abord, et le feu commença entre les deux infanteries. On reconnut bientôt que celle de Schomberg ripostait faiblement, et Montmorency, craignant que le maréchal ne profitât de l'avantage de sa position pour ordonner la retraite et gagner Castelnaudary, voulut décider l'affaire tout d'un coup, et s'apprêta à charger à la tête de ses deux cents maîtres. Mais au moment où son escadron s'ébranle pour exécuter cette charge, il voit arriver à toute bride le comte de Moret.

— Monsieur le duc, lui crie celui-ci dès que Henri peut l'entendre, faites arrêter vos chevaux, ou ils me passeront sur le corps ainsi qu'à vous. L'honneur de la première pointe m'appartient, et je ne vous le céderai pas, comme fit le duc d'Elbeuf à Beaucaire, bien que sa maison soit la plus ancienne du monde après celle de France.

— Il ne s'agit pas ici des droits du sang, répondit vivement le duc de Montmorency, mais de la prééminence des rangs militaires.

— C'est ce que nous ferons décider par l'assemblée des maréchaux en temps plus opportun, répondit le comte de Moret. Quant à moi, je jure que je ne souffrirai pas que Montmorency prenne le pas quand il y a du sang de Bourbon à l'armée.

Le duc Henri jeta un coup d'œil sur les troupes de Schomberg, et voyant qu'il s'apprêtait à faire le mouvement qu'il avait prévu, il répondit avec colère :

— Ne voyez-vous pas que Schomberg nous échappe?

— Je le rattraperai assez tôt, répliqua le comte ; mais ce que je ne rattraperai pas, c'est l'usurpation de rang, dont vous feriez bientôt un droit, si je vous laissais charger avant moi.

— Allez donc, s'écria Montmorency avec emportement, en voyant Schomberg gagner la route.

Puis, l'orgueil de son rang le prenant à la gorge, il cria au comte de Moret :

— N'oubliez pas cependant que si je vous cède la première pointe, ce n'est point à cause du sang, mais parce que vous avez les Polaques sous votre commandement, et que je sais ce que la courtoisie française doit d'égards à des étrangers.

Aussitôt le comte de Moret retourna à la tête de sa cavalerie, se plaça en tête, et lui commanda la charge. Lui-même s'élança le premier, ayant Duellier à ses côtés. Les Polaques les suivirent, précédés par Metternich ; mais à peine le comte eut-il atteint le bord du champ où était posté Schomberg, qu'il fut accueilli par une vive décharge de mousqueterie. Le comte porta la main sur son cœur en poussant un cri, et tomba sans mouvement : il avait été frappé de cinq balles à la poitrine. Duellier, furieux, appela les Polaques, qui s'étaient arrêtés en voyant le comte tomber. Il courut à eux, et voulut les exciter à le venger ; mais Metternich s'écria tout aussitôt qu'ils n'étaient engagés que pour la garde de Monsieur et la défense de l'artillerie, et lui ordonna de retourner. Duellier ne fit pas attendre sa réponse : d'un coup de sa large épée, il fendit le casque du chanoine liégeois, et comme celui-ci voulut tirer un de ses pistolets, il se précipita sur lui avec fureur, en s'écriant :

— Ah ! traître ! le jésuite Arnour t'a recommandé à Montmorency ; il eût mieux fait de te recommander à Satan !

Et, d'un seul coup, il l'étendit mort à ses pieds ; puis il se mit à crier aux Polaques :

— En avant ! mes maîtres, en avant !.. Mais ils étaient déjà en déroute et ne l'entendaient plus. Il resta un moment entre les deux armées ; puis, mettant son cheval au galop, il courut vers l'endroit où était Montmorency. Le duc avait vu ce qui venait de se passer : dès le commencement de la charge, il avait jugé que Metternich était un lâche ou un traître ; car, au lieu d'être avec sa troupe à deux longueurs de cheval du comte de Moret, il en était demeuré à une assez grande distance. Aussi, lorsqu'il vit les Polaques s'enfuir malgré les cris de Duellier, il dit au colonel de Rieux qui était près de lui :

— Trahison ! sur mon âme, trahison ! Si nous ne décidons la victoire sur-le-champ, tout le reste de cette canaille étrangère va s'enfuir et emporter nos troupes avec elle...

— Monseigneur, lui répondit de Rieux, amenons notre canon et balayons la route, car nos chevaux ne franchiront jamais le fossé qui nous sépare de Schomberg.

— Eh bien ! répliqua le duc en riant, il y a longtemps que nous avons gagné nos éperons, il faut qu'aujourd'hui nos éperons nous gagnent la bataille.

— Monseigneur, dit le vieux colonel, je mourrai près de vous.

Mais Soudeilles courant aussitôt après le duc qui faisait ranger les gentilshommes pour la charge, l'arrêta au moment où il allait donner le signal.

— Pour Dieu ! lui dit-il, Monseigneur, si telle est votre résolution, changez du moins de cheval, ne désignez pas le but à nos ennemis ; ils ont déjà frappé de la tête de l'armée, c'est leur en montrer le cœur à découvert que de marcher sur eux en pareil équipage.

En effet, Montmorency était monté sur un superbe cheval gris pommelé, empanaché de plumes de couleurs isabelle et incarnat qui appelaient tous les regards. Quant à lui, il n'avait qu'un simple corps de cuirasse damasquiné d'or et un casque très-léger.

— Tant mieux ! répondit le duc, s'ils reconnaissent Montmorency, la main leur tremblera de tirer si haut.

— Elle ne leur a pas tremblé, reprit Soudeilles, pour abattre le frère du roi, Antoine de Bourbon, comte de Moret. C'est un coup dont ils doivent être contents.

— Alors, s'écria Henri avec cet enthousiasme guerrier qui s'étourdit de vaines paroles, alors, elle leur tremblera de joie !

Et sans plus attendre il ordonna la charge.

Ils partirent cinq de front : c'étaient de Breuil, de Raré, de Rieux, de Villeneuve et Soudeilles. Le duc était en avant, sa compagnie des gardes suivait avec celle de Ventadour. Ils approchèrent au galop de leurs chevaux jusqu'à vingt-cinq pas de l'infanterie royale, et ils n'étaient plus qu'à dix pas du fossé, lorsqu'ils furent reçus par une décharge générale. Douze des gentilshommes de la compagnie du duc tombèrent morts, plus de trente furent blessés et démontés, le reste prit la fuite ; mais aucun des cinq capitaines ne bougea, non plus que le duc, qui brandit son épée et s'élança en avant ; les cinq capitaines intrépides le suivirent, et franchirent le fossé avec l'épée haute, les éperons aux flancs de leurs chevaux. Après cet effort prodigieux, ils firent encore quelques pas, mais l'exemple qu'ils devaient à leurs soldats était accompli. Les blessures saignèrent, le courage qui avait sur-

monté la douleur fut vaincu à son tour ; la force manqua à un nouveau dévouement. Villeneuve et de Breuil, tous deux frappés à la tête, tombèrent aussitôt ; Raré, les deux bras cassés, ne pouvant tenir ni épée ni bride, fut emporté loin du combat par son cheval ; de Rieux, la cuisse fracassée, voulant s'attacher de ses mains à la crinière de son cheval, roula sous ses pieds ; Soudeilles était mort ; et Montmorency, percé de huit coups de feu, arriva seul jusqu'au premier rang de l'infanterie. Il abattit ce premier rang, il abattit le second, le troisième, le quatrième, le cinquième, le sixième, et, arrivé au septième avec seize blessures, il y tua encore trois hommes avec le tronçon de son épée brisée. Le bataillon était traversé et le duc avançait toujours, lorsqu'il entend autour de lui bruire une fureur le nom de Montmorency prononcé d'abord par le baron de Guitaud. Trois cavaliers s'élancent à la bride de son cheval ; c'étaient le baron de Laurières, son fils, et le sieur de Beauregard, qui crie au duc de se rendre. Celui-ci répond à Beauregard par un coup de pistolet qui glisse sur sa cuirasse et lui perce le bras gauche ; Beauregard riposte de la main droite, et traverse de deux balles la figure de Montmorency. Le baron de Laurières s'avance l'épée haute, le duc le renverse d'un seul coup du pommeau de son pistolet, arrive à son fils et lui arrache son épée ; mais à peine se trouve-t-il armé de nouveau, sanglant, brisé, haché de blessures et cherchant du regard quelques nouvelles victimes, que son cheval, frappé de plusieurs coups de mousquet, bronche, se relève, fait quelques pas et s'abat enfin raide mort, à trente pas au delà de l'infanterie royale, en entraînant son maître. Personne ne fut l'honneur de la chute de Montmorency ; il avait dix-sept blessures quand il tomba.

Le duc tenta de vains efforts pour se dégager ; mais n'ayant pu y parvenir, il se prit à crier tout haut : Montmorency ! Montmorency !..... Boutillon et Sainte-Marie, sergents des gardes françaises, accoururent à ce nom. Le duc, débarrassé du poids de son cheval, se redressa un moment ; mais il ne put se soutenir, et dit à Boutillon, qui voulait essuyer le sang qui coulait de sa gorge :

— Mon bon ami, j'ai plus besoin d'un confesseur que de toute autre chose. Tâchez de trouver celui de M. de Schomberg... Puis il s'adressa à Sainte-Marie : — Quant à vous, Sainte-Marie, si vous êtes toujours le brave sergent qui m'avez servi autrefois, prenez cette bague et remettez-la à la duchesse de Montmorency, avec ce mouchoir teint de mon sang.

Sainte-Marie prit ces deux objets, et Boutillon allait se rendre aux ordres du duc, lorsque Saint-Preuil, leur capitaine, arriva près d'eux.

— Délacez cette cuirasse, et défaites ce casque ! leur cria-t-il ; ôtez-lui son collet de buffle et son bourlet, ou il mourra de suffocation.

— Ah ! Saint-Preuil, lui dit Montmorency, c'est un prêtre qu'il me faut.

— Courage ! mon maître, répondit le capitaine, ce n'est rien. Je vais jusqu'auprès du maréchal prendre ses ordres, et je vous ramène son confesseur et son chirurgien. Dieu est bon, mais la médecine n'est pas mauvaise.

— Qu'y a-t-il donc de nouveau ? dit le duc en se mettant sur son séant.

— Votre compagnie de gendarmes veut nous tourner ; elle est menée par un enragé gaillard, à plumet noir, que les balles ne semblent pas oser toucher.

— Ah ! c'est Duellier, c'est mon frère, répliqua le duc en se redressant tout à fait ; puis brandissant son épée au-dessus de sa tête, il se mit à crier : A Montmorency ! Montmorency ! Mais le sang qui sortait de sa blessure le faillit le suffoquer, et il retomba dans les bras de Sainte-Marie. Celui-ci, aidé de Boutillon, chargea le duc sur ses épaules et le porta vers une métairie qui était en vue du lieu du combat. Boutillon courut, de son côté, à Castelnaudary pour y préparer un logement. Pendant ce temps, Saint-Preuil était arrivé près de Schomberg ; il lui raconta en peu de mots la témérité du duc, l'audace de son attaque, et comment il était tombé en son pouvoir. Schomberg, à cette nouvelle, ne put réprimer un premier transport de joie, et se tournant vers ses gentilshommes, il leur cria vivement :

— Messieurs, Messieurs, faites sonner la retraite ; la bataille est gagnée, la guerre est finie : Montmorency est pris !

LE MINISTRE.

Le combat que nous venons de raconter, et qui avait à peine duré une demi-heure, avait eu lieu le 31 août, et le 27 octobre, Montmorency, traduit devant le parlement de Toulouse comme coupable du crime de lèse-majesté, était entré dans cette ville sous l'escorte du marquis de Brézé. Une heure après son entrée, un homme du peuple, vêtu des plus grossiers habits, sortit de Toulouse, et se dirigea vers le Chisel; puis, arrivé à quelque distance des remparts, il quitta le grand chemin, et se jetant dans un bois il se mit à courir d'une extrême rapidité. Cette course dura pendant plus d'une heure; et c'est à peine si un cheval au grand trot eût pu la devancer. Cet homme atteignit enfin un vaste enclos, au milieu duquel s'élevait une maison seigneuriale, comme il s'en trouve encore beaucoup sur les bords de la Garonne. Cette maison avait deux tourelles, et la plus élevée portait une girouette. C'était la demeure du baron de Saint-Jordi. Le coureur, au lieu de reprendre haleine, frappa vivement à une porte petite et basse, masquée par un épais fourré de broussailles; mais personne ne lui répondit de l'intérieur; seulement il vit à travers les branches déjà dépouillées des épines-vinettes, des mûriers sauvages et des églantiers, deux soldats, l'arquebuse haute, et qui semblaient chercher à deviner d'où venait ce bruit. Le nouveau venu se tint immobile pendant que les gardes à plumes rouges promenaient leur regard quêteur tout autour d'eux; puis, quand il les vit s'éloigner, il s'élança avec une merveilleuse agilité, saisit le chaperon du mur, et, s'aidant des mains, des pieds et des genoux, il l'eut bientôt enfourché; un coup de feu l'avertit qu'il avait été aperçu, ou entendu, et il sauta dans l'intérieur de l'enclos. Un moment après, il avait gagné la maison, et, voyant que la porte principale en était gardée par deux sentinelles, il se dirigea vers les communs, entra dans un fruitier, fit une corbeille de fruits, quitta son chapeau et revint avec l'apparence d'un paysan attaché au service de la maison. Il passa devant les gardes d'un air d'insouciance complète, et, l'un deux l'ayant interrogé, il lui répondit en patois languedocien :

— Es per lou dejiuna della princessa de Coundé.

— Qu'est-ce que tu dis, huguenot? reprit le soldat; crois-tu parler à un chien, de venir me baragouiner ton patois au nez? Où vas-tu?

— Ount baou? répliqua le paysan; baou pourta lou dejiuna della princessa de Coundé.

— Eh! n'entends-tu pas, dit l'autre garde, qu'il te répond qu'il va porter le déjeuner de la princesse de Condé? Sans doute elle offre la collation à Monseigneur.

— A la bonne heure, dit le premier garde en prenant la plus belle poire du panier; il est juste que Monseigneur ait ses rafraîchissements.

— Bonhomme, dit le second garde en arrêtant le paysan, c'est moi qui vous ai fait passer; attendez donc un peu! et il se munit d'une superbe grappe de raisin. Après quoi, le porteur de la corbeille put entrer, tandis que les sentinelles goûtaient la collation de Monseigneur.

A peine fut-il dans le vestibule, qu'il laissa à gauche les offices et les cuisines, et s'introduisit par une porte dérobée dans un long couloir qui menait à l'un des petits escaliers enfermés dans l'épaisseur du mur d'une des tourelles dont nous avons parlé. Il monta lestement jusqu'au premier, et se trouva dans une vaste chambre à coucher; il la traversa rapidement, et s'apprêtait à pénétrer plus loin et à soulever la portière qui le séparait d'un grand salon, lorsqu'il s'arrêta au bruit d'une voix douce et pateline. Cette voix était celle du père Arnoux, et Duellier, en l'entendant, tira la dague qu'il tenait cachée sous sa veste, résolu à le punir d'une trahison qu'il soupçonnait d'instinct, car il n'en avait point encore la preuve.

— Madame, disait le jésuite, croyez-en la parole de Monseigneur, ce n'est point en cherchant à pénétrer jusqu'au roi et en paraissant forcer sa volonté, que vous exciterez la clémence de Sa Majesté, et obtiendrez la grâce de votre frère.

— La grâce de mon frère! reprit la princesse de Condé; est-il donc condamné?

— Il est coupable, du moins, dit une troisième personne, et le parlement est juste.

— Le parlement, répondit madame de Condé, n'a pas le droit de juger le duc de Montmorency: sa qualité de pair de France le place au-dessus d'un pareil tribunal.

— Vous oubliez, répliqua Richelieu, que le roi l'en a dégradé par ordonnance du 23 août.

— Alors, c'est donc le roi le juge? ajouta la princesse. Que sont donc devenus les priviléges de la noblesse de la pairie de France, si, le roi les peut même non défendre, le roi a le droit de les abolir? Autant vaut nous réduire tout d'un coup au rang des manants! Qu'est-ce qu'un soldat à qui l'on ôte son épée au moment du combat? C'est une dérision qu'une telle ordonnance! Et le parlement a osé prendre la charge d'un tel jugement?

— Il a voulu s'abstenir; mais la volonté royale a été in-

flexible. Il s'assemble aujourd'hui même, sous la présidence du garde des sceaux.

— Du garde des sceaux! répéta la princesse avec une vive surprise; sous la présidence de Châteauneuf! Le premier président ne vous a-t-il pas semblé assez dévoué? Châteauneuf a accepté! Misérable! élevé dans la maison de mon père!

— Vous voyez, dit le cardinal en l'interrompant, qu'on a confié le sort de M. de Montmorency à ses amis.

— Vous l'avez confié, répliqua la princesse, à ceux qui vous ont promis sa tête.

— La justice du roi lui appartient, Madame, reprit Richelieu, et il en dispose à son gré.

— Ah! s'il en disposait à son gré, s'écria madame de Condé, vous ne me retiendriez pas aux portes de Toulouse, vous ne m'interdiriez pas la présence du roi!

— Eh! Madame, reprit le cardinal, que feriez-vous de plus que vos amis! Le maréchal de Châtillon a demandé cette grâce au roi comme récompense de ses services; Bullion, envoyé par Monsieur, s'est trouvé trois fois sur le passage de Sa Majesté, s'est jeté à ses pieds au nom du duc d'Orléans; la reine elle-même a promis d'en parler au roi. Que feriez-vous de plus, je le répète, Madame?

— Hélas! Monseigneur, je lui dirais, moi, de ces choses qu'un ami, quel qu'il soit, n'ose et ne peut dire. Je lui représenterais que ce n'est point à lui que s'est adressée la rébellion, mais à ceux qui, depuis quatre ans, se jouent de son frère, et le rendent suspect à Sa Majesté. J'éprouverais au roi qu'il ne s'est armé que pour sa sûreté, tout entouré qu'il était d'espions et d'assassins. J'ajouterais, monsieur le cardinal, qu'il doit prendre garde à frapper une tête si haut placée; je lui rappellerais les larmes des habitants de Castelnaudary, de Lectoure et de toute la province, qui lui ont crié grâce pour leur bienfaiteur. Je lui demanderais s'il croit mériter l'amour des peuples, en ordonnant un jugement qu'il ne peut assurer que par la violence. Toulouse, la fidèle Toulouse, dont le parlement a cassé la délibération des états avant aucun ordre du roi, ne se trouve plus assez fidèle maintenant, tant ce qu'on lui demande est inouï : on fausse son parlement, on enlève à ses capitouls la garde de ses portes, on la traite en ville rebelle et vaincue, on l'emplit de soldats, on étouffe le murmure populaire. Est-ce donc si exacte justice, que celle qui a besoin de tant de défense et d'appui?... Oui, monsieur le cardinal, je lui dirais tout cela. Je lui dirais encore de vouloir bien mettre en balance les conseils de son ministre et les larmes de toute une province; et si toute justice était morte au cœur du roi, je l'épouvanterais des remords de son crime; je lui dirais comment Henri IV, son père, a si souvent près de son lit l'ombre de Biron lui présentant sa tête sur la pointe de l'épée qui avait vaincu pour lui... Je lui dirais, Monseigneur, que le duc de Montmorency est le fils de ce Montmorency à qui son père, Henri IV, dut le trône, et qu'un jour viendra où le remords les jettera tous trois debout au pied de sa couchette royale pour lui demander compte de ce noble sang de Montmorency qui a tant coulé pour celui de Bourbon.

— Le cardinal prit un air sombre à ces paroles, et la princesse, exaltée, tombant à genoux, continua en pleurant :

— Puis, mon Dieu, je vous implorerais d'attendrir son cœur à mes larmes; je me jetterais à ses pieds, je me traînerais à ses genoux, à ceux de la reine, aux vôtres, monsieur de Richelieu.

Et comme la princesse s'était traînée véritablement jusqu'au cardinal, il voulut la relever, en lui disant :

— Ah! Madame, que faites-vous?...

Mais madame de Condé, s'attachant fortement à lui, s'écria avec désespoir :

— Monsieur, Monsieur, vous le voyez, je suis à genoux, je vous demande sa grâce à genoux; entendez-vous, Monsieur? la fille de Montmorency, la femme de Bourbon est à genoux devant vous, qui pleure et qui prie : prenez pitié d'elle, Monseigneur! Monseigneur, prenez pitié d'elle!

— Ah! Madame, s'écria-t-il, pourrai-je jamais m'humilier assez pour vous avoir vue dans cette posture! Grâce et pardon pour moi, Madame! Je vous obéirai, je ferai tout ce que vous voudrez. Et lui-même posant un genou à terre pour soutenir madame de Condé, elle se jeta sur sa veste en larmes, et, suffoquée de sanglots, sur son épaule, et lui, se mettant tout à fait à deux genoux devant elle, lui répétait sans cesse :

— Pardonnez-moi, Madame! pardonnez-moi!

Enfin, aidé du jésuite, il parvint à relever la princesse de Condé, et à la poser dans un fauteuil. Elle était dans un si misérable état, qu'il fallut lui ôter sa coiffe et la délacer.

— Voyons! voyons! s'écria le cardinal, de l'eau, du vinaigre! N'appelez pas; vous connaissez la maison : cherchez quelque part...

— J'y vais, répondit le père Arnoux. Et tout aussitôt il courut vers la chambre à coucher; mais à peine en avait-il laissé retomber la portière derrière lui, que Duellier, l'arrêtant d'une main et lui présentant son poignard de l'autre, lui dit rapidement et à voix basse :

— Si la grâce d'Henri n'est pas signée dans cinq minutes, tu ne sortiras pas vivant de cette maison.

Le jésuite demeura pétrifié, la bouche béante et les yeux effarés; mais il prit le temps de se remettre pendant que Duellier lui répétait sa menaçante injonction, et il lui répondit avec une assurance parfaite :

— Pourquoi croyez-vous que j'aie amené le cardinal ici? Laissez-moi passer dans ce cabinet pour y prendre un flacon pour la princesse, et vous allez juger de mon dévouement à Monseigneur.

Aussitôt il sortit du petit escalier dérobé, et Duellier, écartant légèrement la portière, regarda dans le salon; il vit sa sœur qui revenait à elle, et M. de Richelieu qui l'éventait avec un livre ouvert, en lui disant :

— Calmez-vous, Madame, calmez-vous, nous le sauverons; s'il le veut, nous le sauverons. La princesse se remit à ces paroles, et demanda d'une voix mourante ce qu'il fallait faire?

Richelieu s'assit près d'elle, et se pencha presque à son oreille pour lui parler : Duellier devint plus attentif.

— Écoutez, Madame, dit rapidement Richelieu, le duc est coupable; j'ai dans les mains la preuve de son crime, j'ai la copie de toutes les lettres qu'il a écrites aux députés des états, soit pour les séduire, soit pour violenter leurs votes. Je puis appeler tous ces témoins contre lui, et renverser son système de défense, qui repose sur la nécessité de la défense personnelle. Je puis prouver qu'il avait eu des communications avec Monsieur avant que j'eusse ordonné de l'arrêter. Ainsi il est perdu. Une seule ressource lui reste, c'est d'avouer son crime. Louis XIII, Madame, pardonnera à un sincère repentir, mais non à une hautaine obstination, et vous seule peut-être, Madame, pouvez donner un tel conseil à M. de Montmorency.

— Et qui me garantira ce pardon? reprit la princesse.

— Moi, Madame, répondit Richelieu.

— Ah! s'écria-t-elle avec amertume, vous l'aviez promis à Bullion lorsqu'il est venu traiter pour la grâce du duc d'Orléans; vous avez refusé, à la vérité, de stipuler celle de mon frère dans l'accord écrit entre vous, mais vous avez engagé votre parole à ce qu'il ne serait pas même mis en jugement.

— Sans doute, reprit Richelieu, le duc d'Orléans répand ce bruit pour excuser le lâche abandon qu'il a fait des intérêts de votre frère. Mais je vous le jure, Monsieur n'a traité que pour lui.

— Mais pour donner un pareil conseil à mon frère, il faudrait que je le voie, Monseigneur.

— Vous pourriez lui écrire, répondit Richelieu.

Duellier allait peut-être, au risque de sa vie, se présenter et détourner sa sœur de cette démarche, lorsqu'il vit entrer le père Arnoux un flacon à la main; il crut sans doute obtenir plus sûrement la grâce de son frère par la peur et la menace, car il l'arrêta, lui raconta la proposition du cardinal à la princesse, et ajouta :

— En retour, que Richelieu signe la promesse de grâce de mon frère. C'est ton affaire, tu sais si un coup de poignard m'épouvante à donner.

Le jésuite lui fit signe d'être tranquille, et lui dit avec son bénin sourire :

— C'est convenu, bien, très-bien.

Il entra, et Duellier recommença à examiner à travers la portière. La princesse était sortie, et Richelieu se promenait activement dans la chambre; dès qu'il vit le père Arnoux, il lui dit :

— Nous le tenons. C'est à vous à faire bon usage de la lettre, à bien persuader le duc qu'un aveu sincère est son seul moyen de salut. J'ai épouvanté la princesse en lui parlant de preuves qui n'existent pas; je ne lui avons rien dit des intrigues du duc, avant l'ordre que j'avais donné à d'Hémeri de le faire enlever, que par vos rapports. La lettre surprise par le courrier d'Hémeri peut excuser toute sa conduite postérieure, si mes ordres ne se trouvent pas motivés par les menées précédentes; la preuve de ces menées manquait à l'accusation; mais l'aveu du duc aplanit tout, et la condamnation est certaine. Encore ce service, mon père, et l'évêché d'Albi vous appartient; déjà vous avez eu deux cent mille livres de d'Hémeri pour avoir surveillé le duc. Je suppose que vous n'avez pas entièrement volé à Metternich les cent mille écus que je vous ai fait remettre pour prix de sa trahison, ainsi vous serez un des prélats les plus riches de France.

En parlant ainsi, Richelieu et le jésuite, qui le suivait pas à pas, s'étaient éloignés jusqu'au fond du salon. Duellier, la rage au cœur, mais n'osant prendre une décision, de peur de perdre tout à fait le duc, était resté immobile à la porte, le cou tendu, la dague au poing, lorsque la princesse reparut une lettre à la main. A cette vue Duellier, sentant quelle arme elle allait livrer à Richelieu, ouvre la portière en s'écriant :

— Sur le salut de votre âme, ma sœur, ne livrez point cette lettre à ces infâmes!

Mais il n'avait pas fait un pas dans le salon, que quatre des gardes de Richelieu s'étaient élancés sur lui par derrière et l'avaient terrassé. Richelieu s'était reculé, et la princesse épouvantée avait laissé échapper sa lettre, que le jésuite ramassa aussitôt. Lui seul n'était point troublé.

— Quel est cet homme? dit le cardinal, et que veut-il?

— C'est un homme, dit le jésuite avec onction, qu'égare un sentiment honnête; c'est le frère de monseigneur de Montmorency, le sieur Duellier, si renommé pour son attachement au duc.

— Il était armé? dit Richelieu.

— Non point contre Votre Éminence, dit le père Arnoux, mais seulement contre moi.

Il raconta alors ce que lui avait dit Duellier en passant; il dit que, le voyant attentif à regarder ce qui se passait dans le salon, il avait jugé qu'il serait facile de le surprendre par derrière, et que l'idée lui était venue alors de poster quatre soldats dans un petit cabinet, avec l'ordre de saisir Duellier à son premier pas pour entrer dans le salon; puis il ajouta :

— Pardonnez-moi donc, Monseigneur, d'avoir ainsi usé de vos gardes sans votre permission. Le sieur Duellier a la main expéditive, et s'il voyant attentif à regarder ce qui se passait dans le salon, un ordre de sortie de Pézenas, et le chanoine Metternich lui doit le coup d'épée qui l'a envoyé prier dans l'autre monde.

— Ah! c'est messire de Duellier, reprit Richelieu froidement et en l'examinant; et sans doute il a entendu ce que je vous disais tout à l'heure? Qu'on l'emmène.

— Ma sœur! ma sœur! s'écria Duellier en se débattant, arrachez votre lettre à ces infâmes! c'est l'arrêt de mort de Henri que vous venez de signer!

La princesse se tourna vers Richelieu; mais celui-ci, la prévenant, lui dit avec sévérité :

— Madame, vous trouverez bon que je vous donne des gardes. Lorsqu'au lieu d'un rendez-vous on arrange un guet-apens, on mérite peut-être plus de rigueur; mais j'ai pitié de votre désespoir, et je m'abstiendrai de porter mes plaintes au roi.

— Monsieur le cardinal, répondit la princesse avec indignation, c'est moi, je le devine aux cris de mon frère, c'est moi qui suis tombée dans un infâme guet-apens... Rendez-moi ma lettre, Monsieur!

Le cardinal, sans lui répondre, dit à un sergent de ses gardes qui était debout à la porte d'entrée :

— Monsieur Vignerod, vous allez prendre mes ordres.

Puis il sortit immédiatement. Arrivé à la portière de son carrosse, il dit au sergent :

— N'oubliez pas que la princesse ne peut sortir de chez elle d'ici à trois jours. Faites conduire cet homme à Toulouse, et que demain matin...

A ces mots, il se pencha vers l'oreille du sergent. Le jésuite ne put s'empêcher de sourire d'un air affreusement gai; Duellier le toisa avec mépris; mais tous deux eussent été bien surpris, s'ils avaient entendu la fin de la phrase.

— Et que demain matin, dit tout bas Richelieu, on le laisse adroitement échapper, de façon qu'il puisse croire qu'il le doit à une imprudence.

Aussitôt après, il repartit pour Toulouse. A quelque distance de la porte, il rencontra une voiture qui paraissait l'attendre; celle de Richelieu s'arrêta, et un homme qui descendit de celle qui était sur la route y monta aussitôt.

— Eh bien! monsieur de Châteauneuf, lui dit le cardinal, comment cela s'est-il passé?

— Comme nous l'avions prévu, dit le garde des sceaux, le duc a rejeté sur votre haine pour lui la nécessité où il s'est trouvé de prendre les armes et de pourvoir aux intérêts de la province.

— Et le parlement? dit le cardinal.

— Le parlement hésite, Monseigneur. Si le duc lui disait, avec un air de héros, et cela à la clarté du soleil : Je jure, foi de Montmorency, qu'il fait nuit... j'en connais qui douteraient.

— Tant mieux; ils en croiront d'autant plus à son crime, répondit le cardinal, lorsqu'il l'avouera lui-même. Faites-lui annoncer que le roi lui accorde la grâce de voir son confesseur.

Châteauneuf jeta alors un regard de côté sur le père Arnoux, qui lui fit un petit salut d'intelligence. Richelieu reprit :

— Et Toulouse? que dit la fidèle Toulouse?

— Ce ne sera pas de trop de tous les régiments des gardes, des Suisses et des huit escadrons de M. de Brézé pour la contenir le jour de l'exécution.

— Annoncez donc qu'elle aura lieu sur la place du Salin, dit le cardinal.

— C'est bien imprudent, Monseigneur... dit Châteauneuf.

— Eh! dit le cardinal en riant, n'avons-nous pas le vieux Châtillon pour nous tirer de ce mauvais pas?

— Comment cela? dit Châteauneuf.

— Vous verrez, vous verrez, répondit Richelieu. En attendant, qu'on laisse crier la ville et les faubourgs : ils méritent bien cela pour leur bonne conduite.

L'INTERROGATOIRE.

Le lendemain de ce jour, c'est-à-dire le 28 octobre, le duc subit un second interrogatoire. Les deux commissaires du roi, Jean de Lausson et Clément Lelong, furent introduits dans la chambre de Montmorency; ils étaient assistés de quatre conseillers au parlement. Ils s'assirent tous devant une table couverte d'un tapis rouge; les conseillers se rangèrent derrière sur de grands fauteuils. A la porte de la chambre étaient deux gardes du corps du roi; à côté d'eux, Launay, leur lieutenant, l'épée tirée; près de la cheminée, qu'on avait grillée de fortes barres de fer, le chirurgien du duc; et enfin, sur un pliant, en face des deux commissaires, le duc lui-même, la tête découverte. L'interrogatoire commença.

— N'avez-vous pas appelé dans le royaume, afin d'y porter le trouble et la rébellion, Monsieur, duc d'Orléans, frère du roi? dit le commissaire Lelong.

Au moment où Montmorency allait répondre, Jean de Lausson, qui était près de son collègue, toussa légèrement, et regardant le duc d'une façon particulière, il lui fit un léger signe de tête qui semblait vouloir dire de répondre : Non. Montmorency s'arrêta un moment, et jetant les yeux sur les conseillers qui étaient derrière les commissaires, il en vit un qui lui répétait le même signe. Clément Lelong, étonné de ce silence, regarda son collègue, et lui dit :

— Écrivons que le duc a refusé de répondre... Lausson lui fit observer que le duc avait été blessé à la bouche, et qu'il pouvait avoir grand'peine à s'exprimer. Lelong recommença la question.

Le duc, après avoir regardé Lausson, répondit négativement. Il lui fut demandé ensuite s'il n'avait pas entretenu des relations avec l'étranger, contre la sûreté de la France. Un nouveau signe dicta la réponse du duc, et il nia encore qu'il eût approuvé l'entrée des Liégeois et des Napolitains. Les questions se succédant rapidement, les signes et les réponses de même, on arriva à l'affaire de la délibération des états. Lelong, qui n'avait pu dissimuler son humeur de cette dénégation constante, sembla aborder cette partie de l'accusation avec triomphe.

— N'avez-vous pas signé la déclaration des états du 22 juillet? dit-il en prenant cette déclaration, au bas de laquelle était la signature de Montmorency.

Le duc ne put avoir l'idée de nier en présence d'une preuve matérielle, et il allait avouer, lorsque Lausson l'interrompit en toussant si fortement, que l'on ne put rien entendre. Montmorency le regarda, il regarda le conseiller au parlement : le même signe lui conseilla de nier. Cependant il ne put se résoudre à mentir si évidemment, et il dit :

— Quant à cette signature, je ne puis...

Il n'alla pas plus loin : un nouveau bruit l'interrompit violemment. C'était Launay, dont la haute épée venait de tomber et de se briser en tombant. Launay se retourna; Launay, en ramassant son épée, dit, comme un homme emporté par son humeur :

— Oh! l'infâme drôle! qui m'a vendu cette épée pour être du d'Éparvins! il a contrefait la marque, et j'ai été dupé comme un écolier.

Le duc regarda Launay, qui répéta avec affectation, en montrant la lame à un garde :

— C'est bien la marque d'Éparvins, mais elle est contrefaite.

Montmorency comprit alors. Lelong, irrité de ces retardements, lui répéta violemment la question. Le duc hésita, et finit par répondre qu'il n'avait pas signé cette déclaration. Lelong, frappant la table du poing et présentant le papier à Montmorency, s'écria avec colère :

— Quoi! ce n'est point là votre signature?

A ce moment Launay frappa, d'un air d'insouciance, les deux morceaux de son épée l'un contre l'autre, et le duc de Montmorency répondit :

— Cette signature est contrefaite.

Launay ne put contenir un sourire de joie. Lelong, la main tremblante, jeta la déclaration sur la table, et Lausson dit aussitôt :

— Faites entrer le sieur Guillemin.

On amena cet homme qui avait été greffier des états, et Lausson, lui adressant à l'instant la parole, lui dit :

— Monsieur, monsieur de Montmorency méconnaît la signature, et prétend que vous l'avez contrefaite.

— Moi! s'écria le greffier Guillemin avec stupéfaction...

— Je ne l'ai pas dit... reprit Montmorency.

— Ce n'est pas vous que j'interroge, lui répliqua durement Lausson, craignant de la part du duc quelque parole imprudente.

Puis se tournant vers le greffier, il continua :

— N'oubliez pas, Monsieur, que vous avez déclaré que monsieur de Montmorency vous avait menacé et violenté pour vous faire souscrire à la déclaration du 22 juillet.

— C'est un infâme mensonge, s'écria Montmorency, cet homme fut un des plus ardents promoteurs de cette mesure.

— Et il peut bien avoir contrefait votre signature, continua Lausson en regardant le duc. Messieurs, ajouta-t-il en se tournant vers les conseillers, les chambres vérifieront le fait, nous n'avons charge que d'écrire les réponses de l'accusé et des témoins. Messire Lelong, voulez-vous continuer l'interrogatoire?

Le commissaire, qui avait paru découragé, reprit ses questions avec une nouvelle ardeur; mais, à partir de ce point, le duc donna toujours comme excuse de ses actions la lettre surprise sur le courrier de d'Hémeri et la nécessité où il s'était trouvé de se mettre à l'abri des tentatives du cardinal contre lui.

L'interrogatoire étant fini, Lausson, s'adressant au duc, lui dit qu'on allait le confronter avec ceux qui l'avaient arrêté à la bataille de Castelnaudary, et lui lut leurs dépositions, afin qu'il les approuvât ou les combattît. C'étaient celles de Sainte-Marie, de Bontillon, de Saint-Preuil, de Jean de Laurières et de Beauregard, qui avaient raconté la chute du duc, comme on l'a lue au chapitre IV. Chacun des témoins appelé à son tour s'approcha, après avoir déposé son épée entre les mains de Launay. Tous, aucun n'y manqua, commencèrent par saluer le duc et ensuite la compagnie. Chacun recommença sa déposition, qui se trouva en tout conforme à celle qui était écrite; mais chacun y ajouta un regret et une excuse d'être forcé de témoigner contre un si vaillant homme que le duc de Montmorency, ces braves soldats se prenant de pitié de le voir ainsi sur la sellette, pâle et mourant, eux qui l'avaient rencontré si fort et si terrible. Cependant, quand vint le tour du sieur de Comminges, baron de Guitaud, qui était celui qui avait crié lors du combat, et quand le bataillon fut percé : « Frappez! c'est Montmorency! » un incident s'éleva; Lausson, s'adressant à ce capitaine, lui dit :

— Comment avez-vous pu reconnaître le duc et le désigner ainsi, puisque, de votre aveu, vous ne l'aviez jamais vu?

A ces mots, le vieux capitaine se prit à pleurer chaudement, et, la voix entrecoupée, il répondit en sanglotant :

— Hélas! non, je ne l'ai point reconnu, et nul, eût-il été de ses meilleurs amis, n'eût pu le reconnaître, tant il était couvert de sang et de poussière; mais en voyant un homme seul renverser six de nos rangs et tuer des hommes au septième, je jugeai qui il était, et je criai : C'est Montmorency!

L'interrogatoire terminé, on l'apporta au roi. Il était en ce moment avec le cardinal de Richelieu; il quitta soudainement toutes les affaires, et lut avec empressement le papier qui lui fut remis.

— Monsieur, dit-il au cardinal, vous voyez qu'il a tout nié. C'est votre faute; vos soupçons l'ont jeté de force dans la rébellion.

— Sire, répondit Richelieu, mes précautions pour la sûreté de l'État peuvent avoir été trop sévères; une autre fois, j'attendrai que la révolte soit en pleine prospérité.

— Ce n'est pas cela, monsieur le cardinal, dit Louis XIII; mais, pour Dieu! débarrassez-moi de cette affaire, que la quelle vous m'avez forcé de venir à Toulouse. C'est un supplice. Toute ma cour me regarde d'un œil contristé. Châtillon m'obsède; l'archevêque de Narbonne, Raré lui-même, que le duc a fait arrêter après les états, ne me laissent pas un moment de repos; mon frère m'envoie message sur message, Bullion ne somme de votre parole. Je veux en finir. D'ailleurs, Montmorency n'avoue rien, c'est le plus brave gentilhomme de France : je lui pardonnerai, monsieur le cardinal, je lui pardonnerai.

Richelieu se mordit la lèvre inférieure d'un air d'humeur, et répliqua doucement :

— Sire, avec un interrogatoire tel que celui-ci, le pardon est inutile ; le parlement ne saurait condamner le duc. D'ailleurs, laissez son cours à la justice. Si elle est indulgente et absout le duc, votre fermeté à le laisser au jugement du parlement avertira vos seigneurs du risque qu'ils courent à se révolter ; si elle est sévère et condamne Montmorency, votre clémence en sera d'autant plus précieuse et digne de vous.

— Eh bien ! dit le roi, que tout soit terminé demain.

— Demain ? reprit Richelieu, il me semble que Votre Majesté avait accordé ce jour à M. de Montmorency pour recevoir les consolations de son confesseur ; le cardinal La Valette ne l'a assuré du moins.

— C'est vrai, c'est vrai, dit le roi ; mais après-demain qu'il n'en soit plus question.

— Tout sera fini après-demain, répondit Richelieu.

Et il quitta le roi.

Le lendemain, 29 octobre, le père Arnoux passa la journée avec le duc de Montmorency.

DERNIER JOUR.

Le samedi 30 octobre, dès le matin, les rues qui conduisaient de l'hôtel de ville au palais furent bordées de soldats, la mèche allumée. Le peuple était rare, mais le peu qu'on en rencontrait semblait profondément triste. Le duc, qui avait passé la nuit en prières, désira revoir le père Arnoux, et le consulter de nouveau. Cette grâce lui fut accordée, et, après un moment d'entretien, il annonça qu'il était prêt à partir. Launay remarqua qu'il était plus faible et plus abattu que de coutume. Il voulut lui parler, mais Montmorency se détourna de lui avec froideur. Aussitôt il descendit dans la cour, et monta dans un carrosse dont les portières furent abattues et cadenassées. Launay et le comte de Charlus se placèrent chacun d'un côté de la voiture, et l'on partit. Le carrosse était précédé de vingt gardes du corps, et suivi des mousquetaires. Le régiment des gardes ouvrait le cortége, qui était fermé par le régiment des Suisses. En outre, huit mille hommes de diverses troupes étaient postés depuis l'hôtel de ville jusqu'au palais.

Le duc descendit de sa voiture, les yeux bandés, et fut conduit par Launay et Charlus, qui le soutenaient sous le bras, jusqu'à la grand'chambre du parlement, où tous les juges étaient assemblés sous la présidence du garde des sceaux Châteauneuf. Ce fut un singulier moment que celui de l'entrée du duc, car, à l'instant où on lui ôta son bandeau, la plupart des conseillers couvrirent leur visage de leurs mouchoirs pour cacher leur émotion et leurs larmes. On fit prêter au duc serment de dire la vérité ; il le fit avec un accent profond et particulier, en regardant Lausson, qui le suivait attentivement des yeux ; puis il monta sur une sellette élevée sur un gradin, au milieu de la grand'chambre, à la hauteur de l'estrade des juges. L'interrogatoire recommença, et Châteauneuf lui demanda son nom.

— Mon nom ! répondit le duc, vous le devez savoir : vous avez assez longtemps mangé le pain de mon père. Je m'appelle Montmorency et vous Châteauneuf, j'ai été votre maître, et vous êtes mon juge...

Quelque reproche qu'il y eût dans cette réponse, le duc la fit avec calme et dignité. Puis on en vint à reprendre toutes les questions, telles qu'elles lui avaient été adressées dans ses premiers interrogatoires. Les juges devinrent attentifs ; et lorsque Châteauneuf leur lut la réponse négative du duc, beaucoup échangèrent un regard de satisfaction. Mais cette joie ne fut pas de longue durée ; car Montmorency, se levant, détruisit en un coup tout ce qu'il avait dit l'avant-veille, avoua avoir appelé Monsieur en France, et s'être entendu avec lui pour y amener les étrangers. Si Montmorency n'eût point été poussé par une force dont on ne peut se rendre raison, sans doute il se serait arrêté en voyant la consternation que ses paroles jetèrent parmi le parlement. Lausson, qui le considérait et le voyait s'acharner, hors de propos, à s'accuser lui-même, voulut l'interrompre plusieurs fois, en prétendant qu'on ne pouvait accepter la déclaration d'un homme dont l'esprit était dominé par quelque préoccupation ; mais Châteauneuf lui imposa silence, et Montmorency se hâtant de reprendre son discours, comme un homme qui craint de manquer de résolution pour l'achever, reconnut sa signature, et finit par s'avouer coupable de trahison.

Un morne silence suivit cette déclaration ; Châteauneuf lui-même en fut si anéanti, qu'il eut à peine la force de dire au duc qu'il pouvait se retirer. Dès qu'il fut sorti, Clément Lelong, sans donner aux juges le temps de revenir de leur consternation, ne fit point de rapport comme c'est la coutume, mais déclara que, d'après ce que le parlement venait d'entendre, on ne pouvait s'empêcher de prononcer la peine de mort. Il conclut donc à ce que le duc fût condamné à avoir la tête tranchée publiquement sur un échafaud en la place du Salin, et à ce qu'il fût dégradé de tous ses biens et dignités. Les juges ayant été consultés l'un après l'autre, aucun n'eut la force de répondre, mais tous, opinant du bonnet et s'inclinant à la question du président, acquiescèrent à l'avis de Clément Lelong. Les premiers ayant agi ainsi, tous suivirent leur exemple ; mais il est douloureux de penser que, si un seul eût eu le courage d'émettre un avis contraire, beaucoup l'eussent également imité ; et même il est permis de croire que, si chacun eût été forcé de dire tout haut son avis, il s'en fût trouvé bon nombre à qui la voix eût manqué pour prononcer le mot terrible de mort. Il était onze heures quand cet arrêt fut prononcé. Chacun des juges se retira alors en sa maison ; la pâleur et la consternation de leur visage apprirent au peuple le résultat de la séance. Quelques-uns furent arrêtés dans les rues, et répondirent par des larmes aux questions des bourgeois et des manants ; enfin le bruit se répandit que l'exécution serait faite en la place du Salin, et une grande foule s'y porta, se donnant tout bas un mot d'ordre. On remarqua que les gardes du corps et les mousquetaires ne firent point semblant d'entendre les propos du peuple, quelque menaçants qu'ils fussent. Enfin Montmorency fut reconduit à l'hôtel de ville sous la même escorte qui l'avait conduit au palais.

Pendant ce temps, Châteauneuf portait au roi le procès-verbal de la séance du parlement. La stupéfaction du roi fut si grande, à la lecture des aveux du duc, qu'il en demeura tout interdit. Richelieu, qui était présent, s'empara du papier que le roi avait posé sur la table en cachant sa tête dans ses mains, et voyant qu'il se livrait un combat dans l'âme de Louis XIII, il s'écria :

— Ah ! quelle terrible affaire ! Pourquoi le duc a-t-il rendu son pardon impossible ? car ce serait perdre le royaume que pardonner à un si grand coupable.

— Que dites-vous ? reprit le roi, son pardon n'est pas impossible.

— Sire, répondit le cardinal, lorsqu'il reste un doute, si petit qu'il soit, dans un complot, la clémence royale a droit de s'en emparer pour faire grâce ; mais quand le crime est si manifestement déclaré, c'est s'associer à lui que de le laisser impuni.

— Monsieur le cardinal, reprit Louis XIII avec douleur, que ne m'avez-vous laissé faire avant-hier !

— Sire, dit Richelieu, qui pouvait prévoir ce qui arrive ? et qui oserait y méconnaître la justice divine qui s'y montre tout éclatante ?

A ce moment un huissier annonça que M. de Châtillon, monseigneur de Raré, le cardinal La Valette, le sieur de Bullion et grand nombre de gentilshommes voulaient forcer la porte du roi et se jeter à ses pieds.

— Qu'ils n'entrent pas ! s'écria Richelieu en se levant, l'œil en feu et le visage pâle ; puis il continua en s'adressant au roi : Ils viennent encore, sire, vous imposer leur volonté ; ils se roulent à genoux, tout prêts à mettre la main sur votre couronne, dès qu'ils auront cette occasion. Obéissez aujourd'hui à leurs larmes, demain il faudra céder à leurs ordres. Les aveux du duc ne sont qu'une vaine bravade.

Il allait continuer, mais aussitôt parut le vieux maréchal de Châtillon. Les soldats qui croisaient leurs hallebardes à la porte de l'appartement n'avaient pas osé porter la main sur un si noble et si brave homme de guerre, et il était entré en les écartant du bout de son épée : ce fut ainsi qu'il parut devant le roi.

— Sire, lui cria-t-il, je viens vous demander grâce.

— Arrêtez ! s'écria le cardinal en se jetant entre le roi et le maréchal et en saisissant l'épée de ce dernier.

— Ah ! reprit Châtillon, ne faites pas semblant de craindre pour la vie du roi ; car si vous aviez cru véritablement que cette épée fût levée contre lui, la peur vous eût cloué à votre place.

— Châtillon ! s'écria le roi, que demandez-vous ? que voulez-vous ?

— La grâce de Montmorency, répondit Châtillon en mettant un genou en terre, sa grâce et sa gloire pour tout le mien.

— Voyez, Monsieur, lui dit le cardinal en lui remettant le procès-verbal, si le roi peut vous accorder ce que vous demandez.

3

Châtillon fut, comme les autres, atterré des aveux du duc. Richelieu s'empressa d'ajouter :

— Croyez, Monsieur, que Sa Majesté est prête à faire tout ce qui est en son pouvoir. Si elle consent à la punition du coupable, elle n'a pas l'intention que le châtiment s'étende au delà. Ainsi le jugement confisque tous les biens du duc, le roi lui en laisse la libre disposition ; il abolit le duché-pairie attaché aux terres de Montmorency et de Damville, Sa Majesté les conserve à sa famille, et même s'il y avait un moyen d'épargner à un si grand nom la honte d'une exécution publique...

— Sans doute, je l'approuverais, ajouta vivement le roi, se laissant prendre à ce faux semblant de clémence, et croyant satisfaire aux larmes d'une province.

Châtillon lui-même, si près de ne rien obtenir, se laissa gagner par le peu qu'on lui jetait et, servant à son insu les projets cachés du cardinal, il dit d'une voix étouffée par les sanglots :

— Ah ! du moins, qu'une mort secrète le dérobe à la honte de périr devant une basse populace !

Et pendant que cette populace attendait Montmorency pour le sauver, Richelieu, se joignant à Châtillon, assurait sa mort en disant à Louis XIII :

— Sire, vous ne pouvez refuser cette grâce à M. de Châtillon et au nom de Montmorency !

— Eh bien ! dit le roi en se cachant les yeux, qu'il soit fait comme vous voudrez !

Pendant ce temps, Montmorency, tranquille dans sa prison, attendait la réponse du roi. Il était dans sa chambre, et causait avec son chirurgien ; Launay était debout, près de la porte, avec ses gardes, et dans la salle qui précédait, le père Arnoux se tenant dans un coin, à côté d'un jeune profès de son ordre qui lui avait été adjoint par mission spéciale de l'abbé des jésuites. A un certain moment, le duc interrompit sa conversation, et pria Launay de faire appeler Piraud, son valet de chambre. Celui-ci arriva bientôt, et le duc lui commanda de lui donner un habit plus convenable que celui qu'il avait.

— Apporte-moi aussi, dit-il à Piraud, mon bâton de maréchal et mon collier de la Toison. Je veux être propre et bien mis pour paraître devant Sa Majesté, et je veux lui montrer sur moi tout ce que je tiens de sa bonté.

Launay, en entendant ces paroles, alla vers le père Arnoux, et les lui rapporta. Celui-ci dit au jeune profès :

— Vous voyez, mon frère, que toute espérance n'est pas perdue.

— Priez le ciel qu'il en soit ainsi, dit le jeune jésuite d'une voix rude.

Mais Launay, mettant son doigt sur ses lèvres, lui fit signe de se taire, et Duellier baissa tout à fait le capuchon qui lui couvrait déjà la moitié du visage. Un moment après, le duc commença sa toilette. Elle consistait en un haut-de-chausses de satin noir garni de rubans couleur de feu ; des bas de soie de même couleur, dans des bottes grises à entonnoir ; il allait passer une veste de satin couleur de son haut-de-chausses, lorsque le cardinal La Valette parut. Il s'avança vers le duc ; mais ne pouvant lui adresser la parole, il se jeta dans ses bras en fondant en larmes. Le duc, étonné de cette douleur, allait lui en demander la cause, lorsque tout lui fut éclairci par l'approche du comte de Charlus, qui s'avança gravement vers lui. Le comte, tirant son épée, en baissa la pointe vers la terre, et d'une voix émue, il dit au duc, qui le regardait d'un œil stupéfait :

— Au nom du roi, Henri de Montmorency, remettez-moi votre bâton de maréchal et votre collier de l'ordre du Saint-Esprit.

Le duc se recueillit un moment, puis s'avançant d'un pas ferme jusqu'auprès du lit, où Piraud avait déposé ces deux objets, il les prit lui-même, et les rendant à Charlus, il lui dit :

— Monsieur, je rends volontiers le bâton et l'ordre à Sa Majesté, puisqu'elle me juge indigne de sa grâce.

Puis se tournant vers Piraud, qui pleurait au pied de son lit, il ajouta :

— Allons, Piraud, mon bon ami, c'est une toilette à recommencer...

Aussitôt il se dépouilla de son habit de satin, et voyant près de lui l'exempt des gardes, il lui en fit présent, en le remerciant de ses bons procédés, et revêtit ensuite un habit de toile qu'il avait fait faire à Lectoure, dans la persuasion de son arrêt ; et en le recevant des mains de Piraud, il lui dit :

— Quand je te disais qu'ils me feraient mourir...

A midi les commissaires du roi arrivèrent, et l'on conduisit le duc dans la chapelle. Il y descendit tenant un crucifix dans les mains. Lorsqu'il fut arrivé devant l'autel, il se mit en face,

à deux genoux, et le greffier lui lut la sentence du parlement. Lorsqu'il se releva, une dignité inspirée brillait dans ses regards.

— Remerciez le parlement, Monsieur, dit-il au greffier ; je vois maintenant qui m'a trompé.

En ce moment, il porta les yeux vers le père Arnoux, qui se cachait, tremblant, derrière un pilier de la chapelle. Le duc en sortit, et passant devant un soldat qui se trouvait à la porte, il s'arrêta et dit tout haut :

— Quelqu'un de vous, Messieurs, peut-il me prêter dix pistoles ?

Launay et Charlus s'avancèrent.

— Eh bien ! dit Montmorency, donnez-les à ce soldat pour lui payer sa casaque, qu'il va me prêter pour aller jusqu'à la place du Salin ; car il me semble que j'ai froid, Messieurs.

Le jeune jésuite, ou plutôt Duellier, s'approcha alors, et lui dit à voix haute :

— Ne tardons pas, mon frère, Dieu vous attend... Et le peuple aussi, dit-il à voix basse et en montrant son visage au duc, qui tressaillit.

Cependant le comte de Charlus, plus embarrassé que jamais, lui apprit que l'exécution devait avoir lieu dans la cour même de l'hôtel de ville. Le duc n'en fut pas ébranlé. Seulement il sourit tristement et ne put s'empêcher de dire :

— Ah ! ce n'est pas là ce qu'on m'avait promis !

— Eh bien ! dit vivement Launay, que vous a-t-on promis, Monseigneur ? Parlez ! S'il y a une parole engagée envers vous, je jure Dieu que je la ferai tenir, fût-ce au roi lui-même.

Le duc lui apprit aussitôt les conseils du père Arnoux et l'assurance du pardon qu'il lui avait donnée, s'il se déclarait coupable.

— Ah ! Monseigneur, s'écria Launay, vous aviez pourtant compris, le premier jour !

Puis il pria Charlus de suspendre toute exécution, et, s'élançant à cheval, il courut comme un furieux vers l'archevêché, où se trouvait le roi. Une demi-heure se passa ainsi dans l'attente, sous le vestibule de la chapelle. Tout ordre fut confondu pendant ce temps ; les soldats les plus minces parlaient au duc, et l'encourageaient. Le roi aimait Launay, disaient-ils, et il devait réussir. Duellier se promenait avec le duc, qui était appuyé sur son bras, tandis qu'à dix pas, à l'entrée de la cour, le grand prévôt et l'exécuteur attendaient qu'on leur remit leur proie. Enfin on entend le pas d'un cheval, et la porte s'ouvre ; Launay y paraît, mais n'entre pas, et dit seulement au comte de Charlus :

— Capitaine, il n'y a plus rien à faire ici pour nous.

Charlus remit alors son épée dans le fourreau ; le prévôt et les exécuteurs s'avancèrent, et s'emparèrent du duc. Comme les soldats se retiraient, le père Arnoux voulut les suivre ; le duc s'en aperçut, et lui dit amèrement :

— Mon père, m'abandonnerez-vous au suprême moment ?

— Faites votre devoir, lui dit Charlus en s'éloignant.

La main de fer de Duellier enchaîna le prêtre à ses côtés, et tous trois entrèrent dans la cour. La surprise du duc fut grande de la trouver pleine d'assistants : c'étaient vingt-quatre gardes du grand prévôt, les capitouls et les officiers des troupes de la ville. Cependant le duc noblement se campagne, et le bourreau s'étant avancé, le duc s'assit sur un tabouret, où on lui coupa les cheveux. Un exécuteur lui lia ensuite les mains ; aussitôt il se releva et marcha vers l'échafaud. Arrivé au pied du degré qui y conduisait, il se tourna vers les personnes présentes, et dit à haute voix :

— L'un de vous veut-il recevoir ma tête quand elle tombera ? Je ne veux pas que le sang de Montmorency versé sur la poussière, y fasse de la boue.

Deux capitouls, dont l'histoire ne dit pas les noms, s'avancèrent et tendirent leur robe pour recevoir la tête du duc.

Alors il monta sur l'échafaud qui était élevé de quatre pieds au-dessus du sol, et regarda fixement devant lui. Son attention fut longue, et l'on put juger, aux pleurs qui brillaient dans ses yeux, qu'il se laissait attendrir à quelque triste pensée. On chercha ce qu'il regardait, et l'on vit que c'était la statue d'Henri IV, en face de laquelle on avait dressé son échafaud. De nouvelles larmes coulèrent de tous les yeux, car le roi Henri était le parrain du duc de Montmorency, et c'était à son père qu'il devait en partie le succès de ses armes contre la Ligue. Le duc, fortement ému, dit douloureusement à ceux qui l'entouraient :

— Celui-là m'ouvrit les portes de la vie, qu'il m'ouvre celles de l'éternité. Vous qui m'entendez, dites à son fils que je lui pardonne ma mort, si elle lui est aussi utile que le vie de mon père le fut au sien.

Après ces paroles, s'étant mis à genoux, il posa sa tête sur le billot, en prononçant ces paroles :

— Domine, accipe spiritum meum!
La tête tomba.

Aussitôt il en résulta un grand mouvement dans la cour; et le prévôt ayant ouvert les portes au peuple, il s'y précipita et recueillit avec des mouchoirs tout le sang qui avait été répandu. Dans ce premier tumulte, on entendit un grand cri, mais on n'y fit nullement attention; seulement, un moment après, la foule qui était pressée à l'angle de la cour s'ouvrit avec terreur, en laissant un grand espace vide; le cadavre d'un homme s'abattit sur le pavé : c'était celui du père Arnoux, qui, quelque temps soutenu par la pression de la multitude, avait roulé avec elle.

Le soir même, on raconta la chose au cardinal, qui répondit à Vignerot qui lui apprit cette nouvelle :

— J'étais bien sûr que ce Duellier était capable de tout. Maintenant, si on le peut rattraper, qu'on lui fasse son procès.

Mais on ne le rattrapa point.

MADEMOISELLE DE LA FAILLE

« Voici, Madame, l'histoire toute vraie et toute simple de mademoiselle de La Faille, dont il a couru tant de versions. Je l'ai fidèlement extraite des notes manuscrites de M. Molzas, et des nombreuses pièces du procès qu'il plaida pour elle devant le parlement de Paris. Puisque vous rencontrerez probablement chez moi madame Carmá, sa fille, remerciez-la beaucoup pour moi de l'obligeance charmante qu'elle a eue de me laisser fouiller dans les papiers de son père, et, un peu aussi pour vous, si vous prenez quelque plaisir au récit que je vous envoie. »

En 17.., à Toulouse, il s'était formé, entre M. de Garran et la famille de M. de La Faille, une liaison assez intime pour faire supposer qu'elle amènerait prochainement une alliance entre eux. En effet, M. de Garran, capitaine d'artillerie au régiment de..., était un jeune homme de fort bonne tournure, portant bien son épaulette au feu, à la parade et au bal, parlant facilement, et jamais de lui, faisant son métier mieux que ceux qui s'y appliquaient davantage, instruit comme un homme d'esprit, et par-dessus tout réputé excellent gentilhomme dans une ville où l'on est encore un parvenu après deux cents ans de noblesse. De son côté, M. de La Faille était un grave et intègre magistrat. Né avec un esprit timide et une âme droite, il n'eût pas voulu permettre de changer une syllabe du Code tortonnaire qu'il avait appris, et n'avait jamais fait donner la question à personne. C'était en outre un homme de manières parfaites, ne parlant jamais dans le monde des affaires du palais, ni au palais des affaires du monde. Il était veuf, et n'avait qu'une fille, qui s'appelait Clémence. Mademoiselle de La Faille était une de ces personnes d'une taille si parfaite, qu'on les nomme encore de belles femmes, même quand elles sont laides; mais bien loin de là, Clémence avait un visage d'une si pure et si gracieuse beauté, qu'il faisait oublier celle de son corps; et l'on semblait qu'on eût tout dit sur son compte, quand on avait parlé de son angélique figure. Toutes les convenances extérieures semblaient devoir assurer le mariage de M. de Garran et de mademoiselle de La Faille; ils étaient d'une fortune et d'une naissance égales, et leur âge était parfaitement en rapport. A l'époque dont nous parlons, Clémence avait quinze ans, et Georges, c'était le nom de baptême de M. de Garran, en avait vingt-cinq.

Cependant quelques femmes, de celles qui ont de la prétention à la finesse, assuraient qu'il y avait entre ces deux jeunes gens des différences d'opinion et de sentiments qui amèneraient quelque rupture avant le mariage, ou de grands malheurs plus tard. Elles disaient que le caractère uni de Georges s'accorderait mal avec la fougue de Clémence; qu'il arriverait assurément que M. de Garran, l'homme convenant et mesuré par excellence, se trouverait quelquefois blessé de la hardiesse des discours de mademoiselle de La Faille, et souvent de son oubli de la retenue modeste qui semble le devoir, et qui n'est que la première coquetterie des femmes. Mais celles qui croyaient avoir profondément observé ces deux caractères s'étaient arrêtées à la superficie, et aucune n'avait deviné que c'était Georges qui était l'âme passionnée et l'esprit ardent, et Clémence l'esprit timide et l'âme soumise.

Cependant on avait bien jugé en disant que leur mariage se ferait avant peu. Déjà, en effet, M. de Garran s'était adressé à M. de La Faille, et il avait été agréé. Georges avait aussi déjà tous les droits d'un futur mari; chaque dimanche, après

avoir entendu la messe à l'église de la Daurade, il laissait à son lieutenant le soin de ramener sa compagnie, et venait saluer à leur banc M. de La Faille et Clémence, qui prenait son bras, et ils allaient en famille faire une promenade au cours. Il y avait quelque chose de gracieux et de solennel à la fois à les voir ainsi réunis. Un amour vertueux dans deux âmes chastes, accompagné d'une beauté si charmante, une jeune fille presque enfant, appuyée avec confiance, et sous le regard de son père, sur le bras d'un tout jeune homme aussi, mais déjà distingué et capable de répondre du bonheur d'une femme, c'était un doux aspect, un de ces accords qui relèvent l'humanité et consolent de ses laideurs; c'était un tableau pudique et passionné que tous les yeux cherchaient, et qu'on se montrait dans les familles sans oser en espérer autant. Leur mariage était presque unie une fête de la ville.

Sûr de l'agrément de M. de La Faille, certain de l'amour de Clémence, devenu timide pour le lui dire, Georges s'apprêtait à obtenir le consentement de sa mère, qui demeurait à Paris, lorsqu'un incident, le plus misérable de ceux qui peuvent tuer le bonheur d'un homme, un ordre du ministre qui envoyait le régiment de.... dans les Indes, vint renverser toutes ses espérances, et détruire cette union si parfaite.

Un matin, une heure avant l'heure où il avait coutume de se présenter, M. de Garran arrive chez M. de La Faille, qui était avec Clémence, et leur annonce cette foudroyante nouvelle. La douleur de Georges était désespérée; celle de Clémence fut cruelle et profonde; M. de La Faille lui-même demeura anéanti. Après ce premier transport d'un si affreux malheur, on essaya de se débattre contre lui. Georges parlait de hâter le mariage, et demandait à emmener Clémence; si elle consentait à le suivre. M. de La Faille ne put se faire à l'idée de se séparer si soudainement de sa fille, et de l'envoyer si jeune à des milliers de lieues loin de son pays, dans un climat qui passait alors pour meurtrier, exposée à sa mort ou à celle de son époux, sans asile ni protection. Il n'y fallut pas penser. Georges voulait aussi donner sa démission, et renoncer à son état; c'était mal connaître M. de La Faille, qui traita cette proposition de folie de jeune homme, et qui déclara qu'il se croirait responsable envers la famille de M. de Garran d'une pareille résolution. Enfin Georges essaya, comme dernière espérance, de persuader au rigoureux magistrat de lui donner la main de sa fille, et de la garder près de lui jusqu'à son retour, qui devait avoir lieu dans deux ans. Mais M. de La Faille ne voulut point entendre à cet arrangement, car, dès les premiers mots de la nouvelle apportée, il avait pris sur cette affaire une détermination invariable. Quand il eut le loisir de faire intervenir un peu de raison dans le désespoir où étaient plongés Georges et Clémence, il leur représenta qu'ils étaient bien jeunes, et pouvaient attendre; que deux ans comptaient à peine dans la vie; que cette absence servirait d'épreuve à leur affection, et enfin que c'était son inexorable volonté. Il fallut obéir. Georges le fit avec une résignation alarmée, Clémence avec une tristesse exaltée, comme si elle eût pu trouver quelque consolation à lutter avec un malheur pour le vaincre, comme si elle eût espéré que son amour serait plus cher et plus héroïque aux yeux de Georges après ces deux années d'attente et de séparation.

M. de La Faille agit en homme sensé en prenant cette résolution qu'il imposa à ces deux enfants; mais il manqua d'esprit du cœur lorsque, après s'être assuré de leur obéissance, il ne s'éloigna pas un moment pour les laisser seuls. Il ne comprit pas qu'il devait y avoir entre eux des larmes et des paroles, innocentes sans doute, mais qu'il ne pouvait ni voir, ni entendre, un rien, peut-être, une de ces saintes émotions de l'amour jeune et pur que l'âme veut autant de mystère que pour les plus brûlants désirs : un serment prononcé, les yeux fixés sur les mains dans les mains, un tutoiement hasardé une première et une dernière fois; rien que ces mots peut-être : « M'aimeras-tu, Clémence?

— Je t'aimerai, Georges.... » Moins que cela encore. Je ne sais, mais il leur devait ce moment d'ineffable douleur pour l'adieu intime de leur âme. Il ne le leur donna pas, et ils demeurèrent silencieux l'un près de l'autre. Aussi, quand il fallut se séparer, Georges, suffoqué de tout ce qu'il n'avait pu dire, oublia son respect pour les devoirs sacrés de l'honneur, et jeta tout bas, comme un ordre et une prière à la fois, ces mots à la malheureuse Clémence :

— Ce soir, à minuit, au jardin.

Elle le regarda, et le vit pâle et anéanti; et, du même ton elle répondit :

— J'y serai.

A la tranquillité avec laquelle ils se quittèrent, M. de La Faille aurait dû deviner qu'ils devaient se revoir. L'intelligence de l'âme lui manquait, et il n'en eut pas le moindre soupçon.

Le soir venu, Clémence descendit au jardin; faut-il le dire? presque heureuse d'avoir un remords, envieuse des émotions d'un amour secret et peut-être coupable, car elle ne savait pas d'autre crime que de désobéir à son père. Georges, au contraire, y vint avec un repentir, lui qui savait tous les dangers d'un pareil rendez-vous. Ils s'abordèrent en tremblant, et furent un moment à ne savoir que se dire; enfin ils parlèrent de leur cruelle séparation et de la solitude où ils allaient vivre; ils s'occupèrent beaucoup de ce qu'ils feraient, et l'emploi de ces deux années fut, pour ainsi dire, réglé jour par jour. Ils convinrent des heures de la nuit où ils penseraient ensemble l'un à l'autre, oubliant tous deux qu'à cette distance les jours d'un climat sont les nuits de l'autre. Et puis ils convinrent d'y penser sans cesse, ce qui était un bien plus sûr moyen de se rencontrer. Pendant cet entretien, la lune s'était levée à l'horizon, la nuit était calme et parfumée. Ils s'assirent sous un arbre chargé de chèvrefeuilles en fleurs, et insensiblement le silence s'empara d'eux. Clémence s'y laissa aller avec ivresse; Georges n'y sut résister. Ils étaient l'un près de l'autre, doucement pressés sur un banc étroit; Clémence, immobile et la tête penchée, pleurait sans souffrir; Georges se sentait frissonner; sa poitrine haletait. Il regarda sa belle fiancée; la lueur de la lune éclairait son visage; il tomba à genoux devant elle :
— M'aimes-tu? s'écria-t-il.
— Dieu m'est témoin, répondit-elle doucement, que je t'aime plus que ma vie.
Cette simple réponse, cet appel à la divinité, protégea l'innocente fille; car aussitôt Georges, comme frappé d'un soudain avertissement, se releva en disant :
— Eh bien! adieu, adieu!
— Déjà! s'écria tristement Clémence.
— Il le faut, lui répondit Georges; ma raison s'en va près de toi. Oh! ne me retiens pas, laisse-moi fuir! ne me regarde pas ainsi. Adieu! adieu! Quittons-nous innocents pour nous retrouver sans rougir.
Sans doute Clémence ne comprit rien ni à l'effroi qui bouleversait le visage de Georges, ni au tremblement de sa voix; mais elle se sentit, dans l'expression de son amour, bien au-dessous de cet accent passionné. Elle craignit de paraître calme en présence de ce délire, et ce fut sans doute ce sentiment qui, au moment où Georges cueillit un brûlant et unique baiser sur ses lèvres, lui inspira ces singulières paroles :
— Oh! Georges, si j'étais morte, tes baisers me rendraient la vie.
A ces mots, ils se séparèrent.
Quatre ans s'étaient passés depuis cette époque, lorsque Georges, débarqué à Brest depuis quelques jours, prit la route de Paris et arriva chez sa mère le 5 juin 17... Il avait eu soin de la faire prévenir de son retour par quelques amis : aussi, lorsqu'elle le vit, ce fut pour elle une joie pure et complète, sans mélange d'épouvante ou d'étonnement; car Georges avait été blessé, fait prisonnier, et avait passé pour mort. Le bonheur de Georges fut bien grand aussi; mais cependant, après les premiers moments donnés aux tumultueux sentiments d'une telle réunion, madame de Garran remarqua une singulière tristesse dans les regards de Georges, une préoccupation profonde dans ses réponses; elle l'interrogea, et il s'excusa de répondre; elle insista avec inquiétude; son fils, pour la calmer, lui avoua ainsi la cause de cette mélancolie étrange :
— C'est un enfantillage, ma mère, une folie indigne d'un homme; mais, puisque vous croyez que ma tristesse a des causes graves, il faut bien vous rassurer, dussé-je vous paraître ridicule. Figurez-vous qu'en passant devant l'église Saint-Germain-des-Prés, je l'ai vue toute tendue de noir et ornée pour quelque riche enterrement. C'est assurément une chose bien commune, et qui n'eût pas appelé l'attention d'un enfant; eh bien! cet aspect m'a fait mal; je ne sais pourquoi il m'a semblé y avoir un fatal avertissement de malheur. Vous souriez, et vous avez raison. Mais trois ans de captivité et d'horribles souffrances m'ont rendu le chagrin si facile, que j'ai peur de tout depuis que je suis heureux.
— C'est un sentiment qui me prouve que tu aimes ce bonheur, puisque tu crains de le perdre, lui répondit sa mère; mais l'habitude d'en jouir te rassurera bientôt. Quant à cet enterrement, ce doit être celui de la belle madame de Servins, la femme du président de la chambre aux aides, morte hier après une maladie de trois jours à peine.
— La belle madame de Servins? dit Georges; elle l'était donc beaucoup, pour qu'on la désignât ainsi?
— Sans doute, répliqua madame de Garran; et sa beauté était si supérieure, que partout elle était en renom, et qu'à Toulouse on disait de même, en parlant d'elle : La belle demoiselle de La Faille.

Cette révélation si simple et si brusque d'un si terrible malheur n'entra pas lucidement et violemment dans l'esprit de Georges. Il regarda sa mère d'un air plus surpris qu'épouvanté, et se fit répéter la phrase qu'il venait d'entendre. Madame de Garran, se rappelant alors qu'il avait habité Toulouse, et supposant qu'il avait pu connaître Clémence, mit plus de précaution dans sa réponse; mais, lorsqu'elle répéta le nom de mademoiselle de La Faille, Georges tomba anéanti auprès d'elle, comme un homme frappé au cœur d'un coup imprévu et mortel; ses yeux vibrèrent comme ceux d'un convulsionnaire; une pâleur livide couvrit son visage; sa respiration se suspendit dans une suffocation immobile, et sans doute il se serait mort à ce moment, si son désespoir n'eût pu déborder en cris terribles et en sanglots affreux.
Il faut que l'amour d'une mère soit bien ingénieux, puisqu'il parvint à calmer cette douleur emportée. Ce fut en lui parlant beaucoup de Clémence qu'elle réussit à se faire écouter; et, chose étrange, ce fut de sa trahison plutôt que de sa mort qu'il lui fallut consoler le pauvre Georges. Alors elle lui expliqua comment, le bruit de sa captivité et de sa mort ayant été répandu en France, la malheureuse mademoiselle de La Faille les avait apprises; elle lui fit comprendre qu'après beaucoup de larmes et de résistance, Clémence avait dû sans doute obéir aux ordres de son père; et tout cela était si naturel, qu'en lui inventant une histoire, madame de Garran lui disait la vérité. Enfin elle lui jeta, comme un baume salutaire à l'âme, que c'était peut-être la douleur du trépas de Georges et cette union forcée qui avait fait mourir, si jeune, la belle madame de Servins; et, par un tact de femme admirable, ce fut en flattant le malheur de Georges de la supposition d'une mort soufferte pour lui, qu'elle parvint à lui en adoucir l'amertume.
Cependant, après avoir longuement écouté sa mère et longtemps pleuré dans ses bras, Georges redevint silencieux, non pas comme un homme qui se résigne à sa douleur, mais avec l'agitation d'un esprit qui conçoit un projet, le discute et en arrête l'exécution. Madame de Garran suivait avec anxiété, sur le visage de son fils, les mouvements de son âme. Peut-être que si, une seule fois, il eût levé les yeux sur elle avec désespoir, elle eût éprouvé la crainte d'une résolution de suicide; mais elle devina à son trouble qu'il n'y pensait pas : car Georges se fût trouvé calme pour un pareil dessein. Elle ne redouta donc pas de laisser à sa douleur la satisfaction qu'elle s'était apprêtée. Vers le soir, elle le vit prendre beaucoup d'or, plus qu'il n'en fallait pour acheter des armes, assez peut-être pour un voyage. Elle se tut cependant, sachant bien que ce serait irriter son désespoir que de le contrarier.
Georges sortit de l'hôtel de Garran quand la nuit fut close; il se dirigea vers l'église Saint-Germain-des-Prés, et apprit du bedeau qui y veillait l'endroit où on avait inhumé madame de Servins. Il alla au cimetière désigné, et en éveilla le gardien. Ce ne fut pas sans surprise que celui-ci vit un homme, dont la tournure annonçait qu'il appartenait à une classe élevée, lui faire la proposition d'un crime, d'un sacrilège. Georges lui demanda de relever la terre qui couvrait le corps de Clémence, de lui livrer son cercueil, de lui permettre de le briser, et de lui laisser contempler le cadavre de celle qu'il avait tant aimée. Il y eut entre eux une longue et cruelle discussion : car l'or offert à pleines mains par Georges n'avait pu vaincre les craintes du pauvre fossoyeur. Ce fut pour le malheureux jeune homme un moment de désespoir épouvantable, quand la vénalité sur laquelle il avait compté lui manqua pour accomplir son funèbre dessein, et ce fut dans ce désespoir qu'il trouva les moyens de réussir. Ce fut alors qu'il tomba à genoux devant le gardien du cimetière; qu'il l'implora avec des sanglots déchirants, baigna ses mains de larmes, se roula à ses pieds en se brisant le front contre les angles des meubles; c'est alors qu'il devint insensé, furieux, menaçant et suppliant tour à tour; c'est alors qu'il fit pénétrer cette âme dure et usée, et qu'il reçut de sa pitié une consolation qu'il n'avait pu acheter à aucun prix.
Lorsque tout fut convenu entre eux, ils allèrent dans le cimetière, le gardien armé d'une bêche et d'une pince, et Georges portant une lanterne. Si ceci n'était pas un récit exact d'un fait avéré, il n'y aurait sans doute en cet endroit matière à dramatiser la scène. Soit qu'adoptant la manière ancienne, je vous fisse sentir un à un tous les battements du cœur de Georges; soit que, suivant la nouvelle méthode, je vous fisse entendre le retentissement sourd de chaque coup de pioche, je pourrais suspendre l'intérêt à l'extrémité de dix périphrases haletantes, et les conclure par un coup de foudre. Le moins qui me serait permis serait sans doute d'habiller cette nuit de nuages sinistres, entrecoupés de lamentables lueurs; mais la naïve vérité, c'est qu'une lune resplendissante et calme éclaira cette horrible cérémonie, et que pas un mot

ne fut prononcé entre Georges et son complice, jusqu'à ce que le cercueil retiré de sa fosse fût déposé sur le bord.

Une seule affreuse circonstance épouvanta Georges : ce fut le premier coup de marteau que frappa le gardien sur le cercueil afin de le briser. Il lui sembla qu'il y mettait de la brutalité; et comme à ce bruit quelques chiens s'éveillèrent au loin et se prirent à hurler, il demanda d'une voix tremblante au fossoyeur de séparer sans bruit les planches de cette bière. Celui-ci obéit, et bientôt le cadavre de Clémence resta sur le gazon, entouré seulement de son linceul. Le gardien silencieux, assis sur la terre, les jambes pendantes dans la fosse, regarda Georges qui restait pétrifié à côté de ce corps glacé; et le voyant ainsi immobile, il ne put s'empêcher de lui dire : « C'est elle! la voilà! »

Mais Georges semblait avoir oublié pourquoi il était venu. Il n'entendait pas; son regard fixe ne voyait rien, sa pensée ne comprenait plus : c'était une complète absence de lui-même. Le fossoyeur, épouvanté à son tour de lui avoir plusieurs fois parlé sans en avoir obtenu de réponse, craignant même de le toucher, comme s'il eût dû chanceler et s'abattre au moindre mouvement, se hasarda, pour arracher Georges à ce long anéantissement, à soulever le linceul qui enveloppait madame de Servins, et à montrer son visage à celui qui avait tant fait pour la voir. L'effet d'un talisman n'est pas plus magique. A l'aspect de cette tête adorée, dont la mort avait épargné la perfection, tout se brisa et se fondit dans l'heureux amant. Il tomba à genoux à côté du cadavre, et, à travers des pleurs et des gémissements, il lui parla d'amour, s'accusant de sa mort, lui demandant grâce, lui racontant leurs jours passés et leurs espérances perdues; et pour lui parler ainsi, il avait soulevé le corps sur son séant, et, le soutenant appuyé sur un de ses genoux, il la contemplait douloureusement. Ce délire de Georges semblait ne pas devoir prendre fin, lorsque tout à coup une pensée lui vint à l'esprit : un souvenir traversa comme un éclair cet orage de douleur, et les dernières paroles qu'avait dites cette bouche glacée retentissent soudainement à son oreille. Il s'écrie, et dans le transport insensé d'une espérance encore plus insensée, il enlace Clémence de ses bras, et pose sur ses lèvres mortes le baiser qui, avait-elle dit, devait lui rendre la vie. A ce baiser succéda un cri épouvantable de Georges; à ce cri un tremblement convulsif, un rire effrayant; puis, d'un mouvement rapide comme la foudre, il se relève, tenant toujours ce cadavre embrassé, jette un regard effrayé autour de lui, et s'enfuit à travers les tombes, franchissant tous les obstacles, et poussant des cris d'une joie ou d'une douleur sauvage. Il échappe enfin, par une rapidité et une force surnaturelle, à la poursuite du gardien qui bientôt le voit disparaître comme un tigre emportant sa proie. Alors le pauvre fossoyeur se hâte d'effacer les traces de son sacrilége; il replace dans la fosse le cercueil vide, y rejette la terre qu'il l'avait déjà couvert, et rentre chez lui épouvanté de son crime et attendant le jour avec anxiété.

Cinq ans s'écoulèrent tout entiers depuis cette nuit fatale jusqu'au jour où arriva l'événement suivant, sans que rien fît soupçonner au gardien du cimetière que la disparition du corps de madame de Servins dût avoir pour lui aucun résultat fâcheux.

C'était le jour anniversaire de la mort de Clémence, et M. de Servins, son mari, était à genoux auprès de la tombe de sa femme. A quelque distance de lui, le gardien du cimetière le considérait avec un sentiment profond de remords, comme s'il se reprochait de mentir à cette vertueuse douleur en le laissant pleurer sur un cercueil vide. Tous deux étaient profondément absorbés dans leurs pensées, lorsqu'un bruit léger leur fait relever la tête à tous deux, et une femme se montre aussitôt à leurs regards. Cette femme, c'est Clémence, c'est madame de Servins, c'est l'épouse tant pleurée, c'est le cadavre inhumé! M. de Servins se relève en poussant un cri; le malheureux gardien tombe inanimé sur la terre. Mais l'inconnue regarde aussi l'homme qui vient de se dresser subitement devant elle, et à son tour elle s'écrie avec effroi et s'enfuit comme une insensée. M. de Servins la poursuit sans pouvoir l'atteindre, et, à la porte du cimetière il la voit s'élancer dans une noire voiture qui l'emporte de toute la vitesse de deux magnifiques chevaux.

Une heure après cette rencontre, M. de Servins était encore dans la chambre du misérable fossoyeur, qui expira d'horribles convulsions, sans pouvoir répondre à aucune des questions qui lui furent adressées. Et dans la journée, le lieutenant général de police fit savoir au magistrat que, d'après les indications qu'il avait données à ses agents, on était assuré que la voiture qu'il avait vue, et la livrée qu'il avait désignée, étaient celles de M. de Garran. Le lendemain, sur la réquisition de M. de Servins, on procéda à la visite de la fosse où avait été inhumée Clémence, et on y trouva le cercueil vide

et brisé. Pendant ce temps, madame Julie de Garran, jeune et belle personne que Georges avait ramenée des Indes, où il l'avait épousée, était rentrée chez elle dans un inexprimable désordre; elle était montée pâle et tremblante à l'appartement de son mari, et était demeurée longtemps avec lui. Cependant elle en sortit plus calme et toute rassurée, et rien ne fut changé aux habitudes de M. et de madame de Garran. Plus de quinze jours s'étaient écoulés depuis cette rencontre, sans qu'il fût question de cet événement, et pendant lesquels M. de Servins les entoura d'espions. Il sut, au ministère de la guerre, le jour de l'arrivée de Georges à Paris, la date de son départ. Il découvrit les postillons qui l'avaient mené à Brest, accompagné d'une dame voilée. Il sut qu'il s'était embarqué avec elle sur le navire dont il retrouva le journal; et, armé de ces preuves terribles, il intenta un procès à M. de Garran, pour qu'il eût à voir casser, ainsi que sa prétendue épouse, le mariage illégal qu'il avait contracté avec elle. La nouveauté de cette cause suscita l'attention universelle. Des pamphlets furent échangés dans la Faculté, pour prouver qu'une léthargie avait pu faire croire à une mort apparente. Ceux qui soutinrent cette cause furent traités d'ignorants et d'imbéciles par leurs confrères. On calculait les heures pendant lesquelles madame de Servins aurait dû vivre dans cet état, et il se trouvait qu'aucun auteur ne rapportait d'exemple d'une aussi longue léthargie. M. de Garran lui-même paraissait plaindre M. de Servins, et lorsqu'il disait que la ressemblance de sa femme avec mademoiselle de La Faille l'avait lui-même épouvanté, mais pas au point de le rendre fou, il y avait un tel accent de vérité, que l'on ne doutait pas que M. de Servins n'eût perdu la raison, ou que toute cette accusation ne fût un jeu joué.

La cause cependant arriva devant les tribunaux, et madame de Garran dut y comparaître et répondre aux questions des magistrats. Elle fut confrontée avec M. de Servins et parut fort étonnée de tout ce qu'il lui disait. M. de La Faille vint de Toulouse, et se mit à pleurer en voyant cette étrange ressemblance; il ne savait comment il devait parler à cette femme qui lui semblait si bien sa fille, et qu'il niait si froidement. Les juges, étonnés, s'entre-regardaient indécis et troublés. Madame de Garran raconta toute sa vie... Elle était orpheline et avait toujours habité les Indes. Des actes furent produits, attestant qu'une demoiselle de Merval, née à Pondichéry, y avait épousé le colonel de Garran.

Le jour de l'audience solennelle du jugement arriva. Toutes les plaidoiries étaient terminées, et les membres du parlement qui composaient le tribunal semblaient disposés à débarrasser M. de Garran de la singulière poursuite dirigée contre lui et sa femme, lorsque M. de Servins entra; tenant un enfant par la main. Madame de Garran, à ce moment, était assise à côté de son avoué, M. de Moizas; et, comme l'affluence était prodigieuse, elle avait appuyé sa tête dans sa main pour dérober son visage aux regards avides de la foule; aussi ne vit-elle pas entrer M. de Servins : mais tout à coup elle sentit une petite main qui écartait la sienne, et entendit une voix d'enfant qui lui dit tristement :

— Maman, embrasse-moi!

Aussitôt madame de Garran relève la tête, voit cet enfant devant elle, le reconnaît, et, sans dire un mot, le prend dans ses bras et le couvre à la fois de larmes et de baisers. L'épouse et la fille avaient résisté; la mère se trahit.

A partir de ce moment, le procès ne fut pas terminé; mais il prit un tout autre aspect. L'avocat de M. de Garran, à son tour, demanda la dissolution légale d'un hymen que la mort avait rompu. « Ne demandez pas, s'écria-t-il dans sa brûlante plaidoirie, ne demandez pas à la tombe ce que vous lui avez donné, cette femme vivante à celui qui fait qu'elle vit; cette existence lui appartient, et vous n'avez droit qu'à un cadavre. » Tout fut inutile. Clémence demanda à se retirer dans un couvent; on n'y consentit pas, et un arrêt solennel la condamna à retourner dans la demeure de son premier mari.

Quelques jours après cet arrêt, elle y vint en effet; elle était vêtue de blanc et pâle de désespoir et de résolution. En entrant dans le salon, où l'attendait M. de Servins, entouré de toute sa famille, elle tomba raide et glacée sur le plancher. On s'empressa, mais ce ne fut que pour entendre ce peu de paroles :

— Je vous rapporte ce que vous avez perdu...

Et elle expira.

Elle s'était empoisonnée avant de sortir de chez elle.

M. de Garran, secouru par sa mère, ne mourut que le lendemain.

AIMERY BÉRENGER

Voici ce qui arriva le 6 avril 1031, le jour de Pâques. A huit heures du matin, Aimery Bérenger sortit de sa maison, précédé de deux trompettes et d'un tambour. En franchissant le seuil de la porte, il s'arrêta un moment, et prenant une poignée de sols raymondiens dans son escarcelle, il les jeta à une foule de mendiants assemblés autour de lui, en leur criant :

— Voici la largesse du noble étudiant Aimery Bérenger, pour le degré de licencié qu'il vient de prendre en l'université de Toulouse.

Puis, se tournant vers les trompettes et le tambour qui le précédaient, il leur dit en les frappant de sa badine de bois de houx :

— Eh! vous autres, tâchez de faire du bruit chacun comme dix, tous trois comme trente, puisque les règlements de maître Barthélemy Fléchier, notre recteur, ne nous permettent pas de rendre nos visites de licence en plus magnifique équipage. Après ces paroles, il se mit en marche. Son allure déterminée et sa bonne relevaient la simplicité de son costume ; car d'après les derniers statuts du pape Jean XXII, publiés en 1329 par une bulle de Guillaume de Laudun, archevêque de Toulouse, il portait une chape à manches qui recouvraient tout le bras, au lieu d'être fendues à la saignée, de pendre par derrière et de laisser voir les manches étroites et brodées du corset. Il avait, selon le règlement, une sobreveste fermée, des brodequins au lieu de souliers à la poulaine, des mitaines en place de gants, et la barrette qui lui servait de coiffure était de ratine noire comme son capuchon. Tout le prix de son costume ne montait pas au delà de vingt-cinq sols tournois, suivant l'ordonnance. Cependant il avait une prestance fière et dégagée sous ce vêtement, et l'université le comptait parmi ceux qui soutenaient le mieux l'inviolabilité de ses priviléges, soit en chaire, par sa parole vive et entraînante, soit au pré, l'épée ou le bâton ferré à la main. Il marchait alors la tête en arrière, mordant sa moustache blonde, la main gauche sur son poignard, portant sa badine sur son épaule droite, comme il eût fait d'une hache d'armes, narguant les bourgeois, et saluant cavalièrement les dames.

Il alla d'abord rendre sa visite aux six docteurs régents en lois, aux six professeurs en décrets et aux quatre maîtres ès arts et ès grammaire. Il s'arrêta devant la maison de chacun d'eux, ôtant sa barrette et son capuchon, et à chaque arrêt le tambour et les trompettes doublaient de vacarme, rendant d'autant plus d'honneur à la science du professeur qu'ils faisaient plus de tapage. Les maîtres descendirent à la porte de leur demeure, et y reçurent la visite de leur écolier, auquel ceux qui étaient ecclésiastiques donnèrent la bénédiction et les chevaliers l'accolade. En allant ainsi par les rues, Aimery Bérenger était suivi d'un grand concours de peuple, surtout de jeunes filles ribaudes et d'enfants du Jet, ainsi nommés parce qu'avec leur fronde ils ne laissaient point de repos aux archers des capitouls, et les agaçaient sans cesse, bien que quelques-uns payassent souvent ce jeu d'une bonne flèche qui les traversait nettement. De grandes acclamations suivaient et précédaient le licencié, et toutes les fenêtres et boutiques s'ouvraient et se chargeaient de curieux à son approche. Toutes les fois qu'il arrivait devant la demeure d'un écolier de renom, ou qui lui était attaché de parenté ou d'amitié, il s'arrêtait un moment et lui criait par-dessus le bruit du tambour : A la taverna de dona Alboina! faisant de cette manière les invitations pour le banquet de la licence. A plusieurs fois qu'il fut obligé de passer devant la maison de quelques capitouls, il fit cesser le bruit de son tambour et de ses trompettes pour leur marquer son mépris, et lorsqu'il se trouva devant celle du seigneur Pascal de Gaure, capitoul du quartier de la Daurade, il ordonna à son tambour de lui battre une aubade en frappant sur le bois de la caisse, et à ses trompettes de lui jouer une fanfare en soufflant par le mauvais bout de leurs instruments. La maison resta muette à cette insulte, nul sergent du capitoul ne parut aux portes, nul archer aux fenêtres ; seulement une main blanche et polie, qui avait soulevé une tenture de serge bleue, se retira violemment comme si elle eût été frappée et punie d'avoir aidé une indiscrète curiosité ; et au moment de la rue, on eût pu croire qu'on avait entendu la voix brutale d'un homme et le cri douloureux d'une femme. Mais personne n'y prit garde, pas plus qu'à l'expression convulsive dont Bérenger tourmenta soudainement son poignard, et à la pâleur dont se couvrit son visage.

A ce moment, les cloches de l'église de la Daurade se firent entendre, et Bérenger se rendit à la messe, où il fut admis à communier au même rang que les membres de l'official de l'évêque. Après la sainte cérémonie, qu'il entendit le capuchon en tête, comme clerc licencié, il sortit de l'église et trouva le plus grand nombre de ses invités l'attendant à la porte. Il fut salué d'unanimes acclamations, non-seulement par les écoliers, mais encore par le menu peuple qui s'était assemblé en grand concours. Bérenger ouvrit alors son escarcelle, et en tirant encore quelques poignées de deniers croisés, il les jeta à la foule ; les écoliers, imitant son exemple, firent aussi leurs largesses pour l'honorer, et ce fut un moment comme une pluie de menues pièces d'argent qui occasionna un tumulte risible et joyeux parmi les manants, qui se ruaient les uns sur les autres à qui les attraperait en l'air ou les ramasserait à terre.

Tout à coup les cris de : A côté! à côté! ouvrirent la foule, et l'on vit s'avancer deux sergents du chapitre toulousain ; après eux venait solennellement un capitoul avec sa longue robe garnie de fourrures aux manches et au revers, le mortier en tête, et portant à la ceinture une large épée et un long poignard. A son aspect, tout le peuple, manants et bourgeois, se découvrirent de leurs capuces et chaperons ; les écoliers seuls gardèrent insolemment leur barrette ; mais nul ne se permit de lui adresser la moindre parole, quelque haine qu'ils eussent pour lui. Ce capitoul était le seigneur de Gaure qui se rendait à l'église de son quartier ; en arrière de lui venaient deux écuyers portant son missel et celui de la femme Ermessinde, qui marchait lentement à sa droite. Les voiles qui pendaient toujours de deux hautes cornes de sa coiffe sur ses épaules étaient, ce jour-là, ramenés sur son visage, et sa main droite, que d'ordinaire elle laissait tomber négligemment à son côté, tenait une fleur qui s'échappait presque toujours à la rencontre d'Aimery ; cette main était ramenée et cachée sous ses voiles. Bérenger, en la voyant ainsi, fit un mouvement pour s'avancer vers elle ; mais il fut retenu par le bâtard de Penne, son compagnon. Cependant Ermessinde, en passant devant lui, fit semblant de trébucher, et se penchant vivement en avant, son voile se sépara de son corps, et laissa voir à Aimery sa main enveloppée d'une blanche toile, et son bras soutenu par un ruban attaché à son cou. Un regard douloureux, un sourire triste, mais sans amertume, dirent toute la vérité à Aimery ; et une feuille de rose, tombée des lèvres entr'ouvertes d'Ermessinde, remplaça la fleur qu'elle ne pouvait porter.

A l'instant même, Bérenger se jeta à la place où elle venait de passer ; il renferma entre ses deux pieds, comme dans un sûr asile, et en prenant soin de ne pas la toucher, la feuille de rose qu'il n'osait ramasser sur-le-champ ; et s'opposant de toute sa force, immobile et silencieux, au flot du peuple qui se précipita dans l'église à la suite du capitoul, il attendit qu'il pût se baisser sans danger d'être remarqué ou écrasé, pour s'emparer de ce gage si frêle d'un si puissant amour.

Aussitôt après, il accompagna ses amis à la taverne de dona Alboina. Ils entrèrent dans une vaste salle où était dressée une longue table servie de plats d'étain luisants, et chargée de toutes sortes de mets. Aimery Bérenger, qui s'était laissé surprendre à un moment de mélancolie, bientôt éveillé de ses préoccupations par la joyeuse humeur de ses amis, et obligé de faire les honneurs du banquet, se mit au haut de la table, à la place d'honneur. Tous les écoliers, au nombre de cent environ, s'assirent ensuite selon leur rang d'admission aux écoles, et non point selon leur titre. Les plus renommés étaient Pierre, dit le bâtard de Penne, qui, de la main et sans fronde, lançait un caillou au dernier étage du clocher de Saint-Sernin ; Robert de Foix, frère du comte de cette ville ; et grand chasseur d'ours ; Rostaing de Laudun, neveu de l'archevêque ; les cinq frères de Penne, parmi lesquels on remarquait le beau Raymond Cornélius, qui n'avait pas encore quatorze ans, et qui s'était déjà battu en lice au bâton et à l'écu, parce que l'on avait raillé en sa présence la maigreur de son frère Pierre, le bâtard. Au milieu de ses joyeux convives allait commencer le banquet assez paisiblement, lorsqu'Aimery, découvrant une vaste tourtière pour un oiseau à ses amis, en fit voler la couverture en morceaux, et s'écria soudainement en parlant aux servants :

— Qu'est cela, malandrins? des pigeons en compote? N'y a-t-il ni perdrix, ni cailles et faisans, qu'on me serve de telles ordures? Holà, faites venir la tavernière.

Bérenger n'eut pas plus tôt fini qu'elle parut à la porte, et demanda ce qu'on exigeait d'elle.

— Hé! Gathare, lui dit Bérenger, ne t'ai-je pas commandé un splendide repas de licence pour un noble écolier, et non pas une ripaille sordide comme pour l'élection d'un prévôt de maréland?

— Sans doute, sans doute, reprit la tavernière, mais vous savez bien que les règlements vous défendent, à vous, sous peine de dégradation cléricale, de dépenser pour le banquet une somme de plus.de quinze livres ; et à moi, de vous servir un repas de plus haut prix, si je ne veux voir ma maison fermée et confisquée au profit des domaines de l'université. Je ne pense pas, pour le prix, pouvoir vous offrir davantage, surtout lorsque rien ne peut plus entrer dans la ville sans payer un aide du sixième pour les frais de la guerre, et lorsque le droit de souquet et d'arrière-souquet nous enlève d'abord le huitième de vin que nous récoltons, puis le quart de celui que nous vendons.

— Or ça, s'écria Bérenger, c'est donc ici toujours la même comédie. Allons, Pierre, mets sa conscience en règle et qu'on nous serve.

A ces mots, le bâtard de Penne se leva, appliqua un coup médiocrement vigoureux de sa houssine sur les épaules de dame Alboïna, et lui montra sous le nez la pointe de son poignard.

— Il suffit, Messeigneurs, dit-elle en saluant humblement, vous êtes tous témoins qu'il y a violence et que je ne suis plus responsable de rien ; vous allez être satisfaits sur-le-champ.

Et aussitôt le dîner déjà servi disparut : les pigeons, oies, lapins et tourterelles qui s'y trouvaient en abondance, firent place aux grives, aux cailles, aux faisans et aux paons ; les choux préparés avec du lard fumé et les navets bouillis dans le vin furent remplacés par la truffe et le rouzillou à l'odeur de résine ; les vins de Gaillac, lourds et épais, cédèrent la table au frontignan liquoreux, au léger limous et au roussillon vieilli dans le sable. Alors la joie commença, et les propos circulèrent avec les coupes. — Nargue des ordonnances du roi et du pape ! disait l'un d'eux. — Moi, j'ai habillé ma maîtresse Doulce de Compans, répondait Gaillard de Durfort, de robes et voiles brodés, de perles et de fourrures, malgré les canons du concile de Montpellier. — Ne sais-tu pas, s'écria Sicard de Montaut, que l'on veut faire revivre les décrets de Bernard de La Tour, et qu'il faudra que nous portions des chapes longues et flottantes comme les écoliers de Paris, et non plus nos habits ronds et courts ? — Mort et damnation sur ces barbares.de France! ils ont apporté leur lésine et leur pauvreté dans nos belles comtés de la langue d'oc, s'écria Bertrand du Puy. — Tout beau! sire Provençal, reprit Arnaud de Curci, je suis Français, et je clouerai sur sa patène la langue de celui qui dira du mal des Français.

— Hé! la! la! mes maîtres, interrompit Pierre de Penne, les disputes ne sont bonnes à table que pour échauffer le gosier et faire naître soif de bon vin et non point de sang. Allons, debout tous, et en santé : A la belle Provence, l'ainée des Gaules! à la belle France, sa digne cadette!

Une acclamation universelle suivit cette santé, et le repas continua ainsi jusqu'au moment du second service, où l'on apporta les fruits et confitures.

— Sur mon âme, s'écria Bérenger après que tout fut disposé, cette sorcière n'a pris soin de rien! Allons, ici ; hé! tavernière; là dona Alboïna!

Et tous les écoliers frappant la table de leurs gobelets, s'écrièrent en chœur : Ici, ici la tavernière! Cette fois elle se fit attendre et arriva tremblante et déconcertée ; car déjà les outres de vin d'Espagne s'étaient vidées, plus d'une dame-jeanne de limous et de roussillon avait disparu, et les yeux flamboyants des écoliers annonçaient qu'ils étaient en humeur de faire des joyeusetés.

— Par mon sac! et ce juron était terrible dans la bouche des écoliers par mon sac, s'écria Bérenger, je te ferai brûler comme hérétique pour le banquet que tu me fais offrir à mes convives! Comment nous voici au second service, et nous n'avons pas eu la moindre aubade d'instruments! point de comédiens ni d'histrions pour nous amuser et faire rire! Faut-il encore pour ceci te mettre le poignard sous la gorge?

— Hélas! Messeigneurs, vous me frapperiez jusqu'à me tirer le sang des veines, que je ne pourrais vous donner ce que vous me demandez; j'ai couru tout Toulouse, il n'y a ni batelier ni histrion que je n'aie visité, tous m'ont refusé, en peur de l'excommunication dont ils sont menacés s'ils viennent à vos banquets pour vous divertir.

— Ce sont des poltrons à qui nous apprendrons à choisir entre la fuesse et les houssines à la première rencontre, répliqua Aimery; mais, sorcière, tu pourrais nous avoir quelques bohèmes pour danser. Ils sont fils du diable, ne se soucient de l'excommunication comme d'un chien d'un capitoul.

— A ces paroles la tavernière se signa, et, pâle comme la mort, elle balbutia à mi-voix :

— Oh! Messeigneurs, silence sur ce chapitre, car j'ai voulu essayer des bohèmes; et ils m'ont dit en confidence que Moaïna, la jolie danseuse, n'était point partie pour l'Égypte, après avoir dansé dans le banquet de sir Hugues Cardillac,

comme on leur a ordonné de le raconter, mais qu'elle était saisie et emmurée par la sainte inquisition.

Ce nom ne fut pas plus tôt prononcé, qu'il sembla qu'une terrible apparition avait glacé toute l'assemblée. Quelques-uns des écoliers se signèrent; les plus braves gardèrent le silence.

— Mais enfin, s'écria Bérenger, dominant le premier cette terreur universelle, à défaut d'histrions et de bohèmes, tu aurais dû nous avoir un concert.

— Impossible, reprit dona Alboïna; le roi des violons a reçu défense des capitouls de paraître à vos banquets, il ne veut, lui et sa compagnie, être exclu de la fête des jeux floraux qu'ont institués les bourgeois de Toulouse, il y a sept ans, et pour laquelle les violonneurs sont hébergés et nourris aux frais de la ville.

La tavernière n'avait pas fini, qu'une acclamation de rage et de satisfaction à la fois s'élança de tous les coins de la salle, si furieuse, qu'on eût dit qu'on avait fait rentrer à chaque écolier, et si bruyante, qu'il semblait qu'ils voulussent se venger sur les capitouls de la morne stupeur où les avait jetés le nom seul de l'inquisition.

— Ah! s'écriait l'un, les capitouls veulent aussi nous régenter, il faut les fouetter comme des clercs d'a, b, c, pour leur apprendre nos droits. — Non, non, disait l'autre, ils ont le sang trop chaud, il faut leur en tirer. — Ils ont la tête trop près du bonnet, disait un troisième. — Alors, lui repartit un voisin, nous les séparerons; et pour qu'ils ne se rejoignent pas, nous mettrons leur bonnet sur la tête d'un âne, et leur tête sur le manche d'un fouet.

Ainsi de propos en propos continua le repas, croissant en tumulte, un cris, en menaces terribles, la rage appelant la soif et le vin, la soif et le vin redoublant la rage; les uns chantant comme des furieux, le poignard tiré; d'autres chancelant et riant d'un rire hébété, tous perdus d'ivresse. Aimery Bérenger lui-même se laissait gagner par cette colère de tous. Peut-être cherchait-il, dans l'espoir d'un désordre public, le charme d'un entretien, d'un mot, d'un baiser, d'un regard; toujours est-il qu'il laissait crier à chaque cri : Nargue aux capitouls! (Pica als capitouls), mot intraduisible, et qui représente la blessure ou la fente faite par la lame d'un poignard. Pierre de Penne, qui le vin laissait plus de raison, voulait détourner les catastrophes que devait faire naître cette violente irritation, mais comprenant qu'il n'y pourrait parvenir sans lui jeter quelque aliment, il se leva tout à coup, et réclamant le silence à grands cris :

— Camarades! dit-il, que, nous ont fait les capitouls? Ils nous ont refusé le concert; eh bien! il faut le leur donner: sus, sus, les gobelets et les chaudrons! charivari aux capitouls!

— La plaisanterie est logique, et la rétorsion généreuse, ajouta doctrinalement l'Espagnol Blaise de Luna; il faut l'adopter; charivari aux capitouls!

Et parmi les rires, les chocs des gobelets, le bruit des brocs et le grincement des couteaux, le cri : Charivari aux capitouls! domina bientôt toutes les opinions. Aussitôt plats, saucières, compotiers, et bientôt poêles, chaudrons, lèchefrites, prirent la place des poignards, et les écoliers s'élancèrent et se ruèrent vers la porte avec un bruit si violent et la fois et si discordant, que les premiers bourgeois s'enfuirent épouvantés en s'écriant : Gare au charivari des écoles! comme au mois de mai on entend quelquefois au pied des montagnes le cri terrible : Voici l'avalanche!

Pendant quelque temps ils parcoururent la ville, ayant le bâtard de Penne à leur tête comme capitaine du charivari. Dès l'abord, ils semblèrent maîtres de Toulouse, et ils purent aller sans obstacles aux portes des capitouls, les appelant par leurs noms, et criant à tue-tête les histoires scandaleuses qu'on racontait d'eux; faisant des intervalles de silence pour écouter les orateurs, et puis les applaudissant à grand fracas de chaudrons et de marmites. Aimery Bérenger, revenu de son ivresse, avait écarté la marche des abords de la maison du seigneur de Gaure; car il prévoyait que si la foule des écoliers se portait chez lui, quelques malheurs pourraient en arriver, soit parce que de tous les capitouls il était le plus détesté, soit qu'il ne fût pas homme à laisser humilier son caractère de magistrat, et qu'il y aurait probablement lutte et sang versé. Outre ces deux craintes, une plus affreuse était venue au cœur de Bérenger. A supposer que les fenêtres et portes de la maison du capitoul restassent fermées et muettes comme le matin, n'y avait-il pas derrière ces murs une victime à qui la brutalité du seigneur de Gaure avait déjà fait payer l'injure qu'il avait reçue de Bérenger? Dans cette anxiété, Aimery suivait tristement la discordante bacchanale, moqué par ses amis, tiraillé pour rire, jetant au hasard un cri qui voulait affecter l'ivresse, frappant à peine du manche ferré de son poignard la large patène qu'il tenait à la main. Cependant le peu d'obstacle que rencontrait le charivari semblait promettre qu'il s'écoulerait paisiblement, comme toute passion et toute force que rien ne heurte, lorsque le nom oublié, le nom fatal du seigneur de Gaure, fut soudainement prononcé. Comme un éclair qui perce une large nuée qu'on pensait voir aller s'effacer à l'horizon et qui déclare l'orage, ce nom jaillit de la foule, et la réveilla dans sa torpeur. On eût dit, à ce nom, que tous ces corps, que toutes ces âmes d'écoliers fussent liées les unes aux autres par un fil unique, car ils frémirent tous d'une même colère et d'une même joie. Les premiers à qui ce souvenir était venu, arrêtés un moment pour le communiquer à leurs amis, virent ce projet courir et onduler jusqu'à l'extrémité de la foule; puis, un moment suspendu, revenir plus terrible; puis, gonflé de toutes les fureurs, il jeta cette masse en avant, fit déborder tous ses emportements, et tout ce torrent se précipita comme une lave vers la maison du seigneur de Gaure. A ce moment, voix et instruments n'eurent cela de discordant et inégal fracas que pouvait dominer çà et là un son plus bruyant et plus aigu : tous les instruments frappés à la fois, toutes les voix hurlant unanimement, tous sans relâche et avec furie, il en résulta un rugissement effroyable, soutenu, et qui ne cessa que lorsque les écoliers furent arrivés devant la porte de la maison du seigneur de Gaure.

Alors les insultes, les invectives, les quolibets, les grossièretés s'élancèrent de cette troupe de jeunes gens ivres; c'était à qui trouverait un mot de mépris ou un outrage qui pût aller droit à l'orgueil et aux affections du capitoul. Mais l'attaque était difficile; car le traiter de lâche, il n'y fallait point penser : sa large épée avait donné trop de démentis à cette injure; l'appeler avare : il avait enrichi Toulouse de ses dons; lui reprocher son insolence : il appelait sa noblesse; le nommer brutal et jaloux : oh! ceci était vrai et blessait à le blesser. On le fit donc; on cria, on le railla de la garde sauvage qu'il exerçait sur la belle Ermessinde. A ces cris, on eût dit que les pierres de cette maison s'animaient. Personne ne vit rien remuer, rien s'agiter; mais, comme par un instinct prodigieux, on sentait qu'on avait frappé juste. Enfin, on était sur la bonne voie; on avait touché le tigre, c'était bien; mais il ne remuait pas encore : il fallut continuer. Bérenger se sentit devenir pâle et froid; il écoutait toutes ces voix âcres et mordantes s'adresser au sire de Gaure; elles soufflaient sur ce volcan pour l'attiser; elles lui jetaient les plus irritantes railleries : mais le volcan se taisait encore, et il fallut encore que la foule s'ingéniât. Oh! malheureusement, la trace était bonne, et il arriva que, par une transition inévitable, la vocifération passa des sarcasmes sur sa conduite aux conséquences de cette conduite; et cette jeunesse irritée, oubliant que pour arriver au cœur du capitoul elle traversait inhumainement une âme triste et malheureuse, cette jeunesse promit au sire Pascal de Gaure, pour avenir de sa jalousie, la tromperie, la honte et l'insulte publique le montrant au doigt. A ces paroles, comme à un cri magique, la porte grinça sur ses gonds, le sire de Gaure parut; et Bérenger crut voir son épée teinte de sang. Ce n'était rien, rien qu'un reflet de sa pourpre qu'il venait de revêtir. Il était pâle, souriant, et il s'avança hardiment parmi les plus tumultueux. Cinq hommes de ses valets le suivaient, cinq hommes! l'histoire a gardé ce nombre, afin de prouver, comme dit la chronique, pour combien il se comptait, lui sixième, venant attaquer plusieurs centaines d'écoliers. A son aspect, une ironique salutation l'accueillit. Mais lui, résolu à être calme, ne redoutant ni une insulte contre paroles, ni de fer contre fer, s'arrêta dans le cercle que firent les écoliers autour de lui, et, dédaigneusement appuyé sur son épée, il leur dit :

— Par Dieu! Messieurs, c'est un bien grand ignorant, que le licencié de ce jour, s'il ne vous a pas appris que les ordonnances du roi Philippe défendent les charivaris.

— Excepté en trois cas, reprit malignement le bâtard de Penne : 1° le jour de la fête des ânes, sire Pascal.

— C'est juste, la fête des écoliers ne tombe pas le jour de la Pâque, que je sache. Quel est le second cas?

— Celui où un homme se laisse battre par sa femme, répliqua Robert de Foix.

— On dit que le sire capitoul bat la sienne, dit le bâtard de Penne, piqué d'avoir été vaincu dans sa première plaisanterie, et ce n'est pas un cas qui puisse le regarder; mais il y en a un troisième qui lui sied à ravir : c'est celui où un homme prend une femme qu'il épouse en secondes noces.

— Ce serait juste, si cela m'était arrivé, répondit dédaigneusement le seigneur de Gaure.

— Eh! s'écria imprudemment Pierre de Penne, cela t'arrive toutes les fois que tu rentres du chapitre, et que tu as

laissé ouverte une porte par où puisse passer une barrette d'écolier.

Cette parole rendit le visage du capitoul livide à faire croire qu'il allait se mourir; mais Aimery Bérenger, qui le suivait de l'œil, vit son regard se jeter à la fenêtre du matin. Ermessinde y était, Ermessinde, la vue attachée sur lui, Bérenger, qui ne l'avait pas aperçue. De là le regard féroce du capitoul, comme un limier lancé sur la voie, suivit le regard passionné de sa femme, et tomba droit sur le visage anéanti de Bérenger; et aussitôt, sans le perdre de l'œil, il s'écria, en s'élançant sur le bâtard de Penne, et en le saisissant à la gorge :

— Eh bien! tu me diras son nom, toi, car je le crois trop lâche pour parler lui-même.

A ce mouvement, Aimery ne pensa pas, comme tous les autres écoliers, à son camarade arrêté, à son ami presque étouffé par la main terrible du capitoul et menacé par son épée; il vit Ermessinde soupçonnée, perdue, brisée par cette main sanglante sous cette épée; et dans sa pensée prompte comme la foudre, il se dit résolûment : — Il vaut mieux que ce soit lui qui meure! Et, d'un coup de son poignard, il frappa le capitoul au visage et à l'œil, comme pour y tuer le regard qui venait de tout lui apprendre; mais le poignard glissa sur la joue, fendit la lèvre supérieure, brisa les dents, entra dans la gorge, et étendit le capitoul à terre sans mouvement ni signe de vie.

Après ce coup, Bérenger osa regarder à la fenêtre. Ermessinde y était, et elle regardait encore Bérenger. Oh! la malheureuse! à quoi pensait-elle? Cependant les écoliers s'arrêtèrent dans leurs cris; les serviteurs avaient disparu; le corps du capitoul restait là gisant; il n'y avait plus de résistance pour exciter la fureur de toutes ces âmes; il n'y avait plus qu'un meurtre accompli, sanglant, immérité : ils s'enfuirent tous; Bérenger emporté par ses amis malgré ses menaces et ses efforts; Pierre de Penne entraîné par la force : tous disparurent. Le corps du capitoul resta seul étendu par terre.

Dès que les écoliers furent écoulés, quelques bourgeois, comme des oiseaux après l'orage, se hasardèrent à tirer la tête hors de leur logis; ils virent leur magistrat étendu dans la rue, sa robe rouge luisant sur les cailloux de la Garonne, dont on avait coutume de semer les principales rues. Ils descendirent, coururent vers lui, et, malgré sa blessure, lui ayant fait prendre un peu de vin, le sire de Gaure se ranima. Avec ce peu de vie qui rentre doucement au cœur de celui qui a été frappé d'un complet évanouissement, revinrent à l'esprit du capitoul ses souvenirs, sa colère, ses soupçons; et lorsqu'il se vit dans la rue, entouré d'étrangers, puis de quelques tardifs serviteurs qui ne devaient venir que d'eux-mêmes, il se tint pour assuré du crime qu'on lui avait dénoncé, et, ne pouvant parler, il fit signe qu'on le portât dans sa maison. On le monta dans la vaste salle où il avait laissé Ermessinde; elle y était encore, mais sur son escabelle, les mains jointes sur son giron, l'œil fixe et sans expression. Son anéantissement étonna tous ceux qui le virent, sans que nul pût se l'expliquer.

Après qu'on eut suffisamment lavé son visage avec de l'eau, le sire de Gaure envoya quérir ses collègues, en écrivant leurs noms sur des tablettes de corne blanche, et resta seul avec Ermessinde. Le capitoul était sur une large chaise à bras, Ermessinde sur son escabeau; elle agitée, lui immobile; il la regarda longtemps, et, par une puissance d'attraction incompréhensible, mais incontestable, il ramena à lui le regard égaré et perdu d'Ermessinde, et l'enchaîna implacablement au sien. Ce fut alors une étrange lutte entre ces deux êtres silencieux, où l'œil parlait à l'œil, où le mari plongeait de toute la force de sa volonté dans l'âme de sa femme, qui se débattait vainement sous son regard, pénétrée jusque dans les plus secrets replis de son cœur. Un moment elle essaya de détourner sa vue de cette obsession acharnée; mais elle ne put y parvenir, et sembla s'y résigner tristement; puis elle y devint indifférente, et se laissa pour ainsi dire regarder complaisamment; puis elle sentit toute l'accusation qu'elle avait contre elle, toute la vengeance qu'elle aurait à subir, et alors elle se mit en courage de la dédaigner, puis de la braver, et pas une parole ne s'était prononcée de part ni d'autre, qu'elle se leva fièrement, et, résumant en un mot toute cette muette explication, elle dit au seigneur de Gaure :

— Eh bien! oui, je l'aime.

La même intelligence qui avait dicté cette parole à Ermessinde fit que Pascal l'entendit sans être surpris; mais une chose horrible à voir, fut ce qui se passa sur le visage pâle du capitoul. Selon sa coutume, l'expression de la rage qui lui brûlait le cœur voulut affecter un amer sourire; mais cette fois, dans son douloureux effort, la lèvre fendue se contracta inégalement, pendante et ensanglantée, et l'aspect en fut si hideux, qu'Ermessinde, qui en elle-même avait calculé et prévu toutes les chances de sa position, qui avait pensé aux violences les plus extrêmes, et, s'il le fallait, à la mort, se sentit soudainement saisie d'une terreur et d'un effroi si insurmontables, qu'elle tomba évanouie et épuisée aux pieds de son époux.

Au bruit que fit le seigneur de Gaure en frappant le plancher du pommeau de sa lourde épée, deux valets accoururent et emportèrent Ermessinde, et, bientôt après, les onze capitouls de la ville de Toulouse arrivèrent successivement, tous irrités, vieillards et jeunes hommes, tous jurant vengeance à Pascal ; tous, le heaume en tête, l'épée et le poignard au flanc, la guisarme sur l'épaule, s'enflammant mutuellement au récit de l'affront soufferl par toute la libre bourgeoisie de Toulouse en l'un de ses magistrats. A la tumultueuse exaspération qu'ils montrèrent d'abord, le seigneur de Gaure parut satisfait ; mais bientôt l'assemblée prit un caractère plus calme, et la délibération commença, tous les capitouls debout, le seigneur de Gaure assis. Ce qui arrive ordinairement dans toutes les discussions où l'on saute dès l'abord aux extrêmes d'une résolution advint dans celle-ci. On était venu avec des mots de vengeance, et l'on parla de justice ; on avait eu le projet de s'armer, et on discuta la forme d'une plainte au roi. A mesure que la colère des capitouls s'apaisait, celle du seigneur de Gaure redevenait plus furieuse ; aussi se leva-t-il soudainement au moment où les magistrats assemblés allaient prendre une décision, et tous les yeux se tournèrent vers lui. C'était une cruelle situation pour cet homme accoutumé à diriger de sa parole toutes les volontés de cette assemblée, que de la voir ainsi lui faillir dans sa cause personnelle, sans pouvoir ni la prier, ni la maudire, ni l'égarer. Cependant la passion qui était au cœur de Pascal était si violente qu'elle eut son éloquence muette, si puissante et si vraie qu'elle se fit encore entendre. Le capitoul, debout, l'œil en feu, les sourcils froncés, secoua lentement la tête ; puis dépouillant sa toge de pourpre, il la jeta à terre, puis la repoussa dédaigneusement du pied. Les capitouls, surpris, s'entre-regardèrent, et le seigneur de Gaure, saisissant alors sa large épée, la brandit fièrement à leurs yeux en appuyant sa main sur sa poitrine, comme cherchant son secours en lui seul.

— Eh bien! s'écria un capitoul jeune encore, que veux-tu de nous, Pascal?

Le sire de Gaure voulut murmurer un mot, mais il ne put pas, et le sang coula plus abondamment de sa blessure. L'essuyant alors avec sa main, il la tendit toute sanglante à ses confrères, avec le geste d'un mendiant qui demande l'aumône.

— Tu veux du sang? dit le capitoul.

Et la tête de l'offensé se baissa en signe d'assentiment; et le jeune magistrat, traduisant les projets du sire de Gaure, s'écria rapidement :

— Nous arrêterons les coupables, n'est-ce pas ? — Oui, répondit un signe de Pascal. — Et au lieu de les livrer à l'official ou à l'inquisition, tribunaux vendus à l'université, nous garderons le jugement de notre injure? — Oui, oui, dit le geste animé du sire de Gaure. — Et alors?... ajouta le jeune capitoul.

Le sire de Gaure l'arrêta à ce mot, comme gardant cette résolution pour lui; et se tournant vers ses collègues, il leur demanda si tel était leur avis; et tous, devinant que c'était le sien, jugèrent à propos que ce fût le leur.

— Qui se chargera de l'arrestation? demanda l'un d'eux.

— Moi! dit le geste de Pascal en les congédiant alors de la main. Il fit entrer, dès qu'ils furent sortis, le fameux Dolan-Belan, chirurgien de race juive, contrevenant ainsi aux bulles et mandements des évêques qui défendaient à tout chrétien d'avoir recours aux soins de ces mécréants, sous peine d'excommunication. Dolan-Belan, selon les principes enseignés au synode médical de Narbonne, cousit la blessure du sire de Gaure avec un fil de lin et une aiguille d'or, et l'ayant soigneusement enduite d'onguent, il se retira, laissant le capitoul à ses projets de vengeance.

Le soir de ce jour, à neuf heures de la nuit, deux cents hommes, conduits par le sire de Gaure et quelques capitouls qui s'étaient réconfortés à la clameur universelle de la ville de Toulouse contre les écoliers, attaquèrent la maison des cinq frères de Penne, qui avaient donné asile à Aimery et à leur frère Pierre le bâtard. Quelque grand que fût le crime de Bérenger, les étudiants nobles avaient une telle confiance en leurs privilèges et en la sauvegarde inviolable qu'ils tenaient de l'université, que les frères de Penne, ni Bérenger, n'avaient pas songé qu'ils pussent être inquiétés autrement que par l'official, dont la lente justice laissait toujours chance de fuir à l'accusé. Aussi furent-ils aisément surpris et arrêtés,

lorsqu'au milieu de la nuit ils entendirent briser les portes de leur demeure, et que les sergents de la garde des capitouls, la hache au poing, s'élancèrent dans la maison. Tous ceux qui s'y trouvaient, écoliers ou domestiques, furent immédiatement enchaînés, au nombre de trente, et conduits sous bonne escorte à l'hôtel de ville. Le seigneur de Gaure, dont une grande foule avait suivi la troupe armée, voulant que le peuple prît part, en quelque sorte, à cette expédition, abandonna la maison à la multitude, et le pillage en fut permis jusqu'au lever du soleil.

L'ivresse des écoliers qui avait produit tous ces malheurs n'avait duré que quelques heures, comme il arrive à des esprits jeunes et fougueux; mais celle qui s'empara des capitouls, après cet acte d'autorité, fut plus longue et plus terrible. S'abreuvant de l'orgueil de son triomphe sur l'université, secrètement entretenue par la vengeance du seigneur de Gaure, elle dura trois jours entiers, pendant lesquels des actes inouïs furent commis, des jugements sans exemple rendus et exécutés.

Ainsi, le lundi qui suivit ce jour de Pâques, l'official, ou tribunal de l'évêque, manda au chapitre de Toulouse, ou conseil des capitouls, d'avoir à lui remettre son prisonnier, qui devait être considéré comme clerc, et jugé conséquemment par la puissance ecclésiastique. Le chapitre était assemblé dans la grande salle de l'hôtel de ville, et à cette demande il ne répondit qu'en montrant à l'envoyé Aimery Bérenger, la tête entièrement rasée, et ne gardant ainsi aucune trace de sa cléricature; puis, sans attendre plus d'information, ordre donné de l'appliquer à une rude torture, ainsi que le bâtard de Penne. Certes, cette action fut toute de cruauté et de vengeance, car aucun des deux ne pensa à nier la part qu'il avait eue au crime. Puis le mardi, sans désemparer, le chapitre prononça son jugement, qui consistait à condamner Aimery Bérenger au plus infâme supplice, et le bâtard de Penne à une honteuse prison. A la nouvelle de l'arrêt, toute la ville s'émut, tant l'audace des capitouls lui semblait grande et la punition effroyable. Mais comme le condamné interjeta appel de la sentence du chapitre au parlement et au viguier de Toulouse, on supposa que le premier adoucirait la peine, ou que le second réclamerait le prisonnier comme noble et au-dessus de la juridiction consulaire. Mais les capitouls, appuyés des unanimes applaudissements des bourgeois pour la vigueur qu'ils montraient dans cette affaire, ne tinrent compte d'aucun de ces appels, et méprisant en un coup tous les privilèges des clercs et des nobles, ainsi que les lois de la hiérarchie et tous les sentiments de justice, ils ordonnèrent, pour le lendemain mercredi, l'exécution de l'arrêt qu'ils avaient rendu.

D'abord, dès le matin, toutes les avenues des écoles furent gardées par de nombreux arbalétriers et sergents, avec ordre de courre sus à tout écolier qui se montrerait dans les rues. Tous les bourgeois armés, sortirent de leurs maisons pour soutenir l'exécution du jugement et abaisser la superbe de l'université qui tant de fois les avait humiliés. Or donc, tandis que Bérenger subit son supplice, sans qu'aucun effort pût être tenté pour le délivrer, les hommes nobles s'y montrant indifférents parce que l'université leur pesait souvent à eux-mêmes, et les écoles bouillonnant dans leurs quartiers, mais retenues par leurs maîtres et régents, qui comprenaient que, dans l'état des esprits, la moindre tentative des écoliers serait le signal du massacre de tous; car il est remarquable que lorsqu'il arrive que l'inférieur peut atteindre son supérieur de sa vengeance, il le frappe, sans relâche ni mesure, comme l'enfant qui a peur de l'animal qu'il a vaincu. Or donc, Bérenger, abandonné de tous, sortit le matin de l'hôtel de ville. Il est inutile de raconter les détails de sa marche. Attaché à la queue d'un cheval, il traversa les principales rues de Toulouse et fut conduit vers la maison du seigneur de Gaure. Ce fut alors que le jeune étudiant sentit son cœur prêt à mourir; car il comprit qu'en cet endroit son supplice n'était plus pour lui seul, et que chaque torture qu'on allait lui infliger irait briser une autre vie et déchirer une autre âme. Il ne pouvait en douter; le seigneur de Gaure avait pris soin de lui doubler ses douleurs en lui disant qu'une autre les partagerait. Ce fut une bien douloureuse réflexion, une consultation bien effroyable qu'eut à faire en lui-même Bérenger, pour savoir de quel air il traverserait cette épreuve. Se montrera-t-il triste et désespéré d'avoir attiré cette infortune à Ermessinde? mais alors on le croira faible et lâche. Sera-t-il fier et dédaigneux? mais alors elle croira qu'il ne pense qu'à la vanité de sa mort; et en ce moment il eût voulu pouvoir rire à ses bourreaux et pleurer à sa jeune maîtresse.

On arriva cependant devant cette maison. Les portes en étaient ouvertes, et la fenêtre, cette fatale fenêtre, était tendue d'une serge rouge brodée d'or; deux sièges étaient placés sur le balcon qui s'ouvrait jusqu'au plancher. En face de cette maison était une estrade recouverte de même d'une serge; sur le haut de l'estrade un billot; à côté du billot un homme vêtu d'un justaucorps rouge, la tête couverte d'un capuce et appuyé sur une hache. Dès que Béranger fut arrivé, le seigneur de Gaure et Ermessinde prirent place, comme de nos jours on arrive à une loge d'Opéra pour voir exécuter un spectacle. Béranger regarda Ermessinde : il la vit calme et fière, son visage était serein, et son teint pur et animé; il se sentit calme et fier. Aussitôt, un capitoul élevant la voix lut le jugement qui condamnait Béranger à faire amende honorable au sire de Gaure pour le crime qu'il avait commis en le frappant. Immédiatement après, on le força à monter sur l'estrade, et on lui ordonna de se mettre à genoux; il obéit. Tout le temps qu'avait duré la lecture du jugement, son regard n'avait pas quitté Ermessinde, et Ermessinde n'avait pas cessé de le regarder. Pascal de Gaure, d'abord dédaigneux de courage, n'en put supporter la durée, et, saisissant violemment sa femme par le bras, il lui dit :

— Oh ! tu me braves!

— Seigneur mon époux, lui repartit Ermessinde d'une voix qui s'entendit clairement, vous m'avez amenée pour voir : je regarde.

— Vous avez raison, ce n'est pas fini, dit le capitoul.

Cependant Béranger était à genoux, et on lui ordonnait de réciter la formule d'amende honorable qu'il devait au magistrat. Il s'y refusait, et les archers qui le retenaient le frappaient du manche de leur arc à chaque refus. C'était une horrible lutte, pendant laquelle le sire de Gaure, à son tour, regardait sa femme, et voyait retentir chaque coup sur son visage, au léger tremblement de ses lèvres. Mais Béranger, trop éloigné pour saisir cette imperceptible apparence de ses atroces douleurs; voyant son visage toujours calme, s'animait lui-même à son supplice, voulant aussi paraître insensible à toute douleur qu'Ermessinde pourrait supporter. Cependant que les coups et les refus se pressaient, Ermessinde voulut lever sa main comme pour dire : Assez! le sire de Gaure la retint. Alors, ne pouvant ni s'écrier ni pleurer, tant sa douleur était forte, elle arracha son voile, et s'en essuyant le visage, elle enleva le fard dont son mari l'avait peinte, et se fit voir déjà flétrie aux regards de Béranger. A cet aspect, un froid mortel le glaça; il sentit toute sa douleur quand il vit qu'une autre en souffrait, et, prenant pitié d'elle, il abaissa son orgueil et fit signe qu'il allait parler; mais au lieu de réciter la formule qu'on lui prescrivait, il tendit vers le balcon ses mains déjà brisées de tant de tortures, et, s'appliquant un verset de la Bible, il s'écria douloureusement :

— Pardonnez-moi pardonnez-moi! car je ne savais ce que je faisais!

Le seigneur de Gaure comprit le double sens de cette excuse; mais les capitouls en furent satisfaits, et l'on procéda à la seconde partie de l'arrêt. Rien ne peut décrire la douleur de Béranger, qui sentait que cette âme qu'on associait à son supplice manquerait de force pour le supporter. Il leva les yeux sur Ermessinde, et lui adressant du regard les paroles qu'il disait au bourreau, il s'écria hautement :

— N'est-ce pas, ami, que cela ne fait point de mal, et qu'un poignet abattu par une hache fait moins souffrir que frappé par une main brutale?

Il vit alors la figure d'Ermessinde se contracter : ses dents étaient serrées, son œil fixe et ouvert, ses mains fermées; il devina qu'elle amassait toute sa force, comme un patient qui va subir une opération; et lui-même, portant sa main à sa bouche, comme pour y cueillir un baiser, salua Ermessinde, qui de même baissa la tête, mais convulsivement, comme si elle eût dit : J'ai compris. Puis il tendit au bourreau cette main qu'il avait portée à sa bouche, et tout aussitôt elle tomba à terre dans un plat d'argent. Béranger et Ermessinde restèrent immobiles, les yeux fixés l'un sur l'autre; celle-ci reproduisant de temps à autre le mouvement convulsif de sa tête, comme si elle lui eût dit : Oui, oui. Pendant ce temps, un des sergents prit le plat sur lequel était cette main, et entrant dans la maison du sire de Gaure, il alla lui remettre ce gage de sa vengeance. Le capitoul le considéra avec une joie silencieuse, et le montra du doigt à sa femme. Tous les assistants avaient les regards enchaînés à cette fenêtre, et la plupart trouvaient ce caprice du capitoul une brutalité indigne, de forcer sa femme d'assister à ce supplice, expliquant sa pâleur par son dégoût seulement; lorsqu'ils la virent tout à coup examiner cette main avec curiosité, puis la saisir, l'entr'ouvrir comme pour en arracher quelque chose, et porter ensuite à ses lèvres ce qu'elle en avait arraché. Ce geste fut d'un éclair; mais il avait suffi au dernier message d'amour de Béranger; car il venait de lui envoyer ainsi la pauvre feuille de rose qu'il en avait reçue trois jours avant.

La force de tous deux était au bout. Ermessinde tomba comme morte sur le plancher après avoir murmuré ces mots : Un jour viendra!... Elle ne put achever. Béranger, attaché sur une claie, fut traîné sans connaissance au château Narbonnais, où, selon les dernières dispositions de sa sentence, il eut la tête tranchée, après quoi sa tête et son corps furent pendus aux fourches patibulaires dudit château.

Trois ans se passèrent ensuite en procès, soit de l'université contre le chapitre, devant le pape Jean XXII, qui ordonna aux capitouls de réparer, par la pénitence, la cruauté qu'ils avaient commise, soit des parents et amis de Béranger contre la ville de Toulouse elle-même, devant le parlement de Paris, qui rendit un jugement qui fut exécuté au mois d'août 1335, comme nous allons le raconter, sous la commission du clerc Hugues Archiac, du chevalier Guillaume de Flotte et de maître Étienne d'Albret, professeur ès lois; ce, pendant trois jours consécutifs et correspondant aux trois jours qu'avait duré l'attentat des capitouls, c'est-à-dire pendant un lundi, un mardi et un mercredi.

Le premier jour, les trois commissaires se rendirent à l'hôtel de ville, où six capitouls les attendaient à l'entrée de la grande porte. Ils furent, par eux, introduits dans la cour principale, au milieu de laquelle était élevé un haut tribunal sur lequel les trois commissaires s'assirent, ayant les capitouls au-dessous d'eux, la tête découverte. Aussitôt après, ils firent lecture des lettres patentes du roi et du parlement; ensuite ils se rendirent ensemble à la consécration de la chapelle érigée en la mémoire d'Aimery Béranger, que les capitouls dotèrent de quarante livres tournois d'or de revenu. Ce fut en cette chapelle qu'ils acquittèrent l'amende de quatre mille livres tournois à laquelle la ville de Toulouse était condamnée envers l'université. C'est ainsi que se passa le premier jour.

Le mardi, les crieurs de funérailles parcoururent la ville de Toulouse, s'arrêtant dans toutes les rues et carrefours, et criant au peuple : « O vous tous habitants, tant hommes que femmes, priez Dieu pour le salut de l'âme d'Aimery Béranger que, contre droit et justice, vous avez martyrisé et décapité par le bourreau! » Après eux venait le héraut des commissaires qui faisait retentir la ville des sons lugubres de sa trompe, et qui enjoignait, au nom du roi, à tous les pères de famille de s'apprêter à suivre le convoi du noble Aimery Béranger, sous peine de confiscation de leurs biens. Pendant ces deux jours, l'hôtel de ville fut orné de signes de deuil : dans la grande cour fut élevé un autel où venaient prier successivement les plus riches bourgeois, et tout le pavé de toutes les salles fut couvert de draps pour ne point troubler le silence de cette pénitence.

Le mercredi, la pompe funèbre sortit de la maison commune. Les croix des paroisses et des couvents étaient portées en avant, et cent pauvres, vêtus de deuil aux frais de la ville, immédiatement, portant chacun une table où se trouvaient représentées les armes du noble Aimery Béranger; après eux venait une bière vide, sur laquelle était jeté un linceul dont quatre capitouls portaient les coins, la tête rasée et couverte de cendres. L'archevêque de Toulouse marchait après le cercueil; le reste des capitouls et tous les bourgeois de Toulouse le suivaient enfin deux à deux. Dans cet ordre, ils se rendirent aux écoles de droit, de grammaire et de théologie, sous la porte desquelles se tenaient debout les professeurs et écoliers de l'université, la barrette en tête; et là tout le convoi, à genoux et le front découvert, supplia par la bouche de l'archevêque les maîtres et les écoliers de l'université de vouloir bien pardonner au peuple toulousain, magistrats, nobles et bourgeois, de ce qu'il avait violé leurs privilèges, et traîtreusement assassiné un fils de l'université. Après avoir ainsi obtenu le pardon de toutes les écoles, le convoi, auquel se joignirent les maîtres et écoliers de l'université, se rendit processionnellement aux fourches patibulaires du château Narbonnais. Dès qu'ils furent à ce château, tous les assistants, de quelque qualité qu'ils fussent, se mirent à deux genoux sur la terre, priant avec de grandes lamentations; les capitouls s'avancèrent, et de leurs mains propres; ils détachèrent du gibet la tête et le corps de Béranger, et les déposèrent dans le cercueil. Aussitôt après, on retourna vers la ville et l'on s'avança vers l'église de la Daurade, où était préparé le tombeau de Béranger. Déjà le convoi en approchait, et le cercueil était arrivé devant la maison du sire de Gaure, lorsque la terrible fenêtre s'ouvrit tout à coup, et le sire Pascal y parut lui-même : il tenait dans ses bras un corps de femme, mais si pâle, si livide, qu'on eût pu dire un cadavre.

Le peuple s'arrêta, immobile et épouvanté; il se fit un moment de funeste silence; et l'on entendit la voix rauque du sire de Gaure s'écrier :

— Puisque le jour est arrivé, va leur porter ce qui leur manque!

Et le corps de la malheureuse Ermessinde vint tomber aux pieds des capitouls qui entouraient le cercueil de Bérenger. Elle rouvrit encore les yeux, porta la main sur sa poitrine, et, sous le vêtement de l'infortunée, on trouva une main de squelette pendue à son cou : c'était celle de Bérenger. On força la maison ; mais le sire de Gaure s'était enfui. Le bâtard de Penne demanda que le corps d'Ermessinde fût déposé dans la même tombe que celui de Bérenger. Ce qui fut accordé.

Après cette inhumation, et dans l'église même de la Daurade, la ville de Toulouse fut dégradée de son droit de cité, dans la personne de ses capitouls. Le bourreau leur arracha leurs robes de pourpre, qui furent brûlées à la porte de l'église et les cendres jetées au vent. Les commissaires remirent, au nom du roi, les clefs de la ville et la masse de justice au viguier de Toulouse, lui confiant ainsi la juridiction criminelle sur les bourgeois, et le soin de sa sûreté. L'événement qui rendit à Toulouse ses droits perdus et non moins curieux.

L'ÉCRIVAIN PUBLIC

Il faut bien le reconnaître, chaque jour notre vieux Paris s'en va, son originalité s'efface, son caractère disparaît ; bientôt il ne restera plus rien de cette cité si pittoresquement construite, plus rien de ses mœurs, si originalement tranchées. Voyez : ses rues s'alignent, ses boulevards s'aplanissent, ses faubourgs s'éclairent. Voyez : ses habitants, pairs et commis, notaires et confiseurs, portent le même frac et parlent la même langue. Hommes et maisons, tout se nivelle. Autrefois, avec des nobles féodaux, des seigneurs suzerains, des manants et des serfs, nous avions de hauts châteaux, de grands palais, des masures et des cloaques ; aujourd'hui, les tours et les priviléges gisent à côté les uns des autres, et les rues s'élargissent au profit du peuple qui s'élève, et aux dépens de vastes hôtels qui n'ont plus d'habitants à leur taille.

L'histoire d'une nation pourrait donc s'apprendre dans celle de ses habitations. Pourquoi non ? Je sais un peintre qui prétend qu'elle est toute écrite dans la collection de nos costumes ; et, sans aller si loin, je pourrais vous enseigner un coiffeur qui démontre parfaitement que politique, morale et philosophie, tout se trouve dans la forme de la perruque et dans le progrès de la coupe des cheveux. Était-ce parce que l'on portait des perruques à la Louis XIV que les campagnes de Turenne furent si patientes, si frisées ? ou bien est-ce parce que l'on faisait la guerre avec des quartiers d'hiver, des saluations et des préséances, qu'on portait de si pompeuses perruques? Qu'importe! Ce qu'il y a de sûr, c'est que l'une de ces choses est le reflet de l'autre ; et je ne suis pas éloigné de croire que la tactique de Turenne ne soit le reflet de sa perruque.

Croyez-vous aussi que la pensée de Racine n'ait pas été quelquefois gênée par le lourd attirail de faux cheveux? que, bien malgré lui, il n'ait pas fait quelquefois la même toilette à sa tête et à son style? et ne serons-nous pas forcés de reconnaître un jour que la sublime audace de Bossuet ne lui vint que de ce qu'un bon état lui défendait de porter perruque? Si cette vérité ne brille pas aussi prouvée aux yeux de tout le monde qu'à ceux de mon artiste, poursuivez la corrélation, et vous verrez que la perruque de Dorat a blanchi quelquefois la griffe noire et crochue de Voltaire; qu'elle a sali un peu le collet du président Montesquieu; et que Diderot a gardé sa couleur à lui, parmi tant de têtes poudrées, c'est qu'on sait bien que, lorsqu'il était en verve, il jetait sa perruque par-dessus les moulins, pour laisser fumer à l'aise son crâne brûlant, et bouillonner son génie.

Disons-le donc hardiment : habits et poésie, mœurs et maisons, constitutions et perruques, tout s'harmonise dans ce monde. Le Code civil a tué les substitutions et les fortunes héréditaires ; les fortunes héréditaires sont perdues, les palais sont devenus inutiles ; les palais étant inutiles, l'imagination de l'architecte et ses vastes conceptions du peintre se sont rapetissées au plan de nos mesquines demeures ; tout a suivi le mouvement descendant, et nous en sommes venus au plâtre pour les maisons, au portrait pour la peinture, et pour les belles-lettres au vaudeville.

Cependant, que ceci ne soit pas considéré comme une accusation contre notre marche sociale. Si nous sommes arrivés à ce point que les grands monuments du passé s'effacent, sans que rien encore les remplace suffisamment, c'est qu'on nous retient à grand'peine dans un temps de transition où les castes privilégiées ne sont plus rien, où le peuple est quelque chose. Et c'est une triviale vérité de tous les siècles, que rien de grand ne peut être engendré par ce qui est petit ; et c'est une vérité non moins triviale de nos jours, que le petit est le type de notre époque. Pouvoir et liberté, peuple et gouvernement ne sont ni hauts, ni forts aujourd'hui. Mais laissez croître le peuple et grandir la liberté, et sous d'autres formes, sous d'autres aspects, le grand, le sublime, reprendront leur empire et enfanteront des merveilles. Vienne une puissance, les arts se mettront à son niveau.

Pour nous, trop jeunes pour ce passé démoli, trop vieux peut-être pour cet avenir à construire, saisissons promptement les restes debout de nos vieux monuments pour en léguer au moins l'image à nos successeurs. Quelques-uns de nous, peintres par le crayon, parcourent la France gothique pour la dessiner avant qu'elle tombe tout à fait ; d'autres, à la parole colorée, rétablissent les somptuosités délabrées du grand siècle, et une recrudescence de l'école maniérée du dix-huitième siècle se fait vivement sentir dans nos arts de luxe et de domesticité, comme pour reconstruire quelques types de cette société frivole si rudement brisée par le contact immédiat de notre première révolution.

Ainsi, dans ce vaste Paris où la rue de Seine s'est glissée dans les jardins de l'hôtel de Nesle, où le canal de l'Ourcq s'est logé dans les fossés de la Bastille, où les arcades de la rue Castiglione se sont établies dans les cloîtres des Feuillants, et où la rue Louis-Philippe menace Saint-Germain-l'Auxerrois, il reste encore de robustes monuments qui ont résisté, hommes et pierres, au torrent révolutionnaire. Le Palais-de-Justice est à coup sûr le plus enraciné de ces monuments : sous son vaste toit, la toge, la robe, la morgue, l'astuce et le bonnet sont virginalement restés au barreau et à la magistrature ; et sous ses flancs, attaché comme une huître à son rocher, a vécu, dans sa misère originelle et dans son échoppe vitrée, l'écrivain public, mon héros.

Or, pour que je vous explique comment je découvris ce précieux débris d'un siècle effacé, il faut me permettre de retourner de quelques années en arrière du moment où j'écris. A cette époque, je voyais assidûment, je voyais tous les jours, et quelquefois plus souvent, une personne à laquelle je portais le plus vif intérêt. Soit curiosité personnelle, soit désir de répondre péremptoirement et juridiquement aux épigrammes de quelques amis, soit enfin envie de m'assurer de la véracité de ladite personne, je me résolus à me procurer son acte de naissance. Pour ce faire, je me rendis dans la cour de la Sainte-Chapelle; et là, sous l'arcade qui la sépare de la cour grillée du Palais-de-Justice, je trouvai un bureau où sont rangés par ordre les registres gardiens du secret de toutes les femmes. C'est une espèce d'antre grillé, à fenêtres basses et coupées verticalement de barreaux de fer, le jour y est pauvre et honteux : on dirait un mont-de-piété. J'entre, j'expose ma demande, je donne les nom, prénoms et titres de la personne, et désigne une période de quinze ans pour faire la recherche en question. Il n'y avait pas moins de différence entre la date supposée par mes bons amis et celle avouée par la personne. Le commis chargé de cette vérification me regarda comme ferait un apothicaire à qui vous demanderiez du poivre, ou bien comme fit le coiffeur dont je vous ai parlé, un jour que je le priai de me faire la barbe ; le commis donc me fit répéter ma proposition, me rit au nez et me tourna le dos sans répondre. Il y avait tant de mépris dans cette façon d'agir, que je n'osai me fâcher; car il me sembla que j'avais dû commettre ou dire une de ces balourdises qui font prendre un homme pour un niais ou pour un fou. Je ne savais comment recommencer ma proposition, lorsque celui qui paraissait le chef de ce bouge s'approcha de moi, s'informa de ce que je voulais, et m'écouta avec ce sourire d'indulgence qu'un garçon épicier accorde à un provincial qui s'informe, au coin de la rue Saint-Antoine, où est situé le Palais-Royal.

— Si tous ceux qui viennent ici, me dit-il avec une douce gravité et en essuyant lentement ses lunettes, n'avaient de meilleurs renseignements que vous, il nous faudrait une journée pour chaque extrait. Nous ne pouvons faire cette recherche, mais vous êtes libre de la faire vous-même.

Comme je répondis que je me croyais très-peu habile à parcourir des registres, il ajouta amicalement :

— Eh bien, vous pouvez vous épargner cet ennui pour quelque argent.

— Je suis tout prêt, m'écriai-je rapidement, en tirant ma bourse, et en croyant que c'était un moyen de réparer ma première maladresse.

Mais je fus encore bien plus interdit que je ne l'avais été, lorsque ce monsieur, ce chef, ce premier commis enfin, m'arrêtant soudainement et me montrant la porte du doigt, me dit avec fermeté :

— Sortez, Monsieur.

Je demeurai anéanti.

— Oui, reprit-il avec une bonté paternelle; sortez, prenez à droite, et, à deux pas d'ici, vous trouverez deux ou trois bureaux d'écrivains publics, et l'un de ces messieurs se chargera de votre affaire. Ils ont cette habitude, et nous leur confions nos registres qu'ils explorent ici et sous mes regards.

Aussitôt le chef me salua d'un geste de la main en me montrant de nouveau la porte et en me disant :

— A droite, Monsieur, à droite.

J'obéis à l'injonction et je sortis. A droite, en effet, je vis accrochés aux murs du Palais deux ou trois auvents fermés par un vitrage. Celui dans lequel j'entrai avait une longueur de six pieds au plus sur quatre de large. Une table, ou plutôt une planche, régnait le long du vitrage et supportait deux vastes écritoires. Un rideau d'un calicot granité d'encre voilait aux passants les mystères de cet asile. Au fond, sur un fauteuil garni d'un cuir jadis vert et entier, était assis un homme, les deux pieds appuyés sur une chaufferette, dont la cendre, humectée des larmes d'un hareng cuit à propos, répandait une odeur insupportable. Le maître de la maison, en me voyant entrer, s'empressa de me pousser une chaise de paille, sœur femelle du fauteuil, et demanda le sujet de ma visite.

On ne peut s'imaginer un homme plus poli; il me comprit tout de suite et ne me rit point à la figure. Il écrivit sous ma dictée les indications qui devaient le guider dans ses recherches, et il profitai de ce moment pour l'observer.

C'était, il faut le dire, un écrivain public primitif; non pas l'écrivain public de nos boulevards, dont le magasin rivalise d'annonces avec la porte cochère de la maison Ladvocat, cet écrivain public du mouvement, qui s'imagine être à la hauteur de son siècle parce qu'il a imprimé sur sa porte : *Ici on écrit soi-même* : admirable attestation de la façon dont on s'occupe aujourd'hui de son emploi; révélation profonde qui doit faire réfléchir le philosophe sur la manière dont les ministres gouvernent, dont les notaires et les agents de change remplissent leur charge et nos députés leurs mandats, dans un siècle où l'on entre chez un écrivain public pour écrire soi-même.

Ce n'était pas non plus un de ces calligraphes du Palais-Royal, peintres à la plume, qui dessinent un tableau lubrique avec l'histoire de Napoléon écrite en texte microscopique; qui renferment une tirade de Bossuet ou une satire de Boileau dans un cœur enflammé percé d'une flèche, et qui réduiraient une protestation d'indépendance, si longue qu'elle fût, à entrer dans l'image d'une pièce de cent sous, pile ou face.

C'était encore moins un de ces prétentieux écrivains rédacteurs qui font des traductions, et qui mettent hautement sur leurs vitres : *English spoken hire*, avec un *i*, preuve qu'ils parlent l'anglais.

C'était, oui vraiment, c'était un naïf écrivain public, copiste lisible, sachant l'orthographe du français seulement, passablement instruit de la largeur de marge qu'exige un placet ou une pétition, très-savant sur la manière de placer le *Monseigneur* en vedette, ni trop haut, ni trop bas, ni trop à droite, ni trop à gauche, et qui, une fois averti de votre état et de celui de la personne à qui vous écrivez, vous tire d'embarras sur le protocole à employer; connaissant dans toute leur délicatesse les diverses manières d'exploiter le respect, la considération, le dévouement, la reconnaissance et tous les sentiments dont on fait usage à mi-ligne et au bas d'une lettre : innocents mensonge d'où vient ce dicton « qu'il n'y a que les sots qui prennent tout ce qu'on leur dit au pied de la lettre. »

Mais ce ne fut que longtemps après que je découvris ces précieuses qualités dans mon héros. Ce que je remarquai d'abord fut sa personne physique. M. Fabry portait soixante ans. Son visage avait quelque chose de grave et de comique : il avait le menton rentré, la bouche mince et railleuse; son nez pointu fuyait en arrière; après son nez fuyait son front, et après son front ses cheveux, ramassés dans une queue médiocre en force et en longueur; ses yeux, relevés à leur extrémité, descendaient hardiment vers son nez; et ses oreilles, d'une petitesse et d'une grâce remarquables, saillaient en rouge sur ses joues pâles et sa chevelure blanche.

Il avait des bas de laine noirs et des souliers à boucles. Que ces boucles, avant d'arriver à ses souliers, eussent sanglé un mulet ou un ignorantin, peu importe : le fait est qu'il avait des souliers à boucles. Sa culotte avait été pantalon; mais une main amie, la sienne sans doute, avait adroitement coupé le vêtement moderne à la hauteur de la jarretière; elle l'avait discrètement ouvert de chaque côté extérieur du genou, et là

une innocente supercherie, avait attaché deux rubans de fil, teints à coup sûr dans l'encre de l'écritoire : ces rubans, noués en rosette, ne remplaçaient pas certainement la boucle antique, la boucle de nos pères; mais à l'impossible nul n'est tenu, et enfin, tant bien que mal, la culotte y était. Culte honorable, mais incomplet; simulacre saint, mais tronqué, des vieux jours; quasi-légitimité de la culotte, je te respecte!

Le gilet... Où était le gilet? Y avait-il gilet? Voilà la question importante et insoluble, une question à embarrasser Hamlet. Eh bien! je réponds, moi, que le gilet n'y était pas. Est-ce donc que j'ai vu son absence? est-ce donc que M. Fabry m'ait confié cet interstice de sa parure? Non, certes; mais quelle autre raison que l'absence du gilet eût pu lui faire supporter l'habit croisé à double rang de boutons? Guenilles pour guenilles, s'il avait eu le moindre gilet, n'eût-il pas préféré quelque dépouille noire, gothique, usée, taillée au frac du dix-septième siècle, avec le collet droit et la poche sur les hanches, ouverte et se dandinant à la suite de son corps comme un gouvernail à l'arrière d'une felouque, à cet habit exactement boutonné jusqu'au menton, collé à la poitrine, collé aux reins, collé partout? Sur l'honneur, le gilet devait manquer.

A l'aspect de tant de misère, j'allais jeter à cet homme quelque misérable pièce de trente sous, avec un ordre et un ton rogue et ministériel, mais un incident m'arrêta : je vis qu'il avait les mains propres et une cravate blanche; je devinai l'ange déchu. Je lui demandai poliment ce que me coûterait son travail; il me répondit que les frais à payer au bureau de l'état civil se monteraient à quarante-cinq sous. Je lui mis un louis sur sa planche; M. Fabry rougit jusqu'au blanc des yeux; il le prit, le retourna longtemps, voulut se donner l'air de chercher la clef d'un tiroir qui s'ouvrit pendant qu'il faisait semblant de vouloir le forcer, et finit par me dire avec un embarras qui me fit mal :

— J'ai oublié ma monnaie, et je vais...

— Non, lui dis-je, je désire savoir si vous êtes suffisamment payé.

Il faillit à me regarder d'un air aussi stupéfait que le petit employé de l'état civil, et je sortis en lui disant que je viendrais chercher ce que je lui avais demandé dans quelques heures.

En sortant, je vis mon commis bienveillant, le grand commis, le chef enfin, les lunettes relevées sur le front, la plume sur l'oreille, et causant tout haut avec une plaisante de dix-sept ans qu'il tutoyait. Il me reconnut et me dit en passant :

— Ah! vous sortez de chez M. Fabry; vous n'avez pas trop bien choisi; c'est un honnête homme, mais il a la vue courte et l'haleine longue...

Il se prit à rire; je le regardai d'un air bête.

— Je veux dire qu'il boit quelquefois, reprit-il; mais j'aurai l'œil à votre affaire.

Et de la main il me salua avec la même supériorité, quoiqu'il ne fût plus dans son bureau; mais je remarquai qu'entre lui et son domaine il n'y avait pas la longueur d'une canne, et je compris l'étendue de son assurance.

J'avais promis de revenir dans deux ou trois heures; il y en avait plus de six de passées lorsque je retournai chez M. Fabry. J'avais rencontré quelques amis, l'épigramme au vent, tout prêts à me saluer d'un chiffre solennel, me persécutant de leurs calculs, ameutant sous mes pas les incroyables de l'empire et les farauds du directoire, qui prétendaient se souvenir de quelque chose comme ça, d'une personne qui commençait de leur temps; puis, je l'avais revue belle, fière, dédaigneuse, parlant d'hier tout au plus, et j'étais tombé dans une disposition narcotique, dans une envie de doute que j'avais eu autant de la peine à soutenir. Cependant j'y avais réussi, et j'étais retourné chez M. Fabry.

J'entre. Il n'avait plus sa tenue froide et résignée; ses jambes n'étaient plus ramassées sur sa chaufferette; il occupait, lui tout seul, les deux sièges : les pieds sur sa chaise, le reste sur son fauteuil. Son œil, d'abord modestement baissé, flambait d'une expression de triomphe et de jubilation; son oreille ne se détachait plus seule, rouge et pourpre, sur la pâleur de son visage : son nez rivalisait d'enluminure avec elle, et un sourire de douce béatitude épanouissait sa lèvre légèrement pendante.

Sur la planche-table qui était près de lui, je vis un papier timbré. Je devinai que mon bonheur, mon orgueil, mon triomphe étaient écrits sur cette feuille de vingt-cinq sous. Je voulus m'en emparer, mais mon héros y posa fièrement sa main restée blanche et distinguée, et me dit avec solennité :

— A quel usage destinez-vous l'acte que vous m'avez fait extraire, jeune homme?

— Que vous importe! lui répondis-je, fort étonné de sa question et du ton qu'il y mettait; n'êtes-vous pas payé?

— C'est parce que je le suis, et trop bien, et plus que mon travail ne le mérite, que je m'enquiers de ce que vous voulez faire de ce papier. Un louis pour un acte de naissance ! ! Ou vous héritez de la dame en question, ou vous avez de mauvais desseins : il n'y a que l'une de ces deux suppositions qui explique votre louis, et, comme vous n'êtes pas en deuil, la seconde reste la seule présumable ; la mauvaise action demeure prouvée. On ne paye pas si cher pour une œuvre de justice ou un renseignement légal.

L'allocution me parut tout au moins inconvenante, et je répliquai sèchement que je ne pensais pas avoir à rendre compte de mes actions à un écrivain public ; j'ajoutai à ce mot le sourire le plus méprisant que je pus, et j'allongeai la main pour saisir mon arrêt ; mais le digne M. Fabry m'arrêta.

— Un écrivain public ! répéta-t-il en secouant la tête pensivement, un écrivain public ! vous croyez, en disant ce mot, avoir formulé une injure bien accablante contre un vieillard qui vit au tremblement de votre main que cet acte est pour vous d'un intérêt que vous rougiriez d'avouer.

Je rougis en effet. Il arrêta les yeux sur moi, et me dit sérieusement :

— Je ne veux pas savoir ce que vous voulez faire de ce papier, mais si votre intention n'est pas bonne, attendez demain ; faites faire ce travail par un autre, je vous en prie ; pour le repos de quelques jours qui me restent à vivre, que ma main ne soit pas encore l'instrument aveugle de quelque vengeance.

Je le rassurai sur cette crainte, et, poussé par une curiosité qu'on s'explique aisément, je lui demandai s'il avait eu à se repentir de quelque action coupable, et quelle avait été sa vie.

A ce moment, mon héros prit un air triste et sardonique à la fois.

— Ma vie, dit-il, elle s'est toute passée dans cette coque de bois et de verre ; j'y suis depuis que je sais tenir une plume et faire de jambages. Et pourtant ici, dans cet espace de six pieds, il s'est concentré plus de souvenirs des intérêts qui ont agité la France que dans la mémoire du premier acteur de votre drame politique ; plus de science du cœur de l'homme que dans l'esprit de l'observateur le plus assidu aux scènes du monde. Le prêtre catholique, qui reçoit la confession des plus grandes fautes et des plus intimes pensées, n'a jamais entendu la moitié des secrets qui ont été dits dans cet étroit réduit. Des ridicules de tous les étages y ont posé bien souvent, et le crime s'y est assis quelquefois.

Mon écrivain s'était animé ; il se taisait, mais je pouvais voir sur son visage mobile, et qui changeait d'expression à chaque minute, que mille souvenirs revenaient à lui et passaient successivement dans son esprit ; il souriait aux uns, et secouait lentement la tête à quelques autres.

— Pauvre jeune homme ! dit-il en se parlant à lui-même ; il était là, devant ma porte, tremblant de joie et d'amour, tandis qu'une femme, jeune et belle comme il convenait pour être aimée désirée, entrait furtivement chez moi. Il était là à quelques pas, et la jeune fille me dicta ces quatre mots : « Ce soir, à minuit, allée de Berry... » Oh ! je me hâtai d'écrire cette ligne si douce ; je me mis de moitié dans le bonheur de la jeune fille qui avait enfin eu le courage de triompher d'elle-même, de moitié dans celui de son amant, et je la regardai sortir et remettre furtivement au jeune homme ce billet si éloquent. Ils s'échappèrent chacun de son côté.

— Eh bien ! qu'arriva-t-il ? dis-je à M. Fabry ; car il s'était arrêté.

— Il arriva, me répondit-il en levant hautement la tête, que le lendemain, dans l'allée de Berry, le jeune homme fut retrouvé assassiné et volé ; il arriva que j'avais servi d'instrument à un guet-apens et à un meurtre.

— C'est affreux ! lui dis-je.

— Oui, répondit-il, bien affreux ; mais cette affaire est une exception, un malheur : c'est le côté tragique de notre état ; car cette échoppe, c'est le drame romantique tout entier, le grotesque y prend aussi sa place, il y vient, à chaque changement de ministère, avec un solliciteur qui depuis vingt ans demande le même emploi avec la même pétition, le même dévouement et la même fidélité. N'ai-je pas copié toute la *Nouvelle Héloïse* plus de vingt fois, au profit des grisettes de la rue Saint-Denis, qui écrivent à des marchands de bœufs ? et n'ai-je pas plus d'une danseuse de Franconi une baronne allemande, avec les *Liaisons dangereuses* habilement arrangées ?

J'écoutais avec surprise, et M. Fabry me paraissait ravi de l'effet qu'il produisait sur moi.

— Et ne croyez pas, ajouta-t-il, que toute la tâche d'un écrivain public soit bornée à cette copie littérale et prosaïque

d'une correspondance amoureuse : la partie poétique est immense. Je ne sais si vous faites des vers : eh bien ! je vous donne en cent à deviner le mécanisme ingénieux de mon fameux couplet. Mes confrères en ont deux ou trois cents : moi, je n'en ai qu'un, et celui-là suffit à tout. Comme la canne-parapluie, comme la montre-tabatière, comme le couteau-scie-fourchette-cuiller-canif-tire-bouchon-greffe-sécateur, etc., mon couplet a mille usages cachés, inattendus : il est domestique, il est politique ; il sert aux pères, mères, sœurs et belles-sœurs ; il accepte le tutoiement, il est tendre, il est respectueux ; il est particulier, il est collectif ; enfin c'est le couplet universel, et cela à l'aide d'une pièce de rechange qui s'adapte au premier vers.

Voici ce couplet. Exemple : un enfant apporte à son père une page d'écriture, et il dit :

> Ah ! de votre fils en ce jour
> Acceptez le sincère hommage,
> Et ne jugez pas son amour
> Sur la faiblesse de l'ouvrage.

Est-ce une jeune personne avec une tapisserie au petit point ? Changez et dites :

> Ah ! de votre fille en ce jour.

Est-ce un gendre ?

> Ah ! de votre gendre en ce jour.

Est-ce un frère ?

> Ah ! de votre frère en ce jour.

Est-ce une famille ?

> Ah ! de vos enfants en ce jour.

Et les pluriels suivent parfaitement.
Est-ce un roi qui passe sous un arc de triomphe en feuillage ?

> Ah ! de vos sujets en ce jour.

Vous vous irritez de *sujets* depuis la révolution de 1830, je rentre dans le système du gouvernement paternel, et je dis :

> Ah ! de vos enfants en ce jour.

Ou bien :

> Des bons citoyens en ce jour.

Une fois c'était :

> Ah ! des bons chrétiens en ce jour.

Et j'ai mis souvent :

> Des républicains en ce jour.

Et puis pour la province :

> Des Orléanais en ce jour.
> Des braves Nantais en ce jour.
> Ah ! des Bordelais en ce jour.
> Ah ! des Toulousains en ce jour.
> Des bons Marseillais en ce jour.
> Etc., etc., etc.

La seule ville qui ait résisté à mon couplet, c'est Saint-Jean-Pied-de-Port ; mais Napoléon n'a pas toujours vaincu, et mon couplet n'est pas plus vaste que son génie.

J'écoutais et je commençais à douter que toute la littérature ne fût pas renfermée dans le couplet de M. Fabry ; il me considérait en riant, et m'acceptait de son incontestable supériorité. Je craignis un moment qu'il ne s'arrêtât, mais mon louis avait fermenté, et il reprit avec plus de calme :

— Êtes-vous aspirant politique ? un de ces hommes qui, sans revenus ni contributions, veulent savoir comment se meuvent les hautes puissances électives ? venez ici. Je vous dirai comment se font les dénonciations sur toutes les échelles. J'ai dénoncé, pour ma part, en 1815, onze directeurs des contributions directes, vingt de l'enregistrement, soixante receveurs généraux, deux cents receveurs particuliers, seize procureurs généraux, trois cents procureurs du roi, deux mille contrôleurs de tous fiscs, treize capitaines de gendarmerie, deux cent un juges de paix, cent trente vérificateurs de l'enregistrement, onze mille percepteurs, gardes champêtres et maîtres d'écoles, soixante mille employés sans titre et deux mille vieux officiers. J'ai désorganisé les finances et la justice, j'ai tué le cadastre et décimé l'armée.

Je ne sais, mais je devenais stupéfait, je frémissais d'en entendre davantage ; il recommença sa période, et ajouta :

— Et tout cela signé avec des noms et des adresses au bas de chaque dénonciation.

— Des noms ! m'écriai-je.

— Oui, reprit-il, des noms dont seul je me souviens peut-être, mais que je garderai dans ce crypte pour me consoler du mépris des hommes en les méprisant davantage. Ecoutez, jeune homme, une fois j'ai copié les mémoires d'un de vos hommes politiques les plus élevés, d'un homme de l'empire. Oh! que de grandes lâchetés, que de petites infamies mises à jour! que de trahisons, de turpitudes! que d'habits retournés! que de mensonges découverts! Je copiais avec délices. On imprima. Je cours chez le libraire, j'achète, je lis. O métamorphose inouïe! le noir devenu blanc; le vice, vertu ; la bassesse, héroïsme. Je ne voulus pas le croire; je revins au titre, c'était bien le même. Mais pendant que le livre s'imprimait, chacun avait acheté au libraire, à l'imprimeur, à je ne sais qui, la page qui le nommait, et alors l'un avait prié, l'autre menacé; celui-là avait envoyé sa sœur, un autre sa femme; il y en a qui ont livré leur fille : les amis avaient couru, l'or avait coulé, les promesses avaient été signées, et chacun était resté avec son habit de parade, tout entier, bien fermé sur sa vie, bien croisé sur sa honte! Misérable habit que j'avais déchiré du bec de ma plume pour montrer à nu les hideuses plaies de nos grands hommes. Je sais tout cela, je sais les noms, les dates, les heures, je n'en ai tremble pas encore sous le poids de ma plume. Oh! si je voulais!..

Il avait à ce moment l'œil enflammé, son visage rayonnait d'une superbe colère. Cependant il se calma tout à coup et se prit à rire ingénument en me regardant.

— Tout cela n'est-il pas bien poétique, me dit-il, pour un homme qui tient les comptes de cuisinières et qui a copié les tragédies de l'empire! Oh! les malheureuses cuisinières! oh! les misérables tragiques! hémistiches et légumes, tirades et chapons, ils volaient à qui mieux mieux. Que le public leur pardonne et leurs maîtres aussi, quant à moi, je n'en ai pas le courage. Il y en a un surtout qui aimait son œuvre d'un amour de menuisier; car il le rabotait sans cesse, et à chaque coup de rabot, si petit qu'il fût, il lui fallait une nouvelle copie pleine et entière de son œuvre. Il s'est ruiné à ce métier, et comme il est aussi gueux que moi, je vais le voir quelquefois. Hier je lui ai visite; je le trouvai devant sa table, et lui demandai ce qu'il y avait fait.

« Hélas! je copie ce pauvre *Xerxès*, répondit-il.

— Vous l'avez donc retouché?

— Mon Dieu, oui, ajouta-t-il; dans le second acte, à la troisième scène, au lieu de ce vers :

Approchez-vous, seigneur, et daignez m'écouter...

j'ai mis :

Seigneur, approchez-vous, car il faut m'écouter...

le *car* est un petit sacrifice que j'ai cru devoir faire à l'école moderne. »

Et comme je riais, M. Fabry se mit à hocher la tête :

— Vous trouvez cela plaisant? me dit-il; que vous semblerait-il donc d'un homme qui me donne à copier tous les matins la carte de son dîner de la veille, sur beau papier vélin, et qui, tous les ans, les fait relier par Thouvenin?

— Il me semble qu'il ferait mieux de vous donner le dîner, lui répondis-je assez niaisement.

M. Fabry me regarda d'un air grave et triste, et pliant soigneusement mon papier que j'attendais depuis longtemps, il me le tendit sans mot dire. Je compris que je l'avais insulté, et je me sentis honteux d'avoir blessé ce vieillard de sa misère.

— Pardon, lui dis-je; cette sotte plaisanterie ne s'adressait qu'à la lourde gastronomie de votre client. Croyez que je respecte votre position, quoique, à vrai dire, je ne la comprenne guère, d'après toutes les ressources que, selon vos aveux, possède un écrivain public.

— Elles sont bien maigres en résultat, me répondit-il. Cependant il y en a une qui vaut à elle seule toutes celles dont je vous ai parlé; mais que Dieu me préserve d'y recourir, et puisse ma main se dessécher avant d'en faire usage! Avec celle-là, rien ne manque à l'écrivain qui veut prêter sa plume à la lâcheté et au crime. Une ligne se paye avec de l'or; chaque mot vaut plus que le travail d'une semaine.

— Qu'est-ce donc? demandai-je à M. Fabry.

— C'est la lettre anonyme, répondit-il.

— La lettre anonyme! m'écriai-je; quoi! un homme ose donc confier à un autre qu'à lui cette tâche d'infamie!

— Oui, me répondit mon écrivain, oui : c'est le plus souvent par la main de mes confrères que sont lancés tous ces traits empoisonnés qui enveniment la société. Jeune homme, jeune homme, prenez-y garde! si vous êtes marié et que votre femme vous accueille d'un air triste et glacé, si votre ami vous boude, si votre père est silencieux avec vous, n'accusez ni eux ni vous : il y a une lettre anonyme. Oh! les larmes et le sang qu'a fait verser cette détestable délation sont au delà de ce que vous pouvez imaginer. Que de combats entre amis, de séparation d'époux, de mariages brisés, de fiancés désunis pour un mot non signé! Si jamais il vous arrive une lettre sans signature, ne la lisez pas. D'abord, vous n'y voudrez pas croire; votre loyauté se supposera ca-

pable de mépriser des avis clandestins; vous vous supposerez fort contre de telles atteintes; mais à votre insu le coup aura porté, il aura déposé un germe fatal dans votre âme : le germe s'y développera, et, maîtresse ou ami, vous abandonnerez bientôt celui qu'on vous aura dénoncé.

— Oh! lui dis-je, il n'y a qu'un homme sans courage qui puisse se laisser influencer par de si viles manœuvres.

— Écoutez donc mon récit, reprit M. Fabry, et fuyez cet horrible piége, car on ne peut prévoir où il peut nous faire tomber, même lorsqu'il n'est qu'un jeu de la part de ceux qui le tendent.

« Il y a quelques années, c'était en 1820, le jeune Juan de V... avait épousé mademoiselle Lise d'Ar... Quoique d'un caractère différent, ils s'aimaient d'une tendresse vive et se rendaient mutuellement heureux. Le caractère sérieux et ferme de Juan imposait à l'ardente résolution et à la promptitude de Lise; quelquefois même M. d'Ar... reprochait à son gendre de préférer l'ennui de ses devoirs d'avocat aux plaisirs du monde. Un jour, c'était un mardi de carnaval, M. d'Ar... avait voulu retenir Juan, qui devait aller plaider à Senlis, et l'avait vivement pressé de conduire sa femme au bal masqué. Juan, sans dire que le bal lui déplaisait, avait objecté la nécessité de son absence et était parti, laissant M. d'Ar... trèspiqué de sa persévérance. Dans son dépit, celui-ci engage sa fille à l'accompagner au bal, et trouve chez elle une résistance non moins forte, mais fondée sur la crainte de déplaire à son mari.

« Battu des deux côtés, M. d'Ar... trouva qu'il serait plaisant de faire venir les époux au bal malgré eux, et chacun de son côté. En conséquence, à peine sorti de chez sa fille, il lui fait écrire et lui envoie une lettre anonyme, lui annonçant que le départ de son époux n'est qu'une ruse, et qu'il doit se rendre masqué à un rendez-vous au bal de l'Opéra, où il doit rencontrer un domino noir portant des bracelets de ruban bleu. Trop sûr du caractère jaloux et irréfléchi de sa fille, il laisse passer la journée sans la revoir, pour donner à son cœur le temps de s'exalter dans le faux avis qu'il a reçu; puis il expédie un homme à cheval jusqu'à Senlis, et une lettre, non signée de même, apprend à Juan que si sa femme ne s'est pas montrée plus soucieuse d'aller au bal avec lui, c'est qu'elle préférait s'y trouver avec un autre. Ces deux lettres parties, il se prépare à bien tourmenter les deux malheureux époux, certain de les avoir réconciliés au premier mot.

« La nuit vient, et, comme l'avait prévu M. d'Ar.., Lise court à l'Opéra. Elle tremblait dans ce tourbillon noir et bruyant, et rougissait sous son masque impénétrable. Elle était si confuse et si épouvantée de cette espèce de bacchanale inconnue, qu'elle en avait oublié sa douleur et sa jalousie, lorsque tout à coup un homme masqué passe près d'elle : c'est la taille, c'est la tournure de Juan; elle le vit ainsi, du moins. Elle se jette à son bras en lui disant :

« — C'est toi, Juan?

« — C'est moi, répond le masque.

« Ce mot la rappela au motif qui l'avait amenée. Elle comprend que son mari a cru reconnaître celle qui l'attendait aux rubans qu'elle avait attachés à son bras. Pour mieux s'assurer de sa perfidie, pour mieux savoir jusqu'où elle peut aller, elle continue à contrefaire sa voix.

« Le masque, habile à profiter du trouble de Lise, dont il devine la beauté, et surtout la distinction, à la délicatesse de ses pieds, à la grâce de ses mains, l'accable de ces galanteries hardies qu'autorise l'incognito. Lise, qui n'a dans le cœur d'autre indignation que celle de la jalousie, loin de réprimer les propos légers qu'on lui adresse, les excite, les anime. Le masque, Juan sans doute, fait succéder aux louanges et aux flatteries adroites les prières et les serments. Lise est hors d'elle-même, elle demeure sans force en découvrant tant de perfidie; et, anéantie par sa douleur, la tête perdue, elle se laisse entraîner loin du foyer du bal, d'abord dans les hauts corridors de la salle, puis dans une loge abritée, étroite, profonde.

« Oh! jeune homme, l'âme de Lise était folle; elle avait été prise à l'improviste; elle avait été tout à coup avertie et assurée de la trahison de Juan. Une fois dans le réduit où ils étaient tous deux, aux paroles passionnées qu'elle entendait, elle comprit qu'il fallait mourir, car elle n'était plus aimée; mais avant de mourir, avant de renoncer au bonheur dont elle avait fait le rêve de sa vie, elle veut n'avoir pas à douter de tout l'abandon de Juan : elle l'écoute, lui livre sa main, ne résiste pas à ses désirs, et, le masque attaché sur la figure, le laisse devenir le plus coupable des hommes.

« Elle s'élance alors hors de la loge, car l'heure de le confondre approche; un rendez-vous nouveau avait été donné par elle à Juan, et à ce rendez-vous son père devait être présent. Elle sort : une figure pâle et terrible était debout près de la porte, une figure sans masque, cette fois, celle de Juan. Lise le voit, veut se jeter vers lui, pousse un cri et tombe à ses pieds. Par-dessus son corps qui barrait le corridor, Juan se jette à la face de l'homme qui sort de la loge où était Lise, lui arrache son masque, pour que l'outrage pèse à nu sur sa joue.

« Ils sortent, et sans s'expliquer davantage, sous un réverbère, pendant que la pluie froide et glacée battait sur leur visage, ils croisèrent leurs épées, et l'inconnu tomba mort au bout de quelques secondes.

« Pendant ce temps, M. d'Ar..., qui, après avoir suivi son gendre pour épier l'effet de sa supercherie, avait entendu le tumulte du corridor, accourut, y retrouva sa fille et la fit enlever et transporter chez elle. Elle n'était pas morte, comme il l'avait craint d'abord, elle était folle ; le malheur était complet.

« Car elle vit encore, elle vit pour être un objet fatal de pitié pour Juan, un remords de feu pour son père ; car Juan sait tout maintenant, et il m'a cru sur parole lorsque je lui attestai que les deux lettres avaient été écrites par moi, sous la dictée de M. d'Ar..., qui riait en me les dictant et en songeant à ce qui en arriverait. »

...« Voilà, jeune homme, le résultat d'une lettre anonyme, innocente dans son intention ; jugez de ce qu'elles doivent être lorsqu'elles sont combinées par l'astuce et la méchanceté !

Aussitôt M. Fabry me remit mon papier plié, et il tomba dans un accablement dont je pensai ne pas pouvoir le tirer. L'heure était avancée. Profondément préoccupé de cet entretien, je rentrai chez moi ; je me déshabillai après avoir posé mes papiers près de mon lit, mais sans souvenir de les regarder. J'eus des rêves affreux, un cauchemar épouvantable, et je haletais sous une de ces obscures visions qui tiennent le milieu entre la veille et le sommeil, lorsque je fus éveillé tout à fait par un ami qui était entré furtivement dans ma chambre, y avait tout retourné, et qui brandissait au-dessus de ma tête un papier timbré, en riant aux éclats et en criant :

— Quarante-cinq ans !

LE SIRE DE TERRIDES

Dans le département de l'Ariège, en suivant une route bordée de chaque côté de collines qui laissent voir à droite les hautes Pyrénées, on aperçoit, au bout de l'horizon, un clocher gracieux et effilé, dentelé, depuis le bas jusqu'à son sommet, de gueules de loup artistement travaillées. Ce clocher, c'est celui de Mirepoix. Mirepoix, c'est la ville d'enfance, la ville où j'ai bégayé et couru, à moitié nu, du haut en bas de la vieille maison maternelle, battant les portes de chêne et les marches du noir grand escalier d'un mail de buis à manche de houx. Lorsque vous approcherez de ma cité par la route que je viens de vous dire, vous passerez sous une porte gothique où demeure encore parfaitement intacte la large coulisse par où descendait la herse qui fermait la rue de l'Hôpital ; puis, si vous continuez tout droit, et que vous dédaigniez de vous arrêter sous le Couvert, vieille place faite de maisons de bois, avec de larges porches pour abriter la promenade de nos compatriotes, vous arrivez à la rue du Pont, qui tourne à gauche. Si vous faites comme la rue, en quelques pas vous voici sur un des ponts les plus élégants de France, un pont plat, aussi plat que le pont d'Iéna, et plat bien longtemps avant le gros pont de Neuilly, à qui, dès ce jour, je ravis son droit d'aînesse pour l'offrir à ma chère ville, un peu collet monté peut-être, un peu prudérie sans doute, mais balayée assez souvent, et dotée de fontaines et de réverbères.

Une fois sur le pont admirable dont je vous ai parlé, levez les yeux, et tout en face de vous vous verrez, incrustée aux flancs de la colline, une immense et formidable ruine. Le Llers, torrent qui borde la ville, coule au pied de cette colline, et devait servir autrefois de défense au château auquel appartenaient ces murs prodigieux et ces constructions indélébiles. C'est le château de Terrides [*]. A Paris, où les souvenirs s'en vont si aisément emportés qu'excepté l'aristocratie pas une famille n'a une histoire de plus de cinquante ans ; à Paris, disons-nous, on fait peur aux enfants du très-banal M. de Croquemitaine. Dans notre endroit, nous avons notre épouvantail à nous, notre menaçante superstition : c'est le

[*] Ces ruines sont aujourd'hui la propriété de M. le maréchal Clauzel.

sire de Terrides. Et ne pensez pas que le souvenir qui a traversé des siècles ne soit plus qu'un conte de nourrice : il est encore dans la terreur populaire. Ce fut une chose remarquable, lors des vengeances de la révolution, que ce nom, tout effacé qu'il était depuis longtemps de l'histoire, ameuta le peuple contre les châteaux plus activement peut-être que celui des seigneurs qui possédaient alors le diocèse.

Pour qu'une pareille terreur et une telle haine survivent si longtemps à la destruction de ce qui les a fait naître, il faut qu'elles aient eu des causes bien profondes et bien cruelles. Je les ai souvent cherchées, et je ne pensais pas pouvoir en découvrir d'autres que celles qui sont consignées dans les récits de nos campagnes, où la barbarie du sire de Terrides est exposée sous les formes les plus brutales, lorsqu'un jour est venu que, descendant les colonnes doubles et vastes d'un énorme in-folio, je me suis arrêté et j'ai ressauté en arrière au nom gothique et sombre du sire de Terrides. J'ai pensé que je tenais enfin l'histoire véritable de ce terrible châtelain ; mais tout aussitôt voilà que j'en ai rencontré deux, trois, quatre, dix, tous bons ou passables chevaliers, relevant des comtes de Foix, se battant pour eux contre les comtes de Toulouse, puis contre l'Armagnac ; s'escarmouchant sur le liguant de temps à autre avec leurs proches voisins, les Lévi de Mirepoix, le tout sans voir apparaître un ogre, un tyran, un mangeur d'hommes qui pût justifier l'étrange chronique qui court parmi mon bon pays. Il demeurait même si certain que je n'en trouverais point, tant j'y travaillais inutilement, que je me sentais d'humeur à prendre en mépris ces vieilles croyances populaires que la mode du moyen-âge s'étudie à refaire, lorsqu'au fond d'une note en petit texte, et en horrible latin, je trouvai l'histoire suivante :

En l'année 1443, la reine Marie d'Anjou suivit le roi Charles VII, son mari, à Toulouse. On lui fit une entrée solennelle. Le dauphin son fils la portait en croupe sur un cheval blanc ; ils marchaient sous un dais aux armes de France et d'Anjou, soutenu par les capitouls. La reine était vêtue d'une robe bleue doublée d'hermine, et coiffée d'un chaperon de gaze blanche, rehaussé des deux côtés, et formant un croissant sur le front. Les capitouls étaient couverts de leurs larges robes et de leurs dalmatiques, ayant sur chaque épaule trois bandes rouges, et par derrière un capuchon qui pendait jusqu'à la ceinture. Cette entrée est peinte, ainsi que je viens de la raconter, dans le registre des annales manuscrites de la ville de Toulouse. Derrière la reine et les capitouls viennent deux cavaliers montés sur de beaux chevaux ; ils sont vêtus d'une tunique plissée sur la poitrine, serrée à la ceinture, puis flottante jusqu'aux genoux, et le bord découpé et brodé d'or ; les manches en sont larges dans toute leur longueur, et se ferment au poignet. Leurs chaperons semblent des espèces de turbans, avec un morceau d'étoffe qui part du sommet et abrite tout le derrière de la tête, et ne descend pas plus bas que la naissance des cheveux. Le premier de ces cavaliers était Guy des Bastides.

Guy était un homme de trente-cinq ans au plus, brave capitaine, qui n'avait point failli aux guerres affreuses de la France contre l'Angleterre, et qui avait appuyé le trône de son épée et plus encore de sa fidélité. Il suivait la reine Marie d'Anjou, assez insouciant du beau spectacle qui se présentait devant lui ; déjà il avait vu venir l'hommage de la bourgeoisie, que la reine avait reçu au village de Craqueville, et qui consistait en un présent de cinquante marcs d'argent royal. On était déjà arrivé à la porte Saint-Cyprien, où les capitouls avaient fait préparer un missel, une croix et le canon de la messe pour que la reine et le dauphin y fissent serment, selon l'usage, et avant de mettre le pied dans Toulouse, de conserver cette ville dans ses coutumes et libertés. Ni la pompe des joyaux et des habits qu'étalaient les bourgeois accourus de tous côtés, ni les cris de joie heureuse que le peuple faisait sans cesse éclater, rien n'avait appelé le regard insoucieux de Guy, et n'avait effacé de son front le pli profond qui s'y contractait. Quelquefois seulement il regardait les larges remparts qu'il allait franchir comme un homme qui les connaît, mais qui ne comptait plus les voir. Il semblait qu'il les perçât de son œil sombre, et qu'il vît derrière leurs masses de briques se lever un souvenir. Il était donc dans une profonde méditation lorsqu'il entra dans la ville, et ne remarqua point la cérémonie de la remise de clefs, que le dauphin rendit aux capitouls, en leur disant :

— Je vous ordonne de les garder.

Toutes les formes solennelles d'une joyeuse et noble entrée étant accomplies, huit dames des plus qualifiées, non-seulement de la ville, mais de la province, s'avancèrent vers la reine Marie, et lui offrirent aussi le présent de la noblesse. Guy n'eut pas plus tôt jeté son regard sur elles, qu'il devint pâle et tremblant à l'aspect d'une jeune fille de quinze ans à peine, qui faisait partie de cette députation, et qui, surprise elle-même de l'émotion qu'elle causait, baissa ses yeux noirs et sévères devant cette singulière attention. Assuré, par le choix qu'on avait fait d'elle pour un si important hommage, qu'elle serait du banquet offert à la reine par la cité de Toulouse, en son hôtel de ville, Guy retarda jusque-là les informations qu'il comptait prendre.

Je ne vous raconterai pas la magnificence du banquet qui eut lieu en cette occasion; je vous dirai seulement ce que Guy apprit de la jeune femme qui l'avait si vivement frappé. Elle s'appelait Colombe, et était fille du sire de Carmain et de Catherine de Coaraze. Son père était mort peu d'années après sa naissance, et sa mère s'était retirée au couvent des Hospitalières de Saint-Cyprien, où bientôt, grâce à son austère vertu et à sa rigide observance des plus pénibles devoirs de cet ordre, elle devint supérieure de sa maison. Il en était résulté que la jeune demoiselle de Carmain, confiée à des soins mercenaires, n'avait jamais connu la douce joie des sentiments de famille : aussi s'était-elle mariée fort jeune, et, au jour dont je parle, elle était la femme de Raoul de Terrides.

Pendant que l'on donnait ces détails à Guy des Bastides, il ne cessait de considérer Colombe, et à plusieurs fois il sembla se dire à lui-même : — Oui, c'est bien la fille de Catherine; voilà bien son visage d'une si grave beauté; c'est bien le noir brillant de ses cheveux, la teinte brune de sa peau et la puissance de son regard, à l'exception pourtant de leur farouche dureté... Puis, durant le cours de cette longue fête, à laquelle sa naissance lui faisait un devoir de se complaisait à regarder Colombe, il murmura tout bas plusieurs fois comme malgré lui :

— C'est elle! ah! oui, c'est bien elle!

De son côté la dame de Terrides avait voulu savoir quel seigneur de la cour du roi Charles VII la considérait si attentivement; elle apprit de Guy ce que nous en avons déjà dit, si ce n'est qu'on ajouta qu'on ne lui connaissait ni famille, ni patrie. Ce jour-là, sans s'approcher l'un de l'autre, ils se remarquèrent suffisamment pour désirer se revoir ; et bientôt Guy, profitant du séjour de Marie d'Anjou à Toulouse, s'introduisit dans la familiarité de cette jeune femme; et lorsque la reine repartit pour Paris, elle la suivit point.

Pendant ce temps, Raoul de Terrides était à son château de Mirepoix, et y corrigeait l'impertinence des bourgeois qui prétendaient se soustraire aux droits de péage qu'il exerçait sur le chemin qui passait devant sa porte, et par lequel ils se rendaient à Fanjaux et aux foires de Castelnaudary. S'il lui vint quelques bruits de l'intimité manifeste qui s'était établie entre le sire des Bastides et sa femme, sans doute il ne les crut point, car il ne hâta point son retour. Pour ceux qui connaissaient jusqu'au fond le caractère de Raoul de Terrides, cette conduite n'avait rien de d'extraordinaire. Habitué dès sa plus tendre enfance à renverser tout ce qui lui faisait obstacle, à briser et à perdre tous ceux qui avaient pu le blesser dans ses affections et dans ses intérêts, il ne lui entrait pas facilement dans l'esprit qu'une femme jeune et sans défense, et un homme qu'il regardait comme un aventurier, pussent l'insulter aussi insolemment qu'on le disait. Toutefois la rébellion des bourgeois était réprimée, et l'on annonça à Toulouse le retour du sire de Terrides. Au grand étonnement de tous, cette nouvelle ne fit point cesser les relations intimes de la dame de Terrides et de celui que l'on nommait publiquement son amant.

Il paraît que tant d'audace excita la colère des honnêtes gens. Cette effronterie, dans une liaison criminelle, blessa si profondément les personnes les plus considérables de la ville, que quelques-unes se crurent autorisées à avertir Colombe des effroyables malheurs que pouvait lui attirer son imprudence. Mais cet intérêt qu'on lui témoigna d'abord fit bientôt place à une réprobation hautement exprimée, lorsqu'on sut qu'elle avait répondu aux prudents conseils de ses amis : « qu'elle avait trouvé près de Guy le seul bonheur qu'elle eût envié sur la terre, et qu'elle ne le sacrifierait pas à des calomnies. » Il résulta de tout cela une sorte de mépris général, une indignation si virulente, qu'on calculait les chances de malheur et peut-être de mort qui menaçaient Colombe, plutôt pour les lui souhaiter que pour l'en plaindre. Bientôt même pour chacun ce fut un devoir de participer à cette vengeance, et lorsque le sire de Terrides arriva, il ne manqua pas de voix pour tout lui dire et l'exciter au châtiment.

Cependant la violence bien connue de son caractère retint les plus méchants et les plus décidés; et ce fut par lui-même que Raoul put juger du crime ou de l'innocence de Colombe. Il lui avait donné accueil à Guy des Bastides; et, par un charme inouï, par un accord dont personne au monde ne put soupçonner la cause, la même intimité continua de régner entre

Colombe et Guy en présence du mari. Alors ce devint un débordement de quolibets, de bons mots et de satires qui s'adressaient à tous trois, mais particulièrement à Raoul. Il en courait par la ville et les faubourgs; on se les récitait jusqu'aux assemblées du parlement, et l'on troublait la messe pour se les communiquer à l'église. Néanmoins, comme Guy et Raoul étaient réputés pour leur courage et leur adresse à manier une épée, on prenait quelque soin de ne se livrer qu'en leur absence à toutes ces joies du médire. Mais il semble que cela ne dût pas satisfaire la malignité publique; d'ailleurs on voulait s'assurer si la conduite de Raoul était complaisance ou aveuglement. Un jour donc que le sire de Terrides rentrait chez lui, il trouva écrit sur sa porte les quatre vers suivants :

> Se la colomba de Terridas
> Tant haut ès pas morta de fret,
> Es che l'anzol a fuch l'endret
> Per s'amaga a la Bastidas.

Voici ce que voulait dire cette inscription terminée par un calembour facile à comprendre en français, mais dont tout le mordant appartient au languedocien :

« Si la colombe de Terrides si haut n'est pas morte de froid, c'est qu'elle a fui son nid pour se cacher dans les Bastides. »

A l'aspect de cette fatale dénonciation, écrite depuis plusieurs heures sur la porte de sa maison, et qui avait dû servir de pâture à la curiosité moqueuse des passants, à cet aspect, dis-je, ce fut une véritable frénésie qui s'empara de Raoul.

— Ah! s'écria-t-il en brisant la porte du poing et en s'élançant dans l'intérieur de la maison, cela devait être ainsi!

Alors il monta furieux et les traits renversés jusqu'à la chambre où se trouvaient Guy et Colombe.

— Venez, leur cria-t-il, venez voir ce que vous avez fait! Et, sans attendre leur réponse, il les traîna jusque devant la porte. Colombe parut moins épouvantée de l'insolente inscription qu'elle n'aurait dû l'être, et Guy voulut l'effacer, en disant qu'il clouerait à cette porte la main du lâche qui l'avait tracée.

— Non, non, dit Raoul en l'arrêtant violemment, ce n'est pas ainsi que s'efface un pareil outrage, ce n'est ni le sang, ni la main de celui qui l'a écrit que je dois en réparation à l'honneur de mon nom... Et aussitôt, le poignard tiré, il s'élança sur Guy des Bastides; mais avant qu'il pût l'atteindre, sa femme s'était précipitée au-devant de lui, et quelques personnes qui traversaient alors la rue s'emparèrent de Raoul; on le fit rentrer dans sa maison, et, à la grande surprise de tous ceux qui étaient présents, Guy des Bastides l'y suivit avec Colombe. Bientôt après ils étaient tous trois seuls ensemble, et Raoul disait à Guy avec un accent féroce de menace :

— Et maintenant, que me donnerez-vous pour ce que vous m'avez ôté? car mon honneur est perdu... perdu! entendez-vous? et je vous dis que je ne veux pas être l'objet des quolibets et des insultes de tout le comté. Songez-y bien, j'aurai vingt-quatre heures de pitié, vingt-quatre heures, pas davantage. Alors tout sera-dit, et j'agirai comme il convient à un seigneur dont aucune tache n'a, jusqu'à ce jour, souillé l'écusson.

A ces mots, il laissa Guy et Colombe tous deux stupéfaits et silencieux, et qui eurent ensuite un long entretien ensemble. A la suite de cet entretien, la jeune dame de Terrides écrivit à sa mère de la venir trouver. Celle-ci, au ton du message qu'elle reçut, jugea qu'il s'agissait d'affaires graves et pressées, et se hâta d'accourir. Dès qu'elle fut arrivée, elle s'enferma avec sa fille, et voici ce qui se passa entre elles :

— Ma mère, lui dit Colombe en se mettant à genoux devant elle, j'attends de vous secours et pitié ; j'attends de vous protection. C'est ma vie qu'il faut sauver, c'est mon honneur.

— Parlez, répondit Catherine dont la beauté perdue dans les exercices du cloître ne lui laissait plus que l'aspect farouche qui la déparait autrefois; parlez dans cette posture : c'est celle qui convient à la femme qui a oublié tous ses devoirs.

La dame de Terrides avait au cœur, sinon la rudesse de sa mère, du moins une large part de l'orgueil de son sang; et elle se leva soudainement et s'écria :

— Alors, je parle debout; car je suis plus innocente que ceux qui m'accusent, plus innocente que ceux qui me méprisent dans leur âme.

— Je le souhaite, ma fille, dit la supérieure, et j'en attends la preuve.

— Elle est dans un mot, répliqua Colombe; c'est dans le nom que le sieur Guy des Bastides portait il y a seize ans.

— Quel est ce nom? reprit d'un air sombre Catherine.

— Il s'appelait Jéhan de La Garde, dit Colombe.

— Jéhan de La Garde! s'écria avec stupéfaction la supérieure; Jéhan de La Garde! répéta-t-elle en laissant tomber sa tête sur sa poitrine.

— Oui, ma mère, ajouta Colombe en se remettant à genoux devant elle; c'est lui que votre cœur distingua lors des tortures que vous subissiez il y a seize ans, et des violences dont vous accablait le sire de Germain. C'est lui qui vous aima si tendrement, et que vous avez puni d'un moment de faiblesse et de bonheur en lui faisant abandonner son pays.

— Il est ici! dit alors Catherine, l'œil fixe et tendu devant elle, les lèvres contractées par la colère; il est ici!

Puis elle leva vers le ciel ses mains amaigries en s'écriant :

— Est-ce encore une épreuve, mon Dieu? Ah! il est ici!

— Oui, ma mère, continua la dame de Terrides; après seize ans d'une absence toute passée dans les rudes travaux de la guerre, il est revenu à Toulouse ; ce n'était point dans le dessein de vous y retrouver, car il respectait toujours vos ordres comme sacrés; ce n'était point pour m'y connaître, car il ignorait mon existence : c'était pour donner encore un regret à son pays, au vôtre, ma mère. Mais le hasard ne l'a pas voulu ainsi : il nous a rapprochés. Jéhan m'a dit son secret. Et lui, pauvre exilé, qui n'a en d'autre affection au monde que vous, d'autre bonheur qu'un souvenir; et moi, orpheline malgré votre vie, moi trop jeune livrée à un époux qui ne rêve que guerre et sang, sans savoir où retirer mon cœur, sans jamais l'avoir reposé tranquille et joyeux dans l'amour d'un père et d'une mère; nous nous sommes laissés aller retrouver l'un dans l'autre ce bonheur que tant d'années nous avaient refusé; souvent nous avons souri ensemble, plus souvent nous avons pleuré.

— Malheureuse! malheureuse! répétait incessamment la misérable Catherine, en secouant la tête et en s'adressant cette exclamation.

— Et maintenant, ajouta Colombe en laissant sa voix éclater en sanglots, savez-vous ce qu'ils disent? ils disent que c'est mon amant!

— Infamie! s'écria Catherine en l'attirant sur son cœur et en l'entourant de ses bras décharnés, c'est ton père! oubliant qu'elle-même avait partagé le soupçon.

A ce geste, à cette exclamation se répandit sur le visage de Catherine l'expression d'une atroce douleur; elle repoussa sa fille convulsivement. Celle-ci s'empressa de lui dire :

— Oh! ma mère, qu'avez-vous, qu'avez-vous?

— Rien, répondit la supérieure en reprenant son air sombre; rien, continuez.

La dame de Terrides obéit.

— C'est mon père, n'est-ce pas, et vous pouvez l'attester et me rendre l'honneur?

— Oui, je puis l'attester, répliqua amèrement Catherine; je puis dire que la dame de Carmain a traîné le nom de son époux dans la fange d'un amour honteux. Je puis le dire, moi... Appelez votre époux, appelez-le. Je suis à ta honte, le front dans la poussière, et vous pourrez me repousser du pied après, car j'ai tout mérité.

— Mais, ma mère, dit rapidement Colombe, il le sait et ce n'est pas lui qu'il faut convaincre.

— Qui donc? s'écria impétueusement Catherine, qui donc faut-il convaincre?

— Ma mère, ajouta Colombe avec désespoir, mais tout le comté me flétrit de cette infâme accusation.

— Tout le comté! répéta la supérieure en dévorant sa fille d'un œil fixe et ouvert; tout le comté! et c'est le comté qu'il faut que je dise que la supérieure des Hospitalières, qui, par douze ans de macérations et de pénitence, s'est acquis la renommée d'une sainte, n'est qu'une femme prostituée et adultère! Oh! non, non; si tu l'as espéré, tu t'es trompée : je ne le ferai pas.

— Et que deviendrai-je? mon Dieu! s'écria Colombe en larmes.

— Tu souffriras, lui répondit cruellement sa mère ; fille du crime, tu en hériteras les malheurs. Si tu savais ce que j'ai souffert!

— Mais je suis innocente, moi! s'écria Colombe.

— Et moi coupable! coupable d'un grand crime; mais, si grand qu'il soit, il doit y avoir des expiations pour tout, ou Dieu n'est pas juste. Regarde, dit-elle... Et déchirant ses voiles, écartant sa robe de bure, elle montra un cilice dont les pointes acérées lui pénétraient dans les chairs. Elles étaient déchirées et saignantes à ce moment; car, en attirant sa fille dans ses bras et en l'y pressant avec transport, elle s'était enfoncé son cilice dans la poitrine. Colombe recula d'horreur à cet aspect, elle n'osa plus rien dire.

A ce moment entrèrent Guy et Raoul; celui-ci s'approcha de sa belle-mère, et d'un ton solennel il lui dit :

— Ainsi, Madame, vous n'avouerez rien publiquement de ce que vous venez de dire ici?

Catherine ramena son voile sur son visage, et sans regarder ni l'un ni l'autre des chevaliers, elle répondit en sortant :

— Rien.

— Oh! comment faire? s'écria Guy avec un profond accent de désespoir.

— Je le sais, répliqua Raoul avec une tranquillité féroce.

Aussitôt il appela une douzaine d'hommes d'armes qu'il avait cachés près de là, et sans être ému de l'effroyable étonnement qui tenait Colombe et Guy immobiles devant lui, il donna au chef l'ordre suivant :

— Jacques, dit-il, vous allez vous emparer de cet homme et de cette femme, et vous les conduirez cette nuit à mon château de Terrides; là, vous arracherez la langue à cet homme et à cette femme, et vous les enchaînerez tous deux dans la grande cage de fer où est mort l'ours que j'ai terrassé d'un seul coup sur le mont Saint-Barthélemy. Vous ferez écrire au-dessus de cette cage : « C'est ainsi que le sire de Terrides se venge de ceux qui l'offensent. »

Ces ordres ressemblaient tellement aux paroles d'un insensé, que ni Colombe ni son père n'eurent la force de les interrompre, tant ils étaient dominés par la surprise; et il arriva que, lorsque cette surprise eut fait place à l'indignation, ils se trouvèrent seuls dans les mains des terribles soldats de Raoul, qui n'avaient appris de lui qu'une féroce et stupide obéissance.

Le soir même Raoul raconta comment il avait puni l'outrage fait à son nom, et quelques-uns trouvèrent que la réparation n'allait pas au delà de l'insulte, et que c'est ainsi qu'il faudrait toujours en agir contre les femmes perdues et leurs amants.

Quelques années après, Catherine mourut en odeur de sainteté. Ce fut Raoul qui, à ses derniers moments, confessa son crime, longtemps après que Guy et Colombe avaient expiré dans d'atroces tourments.

Je suppose que cet événement n'entre pas pour peu de chose dans la haine et l'effroi qui règnent encore dans mon pays contre le nom des seigneurs de Terrides.

L'ESPIONNE

(L'histoire qu'on va lire se passa quelque temps après la révolution de Naples de 1820-1821. Si quelques lecteurs devinent les véritables noms des personnages de ce récit, nous les supplions de ne point les écrire en marge de l'exemplaire qui sera dans leurs mains, comme nous l'avons vu faire souvent à propos de mémoires ou d'histoires contemporaines où l'auteur n'avait voulu mettre que des initiales.)

Il était nuit, une nuit étincelante et diaprée d'étoiles, une brise molle, une vague languissante, un murmure lent et infini, se brisait sur une grève de la mer de Naples. Comme des phoques endormis sur le rivage, une douzaine d'hommes étaient étendus sur le sable. Un seul était debout. Sans doute il veillait pour eux, mais il veillait aussi sans doute pour d'autres; car son regard se portait avec inquiétude, tantôt vers la terre, tantôt vers la mer; mais rien ne paraissait à aucune des extrémités de l'horizon, et cet homme debout était le seul point qui, dans l'espace, fît rencontre au regard. Tout à coup, parmi les étoiles qui bordaient le ciel au-dessus de la mer, paraît une lueur rouge et sanglante qui allume sur les vagues une longue traînée de reflets; et en face de cette lueur, du côté de la terre, une ombre noire et mouvante se dessine presque aussitôt. Un soupir de satisfaction s'échappe de la poitrine de l'homme qui veillait, et un de ceux qui étaient couchés lui dit à voix basse :

— C'est le canot, n'est-ce pas, signor Spaffa ?

— Oui, répondit celui-ci en désignant la mer, le canot là ; et là, ajouta-t-il en se retournant vers la terre.

— Le marquis? ajouta l'autre.

— Je le crois, répondit Spaffa.

A ce mot : « le marquis, » tous ceux qui étaient couchés se levèrent simultanément et cherchèrent à pénétrer de leurs regards avides l'obscurité de la nuit. Ils ne distinguèrent d'abord qu'une ombre sans forme qui s'avançait vers l'endroit où ils se trouvaient; mais bientôt après, on put reconnaître que c'était un groupe de plusieurs personnes; enfin on put les compter : il y en avait trois.

— Ce sont eux, murmurèrent plusieurs voix.

Et le signor Spaffa ayant levé son chapeau en l'air, et ce

4

signal lui ayant été rendu, il s'avança vers les arrivants. Toutefois il prit la précaution de s'armer d'un pistolet et d'un poignard, et l'on put voir que, de part et d'autre, on s'abordait avec précaution. Bientôt les nouveaux venus et Spaffa étaient parmi ceux qui s'étaient levés à leur approche. A l'instant même un canot aborda sur la grève, et un jeune homme s'en élança et s'approcha du groupe.

— Eh bien ! dit-il, tout le monde est-il arrivé ?

— Oui, répondit Spaffa ; voici le marquis Faviani, madame la marquise et le brave Jaffarino.

Au nom de la marquise, le jeune marin se découvrit.

— Eh bien ! répondit-il, puisque tout le monde est prêt, embarquons-nous.

Tout n'est pas fini, répliqua Spaffa ; nous avons un dernier adieu à faire au marquis.

— Hâtez-vous donc, répondit le marin.

Une légère hésitation se manifesta alors parmi le groupe ; on sembla se parler à voix basse, et celui qui le premier avait parlé à Spaffa lui dit d'un ton d'humeur et en lui montrant le marin :

— Cet Anglais ne peut être témoin de ce qui va se passer.

Aussitôt Spaffa prit le marin en particulier et l'emmena à quelques pas du groupe.

— Sir Henri, lui dit-il, l'Italie n'a pas encore perdu toutes ses espérances de liberté, bien que ses meilleurs appuis lui manquent désormais, car ceux qui ont échappé au gibet doivent mourir aux galères. Mais il en reste encore assez pour essayer un nouvel effort.

Le marin secoua la tête d'un air d'incrédulité. Spaffa ajouta :

— Il ne faut pas juger l'avenir sur ce que nous avons tenté. Naples a manqué de courage pour soutenir ce qu'elle a entrepris ; mais elle l'a entrepris : c'est beaucoup, croyez-moi, pour un peuple brisé à l'esclavage ; et puis, la liberté n'est pas la conquête d'un jour. Il me semble que les Italiens sont en face de leurs maîtres, comme les Russes devant les soldats de Charles XII : il faut qu'ils dépensent beaucoup de sang pour apprendre la liberté, comme les Russes pour apprendre la guerre ; mais ils l'apprendront ; et, je vous le jure, les peuples seront aussi fertiles contre la tyrannie que la Russie l'a été contre la conquête. Nous jetterons beaucoup de têtes aux bourreaux ; mais leur hache sera émoussée avant que la moisson soit finie ; et alors notre heure de victoire sonnera.

— Que Dieu vous entende ! répondit le marin ; mais n'oubliez pas que le marquis est une victime promise, et qu'on peut s'apercevoir de son évasion.

— Jaffarino, le concierge de la prison, a dû prendre toutes les précautions nécessaires, répondit Spaffa.

— Je le crois, reprit sir Henri ; mais il faut que Faviani soit à bord de ma frégate avant une heure. En cachant un proscrit politique sur un vaisseau de l'amirauté, je me compromets assurément, et le roi de Naples aura droit de se plaindre justement.

— Ne devez-vous pas dire que vous l'avez rencontré en mer, égaré sur une embarcation ?

— Sans doute, j'arrangerai ce conte tant bien que mal ; mais pour cela il ne faut pas attendre le grand jour pour arriver à bord, lorsque tout l'équipage sera sur le pont.

— Eh bien donc ! dit Spaffa, éloignez-vous quelques minutes ; nous avons à confier à Faviani le secret de nos espérances et de celles de l'Italie. Ne vous offensez pas de cette précaution, elle est naturelle et juste chez des hommes qui ont subi de si odieuses trahisons. Ce sera l'affaire de quelques minutes.

— Comme il vous plaira, répondit sir Henri. Il se replaça aussitôt dans son canot, et s'écarta à quelque distance du rivage.

Dès qu'il fut assez loin pour ne plus entendre ce qui pourrait dire, Spaffa fit signe aux hommes de s'approcher, et aussitôt ils formèrent un cercle autour de Faviani et de sa femme, qui, le corps enveloppé d'un manteau et la tête couverte d'un voile, se tenait tremblante près de son mari. Jaffarino se mêla parmi ceux qui formaient le cercle ; Spaffa demeura au centre, et c'est lui qui prit la parole.

— Marquis de Faviani, dit-il, depuis longtemps Naples comptait sur toi ; tes nobles idées sur la liberté, ton mépris des faveurs de la cour avaient appelé sur toi les regards des gens de bien ; ton courage illustré de plus d'une occasion, ton immense fortune et ton nom leur faisaient désirer ton concours pour imposer à la multitude, qui se laisse séduire plus aisément par les exemples venus de haut ; cependant ton extrême jeunesse, ton alliance avec les familles les plus serviles du royaume, retenaient notre confiance. L'adoption que mon bienfaiteur le comte de Pellico fit de toi, en te donnant sa

fille, nous fut la plus formelle garantie que tu étais digne de nous comprendre.

A ce moment la voix de Spaffa, grave et sonore pendant les premières paroles, devint presque tremblante, et en même temps des sanglots mal comprimés s'échappèrent de la poitrine de la marquise.

— Fiavilla, lui dit doucement son mari, ne pleure pas ainsi, nous le vengerons.

— Laisse-la pleurer, marquis, reprit Spaffa. Puis, se tournant vers la jeune femme, il ajouta : Pleurez et désolez-vous, Madame, d'avoir perdu le père le plus digne des larmes d'une fille. Quoique vous soyez parmi des hommes qui ont lié leur vie à une œuvre de sang et de vengeance, ils comprendront votre douleur, eux qui ont pleuré en lui le plus ardent et le plus courageux ami de la liberté. Les tyrans l'ont pendu à un gibet, et ont donné son corps en pâture aux corbeaux ; mais ils n'ont pu trancher la vie secrète dont il a animé l'Italie comme ils ont tué la sienne ; ils n'ont pu disperser le centre puissant auquel il a rattaché ses fidèles enfants, comme ils ont dispersé son cadavre : sa pensée lui survit, et c'est à elle que nous voulons associer celui qu'il choisit pour son héritier.

Il se fit un moment de silence, pendant lequel tous les regards restèrent attachés sur la malheureuse Fiavilla. Spaffa reprit alors :

— Cependant, marquis, à l'époque de ton mariage, tu partis pour visiter l'Europe et le monde, avant que nous eussions pu te dire rien de ce que nous préparions en secret. Tu devais revenir bientôt ; mais, avant ton retour, l'Espagne nous donna le signal et nous y répondîmes. Tu accourus du fond de l'Inde à cette nouvelle ; mais, à ton arrivée, le volcan était étouffé, et tu retrouvas le même peuple esclave que tu avais quitté, et si ce n'eût été le squelette de Pellico, flottant aux anneaux d'une potence, tu aurais pu croire que rien ne s'était passé dans la patrie du Vésuve, comme après une éruption de la montagne on ne saurait dire où des torrents de feu ont dévoré son pied, lorsque les pâtres ont relevé leurs cabanes et qu'on a blanchi la lave. Un autre avertissement t'attendait : à peine arrivé, tu fus jeté dans une prison, non point pour ce que tu avais fait, toi absent de Naples, mais pour ce que tu aurais fait infailliblement si tu y fusses trouvé ; on te jugea, et tu fus condamné, non pas pour ton nom, quelque adoré qu'il soit du peuple, mais pour celui de Pellico, ton beau-père, qu'ils tremblaient de voir revivre en toi. Eh bien ! en ceci, les tyrans nous ont servis plus qu'ils ne pensaient : ils nous ont montré, en te persécutant, ce que tu étais ; ils ont arrêté nos irrésolutions ; du doigt de leur bourreau, ils nous ont désigné notre chef, notre espérance, notre second Pellico. C'est à ce prix que t'avons fait offrir la liberté par Jaffarino, voué comme nous au salut de la patrie ; tu as accepté ; nous allons te dire à quelles conditions.

Aussitôt il se fit un mouvement, et l'un de ceux qui formaient le cercle, prenant la parole, arrêta Spaffa au moment où il allait continuer.

— La loi du carbonaro, dit-il, ne permet à aucune femme d'être admise dans les secrets de l'association.

— La fille de Pellico n'est point une femme ordinaire, et, pour elle, on peut passer sur la rigidité des règlements, répondit Jaffarino.

— On ne peut jamais, reprit le premier interlocuteur, confier un secret à qui n'a pas juré de le garder, et je ne crois pas qu'aucun de vous pense que la marquise puisse faire ni tenir le serment qui nous lie.

Spaffa ne répondit rien, mais Faviani se hâta de dire :

— Quel que soit ce serment, elle le fera et elle le tiendra ; je réponds d'elle.

— Chacun ici répond pour soi, dit Spaffa. Marquis, que ta femme se retire.

— Non, dit Faviani, ce n'est pas un enfant sans courage qui ne sache pas accepter l'héritage de son père, quelque rude qu'il soit à porter. Et puis, il ne faut pas que l'exil il y ait une pensée pour la patrie que nous ne puissions partager ensemble.

— Oui, oui, dit Fiavilla d'une voix assurée, je veux rester ; je prêterai le serment.

— Jurez donc sur ce christ, ajouta Spaffa, que vous ne révèlerez rien de ce que vous allez entendre, ni de ce que vous apprendrez plus tard des affaires de l'association, ni de ce qu'elle aura résolu ; jurez que vous garderez ce secret, partout et pour tous, dans les cachots, devant les juges, dans la confession, sur l'échafaud.

— Je le jure, répondirent ensemble Faviani et sa femme.

— Jurez aussi, reprit Spaffa en baissant la voix, que si, parmi les membres de l'association, il se trouvait un traître, vous le dénonceriez au tribunal secret des carbonari.

— Je le jure, redirent les mêmes voix.

— Jurez encore que, si le traître est condamné par ce tribunal, vous exécuterez la sentence si vous êtes désigné pour cette exécution, quand il s'agirait de la mort, et fallût-il frapper votre meilleur ami, votre frère, votre père, ou votre fils.

La voix seule de Faviani répondit : Je le jure.

Spaffa s'approcha de la marquise et lui dit avec un léger accent de prière :

— Eh bien, puisque ce serment vous fait frémir, retirez-vous.

— Non, dit Faviani ; ce sont les termes qui lui ont fait peur. Pauvre orpheline, sans autre famille que moi, a-t-elle à s'épouvanter de ces terribles devoirs !

— Quoi ! s'écria Fiavilla, il faut jurer qu'on osera tuer son frère, son père, son époux même !...

— Nous avions oublié cette clause, dit celui qui avait voulu le premier faire retirer Fiavilla. Si la marquise veut rester, il faut qu'elle jure en ces termes.

— Jurer que je tuerais mon époux ! c'est impossible, s'écria Fiavilla.

— Ce n'est pas le serment ordinaire, dit Spaffa ; pourquoi le changer et y ajouter encore ?

— Lorsqu'on a fait jurer au fils de tuer son père, au père de tuer son fils, on a demandé davantage à la fidélité du carbonaro, reprit le même interlocuteur. Si l'on n'a parlé ni de la femme ni du mari, c'est parce qu'il ne devait entrer que des hommes dans nos secrets. Il faut, puisque la règle a été violée, que le serment soit changé aussi.

— Oui, oui, murmura le cercle.

— Jure, Fiavilla, reprit Faviani avec hauteur, jure que tu me tueras si je trahis mes serments ; je veux bien jurer, moi, que je te tuerai si tu trahis les tiens.

— Tu le peux, s'écria Fiavilla, et je l'aurai mérité ; mais toi...

— As-tu peur que je ne sois un traître ? répondit aussitôt Faviani ; vois, tu leur fais douter de moi.

— Ah ! si c'est ainsi, répliqua la marquise, si c'est ainsi..... je le jure !

Elle prononça ces derniers mots avec une terreur singulière, sans s'apercevoir du regard de pitié dont Spaffa la couvrait, tandis qu'elle surmontait à grand'peine sa faiblesse de femme pour dire cette terrible parole.

Aussitôt Spaffa expliqua à Faviani le secret des ramifications du carbonarisme : l'organisation des conjurés en ventes ou assemblées de dix, qui avaient chacune un député à une vente supérieure, formée de dix députés de dix ventes inférieures ; cette vente supérieure avait elle-même un seul député à une vente d'un degré plus élevé, également composée de dix députés de ventes supérieures ; de façon que, d'échelon en échelon, tout venait aboutir à une vente suprême de dix personnes, qui tenait dans ses mains tous les fils de l'association, sans que jamais aucun des carbonari pût connaître plus de dix-huit de ses complices, c'est-à-dire la vente dont il était député, et celle près de laquelle il était député. Après cette explication, Spaffa donna à Faviani le nom des villes dans lesquelles on avait des intelligences, et le nombre d'hommes sur lesquels on pouvait compter ; il lui apprit ensuite les régiments où l'on avait gagné des officiers ou des soldats ; enfin il le fit pénétrer dans le secret de cette trame qui couvre l'Italie comme un réseau.

— Maintenant, dit Spaffa, te voilà arrivé du premier pas au centre de cette union qui doit sauver la patrie. Tu seras notre député vers nos frères de France. N'oublie pas que, sur un de tes avis, l'Italie peut se lever tout entière. Prépare-lui des appuis parmi les nations amies. Quant à nous, nous ferons de ton nom le signal de la résurrection de la liberté. Maintenant il te reste à connaître ceux parmi lesquels tu te trouves.

A ce moment, et pour la première fois, Faviani remarqua les hommes qui l'entouraient. Presque tous portaient le costume de pêcheurs ou d'ouvriers ; mais lorsque Spaffa les fit approcher l'un après l'autre pour leur faire échanger avec Faviani les signes de reconnaissance des carbonari, au lieu des mains rudes et calleuses que celui-ci croyait presser, au lieu des noms obscurs qu'il pensait entendre, il rencontra des mains qui attestaient l'oisiveté et entendit des noms qui occupaient l'attention de l'Italie entière : des avocats célèbres, des poëtes, des peintres, des musiciens, des princes. Faviani comprit seulement alors toute l'immensité du devoir qu'il s'était imposé et de la confiance qu'on lui avait accordée. Il en fut si profondément ému, qu'il ne put s'empêcher de s'écrier :

— Oui, Messieurs, oui, je le jure ! nous délivrerons la patrie ; et périsse l'infâme qui trahirait le serment qu'il lui a fait entre vos mains !

Presque aussitôt sir Henri fit entendre un léger signal, au-

quel Spaffa répondit sur-le-champ. Le canot s'approcha. Faviani, sa femme et Jeffarino y montèrent. La petite embarcation s'éloigna du rivage, et les conspirateurs, après quelques paroles échangées entre eux, se dispersèrent et laissèrent Spaffa seul sur la grève. Il y demeura longtemps, immobile à regarder la mer. Peu à peu son regard, habituellement sévère, s'adoucit ; il se voila lentement d'une expression de tristesse, et quelques larmes, qui ne passèrent pas la paupière, y parurent un moment suspendues. Mais il sembla qu'elles ne dussent pas s'épancher, même dans la solitude ; il sembla qu'elles fussent retombées sur son cœur, qu'elles oppressaient péniblement ; car ne voulant pas pleurer, il se mit à parler tout bas, comme s'il eût craint d'être entendu. Il disait :

Allez tous deux, allez, ma carrière est finie,
L'un m'a pris mon bonheur et l'autre mon génie.
Je vous aimais, Madame, et vous m'êtes destiné ;
Mais vous l'aimiez, hélas ! et je vous l'ai donné.
Jeune homme, votre nom agite Naple entière :
J'ai mis pour le hausser le mien dans la poussière.
O vaisseau noble et grand qui les portez tous deux
Au bord où les attend la vie et l'espérance,
  Quand ils seront en paix aux rives de la France,
Vous reprendrez encor votre vol hasardeux !
Mais peut-être qu'alors une mer hérissée
Soufflettera vos flancs de sa lame pressée,
Abattra votre mât si hautain et si fier,
Dissoudra votre corps de madriers de fer ;
Votre nom si superbe s'oubliera comme un rêve,
Et vos lambeaux iront pourrir sur quelque grève ;
Et peut-être qu'aussi, quand tous deux reviendront,
Pour la belle couronne où j'ai voué leur front,
Il ne restera rien de ma triste existence
Que quelques os, sans nom au pied d'une potence.

Que pouvaient vouloir dire de si singulières paroles ? Voici la seule explication que nous en puissions donner.

Spaffa était un beau jeune homme de vingt-cinq ans, élevé publiquement chez le comte Pellico, qui l'avait ramené tout enfant d'un de ses voyages à Rome ; personne ne savait rien de sa famille, et cependant, malgré son nom, on ne le croyait pas Italien. Sa personne donnait de la probabilité à ce bruit ; ses cheveux d'un blond cendré, sa peau blanche et rosée, ses yeux bleus, autant que la retenue de ses manières et la discrétion de ses mouvements et de ses paroles, le marquaient comme un étranger parmi ses compagnons de Naples, à la peau brune, aux cheveux noirs, à la voix haute et au geste pétulant. Spaffa cependant, nourri en Italie, l'aimait comme sa patrie, quoiqu'il n'eût pas trouvé parmi ses concitoyens une seule âme en accord avec la sienne. On peut dire qu'il aimait la terre, le ciel, la mer de Naples ; il aimait son nom, sa gloire, sa liberté ; mais il n'aimait pas les Italiens. Poëte, il parlait la langue poétique de l'Italie plus supérieurement que personne, mais non point pour dire les choses qui sont du génie de cette langue. A cet idiome sonore, souple, étincelant, plein de chant, de mollesse et de fanfare, il confiait des pensées graves, profondes, moroses : on eût dit un musicien forcé d'exécuter un triste et lent adagio de violoncelle sur la chanterelle criarde du violon. Aussi, par un instinct réciproque, ses compagnons n'avaient-ils pas pour lui cette bienveillance constante que les jette si facilement l'un vers l'autre les Italiens entre eux. En politique, la fermeté, le courage de Spaffa lui avaient valu l'estime générale de tous ceux qui partageaient ses opinions ; mais cette estime manquait de l'enthousiasme qu'eût fait naître la plus misérable bravade sicilienne et napolitaine. Aucun n'eût cherché à nier qu'il avait fait plus que personne, et aucun ne l'eût choisi pour chef. Il menait les conseils secrets des carbonari par l'influence de sa raison supérieure, mais sans y être à la première place. Cette première place, il venait de la donner à un autre qui ne le valait ni pour la fertilité des moyens, ni pour la persévérance du courage ; mais celui-là était selon la plèbe italienne, il empanachait ses actions de paroles hautaines, de gestes héroïques, et devant ces peuples amoureux de spectacles, il savait se poser et se draper à leur manière ; aussi leur plaisait-il bien davantage que son simple et sévère rival : comme il arrive que les femmes et les enfants se plaisent à regarder un écuyer qui fait piaffer un flasque et pompeux andalou, tandis qu'ils laissent passer sans attention un vigoureux et fin cheval anglais qui court d'un pas ferme et régulier.

Mais pourquoi Spaffa avait-il cédé à Faviani ce rôle que lui seul était capable de remplir ? C'est que la vie de Spaffa n'avait eu que deux espérances : sauver la patrie et être aimé d'une femme. Pour cette seconde espérance, il n'eût pas abandonné la première ; mais il eût voulu la réaliser seul, afin de paraître grand et honorable aux yeux de celle qu'il aimait. Mais lorsque Fiavilla eut rencontré Faviani, il sentit mourir en lui l'espoir de son propre bonheur, et, voué dès lors à la patrie toute seule, il chercha les meilleurs moyens de la servir. Pellico, l'idole de Naples, n'était plus; il fallait donner une idole nouvelle à la faveur populaire, et le gendre de Pellico sembla devoir être son successeur de toutes manières. D'ailleurs Faviani avait par lui-même une grande autorité : il était beau, il était brave; il parlait avec hardiesse; il s'enflammait à sa propre parole; il s'exaltait sous ses pensées; ses yeux flamboyaient; il tordait ses bras, grinçait les dents, délirait; enfin c'était un véritable Italien. Ceux qui l'écoutaient alors suivaient avec frénésie cette pétulante et fougueuse éloquence, dût-elle les mener dans quelque abîme. Spaffa, au contraire, en les enfermant dans le cercle inébranlable d'une sévère logique, gênait les élans de leur imagination; et s'il finissait par les convaincre, c'était par les persuader. On eût dit des Arabes témoins des avantages d'une exacte discipline, et qui ne veulent suivre cependant que le chef qui les laisse se battre au hasard de leur caprice. Entre ces deux hommes, il en eût été de même au combat : Faviani y eût paru étincelant d'or et d'armes; Spaffa avec du fer bien trempé. Pour frapper un coup terrible, le premier eut levé en l'air son large sabre luisant, qui eût jeté un éclair et n'eût fait qu'une blessure, tandis que Spaffa eût poussé droit sa courte épée, qui eût percé le cœur de son ennemi.

Quant à Fiavilla, elle était l'ardente et faible Italienne, l'esclave et la souveraine de son mari, l'adorant plus qu'elle ne l'aimait, et l'adorant, non point de cet instinct de tendresse qui amollit deux cœurs et les fond l'un dans l'autre, mais de cet amour qui peut compter toutes les raisons de son exaltation, de cet amour qui s'adresse à la beauté, au génie, au courage, et qui peut se perdre avec tout ce qui l'a inspiré. Aussi n'avait-elle jamais remarqué Spaffa, parce qu'il n'avait rien jeté de ses qualités à l'admiration publique; aussi ne se doutait-elle pas de son amour, parce qu'il l'avait aimée avec la fierté d'une position inférieure. Elle sourit à la première parole de Faviani, et ne comprit pas les tristes regards de Spaffa. Celui-ci, que son étrangeté innée jetait mal à l'aise dans le monde où il vivait, habitué à valoir mieux que les plus grands, pour obtenir moins que les plus petits, avait facilement désespéré de son amour, et s'était résigné. Il eût aisément déterminé Pellico à lui donner sa fille, et la fit marier à son rival, parce qu'il avait vu que dans ce mariage était l'amour et le bonheur de Fiavilla. Il avait placé Faviani au poste le plus élevé du mouvement populaire, parce qu'il avait cru que le salut de la patrie viendrait plutôt à sa voix, et il avait aisément abdiqué sa carrière lorsque la récompense qu'il cherchait lui eut échappé.

Cependant le jour vint tandis qu'il errait encore sur la grève de Naples. Bientôt il vit accourir des sbires. Ce furent de toutes parts les recherches les plus subtiles pour découvrir le prisonnier évadé; mais Faviani les avait toutes trompées d'avance en se cachant dans la fuite. Quinze jours après, on apprit qu'il était débarqué à Toulon avec Jaffarino. On leur fit un nouveau procès, par lequel ils furent condamnés à être pendus. Jaffarino le concierge y gagna un peu de célébrité, et la popularité de Faviani s'accrut en raison de la pompe qu'on mit à le faire exécuter en effigie. Le soir de cette exécution, le gouvernement apprit que, parmi les pêcheurs et les lazzaroni, courait une chanson en l'honneur de Faviani; que dans quelques salons on avait récité une ode sur Faviani. Il suivit assidûment les mille bruits qui se répandaient à propos de ce proscrit, et, sans pouvoir saisir nulle part cette conspiration d'éloges qui voulait faire de Faviani un martyr, il en vit le progrès avec effroi. Ce fut l'occasion de plusieurs conseils de cabinet; on n'y parla rien moins que d'une demande d'extradition; quelques avis, comme celui du poignard ou celui du poison, auraient trouvé leurs partisans, si quelqu'un avait osé les émettre; mais, en résultat, on s'en rapporta à la prudence d'un homme d'État, qui promit de faire avorter le plan des patriotes. Il ne voulut dire à personne les moyens qu'il comptait employer; seulement il assura que tout se ferait sans bruit, sans nouvelles persécutions ni contre le marquis ni contre ses amis; qu'il n'avait pour cela besoin ni de prisons, ni de tortures, ni de bourreaux. Cette politique parut merveilleuse aux gouvernants; et si n'eût été leur incapacité de faire faire tout un peuple, ils n'auraient pas donné facilement leur assentiment à une marche qu'ils ne connaissaient pas, mais qui leur semblait impossible. Force leur fut cependant d'attendre les résultats. Nous ferons comme eux, et nous retournerons auprès de Faviani et de Fiavilla.

Ils demeurèrent à Paris, où ils les avaient pris un train de maison convenable. Sans être opulent, il attestait une certaine aisance. Tous les biens de Faviani et de sa femme ayant été confisqués, il ne lui restait d'autre fortune que le peu de capitaux qu'il avait pu faire passer en France. Jaffarino était

devenu l'*omnis homo* de la maison, un peu intendant, un peu domestique, un peu ami, mais par-dessus tout dévoué à Fiavilla comme un père à son enfant. Jaffarino était un homme de trente ans, qui avait servi sous Pellico durant le règne de Joachim Murat. C'était par la protection de son ancien chef qu'il était devenu l'un des employés de la prison de Naples, et c'était en sauvant Faviani qu'il avait commencé à prouver la reconnaissance et l'espèce d'idolâtrie qu'il avait vouées à Pellico, et qu'il reporta ensuite sur sa fille.

La vie que Faviani menait à Paris était simple et honorablement occupée. Dès son arrivée, les meilleures maisons des libéraux français lui avaient été ouvertes avec empressement; lui-même les recevait quelquefois chez lui, et offrait ainsi une distraction selon leurs goûts à quelques réfugiés italiens, auxquels aussi ses secours ne manquaient pas. Sa conduite digne et bienfaisante lui avait valu l'affection de la plupart d'entre eux; et lorsqu'ils parvenaient à faire pénétrer quelques lettres en Italie, aucun ne manquait de se répandre en éloges et en espérances sur le compte de Faviani. A Naples, ces lettres étaient habilement exploitées, et la réputation du proscrit s'y grandissait chaque jour, tandis que l'homme d'État dont nous avons parlé, en butte aux plaisanteries et aux alarmes de ses collègues, se contentait de répondre avec assurance : Laissez-moi faire, laissez-moi faire, je vous prie... Cependant rien ne paraissait annoncer en cet âge, car rien ne se passait à Paris qui attestât que Faviani fût l'objet d'une surveillance ou d'une trahison. Sa vie, en effet, demeurait toujours la même : habilement ménagée de manière à ne point alarmer le gouvernement français, et à rester, cependant, gênante pour l'autorité napolitaine. En une seule occasion, peut-être, Faviani manqua de prudence et manifesta trop hautement la vivacité de ses opinions.

Un jour qu'il était à l'Opéra dans une loge du rez-de-chaussée, il se fit un grand mouvement dans le parterre, et tous les regards se portèrent vers une loge où venait d'entrer une femme d'une beauté et surtout d'une élégance rare : elle était d'une taille peu élevée et dont l'apparence était frêle; son visage légèrement pâle était comme encadré dans un flot de cheveux noirs qui se répandaient jusque sur ses épaules; de longs et minces sourcils couronnaient ses yeux étincelants dont il semblait qu'elle ne laissait percer l'éclat qu'à travers un voile de longs cils, qui, lorsque ses paupières étaient baissées, se dessinaient sur sa figure presque aussi noirs que ses sourcils; le rose incarnat de ses lèvres se détachait de même sur la pâle blancheur de sa peau, et l'émail de ses dents, lorsqu'elle souriait, brillait comme les diamants qui ornaient ses oreilles; une croix en brillants et suspendue à un velours noir pendait à son cou; elle portait une robe rose d'un tissu de cachemire, garnie partout de blondes noires qui tranchaient sur l'ivoire de sa peau; ses bras étaient nus, délicats et serrés au poignet de bracelets de velours noir attachés par de longues boucles en diamants; ses mains resplendissaient de bagues : on devinait aisément que c'était une étrangère.

L'attention de la salle entière était fixée sur la loge où était cette femme, et la marquise elle-même s'était penchée plusieurs fois penchée en dehors de la sienne pour admirer cette beauté surprenante, lorsque Faviani, entraîné par l'exemple général, se décida à quitter sa place pour juger des éloges que sa Fiavilla, si belle elle-même, donnait à cette inconnue. Le mouvement de la marquise avait été remarqué, et avait appelé sur elle l'attention de l'étrangère; aussi quand Faviani s'avança pour regarder celle-ci, il vit ses yeux se fixer sur lui, et aussitôt un léger salut lui apprit qu'il avait été reconnu. A ce signe, le visage de Faviani se rembrunit, et il se retira vivement du devant de la loge, sans rendre cette légère salutation à celle qui la lui avait adressée.

— Vous connaissez cette belle personne? lui dit Fiavilla.

— Et vous aussi, répondit Faviani.

— Moi, non certes, reprit la marquise en reportant ses regards vers la loge de l'inconnue qu'elle trouva attentive à la considérer; non, si jamais j'avais vu ce visage, il m'eût assurément frappée assez pour ne l'oublier; non, vraiment, je ne la connais pas, répéta-t-elle en regardant encore l'étrangère dont les yeux ne la quittaient pas.

— Peut-être, répliqua Faviani, ne l'avez-vous jamais vue, mais certainement vous connaissez son nom, vous connaissez le nom de la comtesse de Palla.

— La belle Octavie! s'écria Fiavilla, c'est donc elle? Et, entraînée par une curiosité invincible, elle voulut la voir encore, et la trouva encore occupée à contempler sa loge, comme si elle eût voulu y faire pénétrer son regard. Fiavilla se tourna alors vers son mari, qui lisait attentivement un journal, et lui dit en souriant :

— Vraiment, ami, vous n'êtes pas juste; à Naples, vous

étiez le seul à me dire que la comtesse n'était point belle ; ou vous n'êtes pas franc, ou vous manquez de goût.

— Fiavilla, lui répondit son mari avec un doux sourire, quelle femme peut-on trouver belle près de toi ? et puis, ajouta-t-il avec une sorte de répugnance, la comtesse me déplaît. Je ne puis séparer sa personne de sa vie, et c'est assurément une mauvaise recommandation que la sienne.

— Spaffa m'a souvent dit qu'on l'avait beaucoup calomniée, dit la marquise.

— Peut-être Spaffa avait-il besoin qu'on le crût, répliqua Faviani en souriant : soit amour, soit vanité, on aime à parer l'idole à laquelle on sacrifie ; mais la ruine de quelques-uns de nos plus riches héritiers est un reproche dont elle ne saurait se défendre.

— Mais vous-même m'avez dit que nul d'entre eux n'avait le droit de s'en plaindre, car elle n'avait rien promis à ces brillants hommages, et elle ne leur avait rien donné.

— Sans doute, reprit Faviani ; mais ce qu'une coquette laisse espérer est souvent plus attrayant et plus perfide que son amour. D'ailleurs, je crois qu'on ne fait guère pour une femme ce que celle veut bien accepter, et qu'elle est toujours maîtresse d'empêcher les folies de ses adorateurs.

A ce moment, la loge de Faviani s'ouvrit, et un grand jeune homme blond, de la mise la plus recherchée, s'y présenta.

— Oh ! la délicieuse créature ! s'écria-t-il en entrant ; vous la connaissez, Faviani, vous me présenterez chez elle. C'est un soulèvement d'admiration, une ivresse universelle ; tout le monde en parle ; le foyer en est obstrué ; j'en ai promis des nouvelles, car j'ai vu qu'elle vous saluait. Elle est belle à faire frémir un saint. Qui est-elle ? d'où vient-elle ? comment se nomme-t-elle ? Et en disant ce flux de paroles, le jeune homme se penchait en dehors de la loge pour voir cette merveilleuse personne : elle regardait encore.

— Vraiment, sir Henri, lui dit la marquise en lui tendant la main, je vous sais avec la familiarité d'une ami, vous n'êtes pas de bon goût ce soir ; vous entrez dans ma loge tout transporté, sans me dire bonjour, et pour me parler avec enthousiasme de la beauté d'une femme, oubliant que je suis là, et que je puis avoir aussi des prétentions à paraître belle.

— De vous on le pense, mais on ne le dit pas, répondit sérieusement sir Henri ; votre destinée à vous est d'être un ange, et non pas d'être belle ; au lieu que cette femme, ajouta-t-il en reprenant sa gaieté, je ne la connais pas ; mais assurément c'est sa vie que d'être belle, c'est son ambition, son but, c'est son droit. Elle fait état d'être belle, sa beauté l'amuse et l'occupe, elle s'en sert ; c'est sa conversation, son esprit, son pouvoir ; elle la choie, elle est son esclave, elle lui cherche des hommages, elle aura les miens.

Le marquis avait quitté son journal, et écoutait sir Henri en souriant.

— Vous avez bien jugé la comtesse, lui dit-il, et vous êtes comme elle entend les hommes ; mais avec ces dispositions elle vous mènera loin.

— Ne vous inquiétez pas du chemin que nous ferons ensemble ; seulement, menez-moi jusqu'à elle. Ne me forcez pas à aller quêter une présentation banale ; voyons, venez ; je suis sûr qu'elle vous attend.

— Tout, excepté ce que vous me demandez là, répondit Faviani : je ne veux voir ni recevoir la comtesse, et je ne ferai pas une démarche qui pourrait autoriser d'elle à nous des visites, et plus tard peut-être une liaison qui me déplairait.

— Oh ! je vous en prie, dit aussitôt la marquise, présentez sir Henri à cette charmante femme ! Elle le rend déjà tout aimable. Voyez ce soir comme il est tout feu ; il parle, il s'exalte, il s'italianise ; demain, il fera des folies. Je serai sa confidente ; et ce sera fort amusant.

— Fiavilla, répondit avec humeur Faviani, aucun rapport avec la comtesse, si éloigné qu'il soit, ne vous convient. Sir Henri n'insista pas en voyant le ton décidé de Faviani ; seulement il se plaça sur le devant de la loge pour pouvoir admirer à son aise la divine Italienne. Le marquis reprit sa lecture, et Fiavilla devint rêveuse. On frappa tout à coup à la porte de la loge, et un jeune Napolitain de l'intimité de Faviani s'y présenta. Après avoir salué la marquise, il dit à son mari :

— Pardon, si je trouble votre lecture, mais je viens ici en qualité d'ambassadeur.

Sir Henri se retourna, et Fiavilla écouta attentivement.

— La comtesse de Palla a reçu pour vous beaucoup de messages et de compliments à Naples ; elle désirerait vous en faire part, et vous attend dans sa loge.

— Où je l'accompagne, dit aussitôt sir Henri en se levant.

— Où je n'irai pas, répliqua vivement le marquis... Chacun parut surpris de ce refus impoli ; mais Faviani continua en

s'animant pendant qu'il parlait... Et s'il faut vous en dire la vraie raison, ce n'est ni sa légèreté, ni sa réputation qui m'en empêchent, mais une conviction profonde qu'elle n'est étrangère, ni aux malheurs de notre pays, ni aux trahisons qui ont perdu notre cause.

— Oh ! quelle idée ! s'écria le jeune Napolitain ; la comtesse de Palla, qu'on ne nommait que la folle Octavie quand on ne l'appelait pas la belle Octavie ?

— Elle ne quitte pas les salons de l'ambassade, dit Faviani.

— Elle est parente de l'ambassadeur, et son intervention a été plus d'une fois utile à quelques-uns de nous qui ont obtenu, grâce à elle, de rentrer à Naples.

— Oui, je sais qu'elle intrigue pour tout le monde, répondit Faviani.

Le jeune Napolitain se leva à cette dernière réponse, ouvrit la porte de la loge, et salua le marquis en lui disant :

— Je vois qu'il est impossible de combattre une prévention aussi profonde que la vôtre. Je vous laisse ; je dirai à la comtesse le peu de succès de mon ambassade.

— Attendez, s'écria vivement Fiavilla, c'est se faire à plaisir une ennemie puissante.

— A ce contraire, comme à tout autre, répondit Faviani à voix haute, je méprise la comtesse. Vous pouvez lui dire ce qu'il vous plaira.

A ces paroles, sir Henri tressaillit, car il venait d'apercevoir, à travers la porte entr'ouverte, Octavie qui se promenait au bras d'un diplomate autrichien, et qui peut-être avait entendu Faviani ; il se hâta d'arrêter le jeune Napolitain.

— Dites plutôt à cette belle des belles, s'écria-t-il vivement, que le capitaine Henri de Lawton, ami du marquis Faviani, désire lui présenter ses hommages... Puis il ajouta tout bas en s'adressant à Fiavilla : J'arrangerai tout cela.

— Alors, repartit le jeune Napolitain qui l'avait entendu, venez sur-le-champ, c'est une mission que je vous confie avec plaisir, car j'avoue que j'en suis fort embarrassé.

Tous deux sortirent de la loge et se présentèrent dans celle de la comtesse, où elle était déjà rentrée. Le spectacle fini, la comtesse était sous le péristyle de l'Opéra, elle attendait sa voiture et causait avec sir Henri. On se pressait autour d'elle, et parmi les murmure qui couraient dans un cercle d'élégants, elle pouvait entendre les hommages qu'on jetait à sa beauté. Tout à coup l'un de ses admirateurs, plus enthousiaste que les autres, s'écria assez haut en s'adressant à un jeune homme immobile au pied de l'escalier :

— Venez donc voir, mon cher, la plus belle personne de la soirée !...

Celui à qui il parlait ainsi répondit sans se déranger :

— La plus belle personne de la soirée... la voilà.

Et il désigna cette femme qui descendait l'escalier. Tous les yeux dirigés par cette parole prononcée à voix haute se détournèrent d'Octavie et se portèrent sur cette nouvelle beauté : c'était Fiavilla au bras de son mari. L'attention fut aussitôt si empressée à la considérer, que sir Henri remarqua seul le regard irrité de la comtesse et l'expression cruelle qui passa sur son visage.

Cette petite aventure n'eut aucune suite ; cependant il en fut question parmi les réfugiés italiens, et la plupart, surtout parmi les plus rigides, surent gré à Faviani de ce qu'il avait fait. Bientôt cependant on n'en parla plus, et rien ne semblait en devoir rappeler le souvenir, lorsque le hasard le plus simple amena une nouvelle rencontre ; ce ne fut point un de ces singuliers événements qui rapprochent si étrangement deux personnes qu'elles doivent y faire attention et s'en étonner ; ce ne fut point une de ces circonstances surprenantes qui jettent un air de prédestination dans la vie de certains êtres : ce fut une de ces mille choses qui se passent tous les jours sans qu'on y prenne garde, et qui ne deviennent plus tard importantes dans le souvenir que parce qu'il en est résulté plus tard ce qu'on ne devait attendre.

Une célèbre cantatrice italienne venait d'être engagée au grand Opéra de Londres : son directeur, qui avait fait exprès pour elle le voyage de Naples, l'accompagnait, et ils venaient d'arriver à Paris où ils devaient passer quelques jours. A peine la nouvelle de cette arrivée fut-elle connue, que ce fut un concours de visites et d'invitations pour la prima dona. Le directeur fit obstinément refuser toutes les invitations, jaloux qu'il était de la conquête, et bien appris que la plupart de ces politesses n'avaient d'autre but que d'organiser une soirée dansante où se serait par hasard touvé un piano, et, par hasard encore, le meilleur accompagnateur de Paris : puis, à côté du piano, les partitions du répertoire entier de la cantatrice, et enfin les amateurs les plus distingués, qui auraient laissé échapper un regret, puis témoigné un vœu. Bientôt un vœu se serait formé ; un moment après c'eût été une sollicitation, d'abord d'un importun, ensuite d'un grand seigneur ; puis des femmes qui implorent, un grand artiste qui se met à genoux, toute une société qui bat des mains, et la cantatrice séduite, entraînée, fait entendre à une foule d'oisifs une voix qui coûte cent mille francs à son directeur... Or le directeur avait exactement inséré dans l'engagement que la signora ne chanterait nulle part ou à Londres, sous quelque prétexte que ce pût être.

Cependant, car ce mot de l'exception se glisse toujours là d'où il semble qu'on ait voulu précisément le bannir, cependant il arriva que la signora dut rendre visite à Paris à des amis d'enfance, qu'elle en reçut une prière de dîner avec eux, et que c'eût été barbarie de les refuser. De pauvres réfugiés italiens, logés au haut de Belleville, vivant des secours du gouvernement français et de ceux de leurs compatriotes, auraient pu prendre un refus pour du mépris.

— Vous chanterez, signora, disait le directeur.

— Mais il n'y a ni piano ni harpe chez ces pauvres gens, répondait la cantatrice.

— Bah ! il en tombera un du ciel du lit, et, à tout prendre, on déterrera une vieille épinette, une guitare oubliée au grenier... que sais-je ? vous chanterez devant deux cents personnes, et voilà ma conquête dévirginisée.

— Bravo ! bravo ! s'écria la cantatrice en riant aux éclats : deux cents personnes dans un appartement de cent écus, avec un salon de dix pieds carrés et une chambre à coucher grande comme la main !

— Le salon n'a que dix pieds ? dit le directeur en prenant un air de bonhomie.

— Et il n'y a que six chaises pour s'asseoir, reprit la cantatrice.

— En ce cas, répliqua le directeur après une mûre hésitation, je ne crois pas qu'il y ait grand danger ; d'ailleurs je ne veux pas vous empêcher de voir vos amis. Allez donc, mais vous chanterez, j'en suis sûr.

Et la cantatrice, riant avec délice de la peur du brave directeur, se mit à vocaliser et à semer sa vocalisation de fioritures et de traits vigoureux et rapides qui ravirent le prudent empereur, qui se hâta d'aller fermer la fenêtre maladroitement entr'ouverte, pour prévenir, non pas un rhume, qu'il aurait eu le temps de faire guérir avant les débuts, mais pour empêcher que quelque voisin indiscret pût se mettre d'avoir entendu une seule note de cette voix qui lui coûtait cent mille francs.

Quelques jours avant ce singulier dîner, le pauvre Italien qui avait obtenu ce qui avait été refusé aux plus grands noms de France crut avoir trouvé la seule occasion de remercier Faviani de ses bienfaits ; il vint lui faire part de sa bonne fortune, et le solliciter de passer la soirée chez lui. Faviani accepta, autant pour faire plaisir à ce brave homme que pour voir sa célèbre compatriote, et tout fut arrangé.

Ce jour-là même, sir Henri et quelques intimes de Faviani étaient chez lui, et la conversation s'engagea sur le désespoir où était toute la compagnie dilettante de voir passer ainsi la belle cantatrice sans recueillir une seule de ses suaves intonations. Faviani se vanta en riant d'être plus heureux que tout Paris ; les visiteurs surpris voulurent savoir ce que voulait dire une pareille présomption ; la réserve fut extrême d'un côté, la curiosité fut ardente de l'autre. Enfin le marquis, après avoir laissé épuiser toutes les suppositions, après que l'on eut pesé mûrement l'influence politique ou artistique de toutes les notabilités de Paris, pour deviner celles qui avaient obtenu une si haute faveur, le marquis, disons-nous, avoua tout naïvement l'histoire du pauvre Italien.

— Bah ! s'écria sir Henri, c'est une fable ; un pauvre Italien, dites-vous, qui se nomme...?

— ***.

Le marquis répondit ce nom. Tout Paris l'a su pendant deux jours ; tout Paris et moi l'avons oublié.

— Un homme qui demeure au haut de Belleville, n'est-ce pas ?

— Au haut de Belleville, répondit encore Faviani.

— C'est impossible, reprit sir Henri ; c'est une mauvaise plaisanterie.

Et, sans attendre de réponse, il sortit à l'instant même. Une demi-heure après, il était chez la comtesse de Palla ; une demi-heure encore après, il était chez la duchesse de B...; et le soir, dix salons savaient l'histoire du pauvre Italien ; et le lendemain, à l'heure où les autres jours les reines de tous ces salons ne se doutaient pas que le soleil fût levé, vingt équipages gravissaient la longue rue de Belleville, et s'arrêtaient à la porte du pauvre réfugié. Ce fut un étourdissement inimaginable pour cet homme que cette affluence de grands noms qui le comblaient de politesses, et qui achevaient tous leur gracieuse visite par une demande d'invitation. Il en com-

prit bien le motif, et eut envie de refuser, mais il se laissa aller au petit orgueil d'obliger tant de gens si haut placés, et ne rejeta avec mépris qu'une seule sollicitation : ce fut celle d'un gros agent de change qui eut l'impudence financière de lui offrir de l'argent.

Le fameux jour arriva. Personne ne pourrait nous contester le droit de faire ici un tableau grotesque de cette singulière assemblée ; mais il faut à ces peintures une main leste et impitoyable, et ce n'est point de notre nature : aussi nous n'essayerons pas de montrer toutes ces femmes resplendissantes de diamants, sur de méchantes chaises de paille empruntées à tout le voisinage ; de faire voir les quatre chandelles qui éclairaient la réunion, plantées sur leurs flambeaux de cuivre couronnés d'une large frisure de papier. Ce serait un tableau tout entier que l'entrée de chaque invité, gravement accueilli par le signor *** et la sua sposa, ne trouvant où se placer, trop heureux de se perdre dans une embrasure de fenêtre ou dans une ouverture de porte, tandis que quelque noble dame, après avoir beaucoup regardé autour d'elle, finissait par s'asseoir, mi-partie sur une moitié de chaise qu'une amie pitoyable daignait lui offrir. Ce fut d'abord un embarras étrange, puis un rire mal comprimé à chaque nouvel arrivant, puis une gaieté tout à fait folle, jusqu'à ce qu'enfin les manches gigantesques avaient été condamnées à l'aplatissement le plus complet, les fleurs et les plumes des hautes coiffures aux rencontres les plus désastreuses, et le tout à la gêne la plus serrée, la société se trouva convenablement tassée dans le salon de dix pieds carrés.

Nous n'avons pas à raconter les triomphes de la prima dona, les délires des auditeurs, les accès de ravissement des dilettante et les emportements inouïs de leur furieuse admiration. Ce fut, comme dans un salon doré, la comédie si connue de toutes les soirées musicales, jouée à son plus haut degré d'exaltation par des forcenés, où il se trouve des niais qui croient sentir ce qu'ils expriment. Disons seulement qu'à minuit sonné, tout le monde était saturé de musique, d'admiration et de chaleur, et que l'on songea à se retirer. Les amis du réfugié italien ne voulurent pas ajouter à l'encombrement du départ, et demeurèrent les derniers, en causant debout ; bientôt il ne resta plus dans le modeste salon que le marquis, sa femme, la comtesse et sir Henri. On s'en aperçut, et l'on voulut se retirer ; mais, à la grande surprise de Faviani, il n'y avait à la porte d'entrée que le domestique de la comtesse, tenant son manteau ouvert, et l'imperceptible groom de sir Henri, qui, en portant sur son épaule la redingote de son maître, pliée en deux, avait grand'peine à empêcher le collet et les basques de traîner à terre. Faviani s'enquit ; la voiture qui l'avait amené était partie depuis longtemps, et il n'y avait aucune chance de retrouver une à l'heure qu'il était. Un embarras pénible se peignit sur le visage de chacun, et le malencontreux Italien, croyant tout arranger pour le mieux, dit avec empressement :

— Mais madame la comtesse reconduira avec plaisir monsieur le marquis.

— Non, dit brusquement Faviani ; c'est inutile... ce serait trop d'indiscrétion... Le temps est beau... la nuit n'est pas très-avancée...

— Vous êtes fou ! s'écria sir Henri ; il fait un vent d'enfer, et il tombe une pluie glacée : c'est tout au plus si je n'en suis pas percé dans mon misérable cabriolet ; après la chaleur que nous avons supportée ici, il y a de quoi en mourir. Il y a un arrangement tout simple : que madame la marquise se charge de madame la marquise : moi, je vous amène avec moi.

— Je ne puis... je serais désolé de déranger Madame, reprit encore Faviani dont l'embarras était au comble.

La comtesse, pendant ce temps, avait gardé un complet silence. Sir Henri haussait les épaules, et Fiavilla n'osait parler. Tout à coup le visage d'Octavie, sérieux jusqu'à ce moment, changea d'expression ; elle s'enveloppa vivement de son manteau, et dit à sir Henri en riant :

— Vous êtes, ce soir, d'une maladresse achevée. Il y a un arrangement tout simple, et dont vous ne parlez pas : prenez-moi dans votre cabriolet, et ma voiture restera à la disposition de madame la marquise.

Faviani surpris de cette proposition s'apprêtait à s'excuser, lorsque la comtesse ajouta en riant :

— Oh ! laissez, laissez, monsieur le marquis ; c'est un service que je rends à sir Henri, je l'espère du moins ; et sa reconnaissance me le payera plus cher qu'il ne vaut, soyez-en sûr.

Le marquis voulut absolument refuser. La comtesse redevint très-sérieuse.

— Monsieur le marquis, lui dit-elle, je ne sais si vous désirez que je croie aux propos qu'on vous a prêtés sur mon compte; mais songez qu'un refus me serait une assurance du mépris dont on vous gratifie à mon égard.

Faviani, si nettement posé entre une injure grossière à adresser à une femme et un service léger à en recevoir, eût peut-être encore hésité, si Fiavilla, qui trouvait tout au moins bizarres les préventions de son mari, ne se fût hâtée de dire :
— Nous acceptons, Madame, nous acceptons...

Ce mot fut à peine prononcé, que la comtesse descendit rapidement avec sir Henri. Faviani monta dans son équipage, presque triste et vivement contrarié de l'obligation qu'il avait contractée vis-à-vis de la comtesse.

Deux jours après, sir Henri arriva chez Faviani d'un air fort empressé : il venait s'informer des nouvelles de Fiavilla, et apprit au marquis que la comtesse, surprise par le froid en revenant de Belleville, était grièvement indisposée. Cette nouvelle hâta la visite que Faviani comptait faire à Octavie pour la remercier de sa politesse. Il espéra que la maladie de la comtesse le dispenserait d'être reçu. Il se présenta le jour même chez elle; son désappointement fut grand, quand on lui apprit que madame de Palla était visible; il était impossible de reculer, il se fit annoncer.

Il est au-delà de la puissance de la parole écrite de peindre ce qui se passa, sans doute, dans cette entrevue. Quant à nous, nous ne le hasarderons pas. Il est des résultats qui arrivent un jour si évidents, qu'il est impossible de les méconnaître, sans qu'il soit donné à aucun œil humain de suivre la route par où le cœur a passé pour les amener : ainsi, nous dirons que le dédaigneux Faviani, si longtemps retranché dans son mépris pour Octavie, ne fut pas plus tôt à portée de son regard et de sa parole, qu'il demeura vaincu dans une lutte qu'il ne supposait pas même possible. A vrai dire, nous pourrions faire assister le lecteur à cette puissante et habile séduction; mais pour espérer de la lui rendre vraisemblable, il faudrait que le pouvoir du style, multiplié et simultané à la fois, pût reproduire et la parole elle-même, et l'accent profond dont elle est prononcée, et le geste qui lui vient en aide, le regard et le sourire qui l'imprègnent d'amour et de volupté; il faudrait plonger le lecteur dans une atmosphère parfumée, respirant l'ivresse, enveloppé d'un jour douteux; il faudrait lui peindre chaque mouvement d'une femme que Faviani avait supposée folle, arrogante et amoureuse des plaisirs bruyants, et qu'il trouva triste, humble et dégoûtée d'une vie qu'elle jetait à la dissipation, en faute d'un cœur à qui la confier; il faudrait encore qu'après une longue conversation où l'esprit du marquis, d'abord intéressé par l'étonnement, se laissa aller à la pitié et entraîna le cœur avec lui; il faudrait, disons-nous, faire vibrer notre style d'une suave et douce musique, laisser glisser notre phrase au milieu de notre plume, comme à notre insu, ainsi qu'elle s'échappa des lèvres pâles de la comtesse; il faudrait qu'à cette page on pût attacher le charme d'un regard douloureusement levé vers le ciel, qu'on pût l'empreinte de ces larmes humides qui voilent les yeux sans baigner le visage; et alors le lecteur comprendrait peut-être de quel sentiment Faviani se laissa surprendre lorsqu'elle lui dit :
— Et puis, ne vous y trompez pas, toute vie a une espérance qui soutient toutes les autres. Tant qu'il reste au cœur la chance de la réaliser, on prend soin du reste de sa vie, parce qu'il se rattache à ce souverain espoir; mais le jour où il tombe, tout s'écroule avec lui. J'ai rêvé dans ma vie un rare bonheur, le seul cependant qui puisse être permis à l'ambition d'une femme : j'eusse payé d'une adoration d'esclave l'amour et le nom d'un homme qui eût couvert ma faiblesse de femme d'une illustre considération. Malheureusement, au lieu de laisser à ce vœu de mon cœur le vague d'une espérance qui peut à tout moment rencontrer sa réalisation, j'attachai cette espérance à un nom et à un homme, à un homme qui n'aura pas même aperçue. Quand cette déception m'arriva, je reconnus que tout l'édifice que j'avais bâti à mon avenir s'était abîmé en un coup. Talents, beauté, hommages, tout ne me fut plus rien. Il fallait que je me fisse religieuse ou coquette. Ce n'est pas moi qui ai choisi; ma famille me donna au monde en me mariant au comte de Palla, et j'y suis restée, parce que j'y étais; j'y mène la vie commune, parce qu'elle est toute tracée, et que je ne m'intéresse pas assez à moi-même pour en sortir et prendre une détermination qui me coûterait la peine d'un effort. Vous me croyez heureuse, et je ne suis que résignée.

La nouveauté de ces idées, de ce langage, étonna et ravit Faviani, dont la nature italienne croyait que l'expression extérieure était toujours la traduction de l'âme. Lui qui pensait que la gaieté venait de la joie, que le calme uniforme du repos de l'âme, il prit en commisération cette désespérance qui s'interdisait jusqu'à la plainte. Il ne soupçonna pas d'abord quel pouvait être celui à qui la comtesse s'était ainsi destinée et sacrifiée en son cœur; ce ne fut que longtemps après, et lors-

qu'il tremblait déjà d'apprendre un nom étranger, qu'il sut que c'était lui qui avait été l'objet de ce rêve.

Dire que des visites assez rapprochées, puis plus assidues, et enfin continuelles, suivirent ce premier entretien, ce serait aborder les faciles conséquences d'une victoire, quand on a craint d'attaquer en face la seule situation périlleuse; ce serait suivre le cours d'une onde dont on n'a pu déterminer la source; ce serait peindre le corps palpitant et mort d'Iphigénie, quand on a voilé le visage d'Agamemnon. Franchissons donc tout un intervalle de six mois, et, laissant aux ailes de l'imagination le temps et l'espace à parcourir selon son caprice, abattons notre récit dans un salon de Naples, où se trouvent les conseillers du trône et l'homme d'État qui avait promis la destruction de Faviani.

— Eh bien ! disait-il à ses collègues, les grèves et les cabarets retentissent-ils toujours de chansons en l'honneur du proscrit? Lit-on encore dans les salons des odes qui en fassent un nouveau Brutus, un Guillaume Tell, un Rienzi?

— Il est certain, répondit un des ministres, que l'enthousiasme tombe; les lettres des exilés ne parlent plus de lui qu'avec amertume; il paraît qu'il scandalise Paris de sa liaison avec la comtesse de Palla.

— Et voici qui va lui porter le dernier coup, ajouta l'homme d'État en ouvrant un journal français dont il lut l'article suivant :

« Il y a deux jours, une rencontre fatale a eu lieu entre le « marquis de F..., réfugié italien, et sir Henri de Lawton, ca« pitaine anglais, qui a succombé. Ce combat, auquel la poli« tique est tout à fait étrangère, est né, dit-on, des propos « tenus par sir Henri sur une dame, aux faveurs de laquelle il « prétendait avoir autant de droits que le marquis de F... Ce « qui jeta sur ce malheureux duel une teinte fâcheuse pour « le vainqueur, c'est que sir Henri était l'officier anglais qui « avait sauvé le marquis lors de sa condamnation; et que, le « jour même de la querelle, il avait généreusement prévenu « l'arrestation du marquis, en payant pour lui des créanciers σ que celui-ci ne pouvait satisfaire.
« Le soir même, le marquis de F... s'est montré chez l'am« bassadeur de Naples, où il accompagnait la comtesse de « Palla. »

Le conseil écouta avec joie cette lecture. L'homme d'État leur lut ensuite une dépêche signée comtesse de Palla, dont l'importance occupa le conseil plus de six heures. Le soir, l'article, imprimé et répété dans tous les journaux de Naples, fut pendant huit jours le sujet de toutes les conversations. Maintenant, ramenons encore le lecteur aux lieux d'où nous l'avons un moment éloigné, et rentrons à Paris. Nous voici dans la maison de Faviani.

Il y restait les signes certains de l'aisance, mais d'une aisance perdue. C'étaient encore les meubles somptueux d'acajou et les larges tapis d'Aubusson; mais ce qui brillait plus nulle part cette profusion de petits objets d'un grand prix qui attestent le luxe et le soin de la vie; ce n'étaient plus, ni une étagère chargée de bronzes et d'ivoires presque aussi précieux que de l'or, ni une coupe pleine à déborder de bijoux magnifiques, détachés le soir d'une parure de bal; sur la toilette ne s'ouvrait plus un écrin oublié; les chaînes d'or, les bagues, les bracelets, ne pendaient plus au hasard aux clous crochus et délicats des bords d'une glace, ni aux épingles d'une pelote de dentelle. Un air d'abandon régnait dans l'arrangement des meubles, tout n'y brillait plus de ce vernis de soin et de luxe d'un service régulier. Pour un observateur malavisé, c'eût été un défaut de bonne tenue; un regard plus exercé y eût reconnu la misère; avec la misère, il eût reconnu le désespoir, s'il avait pénétré jusque dans la chambre de Fiavilla. Elle était assise près d'une fenêtre, l'œil ouvert devant elle, mais la pensée bien loin de son regard; elle se tenait immobile, les bras croisés sur sa poitrine; elle avait le teint hâve, les yeux brûlés d'insomnie; un frémissement imperceptible agitait ses lèvres; ses vêtements étaient ceux qu'elle avait pris en se levant ou qu'elle avait gardés de la veille; ses cheveux x étaient en désordre. A la voir seulement on eût pris pitié d'elle. Tout à coup elle tressaillit : la sonnette de son appartement avait vibré vivement. Elle se leva comme pour fuir, mais elle se rassit aussitôt en pensant que Jaflarino ne laisserait entrer personne. Cependant la porte du salon qui précédait la chambre s'ouvrit presque aussitôt : la marquise devint tremblante, elle supposa quelque nouveau malheur, quelque insulte, et, sans rien savoir de ce qui l'attendait, elle se prit à pleurer. La porte de la chambre s'ouvrit à son tour, et Spaffa se présenta.

En le voyant, elle poussa un cri et tomba sur un canapé, où son âme déborda en sanglots déchirants. Jaffarino, qui avait accompagné Spaffa, la lui montra silencieusement de la main. Spaffa lui fit signe de s'éloigner; il s'approcha lentement, en écoutant ces convulsions terribles de la douleur ; il posa son chapeau sur une table, avança un siège, s'assit à côté de Fiavilla sans lui parler ; bientôt il lui prit doucement la main qu'elle abandonna au serrement intime de celle de Spaffa ; et enfin, lorsque celui-ci vit que les pleurs s'apaisaient et que les sanglots se dissipaient de même, il lui dit à voix basse :

— Allons, Fiavilla, ne vous détournez pas de moi ; je sais tout.

Un amer sourire fut la seule réponse de la marquise.

— Oui, reprit Spaffa, je sais la folie et l'abandon de Faviani ; je sais sa ruine... je sais...

Il s'arrêta, car Fiavilla avait vivement saisi sa main ; elle avait attaché sur lui un regard désespéré ; elle secouait lentement la tête.

— Non, lui dit-elle, vous ne savez rien. Vous savez, comme tout le monde, ce qui se montre à tous, ce qui s'étale au dehors ; vous avez vu les coups qu'il m'a portés ; mais vous n'avez pu mesurer quelles blessures il m'a faites.

— Oh ! répondit Spaffa d'une voix émue et en parcourant de l'œil ce visage jadis si jeune et si vivant, et maintenant flétri et desséché ; oh ! je vois bien tout ce que vous avez souffert.

— Non, reprit-elle encore avec le même geste et le même regard, toutes mes douleurs ne sont pas écrites sur mon visage ; elles n'ont pas toutes creusé leur sillon sur mes joues ; toutes mes larmes ne sont pas venues jusqu'à mes yeux pour les éteindre. Oh ! si chacun de mes tourments eût fait sa ride, si chacune de mes souffrances eût jeté son cri, si un seul de mes cheveux fût tombé à chaque désespoir, je serais chauve, je serais muette, je serais morte.

Quand on ne peut pas consoler, il faut plaindre : aussi une larme tomba de l'œil de Spaffa, et il baissa la tête en murmurant seulement :

— Pauvre Fiavilla !

— Oh ! reprit-elle avec ardeur, voulez-vous m'écouter ? Il faut que je vous parle ; il faut, ajouta-t-elle en laissant fuir toutes les larmes qu'elle avait d'abord repoussées dans son sein, il faut que je pleure avec vous : il y a si longtemps que je pleure toute seule ! car maintenant je le méprise trop pour pleurer devant lui.

— Ah ! parlez ! s'écria Spaffa ; parle, Fiavilla ; je t'écoute.

— Eh bien ! dit-elle en se rapprochant de lui, l'œil sec, la voix assurée et avec l'intonation d'un enfant qui va commencer un récit, écoutez-moi. La première fois que cette douleur me vint au cœur, ce fut un soir qu'ils se regardèrent en se cachant de moi ; ce regard ne fut que d'un éclair, mais j'y lus tout mon malheur. Imaginez-vous une retraite où repose un voyageur confiant, tout à coup éclairée d'une lueur d'orage qui la lui fait voir hideuse et peuplée de reptiles, lorsqu'il la croyait paisible et sûre : c'est ainsi que m'apparut ma vie, ma vie passée et ma vie future, où je me reposais avec tant de confiance. Mille soins depuis quelque temps oubliés par Faviani, et que je m'expliquais par ses préoccupations politiques, ses absences plus fréquentes, ses longues veilles hors de sa maison, pendant lesquelles je tremblais des dangers que je supposais qu'il bravait ; des réponses amères à mes représentations ; cent choses, enfin, dont chacune m'était restée obscure et sans importance, se réunirent et s'éclairèrent sous ce regard, pour m'accabler tout d'un coup d'une effroyable conviction. Je ne me traînai pas longtemps à la suite de cette douleur sans prendre le parti de la détruire ou de m'assurer en mon âme. Le soir même, j'en parlai à Faviani. Il essaya de me tromper. Je lui dois cette justice, il l'essaya avec conviction ; et si vous pouviez comprendre l'âme d'un homme tel que Spaffa, il l'essaya avec amour.

Spaffa regarda Fiavilla avec surprise ; il y avait aussi dans son regard de l'attente et de l'effroi. Fiavilla le comprit, et lui dit amèrement :

— Oh ! n'est-ce pas que cette parole vous semble inouïe et folle ? et pourtant elle est vraie. Je ne vous l'expliquerai pas, tout à l'heure vous la comprendrez. Je vous disais qu'il essaya de me tromper. Assurément il y mit une grande générosité, car il s'imposa les plus insultantes railleries contre la comtesse ; il se condamna à paraître se mépriser ; il salit de boue secrète de son âme. Plus tard, tant qu'il était près de moi, sa présence m'occupait assez pour fixer sur lui seul tout l'essor de mon imagination ; mais dès qu'il sortait, mon esprit s'attachait à lui : je le suivais pas à pas ; je le voyais s'éloigner d'un air insouciant de sa maison, puis hâter sa course lorsqu'il était hors de l'étendue de mon regard ; je l'apercevais entrant dans une maison où sa venue était si commune qu'on n'y prenait plus garde ; avec lui je traversais les salons ; avec lui j'entrais

dans un boudoir : là je voyais la comtesse, je voyais le sourire dont elle l'accueillait, j'entendais leur entretien, j'épiais leurs gestes, je sentais battre leur cœur, palpiter leurs désirs, se confondre leurs baisers ; la jalousie furieuse m'égarait : je me levais, je m'écriais, je prenais un poignard ; puis ma porte s'ouvrait, et c'était Jaffarino qui était venu à mes cris, et qui me retenait, haletante et brisée de cette horrible vision. La vérité ne pouvait être plus épouvantable ; je la voulus, je la cherchai, je la découvris. Je fouillai les papiers de mon mari, j'attendis son sommeil pour chercher dans ses vêtements, je brisai des serrures, je fis faire des clefs : je trouvai une correspondance.

Spaffa fit un mouvement.

— Écoutez, écoutez, s'écria rapidement Fiavilla. Le soir il rentra, je l'attendais. J'avais étalé dans ma chambre les preuves de son crime une à une ; sur chaque chaise, sur la cheminée, sur les tables, partout une lettre ouverte. On eût dit un jeu d'enfant. Il entra. Pour poser son chapeau, il écarta une lettre sans y faire attention ; pour s'asseoir, il en releva une et y jeta les yeux ; il la reconnut ; il remarqua aussitôt tous ces papiers épars autour de lui ; il les saisit un à un : de tous côtés l'écriture de la comtesse. D'abord il fut stupéfait, puis il devint pâle de colère, puis furieux ; il ramassa de toutes parts et avec rage ces pages dispersées : il se taisait. Je les lui montrais du doigt, je les lui jetais du pied ; il se taisait encore. Je me sentis heureuse de ma vengeance. On ne peut s'imaginer quel poignant embarras que celui de Faviani. Cependant il n'y pouvait rester ; il fallut en sortir. Avec tant de preuves évidentes, j'avais invinciblement barré le passage à un mensonge. Aussi n'essaya-t-il plus de me tromper ; et ne pouvant plus me voiler son crime, il s'y établit insolemment : il me dit qu'il aimait la comtesse, il s'en vanta ; il m'exalta son bonheur, le seul bonheur qu'il eût éprouvé de sa vie ; il me dit qu'elle était belle, enivrante, pure ; il me dit qu'elle était pure. Ce fut alors ma plus fatale douleur. Oh ! que moi, si fière un instant avant de ma victorieuse accusation, j'eusse payé alors de mon sang un mensonge, une tromperie ! Oh ! s'il avait voulu me dire, devant cette irrésistible preuve, que ce n'était pas vrai ; s'il eût voulu me prouver que ce jour éclairant n'était que ténèbres, je ne l'eusse pas cru, sans doute, mais je l'eusse remercié à genoux ; chacune de ces menteuses paroles m'eût semblé une assurance qu'il comptait ma douleur, sinon mon amour, pour quelque chose en son cœur. Mais rien, rien ! Je l'avais poussé dans cet étroit défilé, il en sortit en foulant mon cœur aux pieds ; et pour me punir de la torture que ma vaine vengeance lui avait un moment infligée, il la frappa longtemps, il y trépigna : il me conta son amour, ses craintes, ses espérances, ses délires ; enfin, je tombai à ses pieds ; je lui demandai grâce, je lui criai que je mourais : il se tut.

Depuis ce jour, ce fut une lutte ouverte, qu'il accepta hautement. Je n'avais qu'une arme pour lui faire des blessures dont il me déchirait : c'était l'insulte contre la comtesse. Quand il me parlait de son culte pour elle, je raillais son idole, j'inventais des mots cruels ; je me mettais en quête de tout ce qu'on en rapportait ; je lui comptais les amants qui l'avaient prise et délaissée avant lui, ceux qui l'avaient méprisée, et je la ravalais à être l'esclave moqué d'une courtisane qui n'était plus que le rebut des salons. Alors tout son orgueil frémissait en lui ; alors il me rendait mes coups par d'insolentes louanges d'elle, et d'infâmes mépris de moi : chacun de nous deux n'avait souci que de frapper au cœur de l'autre, sans penser à se défendre. Je dus y succomber. Je n'avais que les instants rapides où la nécessité de le ramenait dans sa maison. Le reste du temps était pour lui, qui courait oublier mes reproches dans les bras de la comtesse ; il était alors moi, qui demeurais seule à pleurer quelquefois mon impuissance, quelquefois aussi mon audace. C'est alors, Spaffa, lorsque je mesurai tout ce que j'avais perdu le jour où je l'empêchai de pouvoir me tromper.

— Oh ! s'écria Spaffa, que n'étais-je ici, près de vous ! Au nom de votre père, de mon bienfaiteur, je vous eusse protégée, Fiavilla, je vous eusse sauvée.

— Pauvre Spaffa ! reprit la marquise avec l'accent d'un cœur qui s'irrite de n'être pas compris, vous m'auriez protégée ! contre qui ? contre moi ? car c'est moi qui cherchais les querelles, qui allumais le combat. Il se taisait volontiers, lui ; il m'eût laissée mourir à l'aise si j'avais voulu ; mais moi, je voulais en finir : douleur pour douleur, je cherchais celle qui éclatait en transports : elle pouvait amener une chance de salut ; il pouvait me tuer. Il ne l'a pas fait, le lâche : il a préféré me traîner pas à pas, mépris à mépris, dans l'infamie où il me vit maintenant, dans la dégradation qu'il jette à son nom que je porte. Ce fut un jour où l'on m'avait invitée à une fête. Depuis longtemps j'avais oublié jusqu'à l'idée des plaisirs; ce jour-là ils s'associèrent à un espoir de vengeance, et je les accueillis avec joie. Je résolus d'aller à cette fête où devait être la comtesse. Je me figurai l'embarras de Faviani, et je jouis d'avance des attentions que les convenances du monde le forceraient à me rendre. Oh! mon triomphe fut complet; mais ce ne fut pas celui que j'avais espéré. J'arrivai dans le salon sous la protection de lady Lawton, mère de sir Henri. Ce fut un mouvement général, une surprise attendrie de tous ceux qui me connaissaient. Faviani était près de la comtesse de Palla; il pâlit de rage à mon aspect. Il s'avança vers moi, il eût voulu me chasser. Lady Lawton le regarda fixement, et passa devant lui sans le saluer. Alors commença une lutte infernale et éclatante, dont lui et moi ne fûmes plus que les patients, et non plus les acteurs. Toute la noble jeunesse de ce salon, et je l'en remercie quoiqu'elle m'ait perdue, toute cette jeunesse protesta, par ses respects à mon égard, contre la conduite de mon époux. Jamais tant d'empressement ne m'entoura, jamais plus d'abandon n'isola plus manifestement une femme que ne le fut la comtesse. Pour moi, les soins, les invitations, les égards empressés; pour elle, les dédains, les regards cavaliers, les propos haut tenus. Ah! elle dut souffrir atrocement; lui aussi, qui appelait de l'œil une querelle qu'on lui épargna par pitié pour moi. Mais la plus vive douleur ne m'en resta pas moins; car je vis que j'avais brisé le dernier lien qui pouvait le ramener à moi, le respect du monde. Ainsi frappé dans son orgueil par cette universelle désapprobation, il fit vis-à-vis de tous ce qu'il n'avait osé faire que vis-à-vis de moi : il demeura près de la comtesse, sans la quitter d'un instant; il lui parla bas, et sans cesse, et avec passion; il me regarda froidement, et sans colère; il me désigna à l'un et à l'autre du doigt en riant; il m'insulta au point de me regarder insolemment à travers le verre d'un lorgnon; il eut l'infamie de lui dire en ricanant : « Allons, avouez qu'elle est encore assez passable! » Tous les hommes qui étaient près de moi l'entendirent. Vingt souhaitèrent un moment qu'il n'eût pas été mon mari. Sir Henri me dit, les dents serrées d'indignation : « Oh! si j'étais votre frère! » Mais je n'avais ni frère, ni père, ni personne qui eût le droit de dire à celui-là qui m'insultait : Vous êtes un lâche!

... Ce fut donc moi qui souffris le plus durant cette fête, durant ce triomphe qu'avait cru me faire. J'abrégeai le supplice, je rentrai chez moi. J'avais gagné quelque chose à cette nouvelle torture, c'était l'espérance d'une nouvelle explication. Depuis longtemps nos querelles se traînaient sur le sol usé de son amour et de nos reproches, de ses éloges et de mes insultes toujours vaines. Ce jour, nous aborderions un nouveau terrain : le mépris du monde pour lui, le blâme qu'on lui avait jeté à la face. Je ne désespérai pas qu'il n'en pût naître une chance pour moi. J'attendis Faviani. L'heure se passa, il ne vint pas. Je calculai la durée de la fête, le temps nécessaire pour ramener la comtesse chez elle, le temps qu'il fallait pour revenir chez lui. Je marquai un espace de temps pour toutes ces choses. A mon compte, il devait rentrer à quatre heures. Il en était trois. J'attendis patiemment. Quatre heures sonnèrent, il n'était pas encore arrivé; je pris encore patience. Je trouvai que j'avais mal calculé les moments. Je donnai une heure de plus à un dernier engagement, à l'attente de sa voiture, à la lenteur des chevaux, à un accident... que sais-je? Mais je mesurai bien qu'à cinq heures il devait être rentré. Cinq heures vinrent aussi, il ne parut pas. Je me sentis atterrée; cinq heures, cinq heures et demie; après cinq heures et demie, six heures; après six heures, six heures un quart; après six heures un quart, six heures vingt; puis six heures vingt et une, vingt-deux minutes; mon attente s'attacha à chaque pas de l'aiguille, à chaque mouvement du balancier. Je devins comme folle. Si quelqu'un m'eût demandé si je croyais que Faviani fût l'amant d'Octavie, j'aurais ri de la sottise de la question. J'en étais assurée comme du jour : il me l'avait dit. Eh bien! lorsque cette nuit s'écoula tout entière sans qu'il rentrât chez lui, cette conviction m'entra au cœur comme une nouvelle, comme inattendue, comme une féroce vengeance de Faviani. Je souffris tant, que je doutai si je ne l'avais pas mérité, que je m'accusai de m'être attiré ce nouveau désespoir pour avoir voulu le braver. De ce moment, je baissai la tête. Il rentra dans la journée, je ne le vis pas; il revint le soir, je ne lui parlai pas. J'étais brisée, j'étais perdue. J'attendais la mort, je l'attends encore.

... Cependant, à travers cette morne résignation, il se glissa encore quelque excès de douleur furieuse : ce fut quand les premières humiliations de la misère vinrent heurter à ma porte; ce fut quand l'insulte des créanciers m'arriva à moi, pauvre femme délaissée, tandis qu'il jetait dans les profusions et les orgies les dernières ressources de notre existence; ce fut la première fois qu'il fallut commencer, pour vivre, le dépouillement honteux dont vous voyez les traces autour de

vous. Une ou deux fois encore j'attaquai Faviani de ces nouvelles armes : je ne lui parlais plus de moi; je n'invoquais plus que lui contre lui-même; il ne m'entendit pas davantage : ma voix était un cri de remords qu'il repoussait avec fureur; et puis, le vertige le tenait déjà, la folie le dominait. Maintenant que le désespoir m'a rendue calme, je le regarde, et il me fait pitié : il est flétri sur son visage, flétri dans son esprit; il court en furieux devant lui; il n'oserait aborder une heure de solitude; il n'a plus ni fierté, ni grâces, ni élégance : il est dégradé. Je ne sais si cette femme l'aime; mais moi, je ne l'aimerais pas ainsi. Imaginez-vous qu'elle l'a réduit, lui si enchaîné aux tempérances de la bonne compagnie, elle l'a réduit à partager les orgies nocturnes d'un ramas de fameux débauchés; figurez-vous qu'ils s'en échappent la nuit avec des éclats de voix qui éveillent le voisinage : c'est ici à deux pas que se passent ces dégoûtantes réunions; et ma fenêtre domine la rue qui mène de ce cloaque à la maison de la comtesse. Une nuit, une seule, Faviani se mit à leur jactance; car ordinairement il passait silencieux; j'étais à ma fenêtre, je les entendis venir; ils riaient aux éclats : toute ma rage se réveilla; il me prit un besoin de les insulter, d'arrêter leur joyeuse humeur par quelque violence inattendue : l'idée de leur précipiter un meuble me passa dans la tête; l'idée, plus affreuse, de leur jeter mon cadavre m'illumina soudainement : je reculai au fond de ma chambre; j'attendis qu'ils fussent bien arrivés; je m'élançai!... une main de fer m'arrêta : c'était Jaffarino qui me veillait à mon insu depuis plusieurs mois : ce fut le dernier effort de ma douleur. Depuis ce temps-là, je meurs chaque jour un peu; je n'ai plus le courage du suicide; mais j'ai la misère et la faim en perspective pour me venir en aide. Voilà mon espoir, voilà ma vie, voilà ce que vous ne saviez pas.

Spaffa demeura longtemps silencieux après cette confidence. Il semblait qu'il eût aussi quelque chose à dire à Fiavilla et que son courage n'osât l'aborder. Était-ce l'aveu d'un amour si longtemps comprimé? Non sans doute; ce n'est pas lorsque le désespoir est arrivé à ces extrémités que l'amour est une consolation à l'amour; quelquefois il est une vengeance, avec Fiavilla il eût été une insulte; aussi Spaffa se taisait : enfin il fit sur lui-même un violent effort, et dit à la marquise :

— Moi aussi, j'ai à vous parler; j'ai de terribles secrets à vous dire.

— Eh bien, je vous écoute à mon tour, répondit Fiavilla accablé; parlez.

— Ici, dit Spaffa en regardant autour de lui; ici, je ne le puis.

— Oh! nous sommes seuls, répliqua la marquise avec un amer sourire. Il est absent, absent comme toujours.

— Ce n'est pas sur oreille que je crains, reprit Spaffa; c'est un serment qu'il faut que je tienne. Ces paroles que je vous apporte ne sont pas les miennes; on me les a dictées soigneusement; on m'a marqué l'heure et la place où je dois vous les répéter.

— Que voulez-vous dire? s'écria Fiavilla tirée de son accablement par la surprise que lui causait le ton solennel et sombre de Spaffa.

— Dites-moi, Fiavilla, ajouta-t-il, connaissez-vous, près Paris, quelque espace immense où le regard puisse porter et veiller plus loin que la parole ne peut s'étendre, un endroit où vous puissiez venir me trouver seule lorsque la nuit sera fermée?

— Pourquoi faire? mon Dieu! s'écria la marquise.

— Pour m'écouter, dit Spaffa; voilà tout.

Fiavilla le regarda avec anxiété; car le visage de Spaffa était devenu pâle et ému d'une pitié désespérée; il sembla qu'elle voulût lire son secret dans ses yeux; mais il les détourna d'elle. Elle lui saisit les mains, et lui dit avec un geste de terreur :

— Spaffa, vous me faites peur! C'est encore un nouveau malheur, n'est-ce pas, un nouveau malheur? Voyons, soyez homme; pesez bien en votre âme si cette douleur est encore nécessaire; prenez pitié de moi si vous pouvez. Voyons, faut-il que j'aille vous écouter?

L'Italien se tut : il paraissait anéanti, tremblait comme un enfant, les yeux baissés sous le regard de Fiavilla.

— Au nom de mon père, votre bienfaiteur, dit celle-ci épouvantée du trouble de Spaffa; au nom de mon père, épargnez-moi, et dites sincèrement s'il faut que j'aille où vous m'appelez!

Le nom qu'avait invoqué la marquise fut puissant comme elle l'avait supposé. Le visage de Spaffa resta sombre, mais devint résigné. Il se leva et répondit d'une voix triste et ferme :

— Fille de Pellico, vous devez venir où je vous appelle.

La marquise baissa la tête. Ils choisirent un lieu de rendez-vous et se séparèrent.

Le soir venu, Spaffa attendait au milieu du Champ-de-Mars; il regardait le ciel brumeux, mal éclairé çà et là de quelques pâles étoiles; il écoutait le roulement lointain des voitures, les cris des cochers, tout ce bruit continu qui, près de notre grande cité, ne laisse pas une heure aux soupirs de la nature, à ses fraîches haleines, à ses doux murmures. Il s'étonnait du fracas de cette civilisation que l'orage devait pouvoir seul dominer, et il se rappelait sans doute Naples et son silence, où s'entend la vague, où s'entend la brise et le chant des oiseaux : peut-être il comparait cette nuit de Paris, où il veillait et attendait, à cette nuit de Naples où il attendait et veillait de même : à Naples, pour le salut; à Paris, pour quoi? Une femme vient et s'approche : c'est Fiavilla; elle va le savoir. Quand elle fut près de Spaffa, elle s'arrêta; et lui demeura immobile sans lui tendre la main, sans la plaindre d'avoir été forcée de venir ainsi, sans s'excuser : c'est que Spaffa n'avait trouvé dans son âme que tout juste ce qu'il lui fallait de force pour prononcer les paroles qu'on lui avait dites; c'est qu'il sentait qu'il ne devait pas laisser approcher cette femme de lui par aucun signe d'affection ou de pitié, sous peine de voir s'échapper de ce côté tout ce qu'il avait amassé de résolution. Il ne salua ni ne toucha Fiavilla, et laissa entre eux deux une solennité terrible, comme une défense contre lui-même. Fiavilla aussi paraissait avoir quitté sa faiblesse et ses larmes; elle avait, pour ainsi dire, revêtu tout ce qui lui restait de courage contre le malheur. Cet entretien avait l'aspect d'un combat : Spaffa, le plus faible des deux, se hâta d'attaquer.

— Fiavilla, lui dit-il, as-tu souvenir de tous les serments que tu as prêtés?

— Oui, répondit la marquise; j'ai juré en face du Seigneur d'être fidèle à mon époux; j'ai fait ce serment... je l'ai tenu.

— Tiendras-tu l'autre aussi saintement que celui-là? reprit Spaffa.

— Quel autre? s'écria Fiavilla; quel autre serment ai-je donc à tenir?

— Tu as donc oublié la grève de Naples? répliqua sourdement Spaffa.

— La grève de Naples?.. répéta lentement la marquise, qui écarta péniblement de sa mémoire toutes les douleurs qui l'avaient comblée, pour y chercher et rappeler à elle ce souvenir qu'elle y avait enfoui comme une vaine parole, comme un impossible engagement; la grève de Naples? répéta-t-elle, tandis que ce qui s'y était passé se levait peu à peu devant elle.

— Oui, ajouta Spaffa, la grève de Naples, où tu as juré que tu garderais fidèlement le secret des carbonari.

— Sans doute, répondit fièrement Fiavilla; et ce serment, je l'ai tenu comme l'autre.

— La grève de Naples! continua Spaffa en élevant la voix comme un homme qui a peur d'être interrompu; la grève de Naples! où tu as juré de livrer au tribunal des carbonari le traître qui vendrait leurs secrets.

— Et où j'ai juré, s'écria Fiavilla en arrachant tout entier ce serment de l'oubli qui l'enveloppait dans son âme, où j'ai juré de donner la mort au traître, fût-ce mon frère, fût-ce mon père...

— Fût-ce ton époux! ajouta Spaffa, lorsqu'il la vit s'arrêter épouvantée.

Fiavilla fit un pas vers Spaffa, la main en avant et convulsivement agitée, la bouche entr'ouverte, les lèvres tremblantes, l'œil égaré; elle voulut saisir le bras du terrible messager; il ne sortit de sa poitrine qu'un son rauque et déchirant. Spaffa s'écria :

— Ce serment, le tiendras-tu? L'heure est venue.

A son tour Fiavilla recula; elle regarda autour d'elle avec désespoir, resta indécise un moment; tout à coup elle se mit à fuir comme une folle, en poussant des cris aigus.

— Au secours! disait-elle, au secours!.. Spaffa s'élança après elle, et l'atteignit en quelques pas; il enveloppa Fiavilla de son manteau, il étouffa ses cris; elle tomba à genoux. Ils demeurèrent muets tous les deux. Spaffa tremblait comme une corde tendue qui vibre sur elle-même.

— Fiavilla, dit-il, j'ai prêté aussi ce serment.

— Ah! s'écria la marquise en se relevant, tant mieux! Tu m'as emmenée ici pour m'assassiner?

— Toi et lui! répliqua Spaffa; toi et lui! si vous êtes parjures tous deux.

— Mais lui ne l'est pas, dit Fiavilla.

— Il l'est! reprit Spaffa.

— Oh! sans doute, je ne vous ai pas compris, reprit rapidement la marquise; la douleur me brise le cerveau, m'égare les idées. C'est vous, Spaffa, le fils adoptif de mon père; c'est

vous, et vous n'êtes pas venu me proposer d'assassiner mon mari! Pardonnez-moi ma terreur : je suis folle, voyez-vous... Tout m'épouvante; je ne vois que crime partout.

— Spaffa fut désarmé; il se tut un moment. A plusieurs fois il passa la main sur son front, à plusieurs fois il exhala de sa poitrine un long soupir, comme pour en chasser la pitié qui le brisait; enfin il prit les deux poignets de Fiavilla dans ses mains, et se plaça face à face avec elle; il lui dit en la regardant fixement, comme s'il eût voulu la clouer devant lui par ce regard :

— Écoute, femme, et laisse-moi parler jusqu'au bout sans m'interrompre, sans vouloir m'échapper, sans me demander grâce; écoute, car ton premier geste ou ton premier cri sera ton arrêt de mort... Une nuit nous nous sommes assemblés dans une lande stérile; un homme est venu; cet homme nous a apporté une lettre de la comtesse qu'il avait soustraite pour quelques heures au ministre qui l'avait reçue. Cette lettre annonçait à ce ministre qu'enfin Faviani avait cédé; elle racontait sa faiblesse, elle racontait sa trahison, elle disait nos secrets livrés à l'orgie, les noms des plus marquants d'entre nous prononcés entre des baisers. Ne tremble pas, Fiavilla; écoute encore, la preuve était là, la preuve irrécusable. Le jugement fut demandé par tous, il fut prononcé par tous : ce fut la mort. Probablement, à l'heure où je te parle, ceux qui n'ont pu s'échapper expient dans un cachot la confiance qu'ils ont eue en Faviani. Pour que cet événement n'enorgueillisse pas trop le pouvoir, pour qu'il ne jette pas le désespoir parmi nos frères, pour qu'il nous serve enfin à maintenir la paix jurée, et non pas à la perdre, il faut qu'en apprenant la trahison on apprenne aussi le châtiment; il faut, pour que ce châtiment arrive comme un terrible avertissement à tous, qu'il paraisse inévitable et inexplicable aussi. Pour cela donc, on a choisi la main qui est le plus près de la victime, on a choisi la mort qui est la plus facile à donner, et, dans cette mort, celle qui épouvante le plus par son effroyable intimité, le poison. Ce poison, le voici, on me l'a remis pour te le confier.... Écoute, écoute, femme, continua Spaffa en serrant avec violence les bras de Fiavilla qui tressaillait et en l'enchaînant à sa place, écoute, tu es la première dévouée à cette œuvre de vengeance; après toi, moi; après moi, un autre; après cet autre, dix, vingt, implacables et décidés. Mais n'oublie pas surtout : c'est que c'est trahison aussi, que de refuser l'accomplissement de ce sanglant devoir, et que ton refus te tue sans sauver Faviani.

— Donne-moi donc ce poison, répondit Fiavilla.

Spaffa fut violemment surpris de cette soudaine résolution. A vrai dire, il était venu à ce rendez-vous pour y tenir le serment qu'il avait fait, mais sans prévison de l'issue qu'il pourrait avoir. Après avoir reçu les confidences de Fiavilla, il ne comptait même pas sur sa jalousie pour lui inspirer d'accepter la terrible mission qu'il lui apportait. Il était venu, laissant au hasard des circonstances à diriger sa conduite, peut-être mal assuré de ne pas trahir son serment, et courant volontiers le risque de deux crimes au lieu d'un. La réponse de Fiavilla le dégagea de toutes ses incertitudes, et cependant il resta un moment sans y donner foi.

— Le poison! répondit-il; vous me demandez le poison?

— Je le demande, répéta Fiavilla, l'œil éclairé d'une sombre espérance.

La scène semblait changée. On eût dit que c'était Fiavilla qui était venue imposer la vengeance à Spaffa. Elle tendit sa main; sa main était assurée. Spaffa tremblait en lui remettant le poison. La marquise ajouta :

— Ce soir, à dix heures, il doit rentrer pour se préparer à aller rejoindre la comtesse à une fête de l'ambassade. Venez à minuit. A minuit, tout ce qui est possible sera fait.

Ils s'éloignèrent ensemble; ils rentrèrent ensemble dans Paris, et Spaffa ne quitta la marquise qu'à quelques pas de sa maison. Mais durant cette longue route, pas un mot ne fut prononcé de part ni d'autre. Il y a des moments dans la vie où toute la force de l'homme suffit à peine au silence. La moindre partie qu'il en dépenserait dans une discussion, dans une parole même, laisserait insuffisant ce qu'il a amassé pour l'exécution de ses desseins. La marquise rentra chez elle. Jaffarino était seul. Elle lui recommanda de guetter la venue de Faviani et de l'en avertir. Après ce soin, elle s'enferma dans sa chambre. On eût dit qu'elle avait réglé d'avance toute la marche de son action; car elle apporta dans tout ce qu'elle fit une promptitude, un ordre qui depuis bien longtemps étaient bannis d'elle. Ainsi, elle s'habilla entièrement sans hésiter ni dans le choix de sa robe, ni dans l'endroit où elle devait se trouver. Ce n'était plus l'indécision d'une vie depuis longtemps désorganisée, c'était une nette et ferme résolution. On voyait qu'elle savait juste ce qu'elle faisait. L'heure se passa dans cette occupation. Faviani rentra. Elle alla au-devant de lui, elle lui prit amicalement la main et le conduisit dans sa chambre.

— Faviani, lui dit-elle, j'ai quelque chose à vous dire, c'est à peine l'affaire d'une demi-heure; écoutez-moi.

Le marquis, qui craignait encore quelque scène, ne la suivit qu'avec répugnance; mais le ton de Fiavilla n'autorisait pas un refus brutal de l'écouter; il se laissa entraîner. Dès qu'ils furent dans cette chambre, Fiavilla lui approcha un siège; elle s'assit à côté de lui. C'étaient toutes les précautions d'un entretien réglé. Le marquis prévit des reproches; il prit un air sombre, et s'apprêta à interrompre Fiavilla à la première parole importune. Il lui fit signe de parler.

— Faviani, lui dit-elle, il m'est venu aujourd'hui des nouvelles de Naples; elles exigent que je prenne une grande résolution. Je veux vous consulter à ce sujet.

— Ah! je comprends, dit vivement le marquis, quelques lettres de votre famille, qui vous demandent une séparation. Eh! mon Dieu, Madame, suivez ses conseils; vous n'avez pas besoin des miens. A ces mots, il se leva pour sortir.

— Vous vous trompez, reprit aussitôt la marquise, et vous abordez malgré moi un sujet que je m'étais interdit depuis bien longtemps. Ce que j'ai à vous demander, je ne le demanderais à un étranger, à l'homme qui ne me tiendrait par aucun lien au monde, si je savais que j'eusse le droit de lui parler de ce qui n'est pas mon secret à moi seule.

Faviani se rassit. Il parut curieux de cet intérêt de la vie de Fiavilla, de cette résolution à prendre séparée de ses droits et de sa vie d'épouse. Elle continua :

— Aujourd'hui, un messager m'a apporté la nouvelle de l'arrestation de messieurs... Elle dit à Faviani les noms qu'elle avait entendus sur la grève de Naples; Faviani se rapprocha d'elle.... Leur crime, continua-t-elle, vous le connaissez; il paraît qu'il y a eu trahison. Vous savez, en ce cas, quelle est la justice des carbonari; elle a condamné le traître à mourir.

— Quel traître? s'écria Faviani; quel est ce traître?

— Je ne le connais pas, répondit Fiavilla avec une parfaite simplicité; mais il paraît qu'il est en France.

— En France! répéta Faviani en jetant autour de lui un regard effrayé, comme s'il eût craint d'entendre sortir son nom de quelque coin obscur de cette chambre.

— Celui qui doit accomplir l'arrêt est désigné.

— C'est toi, peut-être? s'écria Faviani.

— Je ne le crois pas, reprit-elle froidement. Ce n'est pas à la faiblesse d'une femme qu'on voudra confier une si terrible exécution. Peut-être est-ce à vous, peut-être à quelque autre. Cependant on veut s'assurer encore de la fidélité de tous ceux qui ont déjà prêté le fatal serment, avant de révéler le nom de la victime et celui du bourreau. Ce nouvel engagement, on l'exige de tous; on me l'a demandé.

— A vous? dit Faviani en regardant la marquise avec terreur.

— A moi? répéta-t-elle en le regardant avec assurance.

— A vous seule? reprit-il encore.

— A moi seule! répondit la marquise.

Un silence assez long suivit cette réponse. Faviani, l'œil fixé devant lui, laissait arriver jusqu'à son visage les mille émotions dont il était déchiré. Sans être assuré de la vérité, il l'entrevoyait déjà. Il se rappelait les séductions de la comtesse; il se rappelait les imprudentes confidences qu'elle lui avait promis d'oublier, et devinait que la légèreté les avait redites à quelque infâme délateur. Son amour n'avait pas encore supposé que la comtesse pût être coupable. Tout à coup, se laissant reprendre à cet aveuglement où il se plaisait à marcher depuis qu'il n'osait plus regarder la route qu'il avait choisie, et ne pouvant dompter aux nouvelles de Fiavilla qu'une conclusion qui l'accusait directement et tout seul, il s'écria en secouant la tête :

— Tout cela n'est qu'une fable inventée par quelques sots pour raviver un esprit mourant de conspiration, et il faut que vous ayez perdu la tête pour y donner tant de créance! Qu'est-ce que c'est que ce messager, quelque intrigant qui n'a trouvé ce moyen pour venir mendier en France, au nom de la patrie. Quelle est cette victime et quel est ce bourreau, ce traître et ce séide? sans doute un homme paisible dont un spadassin espère tirer quelques écus. Où donc est ce tribunal, cet arrêt? Y aura-t-il un poignard en croix planté sur la poitrine du coupable, avec ces mots écrits dessus : Ceci est la justice des carbonari? Allons, ma chère Fiavilla, c'est une histoire des francs-juges qu'on aura habillée en frac, et qu'on vous a fait croire comme à un enfant!

Le marquis, après cette phrase dont il s'était étourdi lui-même, s'apprêtait à sortir de la chambre, lorsque Fiavilla lui dit doucement :

— Si telle est votre opinion, dites-moi donc ce qu'il faut que je réponde à Spaffa, quand il viendra, ce soir, apprendre ce que j'ai décidé.

— Spaffa! c'est Spaffa qui est ici? dit le marquis en s'arrêtant tout aussitôt.

— C'est Spaffa qui est le messager, répondit Fiavilla en se plaçant entre Faviani et la porte... C'est vous qui êtes la victime, dit-elle en élevant la voix, c'est moi qui suis le bourreau, ajouta-t-elle en s'avançant vers Faviani.

— Toi! dit le marquis en ricanant, mais pâle de terreur; toi! une faible femme que je briserais d'un geste! Et en parlant ainsi il s'approcha d'elle comme pour la persuader de sa puissance. Elle leva seulement la main, et lui répondit :

— Faut-il beaucoup de force pour verser du poison dans une coupe?

— Ah! s'écria Faviani, l'œil hagard et comme frappé de la foudre, tu m'as empoisonné?

Fiavilla le regarda avec un mépris indicible, et lui dit d'un ton où le désespoir revint malgré elle :

— Avez-vous donc oublié que, depuis huit jours, il reste à peine un morceau de pain dans cette maison? et que ce n'est plus moi qui m'assieds à votre table?

Faviani tomba anéanti sur un fauteuil. Fiavilla pleurait à chaudes larmes. Cette fois, la terreur véritable et sans subterfuges était entrée au cœur du marquis; le nom de Spaffa lui avait appris tout le sérieux de cette menace. Il se leva : il allait et déjà Fiavilla se promenait dans la chambre comme un insensé, ne pouvant arrêter aucune pensée dans son esprit, incapable d'un parti, quel qu'il fût; enfin il s'arrêta près de Fiavilla.

— Ainsi, lui dit-il, vous avez vu Spaffa?

Un signe lui répondit; il continua :

— C'est lui qui vous a raconté cette histoire; c'est lui qui m'a accusé; c'est lui qui vous a donné ce poison?

— C'est lui, dit la marquise en sanglotant.

— Et vous l'avez reçu? reprit Faviani irrité; vous l'avez reçu! et dans quel but, ô ciel! l'avez-vous reçu?

— Le voici, répondit Fiavilla en se tournant vers son mari et en levant sur lui des yeux où la prière la plus poignante brillait à travers ses larmes : je l'ai reçu pour te sauver... Écoute, voici les propres paroles de Spaffa : Tu es la première victime dévouée à cette œuvre de vengeance; après toi, moi; après moi, un autre; après cet autre, mille. Tu comprends, Faviani; tu connais Spaffa : c'était la mort, la mort assurée. J'ai accepté pour te sauver. Maintenant, il faut que nous partions, que nous quittions Paris sur-le-champ; car Spaffa viendra avant le jour. Il faut que nous quittions cette ville pour n'y jamais rentrer; que nous allions dans quelque sombre pays inconnu, sous des noms inventés, avec le travail pour toute ressource.

Elle se tut, car Faviani ne l'écoutait plus; il s'était arrêté à l'endroit de la menace de Spaffa, et déjà revenu de sa première surprise, il méditait les moyens de lui échapper.

— Après toi, lui, dit-il en réfléchissant profondément; après lui, un autre. Oh! le sort de Spaffa épouvantera celui-là.

A ces mots, il s'apprêta à sortir. Fiavilla se jeta au-devant de lui.

— Où vas-tu, Faviani? lui dit-elle.

— Que vous importe? répondit-il brutalement.

— Où vas-tu? répéta-t-elle avec une terrible résolution.

— Je vais assurer mon salut, répliqua le marquis.

— Tout est prêt pour la fuite, s'écria Fiavilla.

Faviani la repoussa avec dédain.

— La fuite! répéta-t-il; je ne veux pas quitter Paris.

— Où vas-tu donc alors? reprit Fiavilla. Tu vas dénoncer Spaffa, misérable!

— Si je ne savais déjà que vous êtes folle, répondit ironiquement Faviani, ce mot m'en assurerait. Je vais, vous l'avez dit, je vais dénoncer Spaffa, et livrer à la justice un assassin forcené, un misérable, véritablement misérable, celui-là.

— Quoi! c'est là tout ce que j'ai obtenu en me dévouant pour toi, Faviani! car tu dois savoir qu'en refusant d'obéir, je me suis associée à ta trahison, et que la mort devient aussi ma récompense.

— Vaine menace, répliqua Faviani; vaine menace dont l'arrestation nous délivrera tous deux.

— Quoi! s'écria Fiavilla, ce n'est pas assez d'avoir jeté tant de têtes aux bourreaux de Naples, veux-tu envoyer aussi la sienne au bourreau de Paris?

— Dois-je paisiblement attendre son poignard?

— Mais je te dis que tu peux fuir.

— Mais je t'ai répondu que je ne voulais pas fuir.

— Ah! s'écria la marquise, je te comprends enfin : il faut que tu demeures à Paris pour traîner ta vie déshonorée aux pieds de cette infâme courtisane qui a vendu pour de l'or le secret qu'elle t'a payé de ses sales baisers.

— Fiavilla, tais-toi! s'écria le marquis.

— Et pourquoi donc? répondit Fiavilla. Est-ce parce que tu peux me tuer lorsque je viens de te sauver la vie? Tu n'es plus assez brave pour l'oser; tu peux me dénoncer, voilà tout. Eh bien, va! non pas chez un magistrat, non pas chez un homme chargé honorablement de la sûreté des citoyens; va chez un de ces bas et lâches agents de la police, salariés pour débaucher les consciences, pour flétrir les existences qu'ils touchent, pour rendre infâme le salut qu'ils procurent; va chez cet abject et sale espion; va chez ta maîtresse.

— Fiavilla! cria encore Faviani, tandis que tout son corps tremblait comme vibre une corde tendue.

— Oui, continua la marquise sans prendre garde à ce cri terrible, c'est elle dont tu croyais l'amour si pur, dont tu savourais si sainteement ma pudique tendresse, c'est elle qui, après t'avoir traîné dans la boue et mis à son niveau, c'est elle qui a livré la tête de tes amis : tu en as oublié un : tu vas compléter la liste; c'est juste, tu ne peux rester en arrière d'elle; va, va donc; vous serez dignes l'un de l'autre!

— Ah! s'écria Faviani avec mépris, Dieu soit loué! Je devine maintenant toute cette comédie. As-tu bien longtemps médité cette histoire? L'as-tu créée toute seule, ou bien Spaffa t'y a-t-il aidée? Ah! sans doute, c'était une admirable adresse de me faire fuir sur-le-champ, à la minute, sans l'avoir vue, en me laissant le désespoir de la soupçonner coupable; mais, Fiavilla, tu n'étais pas assez forte pour ce rôle; ta haine t'a trahie; tes insultes furieuses m'ont dit la vérité. Adieu, pauvre femme, adieu; la comtesse de Palla m'attend pour une fête.

Fiavilla anéantie tomba sans force et à deux genoux devant lui; mais il l'écarta brutalement et sortit sans écouter ses sanglots ni ses cris. Sur-le-champ il se rendit chez la comtesse : elle était parée, belle, charmante. Il parut devant elle pâle et défait; elle lui en demanda la cause : il lui raconta tout ce qui venait de se passer. La comtesse l'écouta sans rien lui dire; elle réfléchit longtemps après qu'il eut cessé de parler; enfin elle lui adressa la parole :

— Toutes ces menaces sont peut-être un jeu joué; mais des précautions ne sont pas inutiles cependant. Écrivez un mot au préfet de police, je vais aussi écrire de mon côté. Ne m'avez-vous pas dit que Spaffa devait venir cette nuit chez vous? Eh bien, cela suffit; je me charge de tout.

Elle prit une plume et écrivit longuement; Faviani fit de même. Elle lui demanda sa lettre, et la lut sans lui communiquer la sienne. Elle sortit de sa chambre pour la remettre elle-même à un domestique, et bientôt après tous deux étaient à la fête de l'ambassadeur.

Malgré la dégradation où Faviani était descendu pas à pas, il avait été singulièrement ému des explications terribles de cette soirée; il fut triste parmi la joie universelle, et sentit de bonne heure le besoin d'échapper à tout le monde. Il reprit le chemin de sa maison, il monta à son appartement, il sonna, personne ne lui vint ouvrir; il sonna avec plus de violence, rien ne répondit encore. L'idée que Fiavilla s'était enfuie lui vint à l'esprit; il brisa la sonnette, il heurta. En frappant, il rencontra la clef; il se sentit soulagé comme d'un remords, car la façon dont il avait quitté sa femme lui était revenue en mémoire, et il avait éprouvé pour la première fois qu'il avait été sans pitié pour elle. Il entra, il traversa plusieurs pièces, et arriva jusqu'à la chambre de Fiavilla; il ouvrit : un spectacle affreux s'offrit à lui. Sur son lit était étendue la marquise; à côté de son lit, une table; sur cette table, un verre vide, une fiole vide; au pied du lit, Jaffarino en prière; au chevet, une bougie qui veillait seule : il poussa un cri, et s'élança vers le fond de la chambre.

— Elle est morte!... cria-t-il.

— Morte! dit Jaffarino.

— Morte! répéta Faviani; morte!.. morte!..

— Empoisonnée! dit sourdement Jaffarino.

Faviani demeura immobile et terrifié en face de ce cadavre : ses dents seules claquaient, et de temps à autre un son rauque et convulsif sortait de sa poitrine; enfin il pleura. Ses larmes fondirent cette étreinte cruelle qui avait un moment anéanti ses idées et comprimé sa parole en lui-même; il pleurait, et put laisser échapper quelques mots :

— Spaffa, dit-il, Spaffa est-il venu?..

— Oui, répondit Jaffarino; il m'a laissé cette lettre pour vous.

Faviani la prit. Elle n'était pas de l'écriture du terrible carbonaro, et ne portait pas le nom de Faviani; elle était de l'écriture de la comtesse, et était adressée à Spaffa. Il l'ouvrit sans s'en étonner; il la lut à la clarté de la bougie qui brûlait au chevet du lit; le marquis la lut tout haut, comme pour se forcer à l'entendre et à en comprendre le sens. Voici ce qu'elle disait :

« Maintenant, Spaffa, c'est fini; ma vengeance est achevée.

« Te souviens-tu du jour où tu me quittas; du jour où, méprisant l'amour furieux que tu m'avais inspiré, tu jetas ton cœur à la fille de Pellico, qui ne s'aperçut pas même de ton amour? Ce jour, je te jurai que je me vengerais de toi et d'elle. Ni toi, ni elle, je n'ai pu vous atteindre, mais, toi, tu vivais de son bonheur; mais, elle, elle avait mis ce bonheur dans l'amour d'un autre; c'est cet autre que j'ai cherché pour vous briser tous deux; c'est Faviani. Tu sais trop bien, Spaffa, qu'Octavie ne se fût pas vendue à la politique infâme d'un ministre, si cette politique n'eût été d'accord avec sa vengeance. Ainsi, tandis que je dégradais jour à jour l'idole de l'Italie pour la politique de ses maîtres, je dégradais pour ma vengeance l'idole de Fiavilla. Chaque lâcheté, chaque infamie de Faviani allait frapper au cœur de sa misérable épouse; chaque coup qu'elle recevait retentissait au tien. La lutte a été longue; aujourd'hui, elle est finie. Faviani a signé le dernier témoignage de son abjection en te dénonçant lui-même... J'accomplis le dernier acte de ma vengeance en t'en avertissant et en te sauvant la vie. Quant à Faviani, je le rends à sa Fiavilla. Maintenant, je ne lui envie plus rien; tu peux le lui dire. »

Cette lettre était signée, Octavie; cette lettre sécha les larmes de Faviani dans ses yeux; elle dessécha sa gorge et sa langue; il ne pouvait plus parler quand il l'acheva. Il demeura un instant si entièrement anéanti, qu'il se tournait tantôt d'un côté, tantôt de l'autre, comme ferait un fou, regardant sans rien voir, les cheveux hérissés, les lèvres pendantes; il eût pu mourir ainsi; mais un objet le rappela à toute sa douleur, ce fut le cadavre de sa femme, sur laquelle un moment il arrêta ses regards. Aussitôt toute contraction qui le raidissait des pieds à la tête et le tenait debout s'affaissa soudainement, et il tomba à genoux près du lit, en criant :

— Morte!.. morte!.. morte!..

Jaffarino le regardait avec pitié; il le laissa pleurer longtemps, puis il le vit se relever animé d'une féroce expression.

— Jaffarino, s'écria-t-il, c'est Spaffa qui l'a tuée.

— Le poison n'était pas pour elle.

— Sans doute, reprit Faviani; puisqu'il lui a dit qu'il était pour moi.

— Mais elle ne l'a pas laissé arriver jusqu'à vous, dit Jaffarino.

— Oui, dit Faviani en se tordant, elle est morte pour me sauver; elle est morte!

— Elle a manqué à son devoir.

— Eh bien! puisqu'elle y a manqué, dit Faviani avec rage, pourquoi Spaffa n'est-il pas ici, le lâche, qui lui avait dit : Après vous, moi...

— Il n'est pas ici, dit Jaffarino, parce qu'il avait dit aussi : Après moi, un autre. Cet autre, c'est Jaffarino.

Et soudain il frappa Faviani au cœur d'un coup de poignard.

Depuis, on n'a plus entendu parler de Spaffa ni de Jaffarino; mais Octavie ayant passé en Angleterre y fut enlevée quelque temps après par la police, et expédiée à Botany-Bay, malgré ses réclamations près de l'ambassade de Naples, qui l'abandonna à la justice anglaise et à la vengeance de lady Lawton, qui lui devait aussi la mort de son malheureux fils.

SCÈNES DE 1815

Je sortais à peine du lycée, et après une longue absence, j'étais allé voir ma mère et le pays natal. Des liens d'amitié et de parenté unissaient ma famille à celle du général... qui venait d'être condamné à mort par contumace. Sa femme et ses enfants habitaient le château du S... à quelques lieues de Toulouse. Dès que j'eus embrassé ma mère, et après quelques jours de repos je partis pour la demeure de madame C...

Je n'étais qu'un écolier, et pourtant l'accueil qu'on me fit révéla tout ce qu'il y avait de triste dans la position de madame C... Je n'étais recommandé que par mon nom; jeune homme inconnu ou presque oublié, je fus reçu comme un vieil ami qu'on attendait. Un parent fidèle, à cette époque c'était du courage; pour les victimes, c'était un bonheur, c'était une illusion retrouvée.

Madame C... habitait le château du S... avec ses trois enfants. Elle était d'une beauté remarquable. Son accent créole prêtait à son langage une grâce parfaite. Son fils aîné n'avait que douze ans, de façon qu'elle était absolument seule en butte à toutes les vexations qu'il plaisait aux autorités locales de lui faire subir. Quelques jours avant que j'arrivasse, le secrétaire de son mari lui avait apporté de ses nouvelles. Le général espérait, sous un déguisement de marchand de bœufs et sous le nom de Bertrand, s'embarquer prochainement à Rochefort : en attendant, il errait de village en village dans le département de la Charente-Inférieure, menacé à chaque instant d'une arrestation qui l'eût conduit à la mort.

L'arrivée du secrétaire et la mienne firent concevoir aux autorités de Toulouse le soupçon que le général cherchait un asile dans sa famille... et madame C... fit tous ses efforts pour les maintenir dans cette pensée. Elle espérait moins de surveillance dans la Charente, si l'on en exerçait davantage dans la Haute-Garonne. Aussi, le bruit fut-il bien vite répandu que le général était dans le pays. Tantôt on l'avait vu à Pamiers, tantôt à Mirepoix; une fois, à Saint-Gabelle, un verdet lui avait tiré un coup de fusil à quinze pas et l'avait manqué; on l'avait reconnu colporteur ou charretier; d'autres disaient qu'il avait l'insolence de se promener en grand uniforme et en bas de soie.

J'étais au château depuis quelques jours, et nous remarquions un grand nombre d'hommes de mauvaise mine, s'avançant timidement dans la grande allée du parc, isolés et comme des gens que la curiosité seule fait entrer. Quelquefois ils se retiraient à la première question qu'on leur faisait; le plus souvent ils discutaient le droit qu'ils avaient de se promener chez un bonapartiste, et toujours ils s'éloignaient en proférant des menaces atroces.

Ramel venait d'être assassiné, et tout cela n'était pas fort rassurant. Il ne fallait qu'une farandole un peu nombreuse, une de ces ivresses qui naissent dans un groupe, s'étendent sur toute une ville, la soulèvent et la font mugir, quelques cris de mort jetés et peu répétés, et le château était envahi, et le massacre n'était pas impossible. Qui ne sait les excès où peuvent arriver les masses mises en conflagration! Aussi les soirées étaient tristes, on se quittait tard, on se cherchait de bonne heure, on avait besoin de se voir pour ne pas s'alarmer les uns des autres; enfin le danger avait établi au château une intimité, une pensée commune que le désert seul peut-être peut créer si rapidement.

Une nuit, à quatre heures du matin, un cri de : *Vive le roi!* et une décharge de mousqueterie éveillèrent le château en sursaut. Je me précipitai à la fenêtre de mon appartement, et je vis environ deux cents hommes assemblés devant la porte principale, et qui demandaient à grands cris qu'elle leur fût ouverte. La plupart portaient des vestes vertes et des pantalons verts à larges bandes blanches, presque tous des chapeaux à trois cornes avec d'énormes cocardes vertes. Ils se mirent à chanter, avec une voix terrible, une chanson patoise fort en vogue : « *Ah! nous l'avons déplumé, l'oiseau aux grandes ailes.* » L'officier qui les commandait donna l'ordre formel d'ouvrir les portes, et je descendis avec le secrétaire du général.

Madame C... était malade, et ne se leva point pour recevoir ces messieurs. Ils en témoignèrent assez grossièrement leur déplaisir. Nous étions au milieu d'eux, leur demandant quel était le but de cette visite.

— Nous voulons arrêter le brigand, crièrent-ils en masse. Et puis des voix isolées ajoutèrent :

— Et nous le noircirons, nous le fusillerons, nous le pendrons.

— Le brigand! le brigand! reprit toute cette troupe avec des gestes de menace.

— Le général n'est pas ici, répondit le secrétaire.

— Il y est, il y est; allumons le château, il en sortira de sa cachette, et nous le tirerons comme un lapin.

L'officier annonça qu'il allait faire la visite exacte des bâtiments, et le calme se rétablit un peu. L'adresse que cet homme mit à cette opération me prouva combien il avait à cœur de réussir. C'était un jeune homme; il portait un uniforme vert assez semblable à ceux des douaniers, un chapeau tricorne avec la ganse noire et la cocarde verte, une écharpe blanche, un sabre de cavalerie, et un fusil de chasse en bandoulière.

Il plaça une cinquantaine d'hommes autour du château, de façon qu'aucune issue ne pût échapper à la surveillance des sentinelles, puis il entra dans la maison, suivi du reste de son monde. Il nous avait demandé à lui servir de guides; mais à peine entrés, nous vîmes qu'il connaissait les localités aussi bien que nous. Il pénétra dans tous les appartements, l'un après l'autre, en bouleversant les meubles, frappant les murs et le sol avec le pommeau d'un pistolet. A chaque chambre, il laissait un ou deux factionnaires pour qu'il fût impossible de s'échapper et de se cacher dans un appartement pendant qu'on en visitait d'autres. Les chambres, les salons, les cuisines, les celliers, les fruitiers, les caves et

toutes les dépendances furent gardés et examinés avec un soin égal. Nous croyions la visite terminée, lorsque l'officier prenant une douzaine d'hommes qui lui restaient :

— Maintenant, dit-il, allons au nid.

Ce furent ses propres paroles.

Je compris quel était son dessein, et je lui fis observer quelle inhumanité il y avait à lui de pénétrer ainsi dans l'appartement d'une femme malade, lorsqu'il lui devait être prouvé que le général était absent.

— Ne venez pas, me dit-il, si cela vous déplaît; j'irai bien tout seul.

Sur un signe du secrétaire, je le suivis. Nous arrivâmes dans la chambre de madame C... Elle était couchée; l'officier plaça ses soldats à la porte et nous y pénétrâmes tous les trois. Il s'arrêta devant elle, sans lui adresser la parole et sans faire les recherches exactes auxquelles il s'était livré jusque-là; puis il se promena activement dans la chambre, comme un homme qui ne sait quel parti prendre, lorsqu'il aperçut en pied du général dans un coin de l'appartement. Il s'arrêta immobile devant le tableau, et là, à voix basse et avec une sorte de colère implacable, il adressa à cette image les plus cruelles injures. Peu à peu cette colère s'exalta jusqu'aux cris de rage les plus atroces; nulle contradiction n'excitait cette fureur, mais c'est le propre de nos caractères méridionaux de bouillonner en eux-mêmes jusqu'au plus haut degré d'exaspération. Enfin cette imagination ardente dominant complétement la raison de ce furieux, entraîné du geste cette peinture dont l'immobilité semblait être du mépris tant d'insultes, et dépassant alors toutes les bornes, il tira son sabre et frappa au cœur cette image vaine; il frappa, non comme un fou qui déchire une toile, mais comme un homme qui tue un homme; et puis, en voyant sortir son sabre sec de cette blessure impuissante, il se prit à rire avec mépris et tailla le tableau avec dégoût, en se disant tout bas :

— Rien qu'une toile, imbécile!

— Monsieur, s'écria madame C..., vous avez visité ma maison, voulez-vous la piller!... Cette voix tira le verdet de sa longue préoccupation, et il se retourna violemment.

— Vous regrettez donc bien ce tableau!... Est-ce que tu aimerais ce brigand? Oh! dit-il avec un ton railleur, tu l'as bien caché, n'est-ce pas? Eh bien! je le trouverai.

Il attachait alors sur madame C... des yeux qui brûlaient d'une expression fatale.

— Il n'a pas quitté si aisément une si belle femme; il doit être ici, bien près, là, peut-être, dit-il... Et, d'une main rapide comme l'éclair, il prend les couvertures, et les ramenant violemment au pied du lit, il découvre entièrement madame C...

Ce fut un mouvement spontané et terrible que celui qui suivit cette grossière insulte : le secrétaire du général saisit un énorme flambeau, et d'un coup désespéré étendit l'officier à ses pieds. Les soldats se précipitèrent dans la chambre en couchant en joue ce jeune homme, que je couvris de mon corps; et madame C... s'élançant de son lit, demi-nue et pâle, tomba aux genoux des soldats en écartant leurs fusils qu'ils avaient dirigés sur nous. Les femmes de chambre qui étaient dans une pièce voisine étaient accourues, et pendant quelques instants, ces soldats armés entourant cet homme sanglant et presque mort, ces femmes suppliantes et ce jeune homme menacé formèrent un tableau digne d'être saisi dans son expression dramatique.

Les soldats criaient aux femmes de s'éloigner, et me menaçaient de me tuer si je ne m'écartais du jeune secrétaire; lorsque l'officier, revenu de l'étourdissement où l'avait jeté ce coup violent porté à la tête, leur ordonna de se retirer; ils obéirent en murmurant, et le verdet, tirant de sa poche un mouchoir blanc, allait aussi bander sa blessure, lorsque madame C..., par un sentiment d'humanité intelligente dont les femmes ont seules le secret, se mit à panser ce misérable de ses propres mains. Lorsqu'elle eut posé un premier appareil, il se leva, ordonna au secrétaire de le suivre, en lui disant :

— N'ayez pas peur; madame C... vient de vous sauver; mais laissez faire, et ne dites pas un mot.

Nous descendîmes alors tous dans la grande cour du château; nous trouvâmes tous les verdets assemblés qui demandaient avec des cris de fureur qu'on leur livrât au moins le secrétaire.

— Jugez-le donc! leur cria l'officier... Et soudain se forma une espèce de conseil de guerre composé de cinq juges, d'un avocat du roi et d'un défenseur pour le prévenu. Le secrétaire allait refuser cette assistance, lorsque l'officier lui conseilla tout bas de le laisser faire, et il dit un mot à l'oreille de celui qui devait plaider la cause du secrétaire.

Tout le monde se rangea autour de cette espèce de tribunal perché sur des tonneaux, et les plaidoiries commencèrent. Les accusations de bonapartisme et de jacobinisme ne manquèrent ni d'un côté, ni de l'autre, et je commençais à penser que cette comédie n'était qu'un prétexte pour rendre plus odieuse la mort de ce jeune homme, lorsque son avocat proposa de ne pas l'exécuter sur-le-champ, pour en faire trophée, et l'emmener en triomphe à Foix. Je compris l'intention de l'officier. Véritablement, il fut convenu par acclamation qu'il serait conduit dans cette ville pour y montrer le bon exemple. En conséquence, on l'attacha à la queue d'un cheval, les mains liées derrière le dos, et je suivis la bande terrible sur l'invitation du chef des verdets. Avant de partir, il fit les excuses d'un homme poli à madame C..., et lui assura qu'elle n'aurait plus de pareilles visites à redouter.

Nous partîmes, et je remarquai qu'au lieu d'exiger du silence et de l'ordre de sa troupe, l'officier l'excitait à boire et à chanter tout le long de la route. Nous avions neuf lieues à faire, et je vis bientôt quel était le but de ce désordre : presque tous les verdets nous abandonnèrent les uns après les autres, fatigués par leurs danses et leurs chants frénétiques, ou bien ivres ou endormis dans les cabarets. Cependant, ils recommandaient aux leurs camarades, tous les verdets nous abandonnèrent les uns après les autres, fatigués par leurs danses et leurs chants frénétiques, ou bien ivres ou endormis dans les cabarets. Cependant, ils recommandaient à leurs camarades, tout le long de la route de fusiller le prisonnier, et de leur rapporter ou des cheveux ou un lambeau de vêtement attestant qu'ils étaient de l'expédition.

À deux lieues de Foix, je montai à cheval d'après l'ordre de l'officier, et je courus avertir les autorités de la ville. D'après mon récit, on envoya quelques gendarmes au-devant du prisonnier, en affectant les dispositions les plus atroces à son égard. Les verdets y furent trompés, et livrèrent leur proie sans défiance. On enferma ce jeune homme dans la tour qui sert de prison ; et les retards qu'on apporta à son exécution fatiguant le peu de verdets qui étaient restés à Foix, ils reprirent le chemin de Toulouse, jurant qu'on les avait trompés, et qu'ils reviendraient brûler la ville.

La terreur qu'inspiraient leurs menaces était si grande, que ce ne fut que trois mois après qu'on osa mettre le secrétaire du général en liberté.

L'ORAGE.

Puisqu'il est vrai que ces derniers temps, si stériles en pièces de théâtre et en nouveautés dramatiques, dont je suis souvent chargé de rendre compte des succès ou des chutes, me laissent quelques instants de repos, permettez-moi d'en profiter pour vous raconter une anecdote qui pourrait bien être aussi une petite comédie, si nous avions un homme comme Marivaux pour la faire. C'est que Marivaux était un homme d'un talent admirable pour rendre vraisemblables les aventures les plus inouïes, pour parer d'une grâce séduisante des sentiments qu'on peut dire honteux, pour faire parcourir à l'amour, et en quelques heures, tous les sentiers détournés qui le mènent droit à une faiblesse, faiblesse que les mœurs du théâtre d'alors sauvaient toujours par un mariage. Rappelez-vous les Fausses Confidences, cet amour d'une femme du grand monde pour son intendant, amour qui dit son premier mot à l'instant même où Araminte voit Dorante pour la première fois. « Marthon, quel est donc cet homme qui vient de me saluer si gracieusement ? » Vous voyez, elle a déjà vu que Dorante l'a saluée très-gracieusement ; puis, quand elle saura que c'est son futur intendant, elle vous dira tout de suite qu'il a très-bonne façon. La bonne façon d'un intendant, à quoi cela sert-il ?.. Cela sert à alarmer presque Araminte de ce qu'il est si bien fait. Mais elle sera si prompte à se laisser persuader qu'il est honnête homme, et d'ailleurs la recommandation de M. Rémi est si puissante, qu'elle déclarera le prendre tout de suite, et tellement tout de suite, que lorsqu'on parlera de conditions à faire à ce bel intendant, elle répondra qu'il n'y aura pas de dispute là-dessus, qu'il sera content ; que si on demande où il sera logé : « Mais où il voudra, dit-elle ; qu'il vienne, seulement qu'il vienne. » Tout cela dans une scène de quelques lignes. Et, en vérité, si ce n'est déjà un peu d'amour qui se montre, n'est-ce pas déjà beaucoup de curiosité qui agit ? De la curiosité, entendez-vous ? ce sentiment par lequel commencent si souvent toutes les passions des femmes.

Mais je n'ai point à vous analyser les Fausses Confidences, ni n'ai pas à vous dire non plus le Jeu de l'Amour et du Hasard, où un gentilhomme et une demoiselle s'éprennent, l'un d'une chambrière, l'autre d'un valet, et ceci de la façon la plus naturelle et la plus intéressante. Il est vrai que la chambrière est une demoiselle et le valet un gentilhomme ; mais ce n'est pas cela qui fait qu'ils s'aiment ; cela ne sert qu'à

donner au public l'espoir que cet amour si gracieux, si prompt, si inouï, pourra être heureux ; et, à ce compte, ce public si prude quelquefois permet à Silvia d'aimer Bourguignon, à Dorante d'aimer Lisette. Il ne s'aperçoit pas que, parce qu'il est dans la confidence des déguisements de ses héros, il accepte de leur part des sentiments qui seraient les plus fous et les plus honteux, si la position apparente des personnages était ce que chacun d'eux en croit. Une fille de bonne maison qui aime un valet, un gentilhomme qui offre sa main à une servante (et voilà la vérité pour eux), n'est-ce pas incroyable, inconvenant, et plein de bassesses, surtout quand une journée suffit à faire naître cet amour et à le pousser jusqu'aux plus vives résolutions ? Qui vous fait donc oublier l'invraisemblance et le déshonneur de ces passions ? C'est une simple ruse de l'auteur. Comme il vous a bien averti qu'elles ne peuvent pas avoir de résultats honteux, vous ne regardez pas qu'elles sont honteuses par elles-mêmes. Vous aimez l'amour de Silvia pour Bourguignon, et l'amour de Dorante pour Lisette, bien plus que vous n'aimeriez l'amour de Silvia et de Dorante l'un pour l'autre ; vous leur savez gré à tous deux de méconnaître leur rang, leur dignité, leur devoir ; et si cependant Bourguignon était un vrai valet, quelle misérable fille que Silvia ! Si Lisette était une chambrière, quel sot que Dorante ! Que de dégoût vous inspirerait cette jeune fille ! que de mépris vous auriez pour cet homme ! Mais dites-moi, le mériteraient-ils ? Le hasard qui les sauve tous deux d'une infamie est-il autre chose qu'un bonheur ? Doit-il être une justification ? Et si ce hasard n'arrivait pas, faudrait-il condamner tout ce qui arrive ? Que répondre à cela, si ce n'est que le plus souvent on estime tout, sentiments et actions, plutôt par leur résultat que parce qu'ils sont en eux-mêmes ?.. Ceci est vrai en morale, ceci est vrai en politique : le succès est une absolution qui rassure bien des consciences.

La grande question est donc de réussir, surtout dans les entreprises téméraires, et j'avoue que la mienne l'est étrangement. Est-ce donc que l'histoire que j'ai à vous raconter est bien invraisemblable ? Je ne sais, mais elle est vraie. Se passe-t-elle dans des pays presque inconnus ? Mon Dieu, non ! Elle a commencé et fini rue de Bondy. Est-elle d'une époque de révolution ou de licence ? Non, encore. Elle s'est passée il y a eu dimanche huit jours. Qu'est-ce donc ? Je vais vous le dire du mieux que je pourrai ; et si vous ne me croyez pas, je.... Mais ce serait vous dire le dénoûment d'avance, et le dénoûment n'est pas consommé à l'heure où j'écris.

Posons d'abord une décoration.

Imaginez-vous un de ces appartements étroits et coquets, habilement distribués dans un espace qui eût à peine suffi il y a cent ans à un salon médiocre ; un de ces appartements arrangés presque comme un nécessaire de voyage, où rien ne manque, où chaque chose a sa place marquée, mais dans lequel il ne faut rien laisser hors de son lieu sous peine de l'encombrer ; une antichambre qui n'est qu'un entre-deux de portes ; une salle à manger où les chaises se rangent autour de la table, les sièges dessous, pour permettre une libre circulation ; un salon pour lequel on fait ces pianos droits qui sont si jolis et si lourds, et une chambre à coucher où l'on ne peut être deux qu'à la condition d'y être comme un. Dans cet appartement demeure madame Amélie de Leurtal. La voici dans sa chambre ; elle achève sa toilette. C'est une toilette de campagne toute fraîche et toute neuve. Cependant Amélie paraît pensive en se regardant dans son armoire à glace de palissandre. Ne se trouve-t-elle pas jolie ainsi vêtue de mousseline blanche ? Ce ne peut être cela ; car jamais on ne vit si doux visage, taille plus flexible, pieds plus étroits, mains plus blanches et plus effilées. Cependant sa préoccupation est si profonde, que deux grosses larmes viennent à ses yeux, et qu'elle ne s'aperçoit pas que sa bonne (pardonnez-moi le mot, sa domestique me semble odieux ; sa femme de chambre ne serait pas vrai, car Justine faisait la cuisine de Madame ; sa cuisinière ne serait pas non plus exact, car Justine habillait Madame, et vous savez bien que nous n'avons plus de boutiques, plus d'apothicaires, plus de barbiers, mais bien des magasins, des pharmaciens et des coiffeurs)... Or, Amélie ne s'aperçoit pas d'abord que sa bonne, après avoir exactement remis toute chose à sa place, ne quitte pas sa chambre et essuie avec affectation des grains de poussière qui n'existent pas. Enfin cette présence se fait remarquer, et madame de Leurtal dit à Justine :

— Eh bien ! qu'attendez-vous ? — Je voulais demander quelque chose à Madame. — Quoi donc ? — Madame va à Saint-Germain aujourd'hui ? — Oui. — Madame ne rentrera pas de la journée et n'aura pas besoin de moi ? — Je comprends, vous voudriez sortir. — Oui, Madame, c'est aujourd'hui dimanche, et tous les domestiques du premier vont faire une partie à Versailles, et ils m'ont invitée. — Et vous avez accepté à ce que je vois, car vous voilà endimanchée. — Je me suis habillée de précaution, dans le cas où Madame voudrait bien me permettre... — Très-volontiers, vous pourrez sortir dès que je serai partie. — C'est que... — Eh bien? — C'est qu'ils partent dans un quart d'heure. — Oh! si ce n'est que cela, allez, je n'ai plus besoin de vous. — Oh! merci, Madame, merci... Je serai rentrée de bonne heure pour déshabiller Madame... — C'est bien. — Madame voudra-t-elle souper? — Ce n'est pas mon habitude. — C'est égal, je préparerai quelque chose. — Bien! bien!

Justine quitta la chambre, et Amélie, après avoir regardé à la pendule qu'il n'était encore que dix heures, passa dans son salon et se mit à rêver en ajustant encore quelques plis de sa robe, en agrafant un bracelet, en lissant les noirs bandeaux de ses cheveux; puis Justine rentra.

— Je sors, Madame. — Bien. — Puisque Madame a la bonté de sortir seule, elle aura soin de bien fermer la porte à double tour.—Oui! oui!—Madame aura aussi l'attention de fermer les fenêtres, parce que le temps n'est pas sûr, et que s'il venait un orage, ça inonderait le salon. — Je ne l'oublierai pas. — Faut-il que je dise au portier de laisser monter, si quelqu'un vient? —Oui! le premier commis de M. Dallois; ce vieux M. Cambet doit venir me chercher pour m'accompagner à Saint-Germain. — Je m'en vais donc. Adieu, Madame, merci, Madame; amusez-vous bien aussi.

La bonne sortit, et un triste sourire effleura les lèvres d'Amélie à cette recommandation de Justine. Et Amélie, demeurée seule, jeta un regard triste sur sa robe neuve. C'était sa première parure blanche après treize mois de veuvage; elle s'assit en face du portrait d'un homme qui pouvait avoir cinquante ans; elle se prit à le considérer. Ce fut en regardant ce portrait que lui vinrent et les souvenirs et les pensées que nous allons dire :

« Vous avez été un noble ami et un bon mari pour moi, monsieur de Leurtal. Vous m'avez rencontrée, orpheline, élevée par la bienfaisance d'une tante qui ne s'enrichissait en me donnant une brillante éducation, que du rang où elle occupait. Elle avait oublié que la fortune qui reposait sur sa tête s'en irait avec sa vie, et qu'elle me laisserait d'autant plus pauvre que j'aurais vécu comme riche; d'autant plus abandonnée qu'elle m'accoutumait à un monde dans lequel un nom, si noble qu'il soit, n'est pas une recommandation, quand c'est une femme qui le porte. Les hommes sont heureux. Autrefois on donnait aux aînés de nos maisons tous les biens de la famille, aujourd'hui encore, lorsqu'il arrive qu'ils sont pauvres, ils ont presque une dot dans le nom qu'ils peuvent donner à une femme. Il y a encore beaucoup de bourgeoises qui achètent le titre de marquise ou de vicomtesse. Mais qu'importe à un banquier d'épouser la fille d'un Noailles ou d'un Montmorency, si elle doit s'appeler madame Dupont ou madame Durand? Vous avez prévu tout cela, vous, monsieur de Leurtal, et m'avez offert votre modeste fortune et votre nom de bon gentilhomme contre un si déplorable avenir. Dieu a permis qu'au milieu des plaisirs bruyants où on entraînait ma jeunesse, la voix de votre paternelle raison fût plus forte que celle de la vanité que pouvaient m'inspirer des hommages qui me plaisaient. Vous m'en avez bien récompensée, et durant les deux ans que j'ai passés près de vous, j'ai été heureuse et calme; et la mort nous a séparés, j'ai trouvé que vous aviez assuré à votre veuve tout ce que les révolutions avaient laissé d'une grande fortune. Ah! je vous suis reconnaissante pour tout cela. Ce deuil que je quitte, je le porterai dans mon cœur, non pas comme celui d'un mari qu'on oublie quand on se remarie, mais comme celui d'un bienfaiteur, d'un père; et un père ne se remplace pas. Pardonnez-moi donc la démarche que je vais faire aujourd'hui, pardonnez-moi d'avoir cédé aux conseils de l'ami à qui vous m'aviez confiée ainsi que ma fortune. Oui, j'ai à peine quitté mes habits de veuve, que je vais à une entrevue où sera un homme à qui l'on veut me marier. C'est que votre ami m'a parlé comme vous m'avez parlé. Il m'a dit que si vous m'aviez mise à l'abri de la pauvreté, vous ne m'aviez pas mise à l'abri de la calomnie tant que je serais jeune et belle, ni à l'abri de la solitude quand je ne le serai plus. Oh! certes, s'il m'était né un enfant de vous, jamais je n'aurais porté d'autre nom que celui de mon fils. Une mère est forte de son enfant; un enfant, fût-il au berceau, protège une femme. Mais moi, je suis seule, en butte aux persécutions incessantes de tous les hommes riches, pour qui une maîtresse qui a une position acquise dans le monde et la liberté de sa vie est une possession charmante et sans danger; en butte aux adulations sordides de ces beaux incapables, qui n'ont de fortune que leur élégance empruntée et qui me donneraient volontiers leur nom et leurs dettes. Voilà ce que

m'a dit M. Dallois, un honnête homme comme vous. Il m'a fait voir avec quelle attention on surveillait la vie d'une femme comme moi, avec quelle malignité on commentait ses paroles, ses démarches, jusqu'à ses regards. Il m'a épouvantée, et voilà pourquoi je vais aujourd'hui chez lui pour voir l'homme auquel il veut m'unir. Ce n'est donc pas oubli, ce n'est pas ingratitude envers vous, ce que je vais faire, mon bon et noble mari. Et quoiqu'on m'ait dit que celui qu'on me propose était tout ce que vous étiez, délicat, généreux, indulgent, il ne sera jamais pour moi ce que vous avez été, je vous le jure. Il ne chassera pas de mon cœur le souvenir de vos bienfaits, de votre bonté, de la noblesse de votre cœur. Après vous avoir pleuré, je sens que je pleurerai votre nom, qu'il me faudra quitter aussi : ce sera une nouvelle séparation, pardonnez-moi d'y consentir. Elle a un but honorable, n'est-ce pas, Monsieur? et vous n'en voudrez pas à votre femme, à votre enfant, à votre Amélie. »

En parlant ainsi à elle-même, madame de Leurtal était doucement descendue de son siége, et s'était mise à genoux devant ce portrait. De bonnes larmes, qui n'avaient que de la tristesse sans désespoir et sans remords, coulaient sans efforts de ses yeux et baignaient son doux et beau visage; on eût dit qu'elle semblait attendre une réponse de cette toile à laquelle elle attachait ses regards, lorsqu'un coup de sonnette l'arracha à sa préoccupation. Elle se releva avec vivacité, essuya ses larmes, et se regarda devant une glace pour voir si la personne qui allait entrer ne pourrait s'apercevoir qu'elle avait les yeux rouges. Mais l'émotion éprouvée, bien que profonde, avait été calmé, rien ne pouvait trahir Amélie et elle attendit. Cependant personne n'entrait, et un second coup de sonnette vint rappeler à madame de Leurtal qu'elle était seule dans son appartement. Elle alla ouvrir; un jeune homme la salua avec embarras, en disant:

— Madame de Leurtal? — C'est moi, Monsieur.

Pour toute réponse, ce jeune homme lui tendit un petit billet ouvert; madame de Leurtal le prit et lut ce qui suit :

« Madame,

« Des lettres d'une extrême importance pour les affaires « de M. Dallois me forcent à demeurer à Paris jusqu'à trois « heures au moins, excusez-moi, donc si je ne puis avoir « l'honneur de vous accompagner à Saint-Germain. J'ai « chargé de ce soin M. Anselme Ferou, l'un de nos commis, « qui va à Saint-Germain pour communiquer à M. Dallois « les lettres que j'ai reçues. Il sera charmé de vous servir de « cavalier, et remplira sans doute cette mission beaucoup « mieux qu'un vieux loup de bureau comme moi qui suis « fort embarrassé dès qu'il me faut quitter ma chaise et mes « livres en partie double.

« J'ai l'honneur d'être avec respect, Madame, votre très-« humble, très-obéissant et très-affectionné serviteur.

« P. P. Louis Cambet. »

Amélie reconnut l'écriture et la signature de M. Cambet, qui lui envoyait exactement tous les six mois le compte des fonds qu'elle avait chez M. Dallois, et qui, oubliant qu'il écrivait une fois par hasard pour propre compte, avait conservé à sa signature le fameux P. P. (par procuration) qui attestait au monde commercial la confiance illimitée que son patron avait en lui.

Après avoir lu la lettre, Amélie regarda le jeune homme; elle se rappela l'avoir vu une ou deux fois chez M. Dallois, aux soirées que donnait le banquier : elle se ressouvint même qu'il avait été un danseur fort assidu aux contredanses où elle figurait, quoiqu'il n'eût point dansé avec elle. Seulement Amélie remarqua alors que ce M. Anselme Ferou, dont elle apprenait le nom, était un jeune homme de tournure fort distinguée. Il avait un beau visage d'homme à traits vivement accentués, auquel ce que je pourrais appeler des yeux de femme donnaient une grâce singulière. En effet, son œil noir et velouté, couvert d'une longue paupière bordée de longs cils, avait une expression de douceur mélancolique qui faisait contraste avec le large développement d'un front hardi et la prestance d'un corps vigoureux. Son allure ferme, ses traits caractérisés avaient trente ans, ses yeux baissés et timides en avaient dix-huit, l'homme en avait vingt-cinq. Il s'était arrêté sur la porte pendant que madame de Leurtal lisait la lettre de M. Cambet, et ce ne fut que lorsqu'elle l'eut finie qu'elle lui fit signe d'entrer, en lui disant:

— Je vous prie de m'excuser, si je vous ai fait attendre et sonner deux fois; je suis seule, ma bonne est sortie, et je l'avais oublié.

M. Ferou ne répondit que par une inclination respectueuse et entra; il suivit silencieusement madame de Leurtal jusqu'à son salon, et prit le siége de velour qu'elle voulut bien lui indiquer. Puis elle passa dans sa chambre pour y prendre un schall et son chapeau; mais au moment où elle finissait de mettre ses gants et où elle allait prendre son ombrelle, voilà tout à coup le jour qui s'obscurcit. Un de ces orages qui montent de l'horizon à tire-d'aile étend rapidement ses nuages sur le ciel, et en moins de deux minutes voilà les éclairs qui brillent, le tonnerre qui éclate et la pluie qui tombe avec fracas.

Amélie rentre dans le salon où elle avait laissé M. Anselme Ferou considérant avec attention le boulevard qu'on voyait des fenêtres.

— Impossible de partir par un temps comme celui-là, dit-elle. — D'autant plus impossible, dit M. Ferou avec embarras, que toutes les voitures qui étaient sur la place viennent d'être prises par les promeneurs, et qu'il y a bien loin d'ici au chemin de fer. — Ce n'eût pas été un obstacle pour moi qui aime à marcher, mais non pas par un temps pareil à celui-ci. — S'il en est ainsi, ce n'est qu'un retard de quelques instants, car cet orage est trop violent pour durer longtemps, et dans vingt minutes nous pourrons partir. — Attendons.

Le jeune homme s'inclina.

— Veuillez vous asseoir, Monsieur.

Anselme s'assit d'un côté du salon et madame de Leurtal de l'autre, lui, son chapeau et sa canne à la main, elle, gantée, coiffée, enveloppée dans son mantelet à dentelles noires; tout prêts à se lever au premier rayon de beau temps, mais assez embarrassés, et probablement fort peu soucieux de se dire quelque chose. Anselme suivait du bout de sa canne un dessin capricieux du tapis; madame de Leurtal, n'ayant rien de mieux à faire, serrait soigneusement les plis de son ombrelle sous l'anneau d'ivoire qui les retenait. Le silence était assez ennuyeux; Amélie jugea qu'étant chez elle c'était à elle de le rompre, et elle dit à M. Ferou.

— Vous connaissez la maison de campagne de M. Dallois? — Oui, Madame, et la bonté de m'y inviter tous les dimanches. — C'est une belle habitation sans doute? — Admirable, Madame. — M. Dallois est si riche! — C'est aussi un homme de goût; ce n'est pas le luxe de sa maison qui me plaît, c'est le parfait arrangement de toutes choses; on dirait plutôt la maison d'un riche artiste que celle d'un banquier. — Vous aimez les arts, Monsieur? — Je m'en occupe dans mes heures de loisir, lorsque les travaux du bureau sont terminés.

Le silence reprit, et pendant ce temps une idée passa par la tête de madame de Leurtal: cette idée la conduisit à dire à M. Ferou:

— Puisque vous allez tous les dimanches chez M. Dallois, vous devez connaître toutes les personnes qu'il reçoit habituellement à la campagne? — Mais ce sont celles que vous avez pu voir dans son estime à Paris. — Ah! et il ne voit pas d'habitants de Saint Germain? — Fort peu, si ce n'est M. et madame Dauby, vieux rentiers, dont le fils est employé chez lui avec moi. — Ah!.. c'est tout?... — Il y a encore un monsieur de Fortis. — M. de Fortis, dit Amélie avec vivacité, quel homme est-ce? — Je le crois un galant homme. — Ce n'est pas un jeune homme? — Non vraiment, Madame; c'est un homme de cinquante ans, fort bien conservé, car il a grand soin de lui. — Qu'entendez-vous par là? Serait-ce un de ces hommes surannés, coquets, qui imitent les modes de la jeunesse? — Point du tout, et bien au contraire. Je le crois un très-galant homme, comme je vous dis, mais il a ses manies. — Vous voulez dire ses ridicules? — Je n'oserais les nommer ainsi dans un vieillard. — Un vieillard, dites-vous? A cinquante ans, Monsieur, reprit Amélie avec intention, on n'est pas un vieillard.

Anselme jeta un regard furtif sur le portrait de M. de Leurtal, et repartit en souriant:

— C'est que si M. de Fortis n'est pas un vieillard par son âge, il me fait l'effet de l'être par ses habitudes; il se lève régulièrement à la même heure; à dix heures il se couche; il mange avec discrétion de peur d'indigestion; il choisit ses mets de crainte de s'exciter; il note à chaque instant le degré de température de son appartement pour le maintenir dans un milieu qui ne soit ni trop chaud ni trop froid; il ne quitte guère sa douillette ouatée que lorsque nous avons trop chaud dans nos pantalons de coutil; il a un bonnet de soie pour dîner dans les salles à manger un peu fraîches, et l'hiver il a soin de se mettre loin du poêle qui lui fait monter le sang à la tête. — Mais, reprit Amélie d'un ton pincé, c'est le portrait d'un homme fort ridicule que vous me faites là. — Non, Madame, car ces ridicules, si vous les appelez ainsi, sont protégés par un des esprits les plus fins et les plus mordants que je connaisse. — Ah! c'est un homme d'esprit? dit vivement Amélie. — Oui, et dans toute la force du terme: sans opinions politiques, sans engouement littéraire, sans foi aux passions, M. de Fortis est un homme qui juge sévèrement, je dirais presque sèchement, toutes choses et toutes personnes. Armé d'une expérience froide et qui semble ne lui avoir laissé aucune illusion, il

possède en outre un bonheur de mots cruels pour exprimer ses jugements. Malheur à qui l'attaque, car il est sans pitié pour ceux mêmes qui ne lui font aucun mal. La plus légère observation faite par lui devient dans sa bouche une anecdote souvent très-amusante. Ainsi, dimanche dernier, ayant rencontré dans le parc une dame encore belle, mais déjà âgée, avec un très-jeune homme, il nous demanda ce que nous en pensions. On crut que c'était une mère et son fils; mais M. de Fortis jugea que c'était une vieille Anglaise et un dandy français, et paria que la voiture et les chevaux où ils montaient étaient ceux de la riche anglaise, qu'elle avait soldé le compte du tailleur dans sa bouche ce joli jeune homme, et que la canne à pomme entourée de brillants sur laquelle il s'appuyait était tirée de quelque ancienne parure qu'elle avait fait remonter chez Thomassin pour son chevalier; il ajouta enfin toutes les conséquences de cette supposition, et ce qu'il y a de plus curieux, c'est qu'il se trouva avoir deviné. — M. de Fortis est bien habile. Une femme, à son compte, ne peut donc donner le bras à un homme sans se compromettre? — Cela ne va pas jusque-là. Mais voici le temps qui s'éclaircit, et je suis à vos ordres. — Voyez, reprit Amélie, voyez, je vous prie, s'il y a une voiture sur la place. — Non, pas encore. Mais vous savez marcher?... — Je préfère attendre, répondit Amélie.

Les observations de M. de Fortis avaient épouvanté Amélie, et elle eut une peur instinctive de traverser la moitié de Paris au bras d'un jeune homme fort beau et sur lequel les commentaires seraient si plausibles. Ils reprirent tous deux leur place en face l'un de l'autre.

Ce n'était pas assurément la crainte des observations personnelles de M. de Fortis qui avait arrêté madame de Leurtal; mais le caractère que lui attribuait M. Ferou était-il si exceptionnel, qu'elle ne pût rencontrer sur son chemin une personne qui ferait, sur le compte d'un beau jeune homme et d'une jolie femme passant ensemble, des suppositions beaucoup plus plausibles que celles qu'avait fait naître la vieille Anglaise? Sans doute ces commentaires devaient être indifférents à Amélie s'ils partaient de gens qui ne la connaissaient pas; mais elle pouvait être vue par un de ces hommes dont elle se plaignait un instant avant en sa pensée; et on a si tôt dit dans un salon, d'un air malignement mystérieux: Vous ne savez pas? cette jolie madame de Leurtal qui a toujours l'air de croire qu'un compliment va la compromettre, je l'ai rencontrée se promenant en tête-à-tête avec M. Ferou. — Bah! Et où allaient-ils? — Ma foi, je ne me suis pas amusé à les suivre; tout ce que je sais, c'est qu'ils étaient seuls, parés et compagnons comme des amoureux de quinze ans qui vont faire leur dimanche à la campagne.

Madame de Leurtal n'avait pas poussé plus loin le développement facile de méchants propos auxquels cette nouvelle pouvait donner lieu si elle tombait en mauvaises langues; elle avait commencé par ne vouloir sortir qu'en voiture; en voiture on n'est pas aisément reconnu, et il semblait à Amélie qu'une fois arrivée au chemin de fer, elle serait à l'abri de toute supposition fâcheuse de la part des gens de sa connaissance qui pourraient l'y rencontrer; car le chemin ne pouvait avoir qu'un but pour elle, la maison de M. Dallois, et ce but expliquait la présence de M. Ferou; ce n'était plus qu'un galant comme M. Cambet.

D'ailleurs sa pensée vola plus rapidement que nous ne le disions sur ces réflexions qu'elle eût dû examiner très-sérieusement peut-être; car elle se serait demandée alors pourquoi elle trouvait M. Anselme si compromettant, et elle se serait aperçue qu'au moins de dix minutes elle avait remarqué qu'il était beau, jeune, élégant, qu'il parlait avec aisance, jugeait ce dont il parlait, et menaçait d'avoir de l'esprit pourvu qu'elle voulût bien le lui permettre; mais Amélie ne s'expliqua pas les causes de son appréhension, et sa pensée ne s'arrêta que sur un sentiment plus grave et plus triste: elle se mit à réfléchir sur ce qu'elle venait d'apprendre de M. de Fortis. Le portrait qu'en faisait Anselme n'avait rien de bien attrayant, et M. de Fortis était le mari que Dallois destinait à Amélie. Epouser un pareil homme, n'était-ce pas s'exposer à accepter une sorte de rôle de garde-malade, ou du moins de dame de compagnie, ou mieux encore, et pour se servir d'un mot qui ne laisse pas d'équivoque, d'épouse de compagnie, c'est-à-dire tous les devoirs de la gouvernante d'un vieux garçon, moins la faculté de le quitter lorsqu'il est trop insupportable? Certes, madame de Leurtal n'était pas amoureuse de plaisirs; la médiocre fortune de M. de Leurtal, en lui en promettant fort peu, lui en avait cependant assez donné pour ses goûts: souvent elle-même avait évité, par égard pour son âge, ceux auxquels son mari ne prenait point part; souvent elle abrégeait pour lui les longues veilles du monde à l'heure où il devient le plus brillant et le plus animé, à l'heure où elle y paraissait la plus belle : mais de ce petit sacrifice volontaire de ses plaisirs à une vie réglée sur une montre de Lépine, et dont chaque heure devait chaque jour être régulièrement et irrévocablement marquée pour une occupation invariable, de cette concession faite et reçue de bonne grâce à un devoir rempli ou réclamé avec humeur, de ces hasards qui n'étaient qu'une occasion d'être prévenante pour M. de Leurtal à une habitude régimentaire qu'elle ne pourrait rompre sans déplaire à M. de Fortis, il y avait un monde, il y avait plus qu'un monde : il y avait l'âme tout entière d'Amélie, tout son dévouement et toute son indépendance, tout ce que sa reconnaissance pouvait accorder à une noble protection, et tout ce que sa dignité devait refuser à un froid égoïsme.

C'est pourquoi elle était préoccupée et silencieuse en face de M. Ferou. En effet, le petit mouvement de crainte qui s'éleva dans le cœur d'Amélie, à propos de sa sortie avec Anselme, fut plutôt instinctif que volontaire, comme celui par lequel on évite le choc d'un corps qui passe; mais il n'en fut pas de même de sa révolte contre la nécessité d'épouser M. de Fortis. Ce mariage était le but de sa visite à Saint-Germain : il occupait sa pensée et l'agitait d'un trouble puissant; c'est lui qui l'avait portée à interroger M. Ferou, et qui la faisait silencieusement méditer sur sa réponse. Il y avait aussi dans l'âme d'Amélie une voix qui parlait en dépit d'elle, et qui la poussait surtout à cette révolte.

Quoi qu'elle en eût, sa jeunesse murmurait d'être encore enchaînée à un vieillard. Lorsqu'à seize ans elle avait épousé M. de Leurtal, Amélie n'avait pas renoncé à l'amour, elle n'y avait pas encore pensé, et elle était trop honnête femme et trop reconnaissante pour y avoir pensé pendant son mariage. Mais depuis qu'elle avait perdu M. de Leurtal, les hommages mêmes qui lui déplaisaient lui avaient fait entendre un mot auquel elle rêvait encore quand elle ne l'entendait plus, et qui lui paraissait devoir être doux à écouter dans une voix qui cependant n'aurait pas encore parlé. Elle avait beau mépriser l'amour qu'on lui jurait, elle ne le méprisait que parce qu'elle sentait en elle qu'il y en avait un autre, qu'il y en avait un meilleur qu'elle pourrait inspirer, puisqu'elle pourrait le rendre.

Expliquez pourquoi la plante, qui d'abord a poussé droite et forte à l'ombre, se penche et se tord, rampe ou s'élance pour gagner un rayon du soleil quand le temps de la floraison est venu, et je vous dirai pourquoi, à l'âge de sa puberté, le cœur aspire à l'amour, pourquoi il se tord et se penche comme la fleur pour s'ouvrir à un soleil qu'il n'a pas vu, mais dont les rayons magnétiques l'appellent à travers tous les obstacles. Amélie n'aimait pas; en épousant M. de Fortis, elle n'eût fait le sacrifice d'aucun amour, ce n'est de l'amour lui-même; elle n'abandonnait pour lui ni le passé ni le présent, asiles étroits et déserts que sa vie calme n'avait peuplés d'aucun grand souvenir; mais elle lui donnait l'avenir, ce vaste champ où court et bondit l'espérance jeune, si riche domaine que Dieu nous a fait sans limites visibles !

Comme elle avait été heureuse avec M. de Leurtal, Amélie, dont le cœur savait vivre de peu, s'était résignée à un bonheur pareil avec M. de Fortis; mais dès qu'elle avait soupçonné qu'elle n'aurait pas même celui-là, la voix intérieure qu'elle avait fait taire s'était levée pour crier qu'il lui en fallait un plus grand. Oh! croyez-moi, toutes les passions humaines ont de ces élans qui les révèlent à elles-mêmes. Ce fut à l'heure où Louis XIV refusa un régiment au prince Eugène que celui-ci se dit qu'il était fait pour commander des armées. C'est à l'instant où la modeste et froide espérance d'Amélie lui échappa, qu'elle s'étonna de n'en avoir pas conçu une plus belle et plus enivrante. Et comme tout cela murmurait en elle, comme elle s'étonnait tout à la fois de son trouble et de ses désirs, elle leva les yeux et aperçut ceux d'Anselme attachés sur elle. Elle en rougit de dépit; il lui sembla que le regard de ce jeune homme eût pénétré dans son âme, et eût deviné toutes ses agitations, et si le sentiment involontaire qu'elle éprouva se fût le moment eût osé parler, elle se fût peut-être écriée : Vous êtes d'une étrange curiosité, Monsieur.

Mais cela ne fut pas dit, et Amélie, encore plus troublée par la contrainte qu'elle dut s'imposer, se sentit contrariée, malheureuse de sa situation, du devoir qu'elle s'était dicté, et elle dit à M. Ferou :

— Pardon, Monsieur, mais on vous a chargé d'une mission dont vous ne prévoyez pas tout l'ennui. Vous avez à voir M. Dallois de bonne heure pour les nouvelles dont me parle M. Cambet, et je ne partirai peut-être qu'un peu tard; trop tard sans doute, car les affaires qui vous appellent à Saint-Germain sont pressées.

Anselme sourit et répliqua :

— C'est qu'en vérité, Madame, il n'y a aucune affaire qui m'appelle à Saint-Germain a une heure plutôt qu'à l'autre. — Que signifie donc ce billet de M. Cambet? dit Amélie avec une légère expression de fierté. — C'est un prétexte... — Un prétexte, pourquoi ? dit vivement Amélie en se levant de son siège. — Un prétexte pour ne pas vous conduire à Saint-Germain, Madame, reprit Anselme en se levant à son tour. — Un prétexte! répéta lentement Amélie en regardant avec effroi autour d'elle et en se voyant seule enfermée avec un homme qu'elle connaissait à peine, un prétexte pour me pas me conduire à Saint-Germain, et sans doute pour qu'un autre... — Non, Madame, non! dit Anselme en interrompant Amélie, dont il avait compris la supposition, rien de pareil n'est entré dans la pensée de M. Cambet; rien d'offensant pour vous ne peut entrer dans la pensée de personne. Je vous demande pardon de vous avouer un enfantillage de M. Cambet, mais... il a peur du chemin de fer. — Vrai! dit Amélie moitié émue de l'offense imaginaire qu'elle avait redoutée, moitié riant de l'explication qui la rassurait... Vrai! il en a peur? — Oui, Madame, une peur que je crois invincible, puisqu'elle a résisté à la dernière épreuve à laquelle M. Dallois a cru devoir la soumettre. — Quelle épreuve, Monsieur? — Celle du plaisir de vous accompagner... M. Cambet, Madame, et j'ai bien le droit de dire tout ce qu'il a de bon, puisque je viens de lui donner un plaisir si ridicule, M. Cambet a pour vous une affection, une tendresse, une admiration que vous ne savez peut-être pas; il en parle de vous qu'avec une sorte de respect religieux, et assurément l'idée de vous rendre un service, si léger qu'il fût, l'eût emporté sur sa frayeur, si quelque chose pouvait la vaincre; mais M. Dallois s'est trompé, la peur a été plus forte que vous. — Oh! reprit Amélie que le respect d'un vieillard pour elle avait touchée jusqu'aux larmes, oh! que je suis fâché qu'on ait ainsi tourmenté ce pauvre homme pour moi! — Et il l'a été d'une manière affreuse, reprit Anselme en riant. Depuis sept heures du matin qu'il s'est levé, vous ne pouvez vous figurer ses agitations; il entrait, il sortait du bureau à chaque minute, cherchant s'il n'arriverait rien qui pût le retarder, prétendant qu'il y avait folie à aller à la campagne par un temps si détestable (il ne pleuvait pas alors, et jamais M. Cambet n'a manqué sa visite du dimanche à Saint-Germain, quelque temps qu'il fit), me grondant de ce que je l'aidais pas à sortir d'un embarras qu'il n'avouait pas. Enfin l'heure est venue où il lui a fallu s'habiller; il a quitté le bureau en fermant la porte avec fracas, puis, lorsqu'il est rentré, il était vêtu tout de travers; il s'était coupé deux fois en se faisant la barbe, il ne pouvait mettre ses gants, son chapeau qu'il avait sur la tête, et comme je ne pouvais m'empêcher de rire, il s'est approché de moi avec plus de résolution qu'il ne lui en eût fallu pour aller en chemin de fer de Paris à Saint-Pétersbourg, et il s'est mis à déblatérer contre l'impertinence des jeunes gens. Je crois en vérité que je lui eusse répliqué, il m'eût proposé un duel pour échapper aux dangers de la locomotive. Mais je n'ai pas voulu donner ce facile moyen d'échapper à sa terreur. J'ai repris gravement mon travail; alors il a parcouru le bureau avec une colère qu'il ne pouvait dissimuler, poussant les registres, plantant les poinçons dans les bureaux, écrasant les plumes, lorsqu'il lui a pris tout à coup l'idée de regarder ce que je faisais. Il ne l'avait pas encore vu qu'il s'est écrié :

« — Ce n'est pas ça; il y a six erreurs dans ce tableau. — Mais, lui ai-je dit, où sont-elles? — Bah! elles sautent aux yeux... — Cependant... — Cependant... cependant... On vous a chargé de calculs auxquels vous ne comprenez rien. Je vais refaire ce tableau moi-même. — Mais madame de Leurtal... — Eh bien!... vous l'accompagnerez à ma place, tandis que je vais travailler à la vôtre. — Mais je n'oserai me présenter. — Oh! si ce n'est que ça, je vais vous donner pour la mienne... »

— Et il s'est mis à écrire, tout en me disant :

« — Je suppose qu'il est arrivé des nouvelles, vous comprenez? Je ne veux pas aller dire à tout venant que vous ne savez pas votre métier; quant à M. Dallois, vous lui direz ce que vous voudrez... Tenez, voilà la lettre... Allez-vous partir? »

— Je vous l'avoue, Madame, ma vanité de commis n'a pas été jusqu'à résister aux angoisses de ce pauvre homme, j'en ai eu pitié, j'ai accepté, et je crois que je lui ai fait grand plaisir, car il s'est écrié aussitôt avec son excellente bonhomie :

« — Voilà ce que c'est que d'être jeune, tous les bonheurs vous arrivent ensemble : les anciens font votre ouvrage, et l'on va à la campagne avec une femme charmante. »

Amélie rougit.

— Pardon, Madame, reprit Anselme, c'est M. Cambet qui parle, et si vous saviez que de recommandations il m'a faites! — Quelles recommandations?

7

Anselme se tut un instant et répondit :

— Elles ont été longues et sur bien des sujets... Il m'a dit... Mais que vous importe ? Il a été jusqu'à me dire : « N'insistez pas trop pour la conduire par le chemin de fer, c'est un sot plaisir que vous pouvez trouver charmant avec votre tête de jeune fou, mais qui ne séduira guère une femme si calme, si posée, si parfaite que madame de Leurtal. » Aussi, me voyez-vous tout prêt à obéir aux conseils que j'ai reçus et à suivre le chemin qu'il vous plaira de prendre, tant j'ai envie d'être agréable à M. Cambet. — Vraiment, Monsieur, dit Amélie d'un ton plus piqué que gai, vous me rendez là un éminent service à M. Cambet, et il doit vous en savoir gré ! — Je crains bien qu'il n'y ait que lui, dit Anselme en souriant et en regardant madame de Leurtal. — Si sa reconnaissance égale sa frayeur, elle sera immense, Monsieur. — Si vous pensiez, Madame, reprit Anselme toujours en riant, que j'ai exagéré les terreurs de M. Cambet, vous seriez bientôt détrompée en arrivant à Saint-Germain ; car M. Cambet est un héros à côté de M. de Fortis. M. de Fortis, lui, a des attaques de nerfs au seul mot de vapeur : la vapeur sur terre ou sur mer est pour lui un monstre horrible. Il dit que c'est le Minotaure, auquel le siècle sacrifie tous les ans des milliers de victimes. Il s'est fait une occupation de relever dans les journaux le récit de toutes les explosions de chaudières, de toutes les rencontres de convois ; il compte les cadavres, il fait le calcul des jambes et des bras cassés, il... — Mais en présence des nombreux accidents qui arrivent de tous côtés, cela n'est pas tout à fait aussi ridicule que vous le prétendez, Monsieur, dit Amélie en interrompant Anselme d'un ton sec.

En effet, ramenée malgré elle à la pensée de M. de Fortis, elle fut cette fois contrariée de le voir l'objet des railleries d'un jeune homme ; elle en était humiliée, car enfin elle avait presque consenti à l'épouser ou du moins à le connaître dans ce but, et il ne pouvait être si ridicule sans qu'elle le fût un peu. Anselme, qui semblait ignorer les projets de M. Dallois, se méprit sans doute sur la cause de l'humeur d'Amélie, et il lui répondit :

— Si vous éprouvez la moindre appréhension, nous prendrons tout autre moyen de transport.

Une impatience singulière agitait Amélie, et elle répondit, en s'efforçant vainement de la cacher :

— C'est inutile, Monsieur ; décidément, tenez, je crois que je n'irai pas à la campagne ; l'heure s'avance, le temps devient de plus en plus mauvais, ce serait une triste partie de plaisir ; je resterai chez moi.

En parlant ainsi, Amélie avait retiré son chapeau, posé son ombrelle, ôté ses gants ; elle se retourna pour saluer M. Ferou, mais elle s'arrêta en voyant sur son visage l'expression d'un véritable et profond chagrin : les yeux d'Anselme étaient si timides et si tristes, qu'elle craignit de l'avoir blessé, et lui répondit plus doucement :

— Je vous remercie, Monsieur, pardonnez-moi un caprice, sans doute, mais je préfère rester.

Anselme demeura immobile, et Amélie reprit :

— N'oubliez pas qu'on vous attend.

Anselme parut faire un grand effort sur lui-même, et répliqua d'une voix dont la légèreté et l'aisance avaient fait place à une timidité souffrante :

— Vous oubliez qu'on vous attend aussi, Madame. Que dirai-je quand on me demandera pourquoi vous n'êtes pas venue ?... Mais que je n'ai pas voulu... que j'ai eu peur de la pluie... que j'ai eu peur du chemin de fer... — On ne me croira pas, Madame, on m'accusera. — Et de quoi peut-on vous accuser ? — C'est que, voyez-vous, reprit Anselme avec plus d'assurance et en se laissant aller à la gaieté qui lui était naturelle, c'est que j'ai une très-mauvaise réputation. — Qu'appelez-vous une mauvaise réputation ? — M. Cambet et M. Dallois prétendent que je suis un écervelé, un bavard, qui dis sans y prendre garde toutes les folies qui me passent par la tête, et qui souvent ne sont pas très-convenables. Si vous ne venez pas, on croira... que sais-je ?.. que j'ai manqué envers vous de politesse, de respect, que vous avez eu peur de venir avec moi.

La naïveté d'Anselme, en parlant ainsi, rassura tout à fait Amélie ; il n'avait plus l'air d'un beau jeune homme sûr de lui-même ; c'était un écolier qui a peur ; elle ne put s'empêcher de sourire et répliqua :

— Rassurez-vous, je rendrai bon témoignage de vous à M. Dallois. — Le meilleur de tous serait votre présence. — Permettez-moi de vous le refuser, dit Amélie, j'ai des raisons.

Et elle pensait à M. de Fortis ; mais elle s'arrêta et reprit :

— Décidément, le temps est trop mauvais. — Il fait un soleil admirable. — Vous tenez beaucoup à m'emmener ? — Je tiens beaucoup à ne pas être mal reçu. On m'accusera, vous dis-je, si vous ne venez pas ; toutes mes explications seront vaines ; les vôtres mêmes ne m'excuseront pas ; on vous sait si bonne et si indulgente, qu'on attribuera tout ce que vous pourrez dire à votre délicate générosité, et on ira jusqu'à croire que j'ai parlé. — Parlé de quoi, Monsieur ? — Oh ! de rien... que du tout. Mademoiselle, dit Anselme avec vivacité.

C'était le tour d'Amélie d'être étonnée ; elle s'imagina qu'il y avait un mystère caché dans sa visite à Saint-Germain, qu'on lui préparait une surprise, qu'elle devait y apprendre quelque grande nouvelle ; et ne voulant pas faire manquer, par son absence, des arrangements dont M. Dallois se faisait probablement une fête, elle répondit :

— Eh bien ! Monsieur, puisque ma présence est si nécessaire à votre justification, j'irai à Saint-Germain. — A la bonne heure ! s'écria joyeusement Anselme, et vous viendrez par le chemin de fer ? — Par le chemin de fer, soit. — Et alors nous pourrons nous moquer tous deux de M. de Fortis ? — Ah ! s'écria Amélie avec un véritable mouvement d'humeur, M. de Fortis ! toujours M. de Fortis ! Mon Dieu, Monsieur, laissez-le en paix avec ses ridicules. — Pardon, Madame, reprit Anselme avec une franchise originale, c'est que je le déteste cordialement. — Et vous en dites du mal ? — Ah ! je vous jure que je ne vous en ai pas dit le quart de ce que j'en pense. — En tous cas, j'en sais probablement plus que lui sur ce chapitre. — Non, certes, Madame ; si je l'épargne en son absence, je ne le ménage pas en face ; il me le rend bien, c'est une guerre déclarée entre nous. — Dans laquelle vous êtes sans doute le vainqueur ? — Hum ! pas souvent. — Il est fort spirituel, m'avez-vous dit ? — Et il a cinquante ans, c'est un grand avantage ; il peut tout dire, et je ne peux pas tout répondre. — Mais enfin, Monsieur, pourquoi le détestez-vous tant ? — Parce qu'il est froid, égoïste, haineux ; parce qu'il déteste tout ce qui est jeune, parce qu'il semble envier aux autres les espérances qu'il n'a plus, le cœur qu'il n'a jamais eu ; parce qu'il raille tous les enthousiasmes, parce qu'il donne une raison odieuse et détestable à tous les bons sentiments ; parce que si moi, qui ne suis rien que le fils orphelin d'un honnête homme, j'aimais une femme plus riche et de meilleure naissance que moi, il dirait, et il l'a dit, que c'est par intérêt et par vanité. — Il l'a dit ? reprit Amélie en souriant. C'est donc vrai ? — Vrai ? quoi donc ? s'écria Anselme d'une voix émue, que j'aime par intérêt bas et sordide, que j'aime par vanité ? — Non, non, non, Monsieur, dit Amélie en calmant par un nouveau sourire l'indignation d'Anselme, ce que je veux dire, c'est que, puisqu'il a si mal traduit vos sentiments, ils existent.

Anselme rougit, Amélie continua :

— C'est qu'il est vrai que vous aimez une femme. — Je crois, dit Anselme en balbutiant, que nous ferons bien de profiter du beau temps. — Mais, Monsieur, il pleut à verse maintenant. — C'est vrai, c'est un fait exprès. — Oui, il paraît que le ciel ne veut pas que j'aille à Saint-Germain. — Ah ! pardieu ! dit Anselme du ton d'un homme qu'étouffe un gros secret, le ciel soit loué, si c'est pour vous empêcher d'épouser M. de Fortis. — Monsieur, repartit madame de Leurtal d'un ton offensé, je ne comprends pas ce que vous voulez dire. — Comment, vous ne le saviez pas ! repartit Anselme avec une volubilité difficile à arrêter ; on vous a trompée aussi. Je m'en doutais, je ne pouvais pas croire qu'une femme comme vous, qu'une femme... qu'un ange comme vous, eût consenti à se sacrifier à un pareil homme ! la beauté unie à la laideur, la jeunesse à la caducité, les grâces, l'esprit, la bonté au ridicule, à l'égoïsme, à la méchanceté, ce n'était pas possible ! — Pardon, Monsieur, répondit froidement madame de Leurtal, mais je vous ferai observer que vous daignez vous occuper d'intérêts qui ne sont pas les vôtres. — Qui ne sont pas les miens, s'écria Anselme ; puis il reprit d'un ton si respectueux, si soumis, qu'il désarma presque madame de Leurtal : Pardonnez-moi, Madame, j'ai tort, je suis un fou, un écervelé, comme dit M. Dallois ; j'écoute trop des sentiments irréfléchis, je vais si loin que je deviens injuste et méchant. Je vous ai dit du mal de M. de Fortis, j'ai eu tort ; je vous l'ai peint ridicule. Je puis le voir ainsi, moi, avec mon caractère brusque, avec mon cœur qui ne comprend rien qu'avec passion ; mais je n'ai pas le droit de le calomnier. M. de Fortis est un galant homme ; c'est la probité et l'honneur en personne. La femme qui portera son nom n'aura jamais à en rougir, et il fait un noble usage de la fortune qu'il a gagnée par les travaux les plus distingués et les plus honorables. — Voilà qui est une amende aussi honorable pour lui que pour vous. Mais permettez-moi de vous faire observer que si vous saviez les projets de M. Dallois, ce n'était pas à répondre de sa confiance que de me parler de M. de Fortis comme vous l'avez fait. — D'abord je vous dirai, Madame, que M. Dallois ne m'ayant rien confié, je ne l'ai point trahi. — C'était tout au moins le contrarier dans ses projets. — C'est ce qui m'arrive, Madame, toutes les fois que je crois qu'il fait quelque chose de mal. Dans la maison, et lorsqu'il s'agit d'affaires, il y a trois puissances bien distinctes : M. Cambet, d'un côté, qui représente la résistance, qui se débat contre toute idée nouvelle, contre toute affaire qui ne se fait pas de toute éternité; de l'autre côté, il y a moi, Madame, qui représente le progrès, qui crie toujours en avant, qui n'a foi qu'aux idées actuelles; puis, M. Dallois, c'est le gouvernement, le pouvoir températeur qui marche entre ma fougue et l'immobilité de M. Cambet, qui le tire d'une main à sa suite en m'arrêtant de l'autre. — Tout cela est très-bien, mais je ne vois pas ce que cela fait à mon mariage avec M. de Fortis. — C'est que j'ai une idée de M. Cambet, une idée affreusement rétrograde qu'il a soufflée à M. Dallois sans m'en prévenir, sans que j'aie été appelé au conseil. — Et c'est par esprit d'opposition à M. Cambet que vous la trouvez mauvaise, dit Amélie en riant; c'est par amour pour le progrès que vous vous y opposez. — Ma foi, Madame, je crois que l'abolition des mariages mal assortis serait un grand progrès social. — Vos expressions sont bien tranchantes, Monsieur, dit Amélie sévèrement. Ce que vous appelez des mariages mal assortis sont souvent plus heureux que ceux qui se basent sur de prétendues passions qui s'évanouissent bientôt. — J'ai tort encore, Madame, toujours tort; et cependant j'avais bien promis à M. Cambet de ne pas vous parler de M. de Fortis. — Pourquoi donc avoir commencé, Monsieur? — C'est que, lorsque j'ai accepté la mission de vous accompagner, je m'étais dit : J'irai chez madame de Leurtal, je la trouverai prête, nous partirons. Nous monterons en fiacre, nous parlerons du fiacre : les fiacres sont toujours si mauvais, qu'il y a mille manières de s'en plaindre. Nous gagnerons le chemin de fer : une fois arrivés là, on trouve assez de sujets d'étonnement et de conversation. Il y a les salons d'attente, les rampes pour descendre, les wagons, les machines, mille choses que j'aurais pu vous expliquer, car je suis ingénieur, Madame, élève de l'École polytechnique. Nous aurions causé rails, tunnels, pompes à feu; nous serions arrivés à Saint-Germain sans qu'il eût été question de M. de Fortis. Mais point du tout, mes prévisions sont renversées; au moment où nous allions partir, voilà qu'il pleut. Vous m'interrogez sur les personnages que voit M. Dallois, je suis forcé de vous répondre; vous me demandez ce que j'en pense, je suis trop honnête homme pour vous le cacher. Ce n'est pas ma faute. On dit que je suis étourdi et inconséquent. J'ai du malheur, voilà tout... et vous ai déplu, et c'est assurément le plus grand malheur qui pût m'arriver.

A mesure qu'Anselme débitait cette phrase, sa voix s'était émue, et, aux derniers mots qu'il prononça, il avait un accent pénétré qui troubla Amélie. Cependant il lui sembla ridicule de se laisser dominer par les idées folles de ce jeune homme qu'elle ne connaissait pas, et, voulant ramener la conversation à un ton de gaieté qui effaçait complétement le tour animé qu'avait pris la conversation, elle répondit :

— Eh bien! Monsieur, oublions tout cela, et faisons comme si tout s'était passé comme vous l'aviez imaginé.

Elle remit son chapeau et reprit son ombrelle.

— Vous arrivez, continua-t-elle, je suis prête et nous partons. — Comme il vous plaira, Madame... mais il pleut encore un peu. — Non, Monsieur... il ne pleut plus du tout. — Permettez-moi alors d'aller chercher une voiture. — Je n'en ai pas besoin. — Il fait une boue horrible. — Je sais marcher. — Allons, Madame, soyez bonne; j'ai été bien grossier et bien maladroit, ne me forcez pas à vous accompagner ainsi dans cette toilette élégante, à travers des rues impraticables... attendez cinq minutes et je reviens. — Oh! si vous pensez, Monsieur, que je veux aller à pied par colère, vous vous trompez, et pour vous le prouver, allez chercher une voiture, je vous attends... allez, allez donc!

Anselme se dirigea lentement vers la porte du salon, il sortit. Madame de Leurtal l'écoutait traverser la salle à manger, lorsqu'un coup de sonnette assez vif retentit dans l'appartement.

Lorsque Amélie entendit le coup de sonnette, qui probablement lui annonçait une visite, elle écouta si M. Férou, qui se trouvait en ce moment dans l'antichambre, ouvrirait la porte, comme il était tout simple de le supposer. Mais il ne se fit aucun bruit. Madame de Leurtal n'attendait personne : c'était peut-être quelqu'un qui se trompait, elle écoutait toujours, lorsque la sonnette se fit entendre une seconde fois. A ce moment elle quitta son salon pour aller ouvrir, mais elle s'arrêta en voyant M. Férou revenir vers elle sur la pointe du pied.

— Eh bien! Monsieur, qu'y a-t-il? — Chut! fit M. Férou en parlant à voix basse. — Qu'est-ce donc? — Faut-il ouvrir? — Et pourquoi ne pas ouvrir? — Parce que c'est peut-

être une visite qui vous retiendra très-longtemps, et comme vous êtes très-pressée de partir pour Saint-Germain, cela eût pu vous contrarier. — Amélie haussa les épaules en riant et répondit : Puisque vous n'avez pas ouvert, c'est inutile à présent. — Alors je vais aller chercher la voiture, dit Anselme en se dirigeant vers la porte. — Attendez au moins, repartit Amélie en l'arrêtant, que la personne qui a sonné ait eu le temps de descendre. — C'est juste, dit Anselme, en revenant vers le salon, je vais m'assurer qu'elle est sortie.

Et, en disant cela, il traversa le salon et se mit à la croisée pour regarder dans la rue. Madame de Leurtal l'observait en souriant : Anselme lui semblait si naïvement original, si franc, si gai, qu'elle se sentait presque à l'aise avec lui; elle ne lui en voulait plus de ses singularités; il lui semblait même que ce caractère brusque et ouvert devait cacher un noble cœur; elle lui pardonnait de bon cœur ses propos sur M. de Fortis, et prenait plaisir à suivre ses mouvements d'impatience lorsqu'elle le vit se retirer brusquement de la fenêtre.

— Ma foi, dit-il, j'ai bien fait de ne pas ouvrir, c'était madame Davin en personne, la plus insupportable bavarde de la terre. — Et la plus méchante aussi. — Vous en aviez pour deux heures tout au moins. — Êtes-vous bien sûr que ce soit elle? — Pardieu! elle a levé la tête en traversant la rue, et je l'ai parfaitement reconnue. — Elle a levé la tête? vous l'avez reconnue? dit Amélie; puis tout à coup, et comme frappée d'une idée cruelle, elle reprit avec vivacité : Mais elle a pu vous voir, et vous reconnaître aussi? — Eh bien, Madame?

A cette interrogation, madame de Leurtal resta d'abord comme anéantie devant l'impassibilité de M. Férou. Mais presque aussitôt sa colère éclata, et elle lui dit :

— Eh bien! Monsieur, elle va dire, et elle en a le droit, qu'elle est venue chez moi, que j'y étais, le concierge le lui a dit puisqu'elle est montée; elle dira que j'y étais seule, enfermée avec un homme : le concierge le lui aura dit lorsqu'elle est redescendue; elle dira que je n'ai pas voulu ouvrir ma porte; elle dira que cet homme c'était vous, car elle vous a vu à ma fenêtre, et elle n'a regardé à cette fenêtre que parce qu'on lui a dit qu'il y avait quelqu'un avec moi. Quand on fait une visite et qu'on ne trouve pas les gens, on ne lève pas la tête pour regarder à une fenêtre, pour espionner par une fenêtre, à moins qu'on n'ait une mauvaise pensée; donc madame Davin a cette mauvaise pensée. — Mais, Madame, quelle mauvaise pensée voulez-vous qu'elle ait? répliqua Anselme, qui semblait tout abasourdi de la colère et de la douleur d'Amélie. — Quelle mauvaise pensée? répéta celle-ci; mais, Monsieur, continua-t-elle presque avec violence; à quoi pensez-vous, que prétendez-vous? Je ne vous comprends pas, vous êtes bien fou ou bien méchant. — Madame, s'écria Anselme, je suis un honnête homme!... — Mais alors comment me demandez-vous, Monsieur, quelle mauvaise pensée aura madame Davin?.. car enfin, puisqu'il faut tout vous dire, puisque vous ne comprenez rien... un jeune homme et une femme enfermés seuls ensemble dans un appartement, et qui n'ouvrent pas la porte quand on arrive... que doit-on supposer? que peut-on dire?.. Ne comprenez-vous pas ce qu'on peut dire?...

La figure d'Anselme garda encore un moment un air de stupéfaction; puis il sembla que tout à coup une pensée soudaine venait l'éclairer, et tout aussitôt il devint pâle et se mit à trembler.

— Le croyez-vous, Madame? dit-il aussitôt d'une voix altérée. Croyez-vous qu'on oserait vous calomnier? En doutez-vous, Monsieur? Mais c'est peut-être déjà fait! Mais si madame Davin a rencontré quelqu'un à qui dire ce qui est arrivé, elle l'a déjà dit. Elle a mieux fait, Monsieur, elle n'a pas attendu un hasard, elle est allée chercher des occasions. Tenez, ajouta Amélie avec colère et désespoir et en se laissant aller à l'entraînement d'une pensée qui s'acharne à prévoir toutes les conséquences d'un malheur, tenez, regardez encore par cette fenêtre, je parie que madame Davin est entrée en face de chez moi chez sa digne amie, madame Ribert; je parie, Monsieur, qu'à l'heure qu'il est, il y a des sentinelles posées derrière les persiennes de son appartement pour vous voir sortir de ma porte.

Anselme passa ses mains sur son front avec colère, puis poussant une sourde exclamation comme pour chasser l'angoisse à laquelle il était en proie, il reprit avec plus de calme :

— En vérité, tout cela est impossible; un hasard pareil, une circonstance si frivole, ne ternit pas la réputation d'une honnête femme. Permettez-moi de vous le dire, Madame, vos craintes sont folles; d'ailleurs il n'y a pas d'esprit assez méchant pour donner une si infâme explication à la chose du monde la plus naturelle. — Vous croyez, Monsieur? reprit Amélie, dont la colère avait fait place aux larmes. Eh bien!

supposez que cela vous fût arrivé, que vous fussiez allé chez une femme, qu'on vous eût dit ce qu'on a dit probablement à madame Davin : que cette femme était chez elle, seule, avec un homme; supposons que vous fussiez monté, que tout se fût passé, enfin, comme cela vient d'arriver, que penseriez-vous? — Puis-je le savoir! dit Anselme avec embarras; peut-être n'y eussé-je pas fait la moindre attention. — Mais supposez, Monsieur, que cette femme eût été la vôtre; qu'elle eût été votre sœur, ou même votre maîtresse, n'y auriez-vous point fait attention? — Sans doute, Madame, en de pareilles circonstances, la jalousie, la crainte de mon nom compromis m'auraient peut-être assez égaré pour me faire concevoir; je ne dirai pas des soupçons... mais des craintes... que voulez-vous que je vous dise? En ce moment ce n'est pas la même chose; car enfin, ici, ce n'est ni un amant, ni un mari, ni un frère, intéressé à tout savoir, à tout expliquer. — Et croyez-vous donc, Monsieur, reprit Amélie, qui était tombée sur un siége, croyez-vous que l'amour seul est jaloux, que l'envie n'est pas aussi curieuse que l'affection, et que madame Davin ne commente pas en ce moment avec méchanceté et bonheur cette circonstance frivole qu'un mari ou un frère chercherait à éclaircir avec colère et désespoir?

Anselme sembla n'avoir rien à répondre à cet argument, et il se mit à parcourir le salon en serrant les poings et en menaçant le plafond, et il s'écria :

— Oh! malheur à cette femme si elle ose dire un mot, malheur à elle si elle essaye de ternir d'une parole votre réputation! elle me le payerait cruellement, je ne puis la perdre, moi, cette femme. — Vous pouvez la perdre? dit Amélie. — Oui, je puis la perdre, dit Anselme, que la colère emportait sans qu'il s'en aperçût; je sais, moi, je sais mieux que personne que toute sa vertu n'est qu'hypocrisie, j'en ai les preuves écrites de sa main; j'ai encore ses lettres. — Ses lettres? reprit Amélie. — Ses lettres, dit Anselme; oui, ses lettres, écrites à moi. — A vous? dit Amélie en suspendant ses mots et en regardant Anselme en face; à vous, son amant sans doute? — A moi, qui l'ai été comme bien d'autres...

Amélie croisa les mains avec désespoir, et s'écria douloureusement : '

— Et voilà où j'en serai réduite, à mettre mon honneur sous la protection de l'infamie de cette femme! Monsieur, Monsieur, je ne sais ce qui en arrivera, mais sortez de chez moi, sortez, vous dis-je! — Calmez-vous, Madame, calmez-vous! — Ah! Monsieur, reprit Amélie en se relevant de toute sa hauteur, sortez! vous oubliez que je ne vous ai pas reconnu les droits que votre maîtresse vous prête sans doute.

Anselme essaya de dire un mot; mais madame de Leurtal ouvrit la porte de son salon, et d'un geste impérieux lui montra celle de l'antichambre. Dans la confusion d'idées où Anselme était plongé, il obéit machinalement; il se dirigea vers la porte, tandis que madame de Leurtal le suivait d'un regard irrité; mais à peine l'eût-il ouverte, qu'il se trouva face à face avec le concierge de la maison.

— N'est-ce pas vous qui êtes monsieur Ferou? dit-il. — C'est moi, dit Anselme. — Voilà un billet pour vous, reprit le concierge en tirant la porte pour la refermer, et en marmottant : J'étais bien sûr qu'ils y étaient, moi.

Ce petit incident avait arrêté M. Ferou; il restait immobile, tenant cette lettre dans les mains sans la regarder, tandis que madame de Leurtal ne le quittait pas des yeux. Après cet imperceptible moment d'arrêt, Anselme mit la main sur la clef pour sortir, et en même temps il jeta un coup d'œil sur le billet. A la vue de l'écriture, il tressaillit, et, faisant une exclamation de rage, il ouvrit la porte; mais, plus prompte que lui, madame de Leurtal la referma avec violence, et, se plaçant devant lui, elle lui dit avec résolution :

— Quelle est cette lettre, Monsieur? — Madame... je ne sais. — Quelle est cette lettre qui est venue vous chercher jusque chez moi, Monsieur? — Mais, Madame. — Qui savait que vous étiez chez moi, Monsieur? — Est-ce madame Davin? — Pouvez-vous croire...? — Cette lettre est de madame Davin. — Je vous jure... — Oh! ne mentez pas, Monsieur, je l'ai soupçonné à votre trouble quand vous l'avez regardée; j'en suis sûre à votre pâleur. — Eh bien! oui, Madame, dit Anselme avec tristesse et dignité : oui, elle est de madame Davin; mais croyez... — Je veux voir cette lettre. — Madame, Madame, rassurez-vous! — Ah! Monsieur, vous m'avez faite la rivale de cette femme, je veux voir la lettre de cette femme! — La voici, Madame, reprit Anselme; j'ignore ce qu'elle contient, ne me rendez pas responsable de ce qu'elle peut avoir d'offensant.

Amélie prit la lettre sans répondre, elle en brisa le cachet, elle en lut les premières lignes avec avidité, puis elle continua plus lentement; une expression de tristesse et d'embarras

remplaça peu à peu sur son visage l'animation exaltée et douloureuse à laquelle elle s'était laissée aller. Puis elle demeura un moment immobile, et parut vouloir se recueillir sans y pouvoir arriver. Enfin elle reprit la lettre, la mit dans son sein, et dit doucement à Anselme d'une voix basse et émue :

— Rentrons un moment, Monsieur, rentrons.

Ils passèrent dans le salon; madame de Leurtal montra à Anselme un siége; sans doute elle avait beaucoup de choses à lui dire, mais elle paraissait fort embarrassée d'entamer une nouvelle conversation après ce qui venait d'avoir lieu; lui-même n'osait l'interroger sur la lettre qu'il venait de recevoir et qu'elle avait gardée; le silence devenait fort embarrassant des deux côtés. Anselme se hasarda à le rompre.

— Madame, dit-il à Amélie, puisque cette lettre qui semblait devoir être pour vous une nouvelle cause de colère contre moi a eu un résultat que je n'attendais pas, puisqu'elle m'a valu cette grâce de ne pas sortir de chez vous chassé comme un misérable, permettez-moi de profiter de ce bonheur inespéré et de me justifier. — Volontiers, Monsieur, dit Amélie avec vivacité, délivrée qu'elle était de l'embarras énorme de recommencer; voyons, que direz-vous pour votre justification? — Pour ma justification, Madame, dit Anselme en poussant un soupir... je ne sais, en vérité, car je cherche mes torts. — Quoi! Monsieur, dit Amélie, vous cherchez vos torts? — Oui, Madame, je les cherche; car enfin, qu'ai-je fait, moi? je suis venu... la pluie nous a arrêtés, nous avons causé, on a sonné, je n'ai pas ouvert : voilà tout. — Et il y a une femme chez vous, reçoit votre maîtresse, Monsieur, voilà tout! vous m'avez compromise, perdue de réputation, voilà tout!

Le calme avec lequel madame de Leurtal prononça ces dernières paroles donna le change à Anselme; il s'imagina qu'il cachait la froide résolution d'un violent désespoir, et il répondit aussitôt :

— L'ai-je fait, Madame? cela est-il vrai? — Oui, Monsieur, cela est vrai; cette lettre en est la preuve. — Eh bien! Madame, daignez m'écouter un moment; je vais vous dire tout ce qu'un honnête homme peut vous dire. — Je vous écoute, Monsieur.

Anselme fit un violent effort sur lui-même, et reprit en laissant d'abord échapper ses paroles une à une.

— Je suis le fils du cocher de M. Dallois. Mon père est mort au service et en lui sauvant la vie. Au moment où son maître allait périr dans un précipice, emporté par des chevaux fougueux qu'il avait voulu conduire lui-même, mon père sauta du siége où il était près de M. Dallois, s'élança à la tête des chevaux, les arrêta, et presque aussitôt tomba mort du coup affreux que le timon de la voiture lui donna dans la poitrine. J'avais six ans alors; M. Dallois me recueillit; M. Dallois me plaça dans un collége où j'ai fait mes études, puis à l'École polytechnique, d'où je comptais sortir pour entrer à l'école de Metz, lorsque M. Dallois me fit savoir qu'il désirait me garder près de lui et me charger de quelques affaires de la maison. Il y a de cela quatre ans. — Je le sais, Monsieur, dit Amélie; mais vous ne me dites pas à quelle occasion M. Dallois décida que vous ne suivriez pas la carrière des armes. — Qu'importe, Madame? cela ne peut influer en rien sur ce que j'ai à vous dire. — Cela se peut, Monsieur, mais je veux tout savoir. — Eh bien! Madame, reprit Anselme, ce fut à propos d'une affaire dans laquelle M. Dallois, un homme de soixante ans, fut lâchement insulté devant moi par un homme de vingt-cinq. Malgré son âge, M. Dallois avait demandé raison à ce misérable qui passait pour un duelliste de profession. Je laissai croire à mon bienfaiteur qu'il pourrait obtenir lui-même cette satisfaction; mais cet homme n'était pas à cet égard de l'endroit où il avait quitté M. Dallois, que je l'avais rejoint, insulté, soufflété, et que je l'avais forcé par la gravité de mes injures à satisfaire d'abord sur moi sa rage de duel. Pour sauver M. Dallois, il ne s'agissait pas de mourir, car cet homme serait venu le chercher le lendemain de ma mort; il s'agissait de rendre impossible cette rencontre. Voilà pourquoi j'ai tué cet homme, voilà pourquoi j'ai profité sans remords de l'adresse que je trouvais si méprisable dans mon adversaire. Ce fut alors, comme je vous l'ai dit, que M. Dallois me garda près de lui. Depuis ce temps, j'ai vécu dans ses bureaux avec des appointements qu'il a bien voulu me donner, n'ayant aucune fortune à attendre de personne, et presque décidé à renoncer à faire connaître mes services pourront être utiles à M. Dallois, dans quelque condition subalterne qu'il veuille me laisser; car il m'a fait ce que je suis, et je lui en suis reconnaissant. Ce dévouement vous honore, Monsieur; cet oubli de vos intérêts est digne de ce que vous avez déjà fait pour M. Dallois. Mais permettez-moi de vous demander ce que je dois conclure du récit que vous venez de me faire.

Anselme parut encore hésiter à répondre, mais il s'arma de courage et reprit :

— Le voici, Madame ; je suis le fils d'un pauvre domestique, moins que le fils du plus misérable paysan ; je suis l'un des moindres commis d'une riche maison de banque, c'est-à-dire un homme vivant du plus modique salaire. Maintenant, s'il est vrai que j'ai compromis votre réputation, s'il est vrai, comme vous le disiez dans un moment de désespoir, que je vous ai perdue, puis-je venir vous dire : Pour toute réparation, Madame, acceptez mon nom qui a été celui d'un valet, vous qui tenez de votre famille et de votre mari un nom si honorable ; partagez ma fortune qui est celle d'un mercenaire, vous qui en avez une acquise... Puis-je vous dire cela sans être insensé, sans que vous me repoussiez avec mépris?.. Ah! que vous avez bien fait de me chasser!... Il faut chasser les valets..... Chassez-moi! chassez-moi!

Pendant qu'Anselme prononçait ces derniers mots, de grosses larmes coulaient de ses yeux, où ses poings fermés avec rage voulaient vainement les retenir.

— Non, Monsieur, lui dit Amélie, on ne chasse pas les hommes d'honneur et de cœur, quel que soit le nom de leur père, surtout quand il n'y a aucune tache de crime ou de vice sur ce nom. — Que dites vous? s'écria Anselme se relevant, vous ne me chassez pas, vous ? — Je vous l'ai dit, Monsieur, on ne chasse pas de tels hommes, mais on n'accepte pas... — Ah! je vous comprends, dit Anselme avec amertume. — Laissez-moi finir, Monsieur ; on n'accepte pas, dis-je, une réparation pour des torts qui, vous l'avez dit, n'existent pas. On ne prend pas la vie d'un homme et on ne lui donne pas la sienne, parce qu'un hasard vous a mis dans une fausse position ; l'amour peut faire de pareils sacrifices et les accepter ; mais vous ne m'aimez pas, Monsieur, vous ne m'aimez pas. — Madame, s'écria Anselme en regardant Amélie avec une tristesse et un trouble extrême, ne m'interrogez pas là-dessus, ne me demandez pas si je vous aime, car je vous le dirais, je vous dirais que je vous aime! — Vous, Monsieur? dit Amélie en souriant. — Oh! depuis longtemps, depuis la première fois que je vous ai vue, et alors je vous ai aimée parce que vous étiez belle, spirituelle, charmante ; puis, quand je vous ai connue par les autres, Madame, car je n'ai jamais osé m'approcher de vous, lorsque j'ai su ce que vous étiez, je vous ai aimée pour votre vertu, pour la noblesse de votre cœur. Je vous ai espérée et perdue. J'ai osé avouer mon amour à un homme, à M. Cambet ; je lui ai dit que pour vous mériter je me sentais le courage de devenir riche, honoré, illustre même s'il le fallait, mais sa froide raison m'a fait mesurer la distance qui nous séparait, et j'ai écarté de moi toute espérance pour marcher seul dans ma carrière d'abandon et de servitude.

Anselme se taisait, et Amélie, dont le cœur battait à coups pressés, tenait les yeux baissés et se taisait aussi.

— Et maintenant, Madame, que voulez-vous, qu'ordonnez-vous? quelles réparations je puis vous offrir du mal bien involontaire que je vous ai fait? — Mais ne m'avez-vous pas dit qu'il n'y en a qu'une de convenable en pareille circonstance? — Sans doute, Madame, reprit Anselme avec angoisse et d'une voix tremblante ; mais vous m'avez dit aussi qu'il faut aimer pour l'offrir, qu'il faut aimer pour l'accepter... Moi je vous aime depuis longtemps. — Et moi à présent, dit Amélie en tendant la main à Anselme. — Hein?.. quoi! non! vrai? qu'avez-vous dit... Amélie... Madame?.. s'écria Anselme en se levant et en regardant autour de lui comme un homme qui vient de recevoir un coup violent d'une main invisible ; puis il s'arrêta devant Amélie, et lui dit avec des larmes et des sanglots : Oh! dites-moi si je ne suis pas fou! — Un peu, dit Amélie en souriant ; mais voici qui vous calmera.

Et en disant cela, elle rendit à Anselme la lettre de madame Davin, et Anselme lut ce qui suit :

« Pardonnez-moi, Monsieur, de venir troubler par une « lettre importune le charmant bonheur dont vous jouissez. « Mais vous comprendrez que vous ne pouvez pas garder « plus longtemps des lettres qui maintenant pourraient vous « compromettre autant que moi.

« Enfin, vous avez réussi, Monsieur, vous êtes le futur « époux de madame de Leurtal. Du premier jour que vous « l'avez rencontrée, j'ai deviné que vous l'aimiez. Vos déné- « gations n'ont fait que m'en rendre plus certaine. C'est sans « doute une personne d'un bien haut mérite que cette ma- « dame de Leurtal, puisque pour pouvoir vous per-

« mettre d'aspirer à sa main, M. Dallois se décide à vous « adopter... »

— Moi! s'écria Anselme, moi! — Continuez, reprit Amélie.

Anselme, à qui tant de bonheur paraissait un rêve, reprit la lettre, mais il ne put lire sans sourire la phrase suivante :

« Et puisqu'il se décide pour elle à donner son nom au fils « de son... je n'écris pas le mot par respect pour moi, lors- « qu'il n'avait pas cru devoir lui donner quand, il y a « quatre ans, il lui a sauvé à peu près la vie. J'ai appris la « nouvelle de votre bonheur il y a quelques heures, par « M. de Fortis, qui n'a pas cru devoir rester à Saint-Germain « pour y être spectateur des sentimentalités et des surprises « de tout genre qu'on vous y ménageait ; car je ne puis croire « que vous ignoriez les projets de M. Dallois, ainsi que le « prétend M. de Fortis ; mais dans tous les cas, il me semble « que vous pouvez vous passer du bonheur que vous attend à « la campagne, et que celui que vous goûtez à Paris doit « vous suffire. Permettez-moi donc de vous féliciter de l'un « et de l'autre, et de vous rappeler que les lettres que j'ai pu « écrire à M. Ferou ne sont pas à l'adresse de M. Ferou- « Dallois.

« Votre très-humble servante,

« ÉMILIE DAVIN. »

Quand Anselme eut fini cette lettre, il demeura un instant immobile ; il avait la tête et le cœur si pleins, il éprouvait tant de joie et tant d'étonnement que la conscience de la vérité lui échappait. Il était pâle, son corps tremblait, il paraissait accablé et prêt à s'affaisser sur lui-même, lorsque tout à coup il se secoua fortement, et s'écria avec éclat :

— Oh! je ne veux pas mourir! — Que dites-vous? s'écria Amélie en s'approchant de lui.

Il la prit dans ses bras, et, la serrant contre son cœur, il s'écria en la couvrant de son regard :

— Oh! c'est vrai, n'est-ce pas? c'est vrai, Amélie!

Elle baissa les yeux en rougissant, et répondit à voix basse :

— Oui... oui... Monsieur! — Vous dites.

Elle releva lentement jusqu'à son front ses yeux pleins de bonheur et repartit doucement :

— Est-ce que je sais comment vous vous appelez, vous?

Il se pencha vers elle, et il n'est pas bien sûr que le léger murmure qui s'entendit alors fût le nom d'Anselme qu'il prononça, plutôt que le bruit d'un baiser qu'il appuya sur ce doux visage. D'ailleurs, un fracas violent de sonnette se fit entendre et couvrit tous les murmures ; peut-être n'eussent-ils pas ouvert, mais ce bruit redoubla avec plus de violence, accompagné de coups nombreux frappés à la porte ; Anselme et Amélie allèrent ensemble ouvrir la porte, et furent fort surpris de voir M. Cambet, qui avait l'air tout effaré.

— Ah! vous voilà, s'écria-t-il ; c'est bien heureux... il paraît que vous savez tout? — Tout! dit Anselme ; oui, ma foi, nous savons tout ! — Deux convois arrêtés en plein champ! reprit M. Cambet ; dix personnes blessées! et quand on dit dix, cela veut dire cent! — On... une! reprit Anselme. — Une! une! s'écria M. Cambet ; croyez-vous que dans vos infernaux chemins de fer il arrive des accidents pour un? Que non, la vapeur ne saute pas à si peu de frais! Quoi qu'il en soit, un, dix ou cent, ce n'est ni l'un ni l'autre de vous, et voilà l'important. Ah! nous avons été dans une cruelle anxiété quand nous avons appris cela à Saint-Germain et que nous ne vous avons pas vu arriver. La fête eût été gaie! — Quelle fête? dit Anselme. — Eh bien! la fête... est-ce que je sais?... j'ai dit la fête comme autre chose... Toujours est-il que j'ai pris la voiture de M. Dallois, que j'ai crevé les chevaux pour arriver plus vite, et que je vous emmène. — Comment cela, si les chevaux sont crevés? dit Anselme, qui se plaisait à tourmenter M. Cambet. — Ils m'ont promis de ne mourir qu'à Saint-Germain, dit M. Cambet en imitant le ton railleur d'Anselme. — Et vous avez juré de vous taire jusque-là, n'est-ce pas, vieux Cambet? dit le jeune homme. — Me taire sur quoi, s'il vous plaît? reprit M. Cambet d'un ton ferme.

En ce moment Amélie, qui avait été se rajuster pour la troisième fois, parut et dit avec ce regard et ce sourire où rayonne le bonheur : — Anselme, donnez-moi votre bras; Anselme! répéta le vieillard... Anselme! — Partons, Amélie, reprit M. Ferou en regardant M. Cambet d'un air railleur. — Ah! s'écria le vieux commis, Anselme! Amélie! ils savent tout. Et M. Dallois qui comptait sur une suite de surprises!— Nous lui en apportons une, dit Amélie. — Et laquelle? — C'est que nous nous aimons.

FIN.

TABLE DES MATIÈRES

FIN DE LA TABLE DES MATIÈRES.

LAGNY. — IMPRIMERIE DE A. VARIGAULT.

HENRY MURGER (suite.)
Le Roman de toutes les Femmes. 1
Scènes de Campagne. 1
Scèn. de la Vie de Bohème. 1
Scèn. de la vie de jeunesse. 1
Le Sabot rouge 1
Les Vacances de Camille. 1

A. DE MUSSET, DE BALZAC, G. SAND
Paris et les Parisiens. 1
Les Parisiennes à Paris. 1
Le Tiroir du Diable. 1

PAUL DE MUSSET
La Bavolette. 1
Puylaurens. 1

NADAR
Le Miroir aux Alouettes. 1
Quand j'étais Étudiant. 1

HENRI NICOLLE
Le Tueur de Mouches. 1

CHARLES NODIER
Traducteur
Le Vicaire de Wakefield. 1

ÉDOUARD OURLIAC
Les Garnaches. 1

PAUL PERRET
Les Bourgeois de campagne 1
Hist. d'une Jolie Femme. 1

LAURENT-PICHAT
La Païenne. 1

AMÉDÉE PICHOT
Un Drame en Hongrie. 1
L'Écolier de Walter Scott. 1
La Femme du Condamné. 1
Les Poètes amoureux. 1

EDGARD POE
Traduction Ch. Baudelaire
Ay. d'Arth. Gordon-Pym. 1
Histoires extraordinaires. 1
Nouvelles histoires extraordinaires. 1

F. PONSARD
Études antiques. 1

A. DE PONTMARTIN
Contes d'un Planteur de choux. 1

Contes et Nouvelles. 1
La Fin du procès. 1
Mémoires d'un Notaire. 1
Or et Cinquant 1
Pourquoi je reste à la campagne 1

L'AUBÉ PRÉVOST
Manon Lescaut, précédée d'une Étude, par John Lemoine. 1

MAX RADIGUET
Souvenirs de l'Amérique espagnole. 1

RAOUSSET-BOULBON
Une Conversion. 1

B. H. RÉVOLL
Traducteur
Le Docteur américain. 1
Les Harems du N Monde. 1

LOUIS REYBAUD
Ce qu'on peut voir dans une Rue. 1
César Falempin. 1
La Comtesse de Muléon. 1
Le Coq du Clocher. 1
Le Dernier des Commis-Voyageurs. 1
Edouard Mongeron. 1
L'Industrie en Europe. 1

AMÉDÉE ROLLAND
Les martyrs du foyer. 1
Contes sans prétention. 1

NESTOR ROQUEPLAN
Regain : la Vie parisienne. 1

JULES DE SAINT FÉLIX
Scèn. de la Vie de Gentilh. 1
Le Gant de Diane. 1
Mademoiselle Rosalinde. 1

F. DE SAINT-LARY
Les Chutes fatales. 1

GEORGE SAND
Adriani. 1
Le Château des Désertes. 1
Le Comp. du tour de France 2
Le Comt. de Rudolstadt. 2
Consuelo. 3
La Daniella. 1
La Dernière Aldini. 1
Le Diable aux champs. 1
La Filleule. 1
Histoire de ma Vie. 10
L'Homme de neige. 3
Horace. 1
Isidora. 1
Jacques. 1
Jeanne. 1
Lélia. — Metella. — Melchior. — Cora. 2
Lucrezia Floriani. — La vinis. 1
Les Maîtres sonneurs. 1
Le Meunier d'Angibault. 1
Narcisse. 1
Le Péché de M. Antoine. 2
Le Piccinino. 2
Le Secrétaire intime. 1
Simon. 1
Teverino. — Léone Léoni. 1
L'Uscoque. 1

JULES SANDEAU
Catherine. 1
Nouvelles. 1
Saes et Parchemins 1

EUGÈNE SCRIBE
Théâtre (Ouvr. complet). 20
Comédies. 3
Opéras. 2
Opéras-Comiques. vol. 3
Comédies - Vaudevilles. 4

ALBÉRIC SECOND
A quoi tient l'Amour. 1
Contes sans prétention. 1

FRÉDÉRIC SOULIÉ
Au Jour le Jour 1
Aventures de St. Fichet. 2
Le Bananier. — Eulalie Pontois. 1
Le Château des Pyrénées. 1
Le Comte de Foix. 1
Le Comte de Toulouse. 1

La Comtesse de Monrion. 1
Confession générale. 2
Le Conseiller d'État. 1
Contes pour les enfants. 1
Les Deux Cadavres. 2
Diane et Louise. 1
Les Drames inconnus :
La Maison n°3 de la r. de Provence. 1
Aventures d'un Cadet de Famille. 1
Amours de V. Bonsenne. 1
Olivier Dubamel. 1
Un Été à Meudon. 1
Les Forgerons. 1
Huit jours au Château. 1
La Lionne. 1
Le Magnétiseur. 1
Un Malheur complet. 1
Marguerite. — La Maître d'école. 1
Les Mémoires du Diable. 2
Le Port de Créteil. 1
Les Prétendus. 1
Les Quatre Époques. 2
Les Quatre Napolitaines. 2
Les Quatre Sœurs. 1
Un Rêve d'Amour. — La Chambrière. 1
Sathaniel. 1
Si Jeunesse savait... si Vieillesse pouvait. 2
Le Vicomte de Béziers. 1

ÉMILE SOUVESTRE
Les Anges du Foyer. 1
Au bord du Lac. 1
Au coin du Feu. 1
Causeries histor. et littér. 2
Chroniques de la Mer. 1
Confessions d'un Ouvrier. 1
Contes et Nouvelles. 1
Dans la Prairie. 1
Les Derniers Bretons. 2
Les Derniers Paysans. 1
Deux Misères. 1
Les Drames parisiens. 1
L'Échelle de Femmes. 1
En Famille. 1
En Quarantaine. 1
Le Foyer breton. 2
La Goutte d'Eau. 1

Histoires d'autrefois. 1
L'Homme et l'Argent. 1
La Lune de miel. 1
Le Mât de Cocagne. 1
Le Mémorial de famille. 1
Le Mendiant de St-Roch. 1
Le Moine qui qu'il sert. 1
Le Pasteur d'hommes. 1
Les Péchés de Jeunesse. 1
Pendant la Moisson. 1
Philosophe sous les toits. 1
Pierre et Jean. 1
Récits et Souvenirs. 1
Les Réprouvés et les Élus. 2
Riche et Pauvre. 1
Le Roi du Monde. 1
Scènes de la Chouannerie. 1
Scènes de la vendette. 1
Scèn. et Récits des Alpes. 1
Les Soirées de Meudon. 1
Sous la tonnelle. 1
Sous les Filets. 1
Sous les ombrages. 1
Souvre d'un Bas-Breton. 1
Souvenirs d'un Vieillard, la dernière étape. 1
Sur la Pelouse. 1
Théâtre de la Jeunesse. 1
Trois Femmes. 1

MARIE SOUVESTRE
Paul Ferroll, traduit de l'anglais. 1

DANIEL STAUBEN
Scènes de la Vie juive en Alsace. 1

DE STENDHAL
De l'Amour. 1
La Chartreuse de Parme. 2
Chroniques et Nouvelles. 1
Promenades dans Rome. 2
Le Rouge et le Noir. 2

EUGÈNE SUE
Adèle Verneuil. 2
La Bonne Aventure. 2
Clémence Hervé. 2
Les Fils de Famille. 3
Gilbert et Gilberte. 3
La Grande Dame. 1
Les Secrets de l'Oreiller. 3
Les Sept Péchés Capitaux. 6

L'Orgueil.
L'Envie, la Colère.
La Luxure, la Paresse
L'Avarice, la Gourman

Mme DE SURVILLE
Balzac, née Balzac, sa v et ses œuvres

FRANÇOIS TALON
Les Mariages manqués.

E. TEXIER
Amour et Finance.

W. THACKERAY
Traduction W. Hugo
Les Mémoires d'un val de pied.

LOUIS ULBACH
L'Homme aux cinq Lou d'Or.
Les Secrets du Diable
Suzanne Duchemin.
La Voix du Sang.

J. DE WAILLY FI
Scènes de la Vie de famille

OSCAR DE VALLÉE
Les Manieurs d'argent

VALOIS DE FORVIL
Le Comte de Saint-Pol.
Le Conscrit de l'An VII
Le Marquis de Pazaval.

MAX VALREY
Les Filles sans Dot.
Marthe de Montbrun.

V. VERNEUIL
Mes Aventures au Siège

LE DOCTEUR L. VÉ
Cinq cent mille francs de rente.
Mémoires d'un Bourgeo de Paris.

CH. VINCENT ET DA
Le tueur de Brigands.

FRANCIS WEY
Les Anglais chez eux.
Londres il y a cent ans.

BIBLIOTHÈQUE NOUVELLE
Format grand In-18, à 2 francs le volume

EDMOND ABOUT vol.
Le Cas de M. Guérin. 1
Le Nez d'un Notaire. 1

AMÉDÉE ACHARD
Belle-Rose. 1
Nelly. 1
La Traite des blondes. 1

PIOTRE ARTAMOV
Histoire d'un bouton. 1
La Ménagerie littéraire. 1

ALBERT AUBERT
Les Illusions de jeunesse de M. Boudin. 1

BABAUD-LARIBIERE
Histoire de l'Assemblée nationale constituante. 2

H. DE BARTHÉLEMY
La Noblesse de France, avant et depuis 1789. 1

Mme DE BAWR
Nouvelles. 1
Robertine. 1
Raoul ou l'Enéide 1
Les soirées des jeunes personnes. 1

FRÉDÉRIC BÉCHARD
Les Existences déclassées. 1
Un Échappé de Paris. — 2e série des Existences déclassées. 1

GEORGES BELL
Lucy la blonde. 1
Les Revanches de l'amour. 1

PIERRE BERNARD
L A B C de l'esprit du cœur. 1

ALBERT BLANQUI
Ile roi d'Italie 1

RAOUL BRAVARD
Ces Savoyards!. 1

E. BRISEBARRE ET ...
Les Drames de la ...

CLÉMENT CARAGUEL
Souvenirs et Avent. d'un Volontaire garibaldien 1

CÉL. DE CHABRILLAN
Est-il fou ? 1
Miss Pewel. 1

EUGÈNE CHAPUS
Les Haltes de chasse 1
Manuel de l'Homme et de la Femme comme il faut. 1

A. CONSTANT
Le Sorcier de Meudon. 1

LA COMTESSE DASH
Le Livre des Femmes. 1

DÉCEMBRE-ALONNIER
La Bohème littéraire. 1

ÉDOUARD DELESSERT
Le Chemin de Rome. 1

CH. DESLYS
Sur la Côte normande. 1

CH. DICKENS
Traduc ion Amédée Pichot.
Histor. et récits du Foyer. 1
Les Contes d'un Inconnu. 1

CH. DOLLFUS
Le Calvaire. 1
Liberté et centralisation. 1

MAXIME DU CAMP
Les Chants modernes. 1
Cheval. du Cœur-Saignant. 1
L'Homme au bracelet d'or. 1
Le Nil (Égypte et Nubie). 1
Le Salon de 1859. 1
Le Salon de 1861. 1

ALEXANDRE DUMAS
L'Art et les Artistes contemporains. 1
Une Aventure d'amour. 1
Les Compagnons de Jéhu.
Les Drames galants.
Le Fils du Forçat
De Paris à Astrakan. 3

XAVIER EYMA
Le Roman de Flavio.

ANTOINE GANDON
32 Duels de Jean Gigon.
Le Grand Godard. — 4e édit.
L'oncle Philibert. — 3 édit 1

ÉMILE DE GIRARDIN
Bon sens, bonne foi. 1
Le droit au travail au Luxembourg et à l'Assemblée nationale. 1
Études politiques 1
Le Pour et le Contre. 1
Questions administratives et financières. 1

ED. ET J. DE GONCOURT
Sœur Philomène. 1

ÉDOUARD GOURDON
Louise. — 10e édition. 1
Les Faucheurs de nuit. — 3e édition. 1

LÉON GOZLAN
L'Amour des lèvres et l'Amour du cœur. 1
Aristide Froissart. 1
Les Aventures du prince de Galles. 1
Le plus beau rêve d'un Millionnaire. 1

Mme HAROEL DE GRANDFORT
Octave. — Comment on s'aime quand on ne s'aime plus. 1

ED. GRIMARD
L'Éternel féminin. 1

JULES GUEROULT
Fables. 1

CHARLES D'HÉRICAULT
La Fille aux Bluets. 1

LA REINE HORTENSE
(Fragments de Mém. inédits)
La reine Hortense en Italie, en France et en Angleterre pend. l'an 1831 1

ARSÈNE HOUSSAYE
Les filles d'Ève. 1
La Pécheresse. 1

A. JAIME FILS
L'Héritage du mal. 1
Les Talons noirs. — 2e édit. 1

LOUIS JOURDAN
Les Peintres français. 1

AURÈLE KERVIGAN
Traducteur
Histoire de rire. 1

MARY LAFON
La Bande mystérieuse. 1
La Peste de Marseille. 1

LA MARQ. DE LA GRANGE
La Résinière d'Arcachon. 1

G. DE LA LANDELLE
La Gorgonne. 1
Une haine à bord. 2

STÉP. DE LA MADELEINE
Un Cas pendable. 1

F. LAMENNAIS
De la Société première et de ses lois. 1

LARDIN ET D'AGHONNE
Jeanne de Flers. 1

JULES LECOMTE
Voyages çà et là. 1

A. LEXANDRE
Le Pèlerinage de Mireille. 1

FANNY LOVIOT
Pirates Chinois. — 3e édit. 1

LOUIS LURINE
Voyage dans le passé. 1

AUGUSTE MAQUET
La belle Gabrielle. 1
Le comte de Lavernie. 1
Dettes de cœur. 1
L'Envers et l'Endroit. 1
La Maison du Baigneur. 1
La Rose blanche. 1

MARC-MONNIER
La Camorra 1
Hist. du brigandage dans l'Italie méridionale. 1

MÉRY
Le Paradis terrestre. 1
Marseille et les Marseillais. 1

ALFRED MICHIELS
Contes d'une nuit d'hiver. 1

EUG. DE MIRECOURT
Confes. de Marion Delorme. 1

L. MOLAND
Le Roman d'une fille laide. 1

HENRY MONNIER
Mém. de M. J. Prudhomme. 1

MORTIMER TERNAUX
Le 20 Juin 1792. 1

CHARLES NARREY
Le Quatrième Larron. 1

HENRI NICOLLE
Courses dans les Pyrénées. 1

JULES NORIAC
La Bêtise humaine. 1
Le 101e Régiment 1
La Dame à la plume noire. 1
Le Grain de sable 1
Mémoires d'un baiser. 1
Sur le Rail. 1

ÉDOUARD OURLIAC
Suzanne. 1

L. OLIPHANT
Voy. pittoresque d'un anglais en Russie et sur le littoral de la mer Noire et de la mer d'Azof. 1

PARMENTIER
Description topographique de la guerre turco-russe. 1

CHARLES PERRIER
L'Art français au Salon de 1857. 1

A. DE PONTMARTIN
Les Brûleurs de temples. 1

CHARLES RABOU
Louison d'Arquien. 1

Les Tribulations de mal
Fabricius
Le Capitaine Lambert.

JULES SANDEAU
Un héritage.

ROGER DE BEAUVO
Colombes et Couleuvre
Les Mystères de l'Ile S
Louis.
Les Œufs de Pâques.

GIOVANI RUFIN
Mémoires d'un Conspira teur italien.

VICTORIEN SARDO
La Perle noire

AURÉLIEN SCHOL
Scènes et mensonges p risiens

Mme SURVILLE
(née de Balzac)
Le Compagnon du Foy

EDMOND TEXIE
La Grèce et ses insurre tions, avec carte

ÉMILE DE VAR
La Joueuse. — Mœurs province.

Mme VERDIER-ALL
Les Géorgiques du Mi

A. VERMOREL
Les Amours vulgaires.
Despéranza.

Dr L. VÉRON
Paris en 1860 — Les théâtres de Paris de 180 1860, avec gravures.

LE Dr YVAN ET CAL
L'insurrection en Chi avec portrait et carte

Mémoires de Bilboquet.

LAGNY. — Imprimerie de A. VARIGAULT.

PARIS. IMPRIMERIE EDOUARD BLOT, RUE SAINT-LOUIS, 46.

www.ingramcontent.com/pod-product-compliance
Lightning Source LLC
Chambersburg PA
CBHW060756180626
46818CB00002B/581